Rui Afonso

UM HOMEM BOM:

A HISTÓRIA DE ARISTIDES DE SOUSA MENDES, O DIPLOMATA PORTUGUÊS QUE DESAFIOU O DITADOR SALAZAR, SALVOU MILHARES DE VIDAS DO HOLOCAUSTO E VIVEU SEUS ÚLTIMOS DIAS NA MISÉRIA

Rui Afonso

UM HOMEM BOM:

A HISTÓRIA DE ARISTIDES DE SOUSA MENDES, O DIPLOMATA PORTUGUÊS QUE DESAFIOU O DITADOR SALAZAR, SALVOU MILHARES DE VIDAS DO HOLOCAUSTO E VIVEU SEUS ÚLTIMOS DIAS NA MISÉRIA

Casa da Palavra

Este livro foi revisado segundo o Novo Acordo Ortográfico da língua portuguesa.

Direção editorial
Martha Ribas
Pascoal Soto

Editora
Anna Buarque

Produção editorial
Mônica Surrage

Produção gráfica
Meyrele Torres

Revisão
Laís Alcantara

Capa
João Baptista da Costa Aguiar

Diagramação
Filigrana

CIP-BRASIL. CATALOGAÇÃO-NA-FONTE
SINDICATO NACIONAL DOS EDITORES DE LIVROS, RJ

A199h

Afonso, Rui, 1951-
Um homem bom / Rui Afonso. - Rio de Janeiro: Casa da Palavra, 2011.
ISBN 978-85-7734-186-3

1. Mendes, Aristides de Sousa, 1885-1954. 2. Diplomatas - Portugal - Biografia. 3. Guerra Mundial, 1939-1945 - Refugiados. 4. Portugal - Política e governo - 1933-1974. I. Título.

11-4402. CDD: 923.2469
CDU: 929:327(469)

CASA DA PALAVRA PRODUÇÃO EDITORIAL
Av. Calógeras, 6, sala 1.001 Rio de Janeiro 20030-070
21.2222-3167 21.2224-7461 divulga@casadapalavra.com.br
www.casadapalavra.com.br

Sumário

Prefácio à edição brasileira

Sousa Mendes e Souza Dantas

Em 3 de setembro de 1946, *O Estado de S.Paulo* publicou um artigo intitulado "A verdade sobre o Fascismo em Portugal", da Sociedade Brasileira dos Amigos da Democracia Portuguesa. O artigo foi assinado pelo presidente da associação, Hermes Lima, seu secretário, Moacir Werneck de Castro, e por Gilberto Freyre, José Lins do Rego e Oscar Niemeyer. O artigo era uma análise detalhada e uma condenação inequívoca do regime de Salazar. Com mais sorte do que Portugal, o Brasil estava, naquele momento, desfrutando de um período de democracia.

Juntamente com o artigo em *O Estado de S.Paulo* estava a "Reclamação", apresentada pelo ex-cônsul português em Bordeaux, Aristides de Sousa Mendes, à Assembleia Nacional Portuguesa. Em maio e junho de 1940, esse corajoso diplomata havia desafiado as ordens de Salazar e emitido milhares de vistos a refugiados dos exércitos de Hitler, proporcionando-lhes uma rota de fuga para a liberdade. Pelo seu altruísmo e desobediência, ele foi suspenso permanentemente de serviço e punido pelo regime de Salazar.

Em sua "Reclamação", Aristides de Sousa Mendes deu as razões de seus atos. Ele argumentou que as ordens que tinha recebido, para não conceder vistos aos judeus, eram racistas e inconstitucionais. Ele se recusou a colaborar "na obra de perseguição do Governo hitleriano contra os judeus". Seu ato de desobediência fez com que a vida de inúmeros refugiados fosse salva. Alguns desses homens e mulheres, como o intelectual austríaco Arnold Wiznitzer e o poeta polonês Julian Tuwim, acabaram se refugiando no Brasil.

Aristides de Sousa Mendes morreu, desonrado e financeiramente arruinado, em 1954. Sua reabilitação em Portugal não ocorreu até

1988. Hoje, as honras póstumas se acumulam sobre este diplomata português, na Europa e no mundo.

Aristides de Sousa Mendes é praticamente desconhecido no Brasil, mas quem conhece a história do diplomata brasileiro Souza Dantas, em grande parte graças ao estudo de Fábio Koifman, *Quixote nas trevas* (Rio de Janeiro: Editora Record, 2002), pode ser surpreendido por algumas estranhas semelhanças, além do nome. Muitas pessoas em todo o mundo começaram a associar esses dois indivíduos excepcionais.

Luiz Martins de Souza Dantas foi embaixador do Brasil em Paris na época em que Aristides de Sousa Mendes estava servindo como cônsul-geral em Bordeaux. Quando os nazistas invadiram a França e os países do Benelux, em maio de 1940, Souza Dantas viu-se confrontado com a mesma situação e o mesmo dilema de Sousa Mendes. Será que ele obedeceria às instruções racistas do Estado Novo no Brasil ou será que ele colocaria sua carreira em risco emitindo vistos a judeus? Ele tomou a mesma decisão generosa e potencialmente catastrófica de Sousa Mendes. Ele poderia não conceder milhares, mas centenas ele concederia.

Como muitos outros membros do corpo diplomático, Souza Dantas foi forçado a deixar Paris durante o fiasco francês, primeiro em Bordeaux, e em seguida em Vichy. Em Bordeaux, ele começou seus atos de rebeldia capazes de salvar vidas e deu continuidade a eles em Vichy.

Assim como o Ministério dos Negócios Estrangeiros português, no caso de Sousa Mendes, o Itamaraty deu início a um processo disciplinar contra Souza Dantas, mas, ao contrário do seu homônimo português, o diplomata brasileiro tinha protetores no Estado Novo e foi, portanto, capaz de escapar de graves consequências para sua carreira.

Os casos de Sousa Mendes e Souza Dantas são ilustrativos dos paralelos surpreendentes que existem entre Portugal e Brasil, devido às semelhanças em seus destinos culturais e políticos. Esses dois diplomatas admiráveis são exemplos da necessidade de portugueses e brasileiros conhecerem as histórias uns dos outros. Nossos destinos estão entrelaçados e, até certo ponto, inseparáveis.

Agradecimentos

Agradecimentos especiais à minha mulher, Nadine Couvreux, cujo apoio moral e cuja ajuda para lidar com toda a documentação em língua alemã foram inestimáveis; à família Sousa Mendes, em particular a Antônio, Álvaro, Joana, Pedro Nuno e Sebastião de Sousa Mendes; e à Fundação Aristides de Sousa Mendes, presidida por Maria de Jesus Simões Barroso Soares. O meu agradecimento também a todos aqueles que aceitaram ser entrevistados ou me forneceram testemunhos escritos. O meu reconhecimento figura na bibliografia da presente obra.

Muitas outras pessoas me ajudaram.

No Brasil: Pascoal Soto e Tainã Bispo, da LeYa Brasil.

No Canadá: Maria de Fátima Valadão, Fernando Costa e Bernie Farber.

Nos EUA: Reese Erlich, Robert Jacobvitz e Anne Treseder.

Em Portugal: Maria Garcia de Almeida Santos, Maria Elizete Ferreira, Isabel Fevereiro, Madame Murteira, Rui Pessoa, Henrique Ramos da Costa, Luís Santos e Geneviève Sorin.

Na França: Joaquim Nogueira e o Padre Jacques Rivière.

Na Bélgica: Bert Govaerts e dr. Ludo M. A. de Vleeschauwer.

Em Israel: Philip Glass.

As seguintes instituições e organizações de investigação prestaram-me também grande ajuda: a Biblioteca e Arquivos do Ministério dos Negócios Estrangeiros português; Arquivos da PIDE/DGS, agora na Torre do Tombo, em Lisboa; Arquivos da Companhia Nacional de Navegação; Hemeroteca; Arquivos da Biblioteca Municipal de Coimbra; Arquivos da Ordem dos Advogados; Biblioteca da Universidade de Coimbra; Biblioteca Municipal de Coimbra; Biblioteca Municipal da Figueira da Foz; Tribunal Eclesiástico, em Viseu; Biblioteca Nacional (Lisboa); Biblioteca Nacional (Rio de Janeiro); Fundação Gulbenkian de Portugal e Résidence André de Gouveia da Universidade de Paris; Centre National Jean Moulin, em Bordeaux; Conservatório de Música de Bordeaux; Archives Départementales de la Gironde, em Bordeaux; Biblioteca Municipal de Bayonne; Arquivos do Ministério dos Negócios Estrangeiros francês; Bibliothèque Nationale; Biblioteca Municipal e Arquivos de Irún; Biblioteca Municipal de San Sebastián; Biblioteca Pública de Nova York; Bibliotecas da Universidade de Toronto; Arquivos do American Joint Distribution Committee, em Nova York; os YIVO Archives, também em Nova York; e o Yad Vashem, em Jerusalém.

As Conservatórias do Registo Civil e Predial de Coimbra, Viseu, Lisboa, Mangualde, Santa Comba Dão, Viseu, Salamanca e Limoges também me forneceram informação.

Especiais agradecimentos a José Oliveira e ao dr. Zeferino Coelho, da Editorial Caminho, a Duarte Bárbara e a Beatriz Santos, da Texto Editores, e a Sara Gomes, das Publicações Dom Quixote.

Para os meus pais.

"Immer haftet den grossen Heldentaten der Menschheit, weil sie sich so hoch über das mittlere irdische Mass erheben, etwas Unbegreifliches an; aber immer gewinnt nur an dem Unglaubhaften, das sie geleistet, die Menschheit ihren Glauben an sich selbst zurück."

("Em todos os atos heroicos da Humanidade, porque eles se elevam tanto acima da média e do banal, fica sempre qualquer coisa de incompreensível; mas tais atos restabelecem a fé do Homem em si mesmo.")

STEFAN ZWEIG, *Magellan, der Mann und seine Tat*, 1938[1]

---

1 Stefan Zweig, *Magellan, der Mann und seine Tat* (Frankfurt am Main: Fischer Taschenbuch Verlag, 1981), p. 7.

1. A guerra

Não havia tempo a perder. Precisava pôr a família em segurança. Bordeaux já era uma cidade sem luz. Poucos dias antes, os nazis tinham entrado na Polônia. Ao fim de 48 horas, a Inglaterra e a França, aliadas da Polônia, haviam declarado guerra. Embora as suas simpatias estivessem com a França nesse conflito, o cônsul--geral de Portugal em Bordeaux, Aristides de Sousa Mendes do Amaral e Abranches, representava um país neutro. De qualquer modo, a sua família estaria mais segura em Portugal. Os sentimentos de Sousa Mendes como pai protetor (talvez superprotetor) venceram todas as outras considerações naquele momento crítico.

Ele tinha uma família numerosa: nada menos do que oito filhos e quatro filhas, de idades entre os 8 e os 30 anos. O filho Carlos, de 17 anos, já estava em Portugal, estudando. Foi rapidamente decidido que todos os irmãos e irmãs, com exceção de dois, se juntariam a ele. José, de 28, continuaria a ajudar o pai no consulado, e Pedro Nuno, de 19, continuaria os seus estudos de Direito na universidade. A esposa de Sousa Mendes, Angelina, também ficaria. Para além do natural desejo de permanecer ao lado do marido, Angelina tinha, como veremos, uma razão a mais para não querer deixar Bordeaux.

Sousa Mendes estacionou o seu Ford familiar de 17 lugares, feito por encomenda, em frente ao consulado português, no número 14 do Quai Louis XVIII. O consulado ocupava duas grandes salas do primeiro andar desse prédio de cinco andares, situado entre a Esplanade des Quinconces e a Bourse Maritime, em frente dos armazéns e das docas do rio Garonne. Além de um andar térreo, o prédio tinha também uma sobreloja, de modo que era preciso subir dois lances de escadas para chegar ao consulado e à residência. A família de Sousa Mendes vivia nos espaçosos aposentos imediatamente ao lado e atrás do consulado. O andar ocupado pela família Sousa Mendes, com um grande pé-direito, era o mais espaçoso do prédio.

Sousa Mendes colocou às pressas os filhos e filhas no Ford familiar e dirigiu-se para a fronteira.

Aquela viagem era diferente de todas as outras que tinham feito com o pai. As excursões familiares eram sempre ocasiões alegres, mesmo quando carregadas de complicações grotescas, como daquela vez em que toda a família e quatro criadas tinham sido retidas na fronteira da Dinamarca porque as autoridades dinamarquesas, não acostumadas a espetáculos tão insólitos, suspeitaram que todos no grupo fossem espiões ou alguma espécie de indesejáveis. Os guardas da fronteira não estavam habituados a ver tanta gente num veículo particular. E que veículo! O antecessor do Ford feito por encomenda tinha sido um pequeno caminhão Chevrolet, transformado num carro de passageiros familiar de aspecto extremamente bizarro. Tinha sido batizado por Sousa Mendes como *Expresso dos Montes Hermínios*, a querida serra da Estrela da sua província natal. Sousa Mendes, nesse tempo cônsul-geral em Antuérpia, conseguira desfazer os receios dos funcionários dinamarqueses e, ao mesmo tempo, ria com gosto a propósito do incidente.

Um homem risonho, cheio de vida e de alegria, era assim que Joana, de 21 anos, via o pai. Ela lembrava-se de uma outra vez em que, incitado por uma versão mais jovem dela própria e dos irmãos e irmãs, o pai competira com um trem e até conseguira ultrapassá-

-lo. Todos gritaram de prazer. Semelhante ato de simples loucura não era característico do homem que levava a sério as suas responsabilidades como pai e como diplomata. Mas dizia alguma coisa sobre o sentido de diversão e de aventura de Sousa Mendes, bem como sobre o orgulho que tinha de suas capacidades de condutor. Essas capacidades teriam de lhe ser úteis em mais de uma ocasião nos agitados meses que se aproximavam. Contudo, naquela viagem o traíram.

Ao olhar de relance para o pai, deve ter sido um homem preocupado o que Joana viu: um homem receoso pela sua família. Joana sabia que havia outros motivos de preocupação. O Ministério dos Negócios Estrangeiros português não tinha autorizado aquela viagem, e se as autoridades descobrissem o que o pai estava fazendo, ele seria acusado de abandonar o posto. Sousa Mendes conhecia a severidade de tal acusação, visto que já a enfrentara duas vezes na sua carreira: em 1916, quando fora obrigado a abandonar temporariamente o seu posto em Zanzibar para levar um dos seus filhos, gravemente doente, a Durban, na África do Sul; e em 1935, quando voltara subitamente a Portugal para comparecer ao funeral do sogro. O primeiro incidente custara-lhe uma reprimenda, e o segundo a abertura de um processo disciplinar.[1]

Sousa Mendes não estava nas boas graças do Ministério dos Negócios Estrangeiros do ditador português (e ministro dos Negócios Estrangeiros), Salazar. As razões eram complexas e remontavam aos anos 1932 e 1933, quando o seu irmão gêmeo, César, também ele diplomata de carreira, fora ministro dos Negócios Estrangeiros de Salazar.

---

[1] Entre as importantes fontes de informação sobre as carreiras de Sousa Mendes e de outros diplomatas portugueses mencionados nesta biografia contam-se o respectivo "processo individual" e, nos casos aplicáveis, o "processo disciplinar" do diplomata em questão. Os "anuários diplomáticos" do Ministério dos Negócios Estrangeiros foram igualmente úteis.

Numa série deliciosamente espirituosa de esboços biográficos – que escreveu para *A Cabra*, jornal dos antigos alunos do Curso de 5º Ano Jurídico de 1906-1907 da Universidade de Coimbra, pouco antes do início da Segunda Guerra Mundial, quando estava colocado na legação polaca em Varsóvia –, César refere-se ao seu irmão como "um retrato meu em tamanho natural".[2] Quando César escreveu essas palavras, a semelhança física entre os dois irmãos tinha-se tornado menos pronunciada com a idade. Aristides tornara-se um pouco mais corpulento, enquanto César mantinha a elegância física que sempre tornara ambos muito atraentes para as mulheres. A sua semelhança física e o fato de as suas vozes serem quase idênticas sempre foram motivo de grande divertimento para os irmãos, em especial quando eram estudantes na Universidade de Coimbra. Não só um dos gêmeos fazia por vezes os exames pelo outro como os dois se divertiam a cortejar a mesma moça em dias alternados. É claro que a pobre jovem não fazia ideia de que o seu admirador não era sempre o mesmo. Foi o mesmo sentido do divertimento e a mesma recusa de viver a plácida mas enfadonha vida de juiz de província, como o pai, que levou tanto Aristides como César para a carreira diplomática.[3] Quando César perdeu a sua primeira mulher, Aristides, "na disponibilidade", passou meses ao seu lado na legação portuguesa em Berlim. Descrevendo esse período da sua vida, César diz o seguinte acerca do seu "retrato... em tamanho natural":

> Era tão fiel esse retrato que, se eu sorria, também ele sorria, e se uma nuvem de pesar me vincava o rosto, lá se desenhava também no seu semblante a minha angústia. Com ele me entretinha em longas conversas

[2] César de Sousa Mendes, *Peregrinação*. Introdução de José da Mata de Sousa Mendes. [lugar de publicação não indicado], Stória, 2006. p. 70.

[3] César de Sousa Mendes, *op. cit.*, p. 22.

> e muitas vezes nelas encontrava o ânimo necessário para defrontar os transes da existência. O meu exílio adoçava-se por esta forma e eu dava graças a Deus por me permitir suavizar assim as minhas penas.[4]

Serem tão próximos – e identificarem-se tanto – infelizmente não tinha só aspectos positivos. Significava também que os inimigos de César facilmente se tornavam inimigos de Aristides. Tanto um como o outro tinham diversos inimigos no Ministério.

Católico fervoroso e monárquico como o irmão Aristides (a família tinha raízes aristocráticas), César tinha sofrido discriminações do regime republicano e antimonárquico que servira durante os primeiros 15 anos da sua carreira. Com o advento da ditadura militar em 1926, a carreira de César começara a subir. Quando o professor Salazar tomou o poder em 1932 e formou o seu primeiro governo, escolheu César como seu ministro dos Negócios Estrangeiros. Salazar dependia em muito do apoio de católicos conservadores como César. Além disso, tal como outros ministros desse primeiro governo, César era originário da mesma região (o norte conservador) que o ditador. Ambos tinham estudado na Faculdade de Direito da Universidade de Coimbra.

Uma vez instalado no seu luxuoso gabinete do Palácio das Necessidades, o palácio cor-de-rosa oitocentista que alberga o Ministério dos Negócios Estrangeiros, César começou a corrigir aquilo que considerava estar errado no Ministério. As suas ideias de reforma incluíam o afastamento de diplomatas que ele sentia deverem as suas posições mais aos seus ideais republicanos do que às suas aptidões diplomáticas. Isso incluía, achava ele, o representante diplomático de Portugal em Praga, Alberto da Veiga Simões, figura republicana que em 1921 fora, durante algum tempo, ministro dos Negócios Estrangeiros.

---

[4] César de Sousa Mendes, *op. cit.*, p. 70.

Os diplomatas republicanos não eram os únicos a merecer a desaprovação de César Mendes. Ele tinha também pouco respeito por algumas pessoas dentro do Ministério, como o secretário-geral Luís de Sampaio, monárquico como ele, mas, ao contrário de César, sem cultura para o cargo que ocupava e sem nenhuma experiência prática no campo diplomático. Sampaio passara toda a sua carreira na Secretaria, subindo a partir de um posto muito insignificante. Tinha adquirido, no entanto, uma característica que César Mendes apenas possuía em menor grau: astúcia e instinto de sobrevivência. A antipatia que César Mendes nutria por ele era recíproca. Sampaio fazia tudo o que podia para desacreditar César Mendes aos olhos de Salazar. O secretário-geral em breve conseguiu convencer Salazar de que o ministro dos Negócios Estrangeiros estava tão obcecado pela sua reforma, proposta mas nunca concretizada, que negligenciava os assuntos correntes do Ministério. Sampaio insinuava também a Salazar que César Mendes perseguia diplomatas como Veiga Simões por fúteis motivos de vingança.[5] César foi demitido. Até o fim da sua carreira, em 1950, não receberia nenhuma promoção ou distinção. Tinha arranjado no Ministério inimigos poderosos para si e para o irmão.

A documentação existente sobre as relações entre César de Sousa Mendes e Alberto da Veiga Simões, embora inconclusiva, não dá uma imagem favorável de nenhum dos dois diplomatas, nem de Aristides, irmão de César, nem do funcionamento do serviço diplomático português. Ajuda, no entanto, a explicar certos aspectos das carreiras de César e de Aristides, bem como o funcionamento interno do Ministério dos Negócios Estrangeiros português.

O serviço diplomático português não estava de modo algum livre das profundas divisões políticas que caracterizaram a sociedade do país durante o período muito conturbado da Primeira

[5] Ver Afonso, *Injustiça* (Lisboa: Caminho, 1990), p. 193-197.

República (1910-1926). Uma dessas divisões se dava entre os monárquicos e os republicanos. Tanto Aristides como César eram monárquicos confessos, e as suas carreiras sofreram com isso. Como membro destacado e ativo do Partido Republicano Popular, Veiga Simões encontrava dificuldades de outra ordem. O seu partido, que tinha pouco apoio eleitoral, opunha-se à ordem republicana tradicional. Só podia contar com meios revolucionários para conquistar o poder. Um golpe militar em outubro de 1921 deu esses meios ao partido. O partido participou do novo governo formado pela junta revolucionária e Veiga Simões tornou-se ministro dos Negócios Estrangeiros. Os dois governos de que Veiga Simões fez parte como ministro dos Negócios Estrangeiros eram particularmente desprezados por muitos monárquicos como César, não apenas por resultarem de um golpe militar, mas também porque, com ou sem razão, eram ligados à assim conhecida Noite Sangrenta, que resultou em dois assassinatos políticos.

Havia, infelizmente, nas relações entre César e Veiga Simões fatos que não abonavam a favor de nenhum dos dois diplomatas. Tinham ganhado uma forte antipatia um pelo outro quando os seus percursos profissionais tinham se cruzado em 1923, em Helsinque, onde César era encarregado de negócios interino, e Veiga Simões (que já não ocupava o posto de ministro dos Negócios Estrangeiros) era enviado especial e ministro plenipotenciário encarregado de reorganizar os serviços consulares portugueses na Finlândia e em vários outros países europeus. Veiga Simões ganhou um inimigo para toda a vida por, nesse ano, ter denunciado César ao Ministério a propósito de um caso de perda de documentos. O fato de terem sido ambos nomeados posteriormente para a Comissão de Reparações, o que os punha em contato um com o outro em Berlim, só serviu para agravar os sentimentos de animosidade.

No ano seguinte, Veiga Simões também virou contra si os três secretários da legação em Berlim, ao tornar manifesto que os considerava incompetentes e indignos de ocuparem o posto que tinham. Esses três secretários eram monárquicos. Um deles era José Eduardo Vaz Sarafana, amigo de César. Não admira que, em 1924, os três secretários e César fizessem uma série de acusações contra Veiga Simões, que resultaram num processo disciplinar. Essas acusações iam desde incompetência profissional e corrupção até acusações de estilo de vida depravado. Os seus pormenores não são importantes, visto que nada se provou e Veiga Simões viu-se oficialmente ilibado. O problema se deu porque o nome de Veiga Simões foi arrastado para a lama na imprensa monárquica. E como se isso não bastasse, foram exercidas pressões, de forma que, quando a Primeira República foi derrubada por um golpe militar em 1926, as acusações iniciais contra Veiga Simões voltaram a ser examinadas. Tal como antes, foram consideradas infundadas ou não provadas, tendo sido arquivadas.

Em 1933, Veiga Simões viu-se outra vez em dificuldades. César de Sousa Mendes era agora ministro dos Negócios Estrangeiros, e portanto seu superior. Tinham decorrido dez anos, mas nada estava perdoado. César sentiu-se no direito de perseguir Veiga Simões. Desta vez porque, em sua opinião, o diplomata passava muito tempo em Paris e muito pouco no seu posto. O problema foi que, embora o chefe de gabinete de César, José Eduardo Vaz Sarafana, tivesse conseguido obter uma queixa do encarregado de negócios checo em Lisboa, Karel Strupp, o ministro checo dos Negócios Estrangeiros, Edward Beneš, decidiu tomar o partido de Veiga Simões. César havia cometido alguns erros graves: tinha decerto violado os direitos de Veiga Simões, colocando-o na disponibilidade sem nem sequer o ouvir, e tinha aberto apressadamente um processo disciplinar.

Os erros de César não pararam por aí. O que pensou César fazer ao ver que o processo disciplinar contra Veiga Simões não levava a nada? Quis reabrir o processo disciplinar de 1924. Como tencionava ele fazer isso sem correr o risco de o acusarem de perseguir Veiga Simões? Propôs que fossem nomeados juízes para examinar a adequação de todos os cargos diplomáticos. O secretário-geral, Teixeira de Sampaio, ficou horrorizado quando Aristides, que conhecia o que se passava e apoiava o irmão, lhe contou a ideia de César. Sampaio rapidamente informou Salazar. Era evidente para ambos que semelhante proposta lançaria a suspeição sobre todo o serviço diplomático português. Salazar retirou imediatamente o processo disciplinar das mãos do ministro. César não teve outro remédio senão demitir-se. O Conselho Disciplinar do Ministério, depois de o caso lhe ser apresentado por Sampaio, rapidamente declarou que Veiga Simões era inocente da acusação de ter abandonado o seu posto. A maneira como tudo isso foi explicado à imprensa nos comunicados oficiais feria gravemente a reputação de César, que ficou pessoal e profissionalmente abalado. Pior ainda, ele tinha perdido status e havia criado inimigos poderosos, para si e para Aristides: todos aqueles que sentiam que as "reformas" planejadas por César se dirigiam contra eles. Veiga Simões saiu-se melhor do que César: poucos meses depois foi promovido e transferido para a legação em Berlim. Mas os seus próprios problemas estavam longe de ter terminado.[6]

Atacar o irmão gêmeo, Aristides, era um modo que Sampaio e os seus amigos na Secretaria tinham de atingir César Mendes. Por conseguinte, cada pequeno deslize de Aristides como diplomata era zelosamente registrado. Aristides não podia permitir-se uma

---

[6] Para compreender as relações entre César de Sousa Mendes e Veiga Simões são essenciais os documentos dos processos disciplinares deste; o relatório de sindicância do processo disciplinar de 1924, publicado no *Diário do Governo*, II Série, 2º trimestre de 1925, p. 126-127; e uma justificação escrita dos atos que praticou em relação a Veiga Simões, "A Bem da Nação", que César desejava publicar mas que Salazar não autorizou; ver também Rui Afonso, *Injustiça*, p. 35-37, 193-197; e Lina Madeira, *Alberto da Veiga Simões*, p. 121-128, p. 159-160.

infração disciplinar séria. A sua transferência para Bordeaux no ano anterior, depois de nove anos como cônsul-geral em Antuérpia, Bélgica, posto mais lucrativo e prestigioso, tinha sido uma despromoção e uma punição por uma série de pequenas infrações. Sofrer outro processo disciplinar agora significaria provavelmente a suspensão do serviço ativo e a ruína tanto financeira como profissional. Um homem com uma família numerosa não pode encarar semelhante eventualidade sem perturbação.

Tais pensamentos provavelmente dominavam o espírito de Sousa Mendes enquanto conduzia o seu carro pela ponte internacional que liga a cidade fronteiriça francesa de Hendaye à sua congênere espanhola, Irún. A travessia foi relativamente fácil por causa do seu passaporte diplomático. A fronteira estava bem guardada. Havia boas razões para isso. A Espanha saíra poucos meses antes de quase três anos de guerra civil fratricida. O país estava em ruínas. Havia carências de toda a espécie. Mais de meio milhão de espanhóis tinham sido mortos em combate e cerca de 100 mil seriam condenados à morte pelos tribunais militares. Nos últimos meses dos combates, literalmente centenas de milhares de republicanos, inimigos do generalíssimo Franco, tinham atravessado a fronteira para a França. As autoridades fronteiriças espanholas não queriam correr riscos: não queriam que nenhum dos seus inimigos regressasse – a não ser para enfrentar o pelotão de fuzilamento.

Fora uma guerra civil particularmente feroz, com atrocidades horríveis de ambos os lados. A escala e a insensatez da destruição não eram para acalmar paixões. A cidade basca de Irún tinha sido particularmente atingida. Quando as forças republicanas que ocupavam a cidade no início da guerra civil foram forçadas a retirar em setembro de 1936, deitaram fogo à maior parte da cidade. A reconstrução demoraria ainda alguns anos.

Sousa Mendes atravessou esse país devastado e ensanguentado. Fez tão poucas paradas quanto possível. Não que tivesse alguma coisa a temer como representante diplomático de Portugal. Os regimes de Salazar e de Franco tinham muitos pontos de semelhança e gozavam de excelentes relações. Apenas seis meses antes, os dois países tinham assinado um "Tratado de amizade e não agressão". A cooperação entre os dois regimes incluía, no entanto, relações estreitas entre as polícias políticas espanhola e portuguesa.[7] Sousa Mendes tinha boas razões para temer interrogatórios.

Os nervos desempenharam, sem dúvida, um papel no acidente ocorrido no campo perto de Salamanca. Ao descer uma colina, o Ford tombou de lado, resvalou na estrada e virou-se completamente. O veículo deteve-se mesmo à beira de uma vala de dez metros. Dois dos passageiros, a filha Clotilde e uma prima, sofreram pequenos ferimentos, mas todos os restantes saíram ilesos.

Os ferimentos eram leves mas exigiam tratamento imediato. As duas vítimas sangravam abundantemente. O remédio surgiu sob a forma de outra coincidência fortuita: a chegada de uma limusine pertencente ao corpo diplomático e equipada com um estojo de primeiros socorros.

As coincidências tornaram-se ainda mais bizarras. A seguir parou um carro que transportava algumas freiras espanholas. Uma das irmãs perguntou ingenuamente a Sousa Mendes se estava trocando um pneu. O carro seguinte a parar trazia duas ocupantes – uma atraente dama nobre espanhola, alta e de meia-idade, e a filha de 10 anos – que também exprimiram a sua simpatia. Depois de se assegurar de que as vítimas do acidente não corriam perigo imediato, a senhora partiu, prometendo enviar ajuda de Salamanca. O seu nome era Doña Carmen Polo y Martínez Valdés e o nome da filha era Carmencita. Eram a mulher e a filha do generalíssimo Franco!

[7] Douglas L. Wheeler, "In the Service of Order: the Portuguese Political Police and the British, German and Spanish Intelligence, 1932-1945", *Journal of Contemporary History* (London), v. 18, nº 1 (January, 1983), p. 15-18.

Sousa Mendes e os seus passageiros passaram a tarde ao calor tórrido. Ao entardecer chegou de Salamanca um caminhão de reboque.

O receio de ser detectado pelas polícias políticas espanhola e portuguesa pode ter contribuído para o acidente. O mesmo receio impediu Sousa Mendes de ir além da localidade fronteiriça espanhola de Fuentes de Oñoro. Silvério, primo de Sousa Mendes, esperava ali para conduzir o carro pelo resto do caminho até a casa desse último, na aldeia de Cabanas de Viriato. Sousa Mendes e a mulher regressaram a Bordeaux de trem.

Não há nenhuma maneira de saber em que pensava Sousa Mendes na longa viagem de regresso a Bordeaux nem de que falaram ele e sua mulher, Angelina. Não podiam deixar de estar horrorizados por aquilo que viam ao atravessar a Espanha. Sousa Mendes tinha um grande afeto por esse país. Ocupara o posto de cônsul-geral em Vigo de 1927 a 1929. Tinha atravessado a Espanha um sem-número de vezes durante os dez anos em que estivera colocado na Bélgica e na França. Conhecia a paisagem e o povo. O espetáculo que agora se apresentava aos seus olhos era de partir o coração.

Sousa Mendes culpava o regime de Franco por tudo aquilo que via. Ele não partilhava já as simpatias do governo português por Franco. Católico genuinamente devoto, Sousa Mendes indignava-se com o fato de o ditador espanhol usar a religião com fins políticos. Ficou horrorizado ao saber que Franco depusera a sua espada de cerimônia aos pés de uma estátua de Cristo com um arrogante: "Ao teu serviço!". "Como é que ele pensa que pode servir Cristo matando?", foi a reação incrédula de Sousa Mendes.

Talvez nessa viagem através da Espanha os pensamentos de Sousa Mendes assumissem um curso mais pessoal. Ele tinha uma amante: Andrée Cibial Rey, uma atraente loira de Limoges, com olhos de cor de esmeralda. Conhecera-a em Bordeaux. Angelina sabia do caso e, naturalmente, tinha ciúmes.

Para aqueles que conheciam o cônsul-geral e a mulher, a notícia do caso deve ter sido um verdadeiro choque. À superfície, o casamento parecia sólido; a família, feliz.

O casal conhecera-se praticamente durante toda a vida. Aristides nascera em Cabanas de Viriato, na Beira Alta; Angelina em Beijós, uma aldeia próxima. A diferença de idade entre eles era de apenas três anos, tendo Aristides nascido em 19 de julho de 1885 e Angelina em 20 de agosto de 1888.

Tinham sido namorados na adolescência, e o romance continuou enquanto Aristides era estudante de Direito na Universidade de Coimbra. Licenciara-se em 1908 e casara com Angelina dois anos mais tarde, um ano antes de ingressar na carreira diplomática.

Para se casarem, Aristides e Angelina tiveram de obter uma dispensa especial da Igreja. Era um caso de dupla consanguinidade: os pais de Aristides e de Angelina eram irmãos e as mães eram irmãs. Em conformidade com o Direito Canônico desse tempo, a dispensa episcopal indica como razão para permitir o casamento o fato de os noivos não terem a possibilidade de encontrar parceiros apropriados com quem não tivessem parentesco, dado o meio pequeno em que viviam e namoravam.

Isso podia ter alguma verdade no caso de Angelina, mas decerto não no caso do marido. Para além dos anos que estudara em Coimbra, vivera também em Aveiro e Évora, onde o pai tinha sido colocado como juiz do distrito.

Quaisquer que fossem as justificações, os casamentos entre primos em primeiro grau não eram incomuns nesse tempo, e os pais do casal já tinham criado um precedente de laços familiares mais próximos que o normal. Além disso, do lado materno da família havia sangue azul, e as uniões desse gênero eram comuns entre a nobreza.

Esses casamentos tinham os seus aspectos positivos, tais como a longa familiaridade do casal e interesses familiares comuns, mas representavam também endogamia e um estreitamento dos horizontes afetivos e intelectuais. Muitas vezes, os esposos tinham pouca coisa em comum, além do fato de terem vivido a maior parte da vida deles em estreita proximidade e de se esperar que se casassem.

Não é fácil avaliar em que medida isso era verdade no caso de Aristides e Angelina. Desde a adolescência, os seus sentimentos um pelo outro não eram segredo para ninguém. Partilhavam certas qualidades: eram ambos invulgarmente bondosos, justos e generosos.

Ela acompanhou-o até a insalubre Guiana Inglesa, para onde ele foi designado cônsul-geral em maio de 1910. O primeiro filho, Aristides César, tinha apenas 7 meses. A frágil saúde obrigou o casal a deixar a Guiana Inglesa no ano seguinte.

Os aspectos negativos da experiência na Guiana não impediram Angelina de permanecer ao lado do marido quando, em dezembro de 1911, ele assumiu o posto de cônsul-geral na igualmente insalubre Zanzibar. Ali lhe deu ela quatro filhos, sendo o último o seu sexto. A vida na cidade de Zanzibar, capital da África Oriental Britânica, foi para a família Sousa Mendes uma interminável litania de enfermidades maláricas e brônquicas. Aos 5 anos, o filho Aristides já sofria de asma, hereditária na família, que o havia de afligir por toda a vida.

A doença trouxe a família de volta a Portugal por um período que se estendeu de abril de 1914 a junho de 1915. Uma mulher de caráter fraco teria insistido em ficar em Portugal com os seus rebentos, mas Angelina era feita de outra massa. Quando Sousa Mendes regressou a Zanzibar para retomar as suas funções, Angelina e o resto da família foram com ele.

A Zanzibar seguiram-se colocações em Curitiba (Brasil) de 1918 a 1919, São Francisco (EUA) de 1921 a 1924, Maranhão e Porto Alegre (Brasil) de 1924 a 1926, Vigo (Espanha) de 1927 a 1929, Antuérpia de 1929 a 1938, e finalmente Bordeaux. Angelina aceitou todas essas mudanças, recusou-se a ficar separada do marido, deu-lhe nada menos de 14 filhos e viu morrer dois deles.

Angelina deu ao marido apoio moral durante o período de grandes dificuldades na sua carreira, que foi de 1919 a 1926. A sua única separação, em 1921-1922, foi provavelmente resultado de dificuldades financeiras. O que aconteceu foi o fato de o Ministério dos Negócios Estrangeiros ter afastado Sousa Mendes do serviço ativo, como castigo pelas suas ideias antidemocráticas e antirrepublicanas. Em vez disso, Sousa Mendes trabalhou, em caráter não oficial, como secretário privado do irmão na legação portuguesa em Berlim. César Mendes era encarregado de negócios na capital alemã. Perdera subitamente a mulher, de 29 anos de idade, em novembro de 1920, e estava profundamente abalado pela sua tragédia pessoal. Aristides fez tudo quanto podia pelo irmão. Foi a única ocasião da sua longa carreira em que Aristides esteve separado de Angelina.

Em todo o caso, o casamento tinha problemas. As razões não são difíceis de descortinar. Depois de dar à luz 14 filhos, não era de surpreender que Angelina tivesse perdido a forma. Tinha-se transformado no estereótipo da rechonchuda mãe latina. Além disso, uma mulher que dá à luz e cria 14 filhos, mesmo que tenha criadas, tem pouco tempo para fazer muito mais. Angelina não era exceção a essa regra. Em momentos de fúria, Aristides queixava-se do espírito limitado e provinciano da mulher, da maneira como ela cumpria os seus deveres sociais de esposa de um diplomata e dos seus pequenos acessos de injustificado ciúme.[8]

Com toda a justiça para Angelina, que é que o marido esperava? A mulher crescera numa pequena aldeia de um país

[8] Entre o pequeno número de documentos recuperados da residência de Sousa Mendes em Cabanas de Viriato, e hoje na posse da Junta de Freguesia, encontra-se um rascunho de quatro páginas, não datado, de uma carta em que Sousa Mendes faz precisamente essas acusações.

atrasado, onde mais de quatro anos de escolaridade era considerado um luxo desnecessário para a maioria das pessoas – em especial as mulheres. Angelina não tivera as oportunidades que Sousa Mendes proporcionou às suas filhas. Certamente não era uma grande autoridade em música, em arte ou em poesia, mas por vezes lia para os filhos e ajudava-os no estudo da língua e da literatura portuguesas. Mais tarde, o filho Luís Filipe lembrava como a mãe o guiara na leitura de autores como Camilo Castelo Branco e Pinheiro Chagas. Ela dava-lhe até mesmo exercícios para fazer. Ele havia de atribuir a ela o seu amor de toda a vida pela língua portuguesa.

Angelina era fundamentalmente uma boa mãe e boa dona de casa, não uma anfitriã da alta sociedade. Mesmo assim, organizava numerosos jantares e chás e acompanhava o marido em inúmeras funções diplomáticas. Pelo menos um jornal belga comentou as suas aptidões como anfitriã.[9]

A sua educação era limitada, mas Angelina não deixava de ser dotada de muito boas qualidades, como a cordialidade, a lealdade e a coragem. Talvez elas devessem ser suficientes para o marido. Mas não eram.

Sousa Mendes encontrava na sua amante algumas dessas qualidades que faltavam. Seria difícil imaginar um mais perfeito contraste com a maternal Angelina. Andrée Cibial Rey não tinha nada de maternal.

Isso não era muito surpreendente, dada a infância difícil de Andrée. Era filha de um casal de Limoges, Wilfrid Cibial e Elma Rey. A mãe de Andrée era de ascendência espanhola. Morrera ao dar à luz uma menina natimorta quando Andrée tinha apenas

---

[9] Processo Individual de Aristides de Sousa Mendes, anexo ao ofício nº 182, 11 de outubro de 1937, do consulado em Antuérpia, dirigido ao ministro dos Negócios Estrangeiros, Salazar.

3 anos. A tragédia marcou naturalmente a criança. Andrée e o irmão foram depois viver com uma das irmãs do pai em Bergerac, cidade do interior a oeste de Bordeaux. As duas crianças frequentavam ali a escola e passavam as férias no campo, perto da cidade de Ribérac, com outra das irmãs do pai e o marido desta, engenheiro. Andrée teve uma educação tão normal quanto se podia esperar, atendendo ao fato de que mal conheceu a mãe e de que o pai, modesto trabalhador em Bordeaux, só irregularmente a visitava.

Com o tempo, Andrée passou a olhar a tia e o tio como seus verdadeiros pais. Esse casal bondoso sentia pena da menina de quem decidira tomar conta e, como consequência, cometeu um erro sério na sua educação: deixavam Andrée fazer quase tudo o que queria. A criança era muito inteligente, e cedo aprendeu a fazer os outros vergarem-se à sua vontade. Mas não aprendeu a paciência nem a autodisciplina. Extremamente imaginativa e cheia de desejos de aventura, Andrée também nunca aprendeu a esperar as realidades e responsabilidades normais da vida do dia a dia. Achava que tinha sido criada para um destino mais alto.

Além de ser inteligente, tinha talento para a música. A tia e o tio, católicos devotos e pessoas generosas, deram-lhe a possibilidade de estudar canto, piano, teoria musical e história da música no conservatório de Bordeaux. Ela saiu-se bem nos seus estudos de música e até recebeu uma menção honrosa em canto. Mas, ao que parece, Andrée nunca fez nenhuma tentativa séria para fazer uso profissional ou prático de seu talento e dos anos de estudo. Para ela, a música era para seu próprio prazer e, supostamente, para o prazer do homem que a resgatasse das banalidades da existência cotidiana.

Tinha ilusões de grandeza. O homem que escolhesse devia erguer-se muito acima do comum dos homens. Andrée queria uma existência fácil: uma vida na alta sociedade; uma vida de festas e danças sem fim. Gostava de dançar. Era pequena, mas os homens achavam-na atraente. Vestia-se com estilo. Tocava piano deliciosamente e tinha uma encantadora voz de soprano. A despeito de todos os seus encantos, aos 31 anos Andrée estava solteira.

Em Aristides de Sousa Mendes encontrou o seu ideal. Andrée conheceu-o numa festa diplomática de gala em Bordeaux. Nessa ocasião ela resplandecia; embora o cônsul de certo país da América Latina a tivesse perseguido durante todo o evento, ela só tinha olhos para o cônsul de Portugal, que lhe pareceu belo e elegante.[10] A diferença de idade – 23 anos – não era problema para Andrée. Pode até, em parte, ter contribuído para a atração. Não é forçoso subscrever as teorias freudianas para admitir que muitas mulheres escolhem amantes ou maridos que se parecem com os pais. A tendência pode ter sido exagerada nessa mulher que só esporadicamente via o pai quando criança.

É também interessante notar que Aristides de Sousa Mendes tinha certa semelhança com o tio engenheiro, Monsieur Parcellin, que Andrée acabara por encarar não apenas como protetor mas também como seu verdadeiro pai. O tio e o amante partilhavam não só a fé mas também certa característica humana. Ambos eram considerados por toda a gente homens excepcionalmente bons – bons demais, diziam alguns. Essa qualidade – ou fraqueza, como se queira chamar – de Aristides sem dúvida atraiu Andrée. Talvez ela sentisse que ele satisfaria os seus caprichos como o tio fizera.

Ele, na verdade, parecia estar em posição de fazê-lo. Como diplomata, movia-se num mundo de nobreza e realeza. Não só tinha assistido ao casamento do príncipe Leopoldo e da princesa Astride, como a sua filha Teresinha fora uma das damas de honra. Muito

---

[10] E-mail de Marie-Rose Faure, ao autor, 29 de janeiro de 2008.

mais do que ter apenas um porte aristocrático, Sousa Mendes descendia realmente de uma família de viscondes portugueses. Era um tradicionalista e um firme monárquico e parecia uma garantia de conforto e de segurança tradicional, no mundo em mudança radical dos anos 1930.

Andrée não podia saber que tudo o que Aristides possuía estava numa casa de dimensões palacianas que, além do mais, estava hipotecada. Sousa Mendes possuía também algumas terras, que, embora férteis, quase não lhe davam rendimento. Ele queixava-se frequentemente ao Ministério de que o vencimento de diplomata não era apropriado para sustentar a sua numerosa família, nem para desempenhar adequadamente as suas funções sociais de seu cargo. Passava frequentemente por dificuldades financeiras. Andrée provavelmente não sabia nada disso. Sousa Mendes não era homem para perturbar os que o rodeavam com os seus problemas – financeiros ou outros.

Não podia, no entanto, esconder-lhe que tinha mulher e uma família numerosa. Esse obstáculo parecia menor agora que a maior parte da família regressara a Portugal. Além disso, o lado paternal de Aristides talvez fosse, como foi sugerido, uma parte importante da atração.

Permanecia, contudo, a presença indesejada da esposa legítima. Como ia Andrée rebaixar a sua rival e livrar-se de culpa? A resposta veio quando soube que Aristides e Angelina, além de marido e mulher, eram primos em primeiro grau. A partir daí, no entender de Andrée, o casamento era nulo. A dispensa episcopal não significava nada aos seus olhos; Aristides era dela por direito, não de Angelina.

O amor de Andrée por Aristides era e iria permanecer, até a morte, um amor muito intenso. O caráter instável de Andrée contribuiu sem dúvida para a sua necessidade obsessiva de ser protegida e amada por aquele homem.

O amor de Aristides por Andrée era mais fraco mas não menos real. Ele acabaria por temer a sua natureza perturbada e perturbadora, bem como as temíveis cenas que ela fazia. Isso não alterava o fato de Andrée possuir características que Aristides sentia faltarem na esposa: talento para a música (porque ele gostava de ópera e de música em geral); inteligência e imaginação; talentos sociais; e, claro, atração sexual.

Aristides pagaria um elevado preço por essa relação com Andrée. Ela seria a fonte de muitas discórdias matrimoniais, bem como a causa, mais tarde, de um rompimento entre ele e a família. O caso ia contribuir para a sua angústia nos difíceis meses que se seguiram.

Mas, enquanto o seu trem corria para Bordeaux, Sousa Mendes não fazia ideia da provação que o esperava.

2. Desobediência

As dificuldades de Sousa Mendes começaram com as novas regras para a concessão de vistos que recebeu em novembro de 1939. As instruções estavam contidas na Circular nº 14, com data de 11 de novembro de 1939, assinada pelo secretário-geral do Ministério dos Negócios Estrangeiros, Luís Teixeira de Sampaio, "[pelo] Ministro".[1] O ministro era o ditador português Salazar, que detinha várias pastas.

Já em fins de outubro de 1938, a Circular nº 10 tinha introduzido restrições aos vistos para os judeus que quisessem entrar em Portugal, exigindo que eles adquirissem vistos de turistas por 30 dias. Ao abrigo de um acordo de 1926, anteriormente todos os alemães e austríacos estavam isentos de vistos. Como agora todos os judeus alemães e austríacos tinham de ter os seus passaportes marcados com um grande "J", era difícil escapar a essa medida discriminatória. A razão da mudança da política portuguesa era o receio de que um grande número de imigrantes judeus quisesse entrar em Portugal, devido à grande emigração judaica que se seguiu à anexação da Áustria em março desse ano e à continuação da perseguição aos judeus alemães. Curiosamente, o representante

[1] Ver o processo disciplinar de Sousa Mendes, folha 75.

diplomático português em Berlim, Alberto da Veiga Simões, foi um dos que sugeriram que as restrições deviam ir muito mais longe para evitar um afluxo maciço a Portugal de judeus pobres e despojados. Era esse mesmo diplomata, um tanto contraditório, que mantinha o Ministério informado dos horrores do antissemitismo nazista; que forneceu pelo menos três vistos irregulares a judeus em janeiro de 1939; que, em março, se queixou ao Ministério de uma companhia de navegação alemã que não deixava embarcar os judeus com vistos portugueses, embora estes se arriscassem a ser internados num campo de concentração; e que debateu com o Ministério, em abril de 1939, acerca da conveniência de passar um visto a um cidadão checo. A atitude essencialmente conservadora de Simões parece ter variado em alguns casos em que ele conhecia pessoalmente o requerente do visto ou em que este possuía boa posição social. Muito provavelmente, os novos regulamentos que Veiga Simões (entre outros) tinha pedido não eram do seu inteiro agrado.[2]

As razões para tornar mais rígidas as exigências na concessão de vistos eram dadas no preâmbulo das novas instruções. As "circunstâncias anormais" haviam levado o Ministério a "adotar certas providências, embora a título provisório...". O objetivo era evitar "quanto possível", na concessão de vistos, "abusos e práticas de facilidades" que a polícia política achava "inconvenientes ou perigosas...".[3]

Possuía a polícia política dons de presciência, ou tratava-se de simples reação a um súbito afluxo a Portugal de pessoas que considerava indesejáveis? Essa última hipótese parece mais provável.

Fosse qual fosse a razão para as novas regras, dizia-se que a autoridade moral para as mudanças era a polícia política. O autor da

---

[2] Irene Pimentel, *Judeus em Portugal durante a II Guerra Mundial* (Lisboa: A Esfera dos Livros, 2006), p. 79-83.

[3] *Processo disciplinar de Aristides de Sousa Mendes,* folio 75.

Circular nº 14, Salazar, afirmava que essa ilustre corporação, como guardiã das leis e dos interesses da nação, decidia tais questões em vez de se limitar a obedecer e executar as ordens arbitrárias do regime. A suposta autonomia da ordem legal era um dos muitos mitos que o "Estado Novo" de Salazar procurava promover. Era, contudo, a autorização prévia de Salazar, e não da polícia política, que agora se exigia antes de poder conceder um visto a várias categorias de refugiados.

Quem eram esses refugiados escolhidos para tratamento especial? Entre eles incluíam-se opositores políticos de Salazar, bem como escritores e intelectuais dissidentes que viviam exilados na França, alguns dos quais – incluindo Bernardino Machado, antigo presidente democraticamente eleito – na região de Biarritz. Entre aqueles que também achariam quase impossível obter vistos portugueses com os novos regulamentos contavam-se os mais desesperados dos refugiados europeus. Mais especificamente, incluíam os estrangeiros cuja nacionalidade era "indefinida, contestada ou em litígio", apátridas, "portadores de passaportes Nansen", "russos", "judeus expulsos dos países da sua nacionalidade ou de aqueles de onde provêm", e todos aqueles que, por uma razão ou por outra, estavam em situação de "não poderem regressar livremente ao país de onde provêm...".[4]

Estava claro para Sousa Mendes, ao ler aquelas novas instruções, que os refugiados alvo de discriminação eram precisamente aqueles que mais tinham a temer dos nazistas. Entre eles destacavam-se os opositores judeus e não judeus a Hitler que tinham fugido da Alemanha ou dos países sucessivamente ocupados pelos seus exércitos: Áustria, Checoslováquia e Polônia.

---

[4] *Ibidem*, folha 76. Segundo Irene Pimentel, a restrição aos vistos emitidos aos apátridas, portadores de passaportes Nansen e russos foi imposta pela primeira vez em 1935, *op. cit.*, p. 52.

Obviamente, eles não podiam regressar livremente aos países de onde vinham. Não menos motivos de receio tinham os judeus poloneses e russos portadores de passaportes Nansen emitidos pelo Alto Comissariado para os Refugiados da Sociedade das Nações. O discurso de Hitler despertava recordações de *pogroms* e outras formas de perseguição por que esses refugiados já tinham passado.

Repugnava a Sousa Mendes a ideia de ter de discriminar pessoas desesperadas que se opunham ou receavam um regime que ele também detestava. Mas o que realmente o exasperava era o fato de passar a ser obrigado a perguntar aos refugiados se eram judeus. Isso o chocava por ser não apenas odioso mas também inconstitucional. A Constituição portuguesa em vigor – ironicamente um produto do regime de Salazar – proibia a discriminação religiosa. No entanto, Sousa Mendes era suficientemente realista para compreender que os direitos do homem consagrados na Constituição não passavam, na prática, de meras falácias. O regime de Salazar espezinhava constante e sistematicamente esses direitos fundamentais.

Sousa Mendes sabia que protestar contra as instruções recebidas não levaria a nada e equivaleria ao suicídio da sua carreira. Nos meses que se seguiram, fez ao Ministério numerosos pedidos não oficiais para ser autorizado a voltar a Portugal, mas esses pedidos foram ignorados.[5] Apesar de achar os novos regulamentos repugnantes, teria de cumpri-los.

O caso do visto concedido por Sousa Mendes ao escritor alemão Albert Vigoleis Thelen no fim de agosto de 1939 ilustra o fato de que, até então, os diplomatas portugueses tinham gozado de uma liberdade muito maior na concessão de vistos. Sousa Mendes não era o único a sentir que o Ministério, em particular o secretário-geral, Teixeira de Sampaio, e a polícia política (PVDE) tinham

[5] Segundo Joana Mendes.

demasiada influência na concessão ou não dos vistos. Na legação portuguesa em Berlim, por exemplo, Alberto da Veiga Simões queixou-se repetidamente do excessivo poder de decisão da polícia. A sua atitude acabaria por conduzir ao seu afastamento definitivo do serviço ativo.[6] Segundo as novas regras, Sousa Mendes não podia ter passado um visto a Thelen. Embora fosse católico e não judeu, o poeta e romancista antifascista alemão, que tinha vivido exilado em Maiorca, era procurado pela Falange espanhola e pela Gestapo alemã. O seu passaporte, e muito provavelmente ele não o tinha renovado desde que saíra da Alemanha, em 1931, indicaria que ele não tinha o direito de permanecer na França. Ele não tinha meios de subsistência em Portugal e não podia regressar à Alemanha.[7] Thelen informou Sousa Mendes de que Teixeira de Pascoaes convidara a ele e a esposa, Beatrice, a serem seus hóspedes em Portugal. Segundo o escritor alemão, que muitas vezes apagava a fronteira entre fatos e ficção, isso impressionou Sousa Mendes, que lhe disse ter estudado com Teixeira de Pascoaes (improvável, porque Teixeira de Pascoaes era 11 anos mais velho).[8] Thelen e a mulher obtiveram os seus vistos.[9] Depois de escapar por pouco na Espanha e outra vez na fronteira luso-espanhola, o casal chegou a Portugal em 29 de agosto e à propriedade de Teixeira de Pascoaes, em São João de Gatão (perto de Amarante), no dia 1º de setembro.[10]

---

[6] Pimentel, *op. cit.*, p. 79-83, 100-101.

[7] Albert Vigoleis Thelen, *Cartas a Teixeira de Pascoaes*, organização e prefácio de Antônio Cândido Franco (Lisboa: Assírio & Alvim, 1997), p. 37-40.

[8] Arno Piechorowski, "Albert Vigoleis Thelens *Übersetzungen* des Portugiesen Teixeira de Pascoaes", *Albert Vigoleis Thelen,* ed. Jattie Enklaar e Hans Ester (Amsterdam: Rodopi, 1988), p. 90; Jürgen Pütz, *Doppelgänger seiner selbst* (Wiesbaden: Deutscher Universitätsverlag), p. 28.

[9] Pimentel, *op. cit.*, p. 100.

[10] Pechorowski, p. 90-91; Pütz, p. 28-29; Morriën, *Cryptogram* (Amsterdam: G. A. van Oorschot, 1968), p. 131. O casal permaneceu em Portugal até 1947,

O poeta holandês Hendrik Marsman e a sua mulher Rien, que também tinham um convite de Teixeira de Pascoaes, decidiram não acompanhar os seus amigos, os Thelen, embora não tivessem tido dificuldades em que Sousa Mendes lhes passasse vistos portugueses antes da mudança dos regulamentos. A decisão dos Marsman de permanecer na França teria consequências trágicas para eles.[11] Segundo as novas regras, Mendes não estava autorizado a emitir vistos para Marsman e para os outros inúmeros refugiados.

No entanto, nem as circunstâncias nem a sua consciência deixariam Sousa Mendes em paz. Não é possível saber quantas vezes o cônsul-geral de Portugal em Bordeaux torceu ligeiramente as regras para ajudar aqueles que imploravam a sua ajuda. O que sabemos é que o fez pelo menos duas vezes – e foi apanhado.

A primeira ocasião foi o caso de Arnold Wiznitzer, um judeu austríaco. Antigo professor universitário que se doutorara na Universidade de Viena, Wiznitzer enfrentava agora a sorte reservada pelas autoridades francesas a numerosos intelectuais antinazistas estrangeiros: o confinamento num campo. Milhares de outros estrangeiros – principalmente alemães, austríacos e judeus – já tinham

---

data em que, segundo Thelen, a influência de Pascoaes já não era suficiente para protegê-lo das suspeitas da polícia portuguesa. Sob o pseudônimo de Leopold Fabrizius, Thelen tinha escrito artigos sobre escritores alemães expatriados para a revista antifascista *Het Vaderland* (*A Pátria*), cujo diretor literário era o seu amigo holandês Menno ter Braak (Albert Vigoleis Thelen, *Die Literatur in der Fremde*, organizado e traduzido do holandês com um prefácio de Erhard Louven, Bonn, Weidle Verlag, 1996). Os nazis e as autoridades espanholas de Maiorca tinham decidido havia muito que Thelen era comunista, e essa fama o tinha seguido até Portugal. Thelen tinha pouco interesse pelo marxismo, mas manifestava interesse pelas ideias anarquistas. A polícia política provavelmente via pouca diferença entre essas duas filosofias políticas. Foi Rien Marsman, a viúva de Hendrik Marsman, quem preparou aos Thelen o caminho para a Holanda (Piechorowski, *op. cit.*, p. 91; Pütz, *op. cit.*, p. 31; Thelen, *Cartas a Teixeira de Pascoaes*, p. 42).

[11] Piechorowski, *op. cit.*, p. 91; Pütz, *op. cit.*, p. 29; Thelen, *op. cit.*, p. 41.

sido enviados a campos de concentração. A menos que conseguisse encontrar rapidamente uma maneira de fugir da França, Wiznitzer partilharia o destino deles. Mas para ir para qualquer outro lado precisava de um visto.

Foi com a leve esperança de obter um visto que o dr. Wiznitzer procurou Sousa Mendes. O professor austríaco tinha recebido ordem para se apresentar num campo de concentração nesse mesmo dia. Wiznitzer implorou ao cônsul, expressando o seu receio de deixar a mulher e o filho sem proteção num país onde não conheciam ninguém e cuja língua não falavam. Era um argumento de peso para um pai de doze filhos. Wiznitzer vinha também munido de cartas de referência das autoridades francesas, incluindo a polícia de Bordeaux. Embora isso significasse violar os novos regulamentos, Sousa Mendes decidiu conceder o visto, em 21 de novembro de 1939.

As ações subsequentes do cônsul-geral foram um tanto curiosas. Esperou seis dias e depois enviou ao Ministério um telegrama pedindo a necessária autorização prévia para o visto que já tinha passado. Em sua defesa, Sousa Mendes diria mais tarde que a sua intenção fora corrigir a irregularidade cometida cumprindo, "tanto quanto possível", as instruções que recebera.[12] Por que demorara então seis dias? Teria o visto sido inicialmente considerado apenas um estratagema burocrático para impedir que Wiznitzer fosse mandado ao campo de concentração? Teria Wiznitzer decidido usar o visto só alguns dias mais tarde, talvez por motivo de problemas com as autoridades francesas?

O caso de outro refugiado austríaco ajudado por Sousa Mendes leva-nos a suspeitar de que deve ter acontecido alguma coisa desse gênero. Tal como Wiznitzer, o dr. Norbert Gingold era um dos numerosos judeus vienenses que tanto contribuíram

[12] Processo disciplinar, folha 101, verso.

para a intensa vida cultural da capital austríaca. Ainda jovem, antes dos seus 30 anos, foi nomeado diretor da ópera de Viena, a Volksoper. Dirigiu todas as representações em Viena da herética *Ópera dos Três Vinténs*, de Bertolt Brecht e Kurt Weil. Foi o responsável pelo arranjo pianístico da obra e a pauta musical tem ainda o seu nome.

Em 1931, mudou-se para Berlim. Dois anos depois, com a subida dos nazistas ao poder, o incêndio do Reichstag e o silenciamento de toda a oposição ao novo regime, fugiu para Paris. Na capital francesa compôs música para filmes e para as atualidades da Pathé. Exerceu também as funções de diretor musical da ópera infantil de Bordeaux e compôs óperas infantis em colaboração com a mulher, Heddy, soprano e libretista.

A vida corria bem aos Gingold na França e eles não se preocupavam muito com a situação política na Europa. Foram apanhados completamente de surpresa pela invasão da Polônia pelos exércitos de Hitler e a declaração de guerra pela França, dois dias depois. Apesar de não estarem preparados, não perderam tempo, e em breve estavam num trem para Bordeaux. Infelizmente, Norbert Gingold usava ainda passaporte austríaco, e um ano antes a Áustria tinha-se tornado parte do Terceiro Reich alemão. Como muitos outros austríacos que viviam exilados na França, quase todos antinazistas, Gingold era agora oficialmente um estrangeiro inimigo e, como tal, foi-lhe ordenado que se apresentasse num campo de concentração. O campo reservado para os que viviam em Bordeaux era em Libourne, uma pequena localidade nos arredores da cidade. O dr. Gingold foi para aí mandado.

Começaram então os baldados esforços de Heddy Gingold para adquirir um visto a fim de tirar o marido do campo. Só encontrou funcionários consulares mal-humorados e hostis, que lhe lembravam que o seu passaporte a declarava como cidadã de um país que já não existia.

A sorte de Heddy Gingold mudou quando teve a ideia casual de tentar o consulado português. Desta vez, foi o cônsul e não um funcionário subalterno qualquer quem a ouviu. A soprano vienense não achou o homem que tinha à sua frente fisicamente impressionante; descreveu-o mais tarde como de aspecto vulgar, "gordo e roliço, de meia-idade, com cabelos e olhos escuros".[13] O que a impressionou foi a sua bondade e o modo como, depois de saber que o marido dela estava num campo, não lhe fez mais perguntas e lhe concedeu imediatamente o necessário visto. Heddy Gingold soube posteriormente por outro refugiado que o cônsul já tinha "ajudado muitos judeus a deixar a França concedendo-lhes vistos".[14]

No entanto, os vistos que Heddy Gingold recebeu de Sousa Mendes revelaram-se ineficazes para libertar o marido do campo, de modo que ela foi outra vez falar com o cônsul. Sousa Mendes escutou com simpatia e ficou suficientemente comovido para se oferecer para falar ao capitão encarregado do campo.

Na manhã seguinte, Sousa Mendes e Heddy Gingold dirigiram-se a Libourne. Corria o mês de outubro, e os enviados ao campo trabalhavam sem receber salário numa vinha. Heddy Gingold insistiu com Sousa Mendes para que se encontrasse com o marido antes de falar com o comandante do campo. Norbert Gingold nunca esqueceu esse encontro totalmente inesperado. Nem acreditava que um diplomata se desse a um incômodo daqueles por uma pessoa completamente estranha.

Sousa Mendes manteve a sua promessa. Depois de falar com o dr. Gingold, voltou ao campo e pediu para ver o capitão. Esse último mostrou-se irredutível: só libertaria Norbert Gingold se este

---

[13] Gingold, *The Lucky Village (Five Years of War in Occupied France)*, trad. Norbert Gingold (San Francisco: San Francisco Children's Opera, 1985), p. 32.

[14] *Ibidem.*

tivesse um visto para fora da Europa. Sousa Mendes não podia fazer mais nada.[15]

O sentimento de frustração deve ter sido grande. Pode ter sido um fator na sua decisão de ajudar Arnold Wiznitzer. Como vimos, o visto de Wiznitzer foi concedido em 21 de novembro e a autorização foi pedida em 27 de novembro. O pedido de autorização foi repetido em 6 de dezembro. Não teve resposta até 16 de janeiro. A resposta era irônica. O Ministério respondia que não compreendia o motivo do pedido, dado que o visto já tinha sido concedido.[16]

Como tinha o Ministério descoberto a verdade? A polícia política tinha, sem dúvida, processos sobre os refugiados em Portugal,[17] e provavelmente tinham sido esses processos que forneceram a necessária informação. Quem tivera a ideia de verificá-los? Um funcionário da polícia que se lembrava de um nome? O Ministério, que talvez suspeitasse já das irregularidades de Sousa Mendes? A polícia política, que pode ter sentido que o cônsul em Bordeaux estava passando vistos com excessiva liberalidade? O que aconteceu a seguir torna altamente provável uma das duas últimas hipóteses.

Em 22 de janeiro, Sousa Mendes escreveu ao ministro Salazar justificando o visto de Wiznitzer. Os seus argumentos mais fortes eram humanitários. "Ponderou-se então", indicava ele ao Ministério, "que, no caso de não obter um visto nesse mesmo dia, seria internado num campo de concentração, deixando sua mulher e seu filho menor, por assim dizer, ao abandono num país onde não conheciam ninguém e onde se veriam na situação mais aflitiva." A essas razões humanitárias Sousa Mendes acrescentava

---

[15] *Ib.*, p. 32-33.

[16] Processo disciplinar, folha 73.

[17] Todos os vestígios desses processos desapareceram.

outras, que mais facilmente podiam suscetibilizar aqueles que controlavam o Ministério dos Negócios Estrangeiros. Assegurava aos seus superiores que as autoridades francesas, incluindo a polícia, só elogiavam Wiznitzer. Sousa Mendes afirmava também que Wiznitzer prometera não usar o visto enquanto a autorização não chegasse (entretanto, supõe-se, o visto devia servir para evitar-lhe o confinamento). "Movido de simpatia por um antigo professor universitário", explicava Sousa Mendes a Salazar, outro antigo professor universitário, "e na ideia de que o Ministério não negaria a ele a autorização para passar por Portugal, concedi-lhe o desejado Visto [...]."[18]

Se o Ministério não aceitou inteiramente os argumentos de Sousa Mendes, pelo menos não deu seguimento à questão. O importante era que agora tanto o Ministério como a polícia política vigiavam Sousa Mendes de perto.

Não é possível saber quantas vezes o caso de Wiznitzer se repetiu de formas ligeiramente diferentes. De qualquer modo, a polícia política e o Ministério parecem não ter detectado outras irregularidades até abril de 1940. Desta vez foi para ajudar um refugiado político espanhol que Sousa Mendes arriscou a carreira. Eduardo Neira Laporte, médico e antigo professor da Universidade de Barcelona, era o dirigente da comunidade basca espanhola em Rivière, uma aldeia perto de Dax, França. Estivera do lado dos republicanos na Guerra Civil Espanhola e tinha o posto de comandante médico.[19]

A vitória final das forças de Franco, na primavera anterior, tinha inaugurado uma era de novas realidades políticas. A França tinha-se ajustado a essa nova ordem nomeando embaixador o

---

[18] Processo disciplinar, folha 74.

[19] Eduardo Neira Laporte é referido de passagem no livro de Luis Abellán, *El Exilio Español de 1939*, v. 1 (Madrid: Taurus Ediciones, S.A., 1976), p. 170.

ultraconservador marechal Pétain. Depois do desencadear da guerra com a Alemanha, aumentou naturalmente o desejo da França de não ver a Espanha, que estava já no campo fascista, juntar-se ao rol dos seus inimigos. Os refugiados republicanos eram não só um fardo financeiro e administrativo para o Estado mas também causa de atrito entre os dois regimes. Eles eram pura e simplesmente indesejados.

O berço dos direitos humanos na Europa tinha modos sutis de comunicar essa mensagem aos seus protegidos indesejados: a princípio, mandara-os para campos de concentração, em condições subumanas;[20] agora, impelia-os burocraticamente a irem embora.[21] As autoridades francesas recusavam-se a conceder-lhes o estatuto de refugiados políticos.[22] O que a França fazia era conceder-lhes vistos de saída se eles obtivessem previamente vistos para fora da Europa.

Eduardo Neira Laporte fez precisamente isto: obteve um visto da Bolívia e um visto de saída francês. Em 3 de fevereiro, pediu também um visto português para si próprio, para a mulher e para os filhos. Segundo a carta que mais tarde Sousa Mendes escreveu ao Ministério sobre o assunto, o barco no qual o dr. Laporte devia viajar para a América do Sul aportava em Lisboa. O dinheiro para a passagem seria entregue a ele pelo cônsul boliviano na capital portuguesa.[23]

Sousa Mendes telegrafou imediatamente ao Ministério para pedir a necessária autorização para conceder o visto de trânsito.

---

[20] Sobre os refugiados espanhóis na França, ver *Plages d'exil: Les camps de réfugiés espagnols en France – 1939,* coordenation de Jean-Claude Villegas (Dijon: Hispanistica XX – Université de Bourgogne; Bibliotèque de documentation internationale contemporaine – Centre Universitaire de Nanterre, 1989).

[21] *The Unwanted* (New York: Oxford, 1985), p. 192.

[22] Émile Temime, "Le devenir de la migration de 1939", *Plages d'exil*, p. 208.

[23] Processo disciplinar, folha 68.

Começou a espera. O Ministério adiava a resposta. Presumivelmente a polícia política estava fazendo o necessário controle.

Cerca de um mês mais tarde, Sousa Mendes recebeu outra visita de Laporte. Havia um navio a vapor que partiria de La Rochelle para Lisboa dentro de três dias e, se o apanhasse, podia tomar o barco holandês que partia para a América Central. Sousa Mendes decidiu dar-lhe o necessário visto de trânsito.[24]

Em 11 de março, o Ministério escreveu a Sousa Mendes recusando a autorização para o visto de Laporte. Logo no dia seguinte, o médico basco e a família chegaram ao porto de Lisboa a bordo do vapor francês *Aurigny*. O Ministério posteriormente informou Sousa Mendes de que Laporte não tinha sido autorizado a desembarcar. A companhia francesa proprietária do *Aurigny* deu-lhe informação diferente. Segundo essa fonte, Laporte e a família tinham, pelo contrário, sido autorizados a tomar o barco para a América Latina. Quem não tinha autorizado a desembarcar era um certo Fritz Rubicek e a mulher, portadores de vistos portugueses passados em Haia. A razão, segundo a companhia informou a Sousa Mendes, era eles serem judeus.[25]

Numa carta oficial datada de 24 de abril de 1940, Sousa Mendes foi admoestado uma segunda vez pela concessão de um visto não autorizado. Assinava a carta, "[pelo] Ministro", o secretário-geral. Sampaio falava sem rodeios. Informava Sousa Mendes, em termos precisos, de que o Ministério não tinha esquecido o caso do visto de Wiznitzer. Não tinha sido tomada nenhuma medida disciplinar, escrevia o secretário-geral, porque o Ministério confiara em que a irregularidade não se repetiria. Sousa Mendes traíra a confiança do Ministério. Toda a complacência ia terminar. O aviso era inequívoco:

---

[24] *Ib.*

[25] *Ib.*, folhas 68-69.

> A repetição de fatos dessa natureza, lesivos da disciplina, é altamente prejudicial para o serviço, para os interessados e sobretudo para a indispensável dignidade da função consular. Fica por isso V. Sa. advertido que qualquer nova falta ou infração nesta matéria será considerada desobediência e dará lugar a procedimento disciplinar em que não poderá deixar de ter-se em conta que são repetidos os atos de V. Sa. que motivam advertências e repreensões.[26]

Sousa Mendes sabia que, mesmo vindo a censura da pena do secretário-geral Sampaio, era, em última análise, ao ministro dos Negócios Estrangeiros, Salazar, que ele tinha de prestar contas. Por isso foi a Salazar que ele tentou, uma vez mais, justificar as suas ações. Na sua carta, datada de 6 de maio de 1940,[27] insistia acima de tudo no fato de que o propósito expresso da Circular nº 14 não era levantar obstáculos àqueles que queriam ir a Lisboa com o único objetivo de embarcar para as Américas. Sousa Mendes repetia também os argumentos que já usara para justificar o visto de Wiznitzer, a saber, o fato de que Laporte era bem-visto pelas autoridades francesas, incluindo a prefeitura da polícia,[28] e o fato de Laporte ter sido um antigo professor universitário.

Sousa Mendes era suficientemente realista para compreender que mesmo esses argumentos teriam pouco peso por parte de Salazar. O ditador português era conhecido pela sua rígida severidade e por ser implacável para com aqueles que contrariavam as suas ordens ou se opunham à sua vontade. A mensagem enviada a Sousa Mendes ia direta ao âmago: não seriam toleradas novas infrações.

Como se não lhe bastasse ter o Ministério dos Negócios Estrangeiros e a polícia política vigiando todos os seus movimentos, Sousa

---

[26] *Ib.*, folha 71.

[27] *Ib.*, folhas 68-70.

[28] Prefeitura da polícia: local onde eram emitidos vistos de saída (da França) e passaportes pelo prefeito departamental. [*N.da R.*].

Mendes tinha também outras preocupações de natureza mais privada: a amante estava grávida. Andrée não procurou ocultar o fato a ninguém. Pelo contrário, fez com que todas as pessoas soubessem – e à sua maneira caracteristicamente imaginativa: no meio da missa dominical na catedral de Ribérac. A tia, que acompanhava Andrée à igreja, ficou horrorizada. Era claramente esse o objetivo da sobrinha.

3. Maio de 1940

Provavelmente, Sousa Mendes estava muito preocupado com os seus problemas pessoais e profissionais para dar muita atenção à situação militar durante o outono de 1939 e o inverno seguinte. Não era ele o único. O conflito era abertamente classificado pela maioria dos franceses como *drôle de guerre* (guerra estranha). "Estranha", porque o teatro das operações militares ainda não incluía a França. "Estranha", porque os políticos de direita, como Pierre Laval, questionavam que a guerra fosse justificada. Essa atitude era partilhada por mais de um chefe de estado-maior. O francês médio simplesmente aceitava mal a longa inatividade decorrente da mobilização militar e a subversão da sua vida normal. Não via razão para o afastamento forçado dos seus entes queridos e o tédio daquele jogo militar de espera.

A disposição crescentemente pessimista do soldado francês e da população francesa era o resultado direto da míope estratégia de guerra das chefias militares aliadas, encabeçadas pelo general francês Gamelin, de 68 anos de idade. Em vez de tomar a ofensiva, como a superioridade numérica em homens, tanques e aviação parecia justificar, os generais franceses decidiram esperar nos seus *bunkers* confortáveis e supostamente inexpugnáveis da Linha Maginot. Era precisamente o que Hitler queria, enquanto as suas fábricas trabalhavam vinte e quatro horas por dia para produzir mais e melhores tanques e aviões.

Na primavera de 1940, Hitler estava finalmente pronto. Em abril, as suas forças invadiram a Dinamarca e a Noruega. A despeito dos repetidos avisos de invasão iminente, a França e também a Bélgica e Luxemburgo neutros continuaram a acalentar a esperança, absolutamente infundada, de que os nazistas não as invadiriam também. Enganavam-se.

A invasão começou com o zumbido dos aviões de combate e o estrondo das armas antiaéreas nos céus da Holanda na madrugada de sexta-feira, 10 de maio de 1940. Acordando sobressaltados e atraídos às janelas e portas pelo estranho som, os holandeses, mal-acordados e assustados, viram esquadrilhas aparentemente infinitas de aviões que voavam a altitudes de 2 mil metros e até menos. Dedos ansiosos ligaram as telefonias. As notícias só serviram para aumentar o medo geral e o pânico.

A Holanda estava sendo submetida à primeira invasão aérea em grande escala na história da guerra. Todos os aeroportos e aeródromos principais estavam sendo sistematicamente bombardeados e inutilizados. Tropas paraquedistas ocupavam rapidamente as pontes mais importantes. Para os holandeses, que não estavam acostumados a tais novidades da guerra moderna, aqueles comandos especiais pareciam onipresentes. E o mais perturbador é que os meios de informação holandeses anunciavam que alguns dos paraquedistas estavam vestidos de soldados holandeses, padres e turistas. A rádio holandesa aconselhava os cidadãos da pacífica nação a estarem atentos a esses invasores disfarçados e a não hesitarem em matar os que encontrassem. Não é portanto surpreendente que milhares de pessoas começassem a reunir os seus bens e a preparar-se para fugir. O seu número acabaria por alcançar os 50 mil.[1]

---

[1] Segundo as estatísticas da Cruz Vermelha, citada por Michael Marrus, *The Unwanted* (New York: Oxford, 1985), p. 201.

A reação da população em geral foi muito semelhante no pequeno Luxemburgo, ocupado pelos comandos alemães, quase sem um disparo, pouco antes das 5 horas da manhã. A grã-duquesa, a sua família e os principais membros do governo fugiram imediatamente para a França. Cerca de 70 mil luxemburgueses seguiram o mesmo caminho.[2]

A súbita invasão alemã apanhara os belgas tão mal preparados como os seus vizinhos luxemburgueses e holandeses. Isso apesar de, na noite anterior, o alto-comando belga ter registrado estranhos ruídos, que receava fossem o som de colunas de tropas avançando ao longo da fronteira alemã. O som das bombas a cair e do fogo antiaéreo nos céus de Bruxelas, pouco depois das 5 horas da manhã, confirmou as piores suspeitas dos chefes do estado-maior belga.

Mais ou menos à mesma hora que os seus compatriotas de Bruxelas, os cidadãos de Antuérpia, Tirlemont e Courtrai foram arrancados da cama por explosões de bombas. Antes de decorrida uma hora, a Sétima Divisão Panzer do major Rommel atravessou a fronteira belga 50 quilômetros ao sul de Liège. Às 5h35 da manhã, 136 divisões alemãs começaram também a avançar para o território inimigo.[3] A aviação alemã estava ocupada bombardeando e metralhando os aeródromos, estações e redes ferroviárias. Ao fim de duas horas, uma grande parte da força aérea belga tinha sido destruída no solo.

A mobilização geral foi rapidamente declarada pelo governo belga e Leopoldo III assumiu oficialmente o comando das forças do país. Por volta das 10 horas da manhã, as primeiras tropas francesas, parte do Sétimo Exército do general Giraud, entraram na Bélgica, saudadas pelos aldeãos belgas.[4]

---

[2] *Ib.*, p. 201.

[3] Nicole Olivier, *L'exode. Sur les routes de l'an 40* (Paris: Robert Laffont, 1970), p. 19-21.

[4] *Ib.*, p. 25.

Desde o início, as tropas francesas depararam também com um espetáculo menos bem-vindo: os refugiados que fugiam da zona de combate. Ao fim de 48 horas, essa torrente de refugiados transformara-se numa inundação. O pânico atingiu Bruxelas no dia 12. Depois disso, não era possível refreá-lo. O número de refugiados belgas atingiria os 2 milhões antes de terminado o êxodo em massa.[5]

As notícias alarmantes da *blitzkrieg* alemã apanharam o cônsul-geral de Portugal em Bordeaux tão de surpresa como a maioria dos franceses. Embora todos os olhos se voltassem para a Holanda e a Bélgica durante os primeiros cinco dias de combate, o fato é que também caíam bombas em cidades francesas, incluindo Reims, Lille, Nancy, Colmar e Lyon.

Os comunicados militares excessivamente otimistas, bem como os relatos parciais e censurados na imprensa e na rádio, tornavam difícil que Sousa Mendes e a maioria dos residentes na França compreendessem toda a extensão do que estava acontecendo. Contudo, não era preciso ser um gênio militar para perceber que os resultados das batalhas eram inquietantes e que as garantias oficiais eram pouco convincentes e soavam falsas. A despeito dos comunicados militares franceses, belgas e holandeses (zelosamente reproduzidos na imprensa francesa), que insistiam na eficácia da defesa conjunta e do contra-ataque, bem como no grande número de aviões alemães derrubados, havia sinais ameaçadores. O de pior agouro foi que, em 15 de maio, mal tinham decorrido cinco dias de combates, a Holanda se rendeu aos nazistas, como a imprensa de Bordeaux imediatamente relatou.

Essa notícia aumentou a inquietação de Sousa Mendes e de outros residentes em Bordeaux. Igualmente perturbador era o relato pela imprensa da cidade da existência de vítimas civis.

---

[5] Marrus, *op. cit.*, p. 201.

Os censores obviamente sentiam que tais notícias atiçariam os sentimentos antinazistas, mas criavam também o medo e o pânico. Já em 11 de maio os jornais de Bordeaux tinham noticiado o bombardeamento não apenas de Roterdã, Haia, Amsterdã, Antuérpia e Bruxelas mas também de numerosas cidades francesas. *La Petite Gironde* insistia no fato de, em muitos casos, os alvos escolhidos não terem importância militar. Houvera uma significativa perda de vidas humanas. No comunicado militar francês de 11 de maio falava-se de 100 mortos ou feridos, incluindo mulheres e crianças. No dia seguinte, a imprensa francesa aumentava o número para 500. Qual terá sido o número exato, interrogavam-se os leitores. Fotografias como as publicadas por *La France de Bordeaux et du Sud-ouest* em 13 de maio não ajudavam a acalmar os temores. Uma delas mostrava soldados franceses à procura de sobreviventes ou de mortos entre as ruínas de um edifício civil. Outra mostrava três das vítimas deitadas em macas: um carteiro, uma mãe e uma criança.

Sousa Mendes muito provavelmente viu essas fotografias. Possivelmente também leu os relatos dos jornais sobre a fuga dos refugiados belgas da zona de combate. Em 14 de maio, *La Petite Gironde* publicava um artigo na primeira página datado de "Paris, 13 de maio", com o título "Fugindo dos bombardeamentos impiedosos da aviação alemã, refugiados belgas denunciam à sua chegada a Paris a barbárie dos nazis". O artigo falava do bombardeamento de alvos não militares, como escolas de aldeia e comboios de refugiados. Em termos vagos destinados a evitar a censura, o artigo falava também de "chegadas maciças" de refugiados.

As chegadas noticiadas não demoraram a materializar-se, e em 15 de maio os primeiros trens de refugiados já tinham alcançado Bordeaux. Dia e noite, nas semanas que se seguiram, continuariam a depositar o seu carregamento de gente sofredora nos cais apinhados da estação de Saint-Jean.

A desventura dessas vítimas da guerra despertou sentimentos de solidariedade humana não apenas em Sousa Mendes mas também em toda a população francesa. Afinal, muitos dos evacuados eram franceses como eles próprios, que fugiam das zonas de combate. O maior grupo dos estrangeiros era composto de belgas, e, embora por vezes não falassem francês, mas uma língua de sonoridade germânica, mesmo assim eram olhados como aliados pela maioria dos franceses. A piedade era o principal sentimento que eles inspiravam ao cidadão comum, e poucos franceses, para além das autoridades civis e militares, se preocupavam com os membros da quinta coluna no seu seio ou com os boatos, o pânico, a confusão e o derrotismo que se dizia semearem à sua passagem.

O sentimento de piedade que Sousa Mendes nutria por aquelas pessoas mortificadas que agora assaltavam diariamente o seu consulado, pedindo vistos, misturava-se com um sentimento de impotência e frustração. Ele queria ajudar, mas desobedecer outra vez ao Ministério dos Negócios Estrangeiros e à polícia política teria consequências terríveis para si e para sua família.

As pressões sobre Sousa Mendes para fazer alguma coisa aumentavam à medida que a situação militar se agravava. Os censores tinham feito o máximo para que a imprensa francesa desse pouca importância a certos fatos perturbadores. O mais grave era que os alemães já tinham rompido as linhas francesas em Sedan no dia 14.

O primeiro-ministro francês, Paul Reynaud, telefonou ao dirigente inglês Winston Churchill na manhã do dia 15 comunicando-lhe a mensagem alarmante: "Fomos derrotados [...]. Estamos vencidos; perdemos a batalha".[6]

No dia seguinte, Churchill voou para Paris a fim de conferenciar com Reynaud, o ministro da Defesa, Daladier, e o general Gamelin. O abatimento destes foi evidente para Churchill.

---

[6] Winston S. Churchill, *Their Finest Hour* (Boston: Houghton Mifflin, 1949), p. 42.

Os franceses estavam estupefatos com a força e a rapidez motorizada do avanço alemão. Então Churchill perguntou a Gamelin que tropas tinha de reserva e recebeu a incrível resposta de que não tinha nenhuma.[7]

Embora não pudessem saber a que ponto os seus dirigentes já estavam desmoralizados, a maioria dos franceses, incluindo os cidadãos de Bordeaux, sentia que a campanha militar não ia bem. Encararam o fato com coragem e continuaram a sua vida cotidiana e os seus prazeres simples. O *Moulin Rouge* passava no Tivoli, no Mondésir corria um filme de Mickey Rooney, e no Midi passava *La bête humaine*. A peça de teatro de Sacha Guitry, *L'amour masqué*, fazia uma carreira de sucesso no Grand Théâtre. Mas a fachada de normalidade não conseguia dissipar receios crescentes entre a população civil.

As histórias de horror contadas pelos refugiados vindos da zona de combate não ajudavam a tranquilizar ninguém. As autoridades francesas tentavam em vão silenciar os profetas da desgraça. Num discurso transmitido pela rádio francesa na tarde de 16 de maio, o primeiro-ministro, Paul Reynaud, aconselhava os seus compatriotas a não darem crédito a boatos alarmistas. Numa coletiva de imprensa em Paris nesse mesmo dia, um porta-voz dos chefes do estado-maior franceses dava uma ordem idêntica aos jornalistas. Estes eram avisados de que deviam ter cuidado com histórias falsas espalhadas pelos evacuados da zona de combate.

Os militares insistiam na calma e no silêncio. O jornal de Bordeaux *La France* reproduzia a ordem na edição do dia seguinte. No entanto, na primeira página da mesma edição, havia duas fotografias de edifícios bombardeados na capital belga e na cidade de Namur. O jornal salientava que os alemães estavam bombardeando cidades que tinham sido

[7] *Ib.*, p. 47.

declaradas "abertas", isto é, que não tinham oferecido resistência militar. Os nazistas não respeitavam nem os civis nem a bandeira branca. Ao salientar tudo isso, jornais como *La France* estavam contornando sutilmente a censura militar. Ao mesmo tempo, a imprensa de Bordeaux dava voz aos temores expressos por toda a parte numa cidade assediada pelos refugiados.

Em 19 de maio, o afluxo de refugiados transformara-se num verdadeiro cerco. *La Petite Gironde* relatava nesse dia que a situação se tornara tão grave que o presidente do município de Bordeaux, André Marquet, decidira criar um centro permanente para os refugiados na Câmara Municipal. Havia já um centro de recepção de refugiados na estação ferroviária de Saint-Jean. *La Petite Gironde* falava de números maciços de refugiados que chegavam de trem e por estrada. Marquet oferecia-se agora para ajudar o consulado da Bélgica e a Sociedade Belga de Ajuda Mútua na tentativa de fornecer ajuda e abrigo aos que chegavam.

Três dos refugiados que alcançaram Bordeaux em 20 de maio não eram desconhecidos de Sousa Mendes. Eram a sua filha Isabel e o marido, Jules D'Août, belga, e o filho do casal, Manuel, de dois anos. Jules tinha acabado os exames do serviço colonial e esperava colocação para breve quando começou a invasão de maio. Ele e a mulher esperaram dois dias antes de decidir encontrar-se com os pais de Isabel em Bordeaux.

O relato que fizeram a Sousa Mendes da sua difícil e perigosa odisseia era idêntico a outros que ele já ouvira, mas teve muito mais impacto nele por ser o relato de perigos que ameaçavam os seus entes queridos. Impossibilitados de tomar um trem normal de Bruxelas para Paris, os D'Août tinham tomado um trem suburbano para Mons. Chegaram às 6 da manhã, no exato momento em que a estação estava sendo bombardeada. Tiveram, no entanto, a sorte do seu lado, e não só sobreviveram às bombas como até conseguiram lugares num trem para Paris.

A viagem, que normalmente demorava algumas horas, demorou quase uma semana. Um dos momentos mais aterradores foi quando voltaram para trás em direção à Bélgica.

Havia falta de comida e de bebida. Durante três dias, não comeram nada. Sem comer, sem beber e sem dormir, o filho adoeceu. Os pais esperavam obter cuidados médicos em Paris, mas quando chegaram o trem não parou. Havia avisos na estação proibindo os refugiados de desembarcar sem a autorização das autoridades militares. Finalmente, em Orleans, os D'Août conseguiram sair do trem. Era o dia 18 de maio, seis dias depois de terem iniciado a fuga. Por ter mostrado às autoridades que tinha algum dinheiro, Jules foi tratado com um pouco mais de deferência que muitos outros refugiados e conseguiu prover às necessidades da família. Permaneceram em Orleans dois dias, e depois tomaram um trem para Bordeaux.

Sousa Mendes e a mulher escutaram primeiro com horror e depois com alívio a história de Jules e Isabel. Ela fazia muito mais reais as histórias que Sousa Mendes já tinha ouvido. Tornou-se muito mais incômoda a sua posição como árbitro dos destinos de tanta gente infortunada. Ao saber de novas chegadas constantes, Sousa Mendes achava a sua situação cada vez mais intolerável.

Tinha aumentado constantemente desde o dia 15 de maio o número de pessoas que vinham ao consulado requerer vistos de trânsito para Portugal. Qual o atrativo de Portugal? Desde o início da conflagração europeia, Lisboa havia se tornado o único porto do continente com ligações mais ou menos regulares para as Américas e para a África. Até o serviço transatlântico americano *Clipper* operava a partir de Lisboa. A capital portuguesa tornara-se, assim, a saída de emergência da Europa. Para alcançar Lisboa, no entanto, era necessário um visto de trânsito português. Semelhante documento tornava possível obter um visto de saída francês, um visto de trânsito espanhol, e, finalmente, entrar em Portugal.

Como vimos, Sousa Mendes tinha instruções muito claras sobre as categorias de refugiados a quem não podia, em circunstância nenhuma, conceder vistos sem prévia autorização do ditador português. Felizmente, havia ainda muitos outros grupos de refugiados a quem ele podia conceder vistos. Tudo isso cessou com um telegrama de 17 de maio do ministro Salazar às missões diplomáticas portuguesas, pedindo que informassem os seus consulados de que em circunstância nenhuma os cônsules deviam conceder quaisquer vistos sem autorização prévia.[8]

Ou a legação portuguesa em Paris demorou um tempo invulgarmente longo para transmitir essa ordem ao consulado de Bordeaux ou Sousa Mendes decidiu simplesmente ignorá-la. Só um número muito reduzido de telegramas pedindo autorização para a emissão de vistos foi enviado em 17, 18, 19 e 20 de maio.[9] No entanto, no dia 21, Sousa Mendes enviou a Salazar um telegrama dizendo que americanos, belgas, franceses, ingleses e holandeses "às centenas" estavam pedindo vistos "com insistência". Sousa Mendes rogava a Salazar para "[...] tomar medidas urgentes".[10]

O ministro enviou a sua resposta por telegrama no dia 22. Ordenava a Sousa Mendes que cumprisse a Circular nº 14. Era ainda instruído para dar preferência na concessão de vistos a americanos cujos papéis estivessem em ordem e que já tivessem reservado a sua passagem de regresso.[11]

---

[8] Ver processo disciplinar, folha 67.

[9] O Ministério dos Negócios Estrangeiros conservou cópias de quinze telegramas decifrados do consulado em Bordeaux naqueles dias. Ver *Telegramas Recebidos*, do consulado em Bordeaux, dessas datas, Arquivo do Ministério dos Negócios Estrangeiros.

[10] O telegrama foi enviado por Sousa Mendes em 21 de maio e recebido pelo serviço de cifra do Ministério em 22 de maio. *Telegramas Recebidos*, do consulado em Bordeaux, telegrama nº 1.883, 22 de maio de 1940.

[11] *Telegramas Expedidos*, ao consulado em Bordeaux, telegrama nº 1.214, 22 de maio de 1940.

Um exemplo simples mostra quais teriam sido as consequências se Sousa Mendes tivesse, em todos os casos, decidido respeitar as instruções de Salazar. Em 20 de maio, Sousa Mendes enviou um telegrama pedindo autorização para conceder um visto ao engenheiro checo Hugo Wessely, de 62 anos, e à mulher. Segundo Sousa Mendes, o casal possuía um visto para o Equador e requeria um visto português para embarcar em Lisboa. A resposta de Salazar – negativa – só foi recebida em 12 de junho.[12] Durante essas três semanas, o cônsul português em Bordeaux concedeu o visto? Estava o Dr. Wessely impossibilitado de obter vistos de saída franceses? Teria simplesmente desistido de deixar a França? O nome dele viria a ser acrescentado à lista das vítimas do Holocausto.[13]

De 21 de maio até o fim do mês, Salazar autorizaria apenas um pequeno número de vistos, geralmente estipulando que esses requerentes tivessem as suas "passagens" para outro país já "garantidas". Isso não era nada fácil, uma vez que os bilhetes de barco eram escassos, a preços muito inflacionados e inacessíveis a quem não tivesse vistos para o país de destino. As companhias de navegação tinham particular relutância em vender bilhetes a refugiados judeus, que podiam ser pura e simplesmente mandados para trás no fim da viagem.

Sousa Mendes achou-se diante de uma opção impossível: ou fazer-se surdo aos apelos desesperados ou desobedecer às instruções, pondo desse modo fim à sua carreira. Foi provavelmente a sua relutância em fazer essa escolha que o levou a telegrafar a Salazar em 26 de maio, informando o ministro de que o serviço tinha sido

---

[12] Telegrama nº 1.815, recebido do Consulado de Portugal em Bordeaux, 20 de maio; telegrama nº 1.677, expedido do MNE ao Consulado de Portugal em Bordeaux, 12 de junho.

[13] O seu nome figura na lista das vítimas checas do Holocausto, Projekt "Fenomén holocaust", uma iniciativa do presidente Havel. Veja <www.old.hrad.cz/president/Havel/holocaust.projekt.html>.

completamente suspenso no consulado de Bordeaux. O cônsul-geral pedia "instruções precisas".[14]

Sousa Mendes continuava de mãos atadas pelos regulamentos ainda em vigor. O único raio de luz para os refugiados encurralados no sudoeste da França seria um decreto de Salazar de 1º de junho, declarando uma anistia geral para os refugiados políticos portugueses na França. Isso englobaria, entre outros, o antigo presidente da República Bernardino Machado e os intelectuais e políticos portugueses que viviam na região de Biarritz, perto de Bayonne.[15] Sousa Mendes não podia, no entanto, oferecer nada às centenas de refugiados com quem tinha de lidar diariamente.

O consulado português abria às 9 horas da manhã (por vezes mais cedo) e permanecia aberto até a 1 hora ou as 2 horas da madrugada. O número de requerentes de vistos era da ordem das centenas por dia.

Os acontecimentos militares nos últimos dias de maio não contribuíram em nada para deter essa enchente. As forças belgas e aliadas iam de derrota em derrota. Na madrugada de 28 de maio, o comandante das forças belgas, o rei Leopoldo III, rendeu-se incondicionalmente. Os franceses ficaram furiosos. Sentiram-se traídos. Muitos dos 2 milhões de refugiados belgas na França partilhavam esse sentimento. Estavam arrasados. Uma vitória alemã parecia cada vez mais iminente. Os esforços para abandonar a França começaram a assumir o aspecto de um pânico geral.

As pressões morais exercidas sobre Sousa Mendes eram tremendas e ele começou a sucumbir a elas. Provavelmente nunca ninguém saberá quantas vezes ele violou as suas instruções nesses últimos dias de maio. Jules D'Août, que desaprovava as irregularidades, tinha a

---

[14] *Telegramas Recebidos*, do consulado em Bordeaux, telegrama nº 2.273, 27 de maio de 1940.

[15] Ver Jaime Cortesão, *13 Cartas do Cativeiro e do Exílio*, ed. Alberto Pedroso (Lisboa: Biblioteca Nacional, 1987), p. 86.

impressão de que estas foram quase constantes desde os últimos dias de maio. Existem casos documentados que envolvem pelo menos 22 indivíduos. Em 27 de maio, a polícia política portuguesa interceptou em Vilar Formoso 17 belgas com vistos não autorizados emitidos pelo cônsul em Bordeaux. O Ministério dos Negócios Estrangeiros foi informado no dia seguinte, e em 29 de maio o secretário-geral Sampaio, atuando "[pelo] ministro" Salazar, emitiu um despacho ordenando que se averiguasse quais as autorizações que haviam sido dadas a Sousa Mendes, com o objetivo de instaurar-lhe um processo disciplinar se os regulamentos tivessem sido violados.[16]

No mesmo dia, Sousa Mendes deu mais três vistos não autorizados, desta vez a poloneses, que foram detidos pela polícia política em Vilar Formoso.[17] O diretor da polícia política, capitão Agostinho Lourenço, ficou lívido de raiva com essas repetidas infrações, e desta vez escreveu pessoalmente a Salazar. Agostinho Lourenço detinha muito poder, mas raramente tomava a iniciativa. Em questões importantes, consultava primeiro Salazar. Tinha fácil acesso ao ditador, de quem se tornou amigo.[18] Em assuntos de menor importância, dirigia-se ao ministro do Interior, que teoricamente era o seu superior. Estranhamente, tendo em conta as suas ações subsequentes, era considerado ligeiramente pró-britânico e não antissemita, visto que tinha uma amante judia que mais tarde intercedeu repetidamente junto dele a favor de alguns refugiados judeus.[19] Embora fosse visto por algumas pessoas da comunidade judaica de Lisboa

---

16 Sampaio fez uma anotação nesse sentido na carta de 28 de maio que recebeu da polícia política. Ver processo disciplinar, folha 61.

17 *Ib.*, folha 62.

18 Irene Pimentel, *A História da PIDE* (Lisboa: Círculo de Leitores, 2007), p. 33-34.

19 Sobre Agostinho Lourenço, ver Wheeler, "In the Service of Order", p. 4-6. A fonte da informação sobre a amante de Agostinho Lourenço é uma entrevista com Antônio Waldemar, 1988.

como não inteiramente hostil, as coisas eram certamente diferentes quando se tratava de judeus estrangeiros. Num relatório de janeiro de 1939 e numa carta ao MNE de outubro de 1939, Agostinho Lourenço pedia mais restrições à entrada de judeus de outros países. A linguagem em que fazia as suas propostas era claramente antissemita. As propostas foram adotadas por Salazar.[20] Agostinho Lourenço queixava-se de que os repetidos atos de Sousa Mendes colocavam a polícia numa situação embaraçosa. Era difícil resolver casos como o dos três poloneses, dado que eles não tinham o direito de estar em Portugal, mas não podiam ir para mais nenhum lugar porque nenhum país lhes concedia vistos. Lourenço indicava que "várias vezes" a polícia tinha informado o Ministério de que o cônsul em Bordeaux concedera vistos sem obter as necessárias autorizações prévias.[21]

As irregularidades de Sousa Mendes na sua tentativa de ajudar alguns dos que desejavam abandonar a França não se limitavam à concessão de vistos não autorizados. Pela primeira vez, ao que sabemos, ele emitiu um passaporte falso. O caso foi curioso. Envolveu o casal luxemburguês Maria e Paul Miny.[22] A mulher, cujo nome de solteira era Maria da Conceição Tavares de Castro, tinha 35 anos; o marido, 21. Tinham-se casado havia dois anos. Sousa Mendes conhecia pessoalmente Maria Miny, que fora casada em primeiras núpcias com um diplomata português. Sousa Mendes concedeu-lhes vistos de trânsito portugueses em 16 de maio. O casal não usou esses vistos. Estava formando-se na França um exército luxemburguês, e os Miny receavam que Paul, que estava em idade de mobilização, fosse detido na fronteira francesa e mobilizado à força. Ele tinha sido recentemente submetido a uma intervenção

[20] Pimentel, *Judeus em Portugal durante a Segunda Guerra Mundial*, p. 91-92.

[21] Processo disciplinar, folha 62.

[22] Acerca dos Miny, ver processo disciplinar, folhas 41-55, 108.

cirúrgica e não estava em condições de ir para o exército. Fazê-lo seria deixar a mulher sozinha, e o casal não tinha recursos.

Os Miny contataram Sousa Mendes uma segunda vez no fim de maio. A sua ideia era que ele lhes concedesse um passaporte português, declarando-os irmão e irmã. Como tal, teriam automaticamente direito a um visto de saída francês. Era um plano perigoso para Sousa Mendes, dado que envolvia a prática de um ato criminoso. No entanto, consentiu, e o passaporte foi concedido em 30 de maio.

O fato de Sousa Mendes conhecer pessoalmente Maria Miny foi provavelmente um fator na sua decisão, tal como o foram a saúde do marido e a sua falta de recursos. Terá a diferença de idade entre marido e mulher lembrado a Sousa Mendes o seu caso amoroso? Talvez.

Para minimizar os potenciais danos, Sousa Mendes fez os Miny prometerem que lhe devolveriam o passaporte pelo correio depois de chegarem a Lisboa e regularizarem a sua situação no consulado luxemburguês. Infelizmente, quando atravessaram a fronteira em Vilar Formoso, em 5 de junho, foram presos pela polícia política.

4. Os refugiados

A Circular nº 14 dava a Sousa Mendes pouco espaço de manobra naqueles difíceis dias de maio. Ele ficou de mãos ainda mais atadas pelas instruções adicionais emitidas pelo Ministério dos Negócios Estrangeiros em 29 de maio, um dia depois da rendição da Bélgica.[1] A introdução aos novos regulamentos indicava que estes deviam ser "rigorosamente" aplicados. Os cônsules deviam desencorajar quem quer que requeresse vistos de residência, mesmo temporários. Todos esses pedidos seriam tratados individualmente pela Secretaria. Não deveriam, portanto, esperar decisões rápidas. Quanto aos vistos de trânsito, estes só deviam ser concedidos a quem tivesse visto para o país de destino, quaisquer outros vistos necessários e uma passagem de barco ou de avião paga ou reservada. Todos os outros casos deviam ser comunicados ao Ministério. Tais pedidos teriam resposta tão rápida quanto o volume de trabalho e a disponibilidade do pessoal o permitissem.

Sousa Mendes sabia o que tudo isso significava. Sentia-se impotente para fazer o que quer que fosse por tanta gente que precisava da sua ajuda. Estava reduzido a enviar telegramas e esperar por respostas negativas. O filho Pedro Nuno e o secretário do

---

[1] Ver processo diciplinar, folhas 63-66.

consulado, José Seabra, ajudavam a levar os muitos telegramas à estação telegráfica. Embora a capacidade de Sousa Mendes para ajudar os refugiados estivesse reduzida, a torrente dos requerentes não diminuía.

Não só os seus números não decresceram durante todo esse mês de junho como eles se tornaram também mais assustadores e insistentes à medida que a França se aproximava da derrota final. Em 3 de junho, a Inglaterra, aliada da França, concluiu a evacuação das suas tropas de Dunquerque. Os ingleses consideraram a enorme operação um milagre, mas a maioria dos franceses via nela um ato de deserção. Numericamente muito inferior, a França continuou o combate sozinha.

O número dos apelos aos sentimentos humanitários de Sousa Mendes aumentou durante esses conturbados dias. Ele parece ter continuado a violar as instruções do Ministério, pelo menos em casos isolados. Não se pode retirar outra conclusão do modo como tratou o caso de Henri Chaim Wilensky. Tendo 38 anos de idade, Wilensky vivia na França havia mais de vinte anos. A sua família possuía uma loja de peles em Paris. No entanto, Wilensky não tinha cidadania francesa. Refugiado russo com um passaporte Nansen, era oficialmente apátrida. Como tal, não tinha direito a um visto de trânsito português. Mesmo assim, Sousa Mendes concedeu-lhe um em 5 de junho.

No dia seguinte, Hitler iniciou a sua ofensiva do Somme. O destino da França estava decidido. Não só numericamente as forças alemãs representavam mais que o dobro das francesas, como aquilo que restava da força aérea da França não podia ser considerado um adversário de peso para a poderosa Luftwaffe. Em 10 de junho o governo francês abandonou Paris. Na manhã do dia 11, a fumaça enchia o céu parisiense, anunciando o avanço alemão. O êxodo em massa de Paris tinha começado. Em 12 de junho, era óbvio para toda a gente que os alemães em breve estariam na capital francesa.

Quarenta e oito horas mais tarde, as botas alemãs pisavam os Campos Elísios. A suástica flutuava no alto da Torre Eiffel. Ao anoitecer desse dia, o governo francês chegou a Bordeaux.

Sousa Mendes seguia todos esses acontecimentos com crescente horror. Não tinha por Hitler mais afeição que o francês médio. Parecia agora uma questão de tempo até os alemães avançarem também até Bordeaux. A cidade estava lotada de refugiados. Os mais assustados destes eram as pessoas cujos rostos Sousa Mendes via todos os dias. Como podia ele virar-lhes as costas? Como podia permitir que fossem capturados pelos nazistas?

Quem eram esses fugitivos que imploravam a ajuda de Sousa Mendes naqueles horríveis dias de junho? Eram tão numerosos que é impossível esperar transmitir mais que uma imagem parcial da massa de gente sofredora e aterrorizada que representavam. Nunca saberemos a maior parte dos nomes desses suplicantes. Muitos deles permanecerão para sempre apenas um nome entre outros num telegrama. No entanto, alguns daqueles que Sousa Mendes ajudou contaram as suas histórias. Muitos entre eles são judeus. Isso não é de surpreender, visto que eles eram os que mais tinham a temer nesses dias difíceis e são, por consequência, os que mais gratos estão ao homem que lhes salvou a vida.

Os Bromberger e os Spett foram apenas duas das famílias de judeus belgas que Sousa Mendes ajudou. Os Bromberger eram de Antuérpia e os Spett, de Bruxelas. As suas histórias são ilustrativas dos tempos conturbados em que viveram.

Tanto Jacob Bromberger, de 60 anos, como a mulher, Esther, de 48, nasceram na Polônia. As suas famílias haviam sido expulsas da pátria pelos *pogroms* na primeira década do século XX, que haviam expulsado também os Wilensky. A família de Esther instalou-se finalmente na Inglaterra, onde prosperou. Esther estudou na Universidade de Londres e licenciou-se. Sionista fervorosa, tornou-se também socialista, a despeito da riqueza da família. As suas ideias modernas não impediram, no entanto, que consentisse um casamento arranjado pela família. O marido era um negociante de diamantes de Antuérpia. Embora fosse um homem de negócios bem-sucedido, Jacob Bromberger era basicamente um homem simples, com pouco mais que uma instrução talmúdica tradicional. Os Bromberger tinham três filhos: Lucien, de 4 anos, Sylvain, de 15, e David, de 17.

O que é que afugentara os Bromberger da Bélgica? Havia vários fatores. A posição política de Esther Bromberger parece ter sido o fator mais decisivo. Antuérpia tinha recebido o seu quinhão de refugiados judeus de Viena e de outros lugares nos anos imediatamente anteriores à invasão nazista. Eles tinham histórias horríveis para contar. Como editora do jornal judaico local e ativista na sua comunidade, Esther Bromberger ouvia muitos relatos. Os judeus austríacos contavam histórias de atrocidades sádicas[2] perpetradas pelas tropas de assalto nazistas e pelas SS. Centenas de judeus, incluindo famílias inteiras, tinham sido levadas ao suicídio no espaço de um mês.

Esther Bromberger também tinha ouvido falar da *Kristallnacht* (Noite de Cristal). Na noite de 9 de novembro de 1938, as tropas de assalto nazistas lançaram fogo a 190 sinagogas na Alemanha. Nos lugares onde o fogo punha em perigo bens não judaicos, foram usados martelos e machados para o trabalho de destruição. Os judeus alemães sofreram atos de humilhação e sadismo. As sepulturas judaicas foram profanadas. Trinta mil judeus (um décimo da população judaica que restava na Alemanha) foram presos e enviados para campos de concentração. Ao fim de três meses, mil pessoas já tinham sido assassinadas.

Esther Bromberger tinha, portanto, boas razões para temer os nazistas. Na Bélgica, até então, aqueles que eram abertamente

---

[2] Ver Martin Gilbert, *The Holocaust: The Jewish Tragedy* (London: Fontana/Collins, 1986), p. 59-61.

antissemitas, como o Partido Rexista de Léon Degrelle, de extrema direita, eram ainda uma minoria muito reduzida. Mas era impossível dizer o que poderia acontecer quando os nazistas controlassem a Bélgica. Teriam, sem dúvida, poucas dificuldades em encontrar colaboradores. Os propagandistas nazistas não tinham negligenciado a Bélgica, lançando o mais que podiam a comunidade flamenga, de língua holandesa, contra os valões francófonos. Tudo isso deixava os judeus politicamente conscientes, como Esther Bromberger, extremamente apreensivos.

A apreensão e a ansiedade transformaram-se rapidamente em medo quando as bombas começaram a cair sobre Antuérpia nessa fatídica manhã de 10 de maio. Esther Bromberger não demorou muito a tomar a sua decisão.

"Vamos embora", disse ela ao marido surpreso.

"O que você está querendo dizer? Para onde é que eu vou? Vou ser um mendigo?"

"Vamos embora."

Foi precisamente o que fizeram quatro dias depois. Lucien, que tinha na época 4 anos, ainda se lembraria, cinquenta anos depois, de ter saído de casa correndo agarrada a um pertence valioso e querendo desesperadamente voltar para ir buscar os objetos pessoais preciosos que a família era forçada a deixar para trás. No espírito da criança, havia um esmagador sentimento de ansiedade e de que não mais regressaria. Havia também um sentimento de aventura.

A família Bromberger dirigiu-se à estação e embarcou num trem para Amiens, na França. A estação e o trem estavam apinhados de outros refugiados desesperados. A família conseguiu fugir com uma pequena quantidade de diamantes, alguns dos quais tinham sido cosidos nas roupinhas de Lucien.

Os Bromberger foram recolhidos por uma família francesa em Amiens. Na manhã seguinte, embarcaram em outro trem, em direção a Paris. Por sorte tinham ali parentes com os quais podiam ficar. Passaram várias semanas na capital francesa. No entanto, quando os alemães se preparavam para entrar em Paris, os Bromberger decidiram que era tempo de partir. Embarcaram num trem apinhado para Bordeaux. À chegada, foram acolhidos por um gravador que tinha uma loja na rue des Trois-Conils. Os Bromberger não ficaram ali muito tempo. Tiveram a sorte de encontrar uma casa para alugar na vizinha aldeia de pescadores de Andernos. Era uma maneira de escapar à atmosfera envenenada de Bordeaux. Infelizmente, não havia maneira de eludir a realidade de uma iminente vitória alemã.

A história que a família Spett tinha para contar era semelhante. Tal como os Bromberger, os Spett demoraram pouco tempo para abandonar a Bélgica depois de iniciada a invasão de 10 de maio. Três dias depois, Chaim Spett, de 42 anos, a mulher, Lizzi, de 34, e os filhos Michael e Gabi, de respectivamente 5 e 3 anos de idade, estavam num trem de refugiados para Paris. Os Spett eram refugiados alemães. Chaim Spett nascera na Galícia e ainda tinha passaporte polonês. A sua família tinha emigrado para a Alemanha quando ele era ainda pequeno. Depois de se licenciar pela Universidade de Frankfurt, Chaim Spett montou uma tipografia em Wiesbaden, Alemanha. Saiu-se bastante bem e, no início dos anos 1930, a sua tipografia de três andares, além de dois andares de escritórios, representava um negócio lucrativo. Sionista desde os tempos de estudante, Chaim conheceu Lizzi por intermédio da organização sionista juvenil local. Ela tornou-se sua secretária e ajudou-o a gerir a tipografia.

Os dias de prosperidade de Chaim Spett terminaram abruptamente com a subida dos nazistas ao poder. Como outros negócios judeus, a tipografia foi encerrada por ordem do tribunal. Seguiram-se ameaças de morte pelo telefone e uma busca às instalações pelos nazistas.

A razão declarada da busca era que Spett seria suspeito de ter imprimido uns panfletos antinazistas que tinham sido lançados da galeria do Reichstag, a assembleia legislativa alemã. O grande destacamento de busca veio equipado com cães. No entanto, a suspeita não tinha fundamento e os nazistas não encontraram nada.

Para Chaim Spett, era claramente tempo de partir. Foi para Antuérpia. Lizzi ficou para trás a fim de cuidar da tipografia. Duas semanas depois da partida de Spett, Lizzi foi presa pela polícia, sendo interrogada e forçada a passar dois dias e duas noites na prisão. Depois foi posta em liberdade, mas a polícia continuava a importuná-la com perguntas acerca de Chaim Spett. Finalmente, Lizzi decidiu encontrar-se com ele.

Casaram-se em Antuérpia, mas em breve se mudaram para Bruxelas, onde Chaim se tornou sócio de uma pequena empresa, a tipografia Rechman. Havia perdido a sua tipografia na Alemanha, mas em 1940 Chaim Spett tinha uma vez mais criado um negócio de sucesso. A empresa imprimia várias publicações judaicas importantes, incluindo o semanário de Antuérpia *L'Avenir Juif*.

A invasão alemã veio tirar o sentido desses oito anos de trabalho. Uma vez mais os Spett foram forçados a abandonar tudo: o negócio em Bruxelas, o espaçoso apartamento no Boulevard d'Ypres e a sua bem provida biblioteca. Ao tomarem o trem cheio de refugiados, Chaim e Lizzi Spett levaram consigo apenas os filhos pequenos – e duas malas de viagem.

Em Bordeaux, o trem foi selado e ninguém foi autorizado a sair. As autoridades francesas queriam encaminhar os refugiados para outro lugar. Chaim Spett conseguiu finalmente autorização do chefe de estação para ir à procura de um médico para as crianças. Era verdade que Gabi, de 3 anos, não estava bem depois da longa viagem de trem, e Michael, por sugestão do pai, fingiu um ataque de asma. Quando o médico chegou, recusou-se a examinar as crianças a menos que os pais as acompanhassem. O chefe da estação aquiesceu.

O resto dos refugiados que estava no trem não teve tanta sorte. Muitas das pessoas acabaram no campo de detenção francês de Rivesaltes. As condições ali eram horríveis e a taxa de mortalidade, elevada. Muitos dos reclusos no campo foram mais tarde transferidos para Drancy, e dali para Auschwitz, onde sucumbiram.

A alegria dos Spett ao serem libertos daquele trem era, portanto, justificada. A família encontrou alojamento numa casa de camponeses em Pessac, um subúrbio de Bordeaux. Todos os dias Chaim Spett se deslocava à cidade na tentativa desesperada de obter esse precioso visto que havia de salvar a sua família.

Ao ouvir as bombas naquela manhã de sexta-feira, 10 de maio, o abastado homem de negócios de Bruxelas Joseph Matuzewitz[3] não demorou muito tempo para decidir o que fazer. Apenas deu à mulher, Lucie, tempo para arranjar uma mala de viagem antes de arrastá-la, juntamente com os filhos Blanche e Daniel, para a estação. Joseph Matuzewitz pôs a mulher e os filhos num trem com destino a Paris.

As estradas em direção à capital francesa estavam já, no primeiro dia de combates, congestionadas de veículos de refugiados de toda a espécie. O trem chegou ao seu destino. Matuzewitz juntou-se à família três dias mais tarde. Não conseguira trazer nada consigo, mas estava grato por ter chegado, apesar dos bombardeamentos e da metralha. A família passou duas semanas em Paris. Partiram para Bordeaux poucos dias antes de o governo francês abandonar Paris. Como milhares de outros refugiados em Bordeaux, precisavam de vistos.

---

[3] Lucie Matuzewitz, *Le cactus et l'ombrelle: chronique familiale juive* (Paris: Guy Aubier, 1977).

Nem todos os que iam procurar Sousa Mendes eram da Bélgica. Os Montezinos, por exemplo, eram da Holanda. Tal como Jacob Bromberger e inúmeros outros judeus belgas e holandeses que haviam de receber vistos de Sousa Mendes, Joseph Montezinos, de 37 anos, negociava com diamantes. Vivia em Amsterdã, onde os seus antepassados, judeus portugueses, tinham se instalado alguns séculos antes. Trabalhava como comprador na grande região diamantífera de Antuérpia, na Bélgica.

Tanto Joseph como a mulher, Bella, de 41 anos, se sentiam cada vez mais inquietos com a situação internacional na primavera de 1940. Dois primos alemães de Bella tinham fugido para Amsterdã no ano anterior e contavam histórias horríveis. Joseph receava especialmente que, se o ataque alemão se concretizasse, ele pudesse ficar na Bélgica, e a mulher, o filho de 11 anos e a filha de 20 na Holanda. Por isso, em meados de abril, transferiu a família para a estância marítima belga de De Panne, um pouco ao norte da fronteira francesa.

A família foi arrancada de seu sono às 5 horas da manhã pelo ruído dos alarmes antiaéreos. Os alemães estavam bombardeando um campo de aviação próximo. Bella tentou imediatamente telefonar para o marido em Antuérpia, mas não conseguiu fazer a ligação. Houve movimentos de tropas para trás e para a frente durante todo o dia.

Os refugiados começaram a chegar do norte e do leste no princípio da tarde. Ao anoitecer, milhares de pessoas começaram a afluir a De Panne. Era, enfim, uma das portas para a França. Finalmente, por volta das 5 horas da tarde, Joseph Montezinos chegou com seu carro.

A família ficou mais três dias em De Panne, tentando decidir o que fazer. Parecia que de hora em hora, mais ou menos, o alarme tocava e a família tinha de correr para a adega do hotel onde estava instalada. A princípio havia a esperança de que talvez os americanos entrassem na guerra e tudo acabasse, mas ao fim de pouco tempo já era evidente que a única coisa certa era que a batalha corria mal. Mesmo pelas notícias censuradas, era claro que os alemães estavam levando a melhor na luta contra os belgas, os franceses e os ingleses. O exército holandês tinha quase sucumbido.

Os Montezinos entraram no carro e dirigiram-se para o sul ao longo da costa. Muitos outros refugiados rumaram a Paris, mas Joseph Montezinos escolheu outro destino porque receava que os franceses confinassem os estrangeiros. A família dirigiu-se para Le Havre.

Os Montezinos passaram duas noites no carro. O movimento na estrada era tão lento que as pessoas nem sequer punham os motores dos carros em funcionamento. Em vez disso, empurravam os automóveis alguns metros de cada vez.

A família atravessou a fronteira para a França. Foram bombardeados duas vezes ao longo do trajeto. Passaram um dia em Trouville, defronte de Le Havre.

Para Alfred Montezinos, de 11 anos, o medo misturava-se com o sentimento de aventura. Não conseguia captar inteiramente toda a amplitude da situação, embora sentisse o medo dos adultos, ouvisse os boatos e visse as balas tracejantes no escuro.

Durante a noite que a família passou em Trouville, os alemães bombardearam as refinarias de petróleo do outro lado da baía, em Le Havre, criando um inacreditável inferno.

De manhã os Montezinos voltaram para o carro e seguiram em direção a Bordeaux. Chegaram à cidade com dezenas de milhares de outros refugiados. Entre estes, contavam-se milhares de republicanos espanhóis, que haviam sido confinados, e depois libertos, pelas autoridades francesas.

Os Montezinos vinham acompanhados por outra família, que viajava noutro carro. Sam Polack era também negociante de diamantes em Antuérpia. Com ele vinham a mulher, a filha, o genro, um neto de 3 anos e ainda outro bebê, bem como a sogra da filha. Todo o grupo de onze pessoas conseguiu, por um golpe de sorte, arranjar alojamento num pequeno castelo no campo perto de Bordeaux. A rotina era a mesma que para muitos outros refugiados: todos os dias os homens iam a Bordeaux tentar obter vistos e bilhetes de barco.

Estas eram apenas algumas das incontáveis famílias judaicas que se dirigiram a Sousa Mendes pedindo ajuda. Contudo, nem todos os que a ele recorreram eram judeus, longe disso. Muitos, como veremos, não o eram. Alguns eram ilustres não judeus. Eram o gênero de pessoas que se esperaria que não necessitassem da ajuda de ninguém, mas a tragédia tem um efeito nivelador.

O que podia Sousa Mendes dizer a todas aquelas pessoas? Os alemães estavam em Paris. Era apenas uma questão de tempo até que eles alcançassem Bordeaux. Salazar tinha respondido à ocupação da capital francesa com um telegrama de 14 de junho[4] a todas as missões diplomáticas ditando um apertar ainda maior dos regulamentos para a concessão de vistos. Só quem tivesse vistos e bilhetes de barco para um terceiro país tinha direito a um visto. Todos os outros pedidos deviam ser enviados diretamente à polícia política para apreciação. Só casos especiais deviam ser comunicados ao Ministério. Por casos especiais Salazar entendia os de importância diplomática como os pedidos feitos pelos governos inglês e americano. Uma vez mais, Sousa Mendes compreendeu todo o significado das instruções. Já não fazia nenhum sentido enviar telegramas. Já não podia fazer nada por aquela gente.

No meio de toda aquela tragédia, houve também momentos de farsa. A maternidade iminente não teve um efeito tranquilizador na amante de Sousa Mendes, Andrée, que fazia repetidas cenas escandalosas no consulado. Uma vez, o genro de Sousa

---

[4] Ver processo disciplinar, folha 59.

Mendes, Jules D'Août, expulsou-a à força. Ela também criou problemas com as autoridades locais e conseguiu ir para a prisão por um breve período. Sem saber o que fazer, Sousa Mendes levou-lhe laranjas.[5]

[5] Segundo Jules D'Août, que acompanhou Sousa Mendes à prisão.

5. O colapso (14-17 de junho de 1940)

Bordeaux tornara-se *la capitale de la peur* (a capital do medo). A cidade estava assumindo rapidamente um ar de total confusão. Com a chegada constante de novos refugiados, a população da cidade tinha aumentado de 300 mil para mais de 700 mil.[1] Segundo alguns, a população parecia muito maior. O escritor francês Maurice Sachs, que troçava do pânico e do exagero entre os refugiados, sobreavaliou o seu número, calculando-o em 3 milhões.[2] Um esboço de artista intitulado simplesmente *O Êxodo*[3] dá-nos uma ideia do caos resultante. A ponte sobre o rio Garonne e o cais aí representados estão tão repletos de refugiados e veículos que parece só haver lugares em pé. Os veículos são de uma enorme variedade: automóveis, caminhões, bicicletas, e até um carrinho e uma carroça puxados por cavalos. Por cima dos carros há colchões, e sobre um deles um carrinho de bebê. Um caminhão da Cruz Vermelha francesa tenta desesperadamente avançar entre a turba.

---

[1] Jean Vidalenc, *L'exode* (Paris: Presses Universitaires de France, 1957), p. 353.

[2] Maurice Sachs, *La chasse à courre* (Paris: Gallimard, 1948), p. 25. Nicole Ollier refere-se ao "número exagerado" de Sachs em *L'exode. Sur les routes de l'an 40* (Paris: Robert Laffont, 1970), p. 240.

[3] Reproduzido *in* Jacques Dumont et Jean Vanwelkenhuyzen, *1940, Le grand exode* (Bruxelles/Gembloux: RTBF Éditions/Éditions Duculot, 1983), p. 143.

Misturados com a multidão de gente desesperada havia uma verdadeira plêiade de celebridades: destacadas figuras políticas, generais, diplomatas e artistas. Encontravam-se ali o romancista francês Julien Green, bem como o poeta francês Jacques Audiberti[4] e o pintor espanhol Salvador Dalí.[5] A presença de todos esses notáveis, longe de ser tranquilizadora, contribuía para aumentar a atmosfera sinistra da cidade.

Faziam-se enormes esforços para enfrentar a difícil situação. As muitas iniciativas tomadas pelas autoridades locais e regionais de Bordeaux, por uma vasta gama de organizações de caridade, de negócios e profissionais, pelo consulado-geral da Bélgica na rue Judaïque, por cidadãos franceses comuns e pelos próprios refugiados foram todas de grande importância para enfrentar a crise sem precedentes e controlá-la momentaneamente.

Mas a situação tinha-se tornado incontrolável. Já em 26 de maio, três semanas antes, o prefeito regional da polícia, Bodenan, tinha informado o governo de que todos os hotéis nas redondezas de Bordeaux estavam cheios, que era quase impossível conseguir alojamentos mesmo a preços ridiculamente elevados e que os abrigos de emergência para os mais necessitados eram muito reduzidos. Segundo o prefeito, muitos refugiados dormiam nos seus carros ou nos táxis que tinham alugado.[6] No fim da segunda semana de

---

[4] Sobre a presença de Audiberti e de Green em Bordeaux, ver Sachs, *op. cit.*, p. 29.

[5] Salvador Dalí pediu, em Bordeaux, um visto francês de saída em 6 de junho de 1940 e recebeu-o em 13 de junho. No seu requerimento, indicava que queria ir para Nova York (o que fez, partindo de Lisboa, depois de uma breve estada na Espanha). Dalí pode ter recebido um visto de Sousa Mendes. Archives départementales de la Gironde, 4M, pedidos de passaportes e vistos, "Versement du 14 novembre 1942". Salvador Dalí, *Comment on devient Dalí*, récit présenté par André Parinaud (Paris: Robert Laffont, 1973), p. 359.

[6] Archives départementales de la Gironde, Bordeaux, Série M, Administration générale et économie du département, 1M8, Organisation du service des évacués;

junho, dormiam não apenas nos carros mas também nos parques e nas ruas. Milhares de refugiados judeus enchiam a zona perto da sinagoga.

Entre esses últimos refugiados estava o rabino Chaim Kruger, de 37 anos, a sua mulher, Cilla, e os cinco filhos do casal, com idades entre os 4 e os 12 anos. Nascido na Galícia, Kruger tinha cidadania polonesa. Era um estudante distinto do Talmude, e em 1931, quando estava ainda na casa dos 20 anos, fora-lhe oferecido o lugar de rabino ortodoxo em Bruxelas, que ele aceitara. Ele e a família fugiram de trem da capital belga dois dias depois de as bombas começarem a cair. Cada um transportava um pequeno saco, contendo uns poucos pertences. Kruger diria mais tarde que não perdera nada ao abandonar Bruxelas; trouxera consigo todos os seus tesouros: a mulher, as quatro filhas e o filho.[7]

A fuga dos Kruger decorrera sem incidentes até chegarem à fronteira francesa. Aí Kruger foi retirado do trem e acusado de ser espião. O bom rabino tentara, ao que parece, envergar os filactérios antes de comer e alguém no trem achou suspeito semelhante comportamento. A questão foi facilmente esclarecida.

Os Kruger permaneceram em Paris até os primeiros dias de junho e, depois, juntaram-se à massa dos refugiados a caminho de Bordeaux. Kruger conhecera Sousa Mendes alguns dias antes. À noite, sem conseguir dormir, o cônsul-geral português deve ter pensado mais de uma vez nesse importante primeiro encontro com o rabino e as importantes conversas que se seguiram.

Kruger mais tarde prestou testemunho ao Yad Vashem (organismo israelita para a recordação do Holocausto) a propósito

---

carta datada de 26 de maio de 1940, do Préfet ao Sous-secrétaire d'état à la vice--présidence du conseil.

[7] Arquivos do American Jewish Joint Distribution Committee, New York City, processo: JDC Administration, JDC One-Time Reps., 1940 (July-Dec.), "Anecdotes Used By Mr. Troper", nº 12.

desse encontro inicial. Ele e a família estavam com os milhares de outros refugiados judeus perto da sinagoga de Bordeaux. De súbito, um carro avançou e dele saiu Sousa Mendes. Como Kruger disse a outro refugiado, o cônsul perguntou-lhe onde estava alojado. O rabino respondeu: "Na rua, perto da sinagoga".[8] Sousa Mendes ofereceu imediatamente ao rabino a hospitalidade da sua casa. Kruger aceitou, mas voltou à área da sinagoga na manhã seguinte porque, dizia, os filhos recusavam-se a comer, inquietos com as imagens (crucifixos) na residência de Sousa Mendes. Kruger sentia também que não podia separar-se dos outros refugiados.

O rabino fizera muito mais do que pedir simplesmente um visto. Tentara explicar os seus temores e os dos outros refugiados judeus. Kruger falou da história dos judeus e de como eles eram incompreendidos e perseguidos. E pediu ao cônsul que o ajudasse a ajudar o seu povo. No seu testemunho ao Yad Vashem, Kruger conta como o secretário do consulado, José Seabra, tentou dissuadir Sousa Mendes de lhe dar ouvidos.

Sousa Mendes escutou-o, no entanto – com os ouvidos e o coração abertos, como a filha de Kruger, Chana, diria mais tarde. A certa altura confiou mesmo ao rabino que também ele tinha sangue judeu nas veias.[9] Sousa Mendes queria ajudar, mas tinha as

[8] Segundo a filha, Chana Ehrenfeld. Uma versão um pouco diferente da conversa é dada por Matuzewitz, *Le cactus et l'ombrelle*, p. 231.

[9] Parece quase certo que Sousa Mendes tinha antepassados judeus. Não devemos esquecer que um grande número de judeus expulsos da Espanha entrou em Portugal no fim do século XV. A maioria deles assimilou-se e casou com a população portuguesa, relativamente pequena. Em consequência, muitos portugueses têm antepassados judeus. Isso é particularmente verdade na província onde Sousa Mendes nasceu, a Beira Alta. Muitos dos judeus da Espanha estabeleceram-se ali. Dado o trabalho da Inquisição portuguesa e a sua herança, muitos portugueses preferiam manter em segredo as suas raízes judaicas e, com o tempo, muitos esqueceram-nas. Até a sua conversa com o rabino Kruger, Sousa Mendes parece

mãos atadas pelos regulamentos do Ministério. Segundo Kruger, Sousa Mendes disse que daria o visto ao rabino, mas que pouco podia fazer pelos outros. Continuou a enviar telegramas. Como precaução, enviou também um telegrama pedindo autorização para conceder a Kruger o visto que já lhe havia dado. A resposta de Salazar, negando o visto a Kruger e a mais outros 28, foi enviada de Lisboa na quinta-feira, 13 de junho.[10]

Sousa Mendes tentou fazer tudo o que podia por aquela gente infeliz, mas tudo não era o bastante. A habitação do cônsul estava já apinhada de refugiados – os mais desprovidos e os mais velhos. Estava lá uma criança abandonada de 10 anos. Também lá estava uma celebridade: o ator de cinema americano Robert Montgomery, que estivera conduzindo uma ambulância como voluntário

---

ter falado muito raramente dos seus antepassados judeus. Os filhos Carlos, Pedro e Sebastião contaram ao autor que o tema de saber se "Mendes" era um nome judeu surgiu mais de uma vez à mesa do jantar quando tinham convidados, mas o pai argumentava que o nome não era necessariamente judeu. Tal como os seus três irmãos, Luís Filipe não conseguiu lembrar-se de o pai ter falado alguma vez de ascendentes judeus. A filha Joana, no entanto, diz que o pai lhe disse que a sua avó paterna, embora sendo católica praticante, lhe contara que os seus antepassados eram judeus devotos.

Segundo o registro do seu casamento, a avó paterna de Sousa Mendes, Raquel Mendez (como então se escrevia o nome), era de Rodella d'Alvarellos, uma freguesia pertencente a Oliveira do Conde. Havia um grande número dos chamados "cristãos-novos" (descendentes de judeus convertidos à força) nessa região. O marido de Raquel Mendez, Manoel de Souza, e os seus pais eram da localidade próxima de Muxagata, com uma grande população de "cristãos-novos". O pai de Sousa Mendes, José de Sousa Mendes, parece assim descender de "cristãos-novos" (a família Mendez e a família Souza).

Se ele tinha realmente um sentimento da sua ascendência judaica, como a filha Joana e o rabino Kruger afirmam, esse sentimento não podia ser muito forte.

Os registros de nascimento e de casamento das famílias Mendez e Souza, até 1802, encontram-se nos Arquivos Distritais de Viseu.

[10] *Telegramas Expedidos*, para o consulado em Bordeaux, telegrama nº 1.701, 13 de junho de 1940.

na frente. Para além de Jules D'Août, havia outros jovens belgas que Sousa Mendes acolhera: um advogado chamado Vanagt e a mulher, bem como um avaliador de impostos chamado Vingerhoedt e a esposa. Por coincidência, Vanagt era filho do homem do talhante que abastecia Sousa Mendes em Lovaina. Tanto Vanagt como Vingerhoedt tentavam pagar a hospitalidade de Sousa Mendes ajudando-o na preparação dos vistos.[11]

Sousa Mendes perguntava-se uma e outra vez como poderia ele ajudar aquela gente. Bastava ver como eles assediavam o consulado para sentir o coração dilacerado. Havia um número enorme de refugiados na Place des Quinconces, perto do consulado, e centenas deles faziam diariamente fila lá fora. Alguns tentavam furar a fila, mas os outros estavam determinados a não deixar que ninguém tirasse o lugar deles. Para manter a ordem, Sousa Mendes foi obrigado a ter soldados postados dentro e fora do consulado.

Quando os refugiados tinham finalmente a possibilidade de falar ao cônsul, o seu sofrimento e o seu medo irrompiam como um dique quebrado. Todos tinham razões para fugir. Todos tinham razões para temer. Não poucos tinham sofrido já às mãos dos nazistas. Muitos haviam sido bombardeados e metralhados do ar durante a fuga. Alguns tinham perdido a família na confusão. Outros tinham visto os seus entes queridos sucumbirem ao fogo do inimigo ou ao suicídio. A histeria não era rara entre os refugiados e, dadas as circunstâncias, isso era compreensível.

A histeria e o pânico dos refugiados aumentavam com a aproximação dos alemães, e o desespero tornava-se maior com a espera, que parecia infinita, das respostas às centenas de telegramas que Sousa Mendes enviava pedindo autorização para a concessão de vistos. As respostas que chegavam eram, em geral, negativas. Só

---

[11] Segundo Jules D'Août.

aqueles que tinham vistos para outros continentes e a passagem paga para o seu destino final recebiam a necessária autorização. A esmagadora maioria dos requerentes não pertencia a essa categoria privilegiada.

Como para aumentar a aflição geral, Bordeaux transformara-se numa vasta fábrica de boatos. Ainda que ninguém soubesse exatamente os apuros em que se encontravam o governo do primeiro-ministro Paul Reynaud e o reduzido número dos seus apoiantes, toda a gente sabia que a rendição estava sendo seriamente considerada. A rendição só podia ter um significado para aquelas pessoas que recorriam a Sousa Mendes: a certeza da perseguição e, para muitos, a possibilidade da morte.

O colapso físico e nervoso chegou sem surpresa para ninguém. Era exigir demasiado de um homem. Durante semanas, Sousa Mendes vira os seus dias cheios de um volume inumano de trabalho e as suas noites cheias de angústia e de insônia. Ajudado pelo filho José, pelo secretário do consulado, José Seabra, e, de vez em quando, por alguns dos refugiados que permaneciam na residência consular, Sousa Mendes tinha de atender multidões de refugiados desesperados, quase loucos, e os seus pungentes pedidos de ajuda. Sentia-se frustrado, impotente, e culpado por não poder fazer nada. Também ele estava tomado de medo: medo de ser descoberto pela polícia política; medo de represálias movidas por pequenos inimigos intriguistas e vingativos na Secretaria do Ministério dos Negócios Estrangeiros; medo de ser chamado à ordem pelo ditador Salazar; e medo da catástrofe financeira e em termos de carreira que, decerto, resultaria de um processo disciplinar.

Como se as preocupações profissionais não bastassem, a vida pessoal e familiar de Sousa Mendes estava também ameaçada. A amante, Andrée, estava grávida de quase cinco meses. De um modo ou de outro Sousa Mendes tinha aguentado todo aquele tempo em face de todas as pressões, mas não podia continuar assim. Física e emocionalmente esgotado, ficou de cama, onde permaneceu durante três dias.[12]

Enquanto Sousa Mendes se torturava no seu dilema, a França passava pela sua própria agonia. Tal como ele, a França teria de escolher, nos três dias seguintes, entre a prudência da rendição e a coragem da resistência.

O governo francês estava profundamente dividido. Tinham-se formado duas facções rivais, e a distância entre elas aumentava à medida que a França sofria derrota após derrota. A fratura estava tornando-se insuperável.

O primeiro grupo era liderado pelo primeiro-ministro, Paul Reynaud, que estava decidido a continuar a luta; se necessário, a partir da África do Norte francesa. Cerca de um terço do gabinete o apoiava, incluindo o ministro do Interior, Georges Mandel. A facção de Reynaud tinha fraco apoio entre os generais franceses. Havia uma notável exceção: Charles de Gaulle, que fora promovido ao posto de general durante o combate e que Reynaud nomeara subsecretário de Estado da Defesa Nacional em 6 de junho.

O terço do gabinete que se opunha a Reynaud e à continuação da guerra era chefiado pelo homem que era então a figura militar mais reverenciada da França: o marechal Philippe Pétain, de 84 anos. O "vencedor de Verdun" tinha sido comandante-chefe das forças francesas durante os últimos dois anos da Primeira Guerra Mundial, uma geração antes. Tinha ocupado esse posto durante mais doze anos. Em 1934 tinha sido ministro da Guerra. Em março de

---

[12] O Livro de Registros do Consulado de Bordeaux indica, no entanto, que os vistos foram emitidos durante os três dias, incluindo 122 em 15 de junho e 44 em 16 de junho. Ou Sousa Mendes continuou a assinar os vistos apesar de sua exaustão física e mental, ou ele predatou os vistos. Veja <www.mvasm.sapo.pt>.

1939 foi, como vimos, nomeado embaixador francês na Espanha. Em 18 de maio de 1940, Reynaud ofereceu-lhe o cargo de vice--primeiro-ministro num novo gabinete. Ironicamente, dados os desenvolvimentos subsequentes, Reynaud parecia sentir que a presença de Pétain no governo ajudaria a elevar o moral dos franceses. Como Reynaud escreveu nas suas memórias: "Os franceses eram unânimes: Pétain era, dentre os vivos, a glória nacional da França".[13]

Embora não seja claro quando foi que chegou a essa conclusão, a glória nacional da França acabou por sentir que a derrota militar final era inevitável. Em vez de prolongar um conflito que nem ele nem os seus colegas haviam realmente desejado, estava preocupado em manter a ordem e negociar termos de rendição "honrosos". Como Paul Reynaud em breve saberia, Pétain tinha esquecido a máxima do marechal Foch segundo a qual só se está derrotado quando se aceita a derrota.[14] As energias limitadas do vice-primeiro-ministro de Reynaud em breve foram canalizadas para minar a resolução do governo de continuar a guerra.

Haveria outras razões para o crescente derrotismo de Pétain para além da situação militar cada vez mais desesperada e do abatimento moral da população francesa? Seria ele sintomático de qualquer coisa mais, para além da prostração e da crescente senilidade? Reynaud e os seus apoiantes acabaram por pensar que sim, ainda que nem sempre seja claro, ao ler as suas memórias políticas, em que medida tinham consciência nessa altura dos motivos de Pétain ou em que medida as suas opiniões sobre o homem foram afetadas por acontecimentos posteriores. Aqueles que advogavam a continuação da guerra em breve passaram a ver Pétain como inimigo mortal da República Francesa, em

---

[13] Paul Reynaud, *Au coeur de la mêlée 1930-1946* (Paris: Flammarion, 1951), p. 488.

[14] *Ib.*, p. 883.

cuja democracia parlamentar ele não acreditava inteiramente. Pétain passou também a ser visto como peão do seu mais próximo aliado, o senador Pierre Laval, que depois da guerra seria condenado à morte por traição e fuzilado.

O governo francês, agora constituído por hesitantes, derrotistas e resistentes, abandonou Paris na madrugada de 10 de junho, o dia em que Sousa Mendes concedeu a Henri Wilensky o seu visto não autorizado. Na noite anterior, o gabinete tinha decidido transferir o governo para Tours. A decisão seguia a recomendação escrita do comandante-chefe, Maxime Weygand. Monárquico e católico tradicionalista, Weygand não tinha mais simpatia do que Pétain pelos políticos que haviam governado a França. Também ele tinha-se convencido da futilidade de continuar a batalha. O primeiro-ministro Reynaud estava determinado a não ceder a sentimentos tão derrotistas – ou assim o afirmaria nas suas memórias. Em 9 de junho informou o presidente do Senado, Jules Jeanneney, de que a França lutaria até o fim.[15]

Contudo, a situação militar continuava a minar o moral não apenas dos dirigentes franceses mas também do povo francês. Os fugitivos em torno da comitiva de Jeanneney a caminho de Tours não eram mais que um símbolo da derrocada geral. Jeanneney descreve a cena no seu diário.[16] Fala das estradas obstruídas por toda a espécie de veículos: carros pesadamente carregados de colchões e utensílios domésticos, ciclistas e até grandes carroças puxadas por cavalos, cheias de passageiros e de pertences. A expressão que Jeanneney lê nos rostos daqueles fugitivos é de resignação na desgraça, bem como de satisfação por terem posto alguma distância entre eles e o inimigo. Um grande número daqueles refugiados em

---

[15] Jean Jeanneney, *Journal politique septembre 1939-juillet 1942*, ed. Jean-Noël Jeanneney (Paris: Armand Colin, 1972), p. 63.

[16] *Ib.*, p. 64.

breve faria uma fila na rua junto do consulado português. Muitos deles, escreve Jeanneney, parecem exaustos. E põe-se a imaginar, ainda que por um momento, que "crueldade suplementar" teriam sido a chuva e o mau tempo.

Uma "crueldade suplementar" ligeiramente diferente chegou naquela tarde em que a rádio francesa anunciava que a Itália, esperando aproveitar os despojos, tinha entrado na guerra ao lado da Alemanha. Não foi no entanto esse anúncio, mas o que foi feito dois dias depois pelo comandante-chefe francês, Weygand, que abalou a resolução de alguns membros do gabinete de Reynaud de continuar a luta.

Weygand lançou a bomba na reunião do gabinete, que teve lugar no castelo de Cangé, nos arredores de Tours, na tarde de 12 de junho.[17] Segundo a avaliação do generalíssimo, a única maneira de evitar a desintegração do exército francês e a anarquia social resultante era apelar para o fim imediato das hostilidades. A apreciação da situação militar por Weygand era partilhada, segundo ele disse ao gabinete, por todos os outros generais.

O marechal Pétain e dois outros ministros apoiaram imediatamente o pedido de Weygand de um armistício, mas os seus argumentos tiveram pouco impacto visível sobre Reynaud. Mesmo que o primeiro-ministro quisesse, um acordo de 29 de maio com a Inglaterra impedia-o de fazer uma paz separada. Paul Reynaud lembrou aos seus ministros que ia encontrar-se com o primeiro-ministro britânico no dia seguinte. Por insistência de alguns membros do seu gabinete, Reynaud disse que perguntaria a Churchill como a Grã-Bretanha encarava a possibilidade de um armistício.

[17] Ver Reynaud, *Au coeur de la mêlée*, p. 759-762; Paul Reynaud, *Mémoires* (Paris: Flammarion, 1963), v. 2, p. 400-402; Maxime Weygand, *Mémoires: rappelé au service* (Paris: Flammarion, 1950), p. 209-214.

Churchill chegou de avião no princípio da tarde de 13 de junho. O aeroporto de Tours tinha sido fortemente bombardeado na noite anterior. Ninguém veio esperar o primeiro-ministro britânico. "Sentia-se imediatamente", escreveu Churchill mais tarde nas suas memórias, "a crescente degradação das coisas."[18] Os primeiros dois ministros que Churchill encontrou tipificavam a divisão então existente no gabinete. O ministro dos Negócios Estrangeiros, Baudouin, falava "no seu modo brando, sedoso, sobre a inutilidade da resistência por parte da França".[19] Por outro lado, o ministro do Interior, Mandel, queria continuar a luta "até o fim na França"[20] e depois, se necessário, a partir do norte da África.

O Reynaud que saudou Churchill "parecia deprimido".[21] A exigência de um armistício por Weygand tinha obviamente abalado o primeiro-ministro francês. Reynaud fez a sua pergunta, e a resposta de Churchill foi inequívoca: "Em condições nenhumas, nenhuma rendição".[22]

Antes de regressar a Londres, Churchill encontrou-se também com o presidente do Senado, Jean Jeanneney, e com o presidente da Assembleia, Édouard Herriot. "Estes dois patriotas franceses", escreve Churchill, "falaram com uma emoção apaixonada de combater até a morte."[23]

A partida de Churchill, no princípio da tarde, foi seguida de outra reunião do gabinete. Reynaud anunciou aos seus ministros que tinha telegrafado ao presidente americano, Roosevelt, pedindo a entrada imediata dos EUA na guerra. Weygand repetiu o seu

---

[18] Churchill, *Their Finest Hour*, p. 179.

[19] *Ib.*

[20] *Ib.*

[21] *Ib.*, p. 180.

[22] *Ib.*, p. 181.

[23] *Ib.*, p. 182.

apelo ao fim dos combates, mas a maioria dos ministros que se levantaram para falar era a favor da continuação da luta.

Só era possível continuar a guerra se os membros do governo não fossem capturados pelo inimigo, pelo que, na manhã seguinte, 14 de junho, ao alvorecer, os dirigentes da França se juntaram aos inúmeros refugiados na estrada para Bordeaux.

Os membros mais importantes do governo chegaram a Bordeaux na parte da tarde, quando Sousa Mendes vacilava à beira do colapso. Na esteira do governo, chegaram os representantes diplomáticos de uns sessenta países,[24] membros dos governos polonês, belga e luxemburguês no exílio,[25] bem como incontáveis milhares de refugiados. Os membros do governo francês em fuga formaram rapidamente dois campos, envolvidos num combate mortal que havia de determinar o destino da França. O combate duraria três dias: os mesmos três dias que Sousa Mendes esteve de cama, atormentado.[26]

Em certo sentido, o maire de Bordeaux, André Marquet, um velho amigo do senador Pierre Laval, preparou a cena para essa batalha final na história da Terceira República Francesa. Arranjou um gabinete para Laval ao lado do seu, no município, e era aí que Laval se encontrava com membros do governo e trabalhava pelo

[24] Segundo a informação obtida pelo prefeito da polícia Bodenan, em Bordeaux. Archives départementales de la Gironde, 1M 450, "Installation à Bordeaux du gouvernement et du corps diplomatique..., 1939-1940", "Ambassades et consulats", lista com a data de 15 de junho de 1940.

[25] O comissário de polícia de Libourne, perto de Bordeaux, notificou o prefeito de polícia Bodenan da chegada do presidente polonês em 14 de junho. Archives départementales de la Gironde, 14H25, "Gouvernement polonais".

[26] Um dos mais interessantes relatos desses dias cruciais em Bordeaux continua sendo o de Henri Amouroux, *Le 18 juin 1940* (Paris: Fayard, 1964), do qual são extraídos alguns dos pormenores seguintes. Ver também Pierre Miquel, *L'exode* (Paris: Plon, 2003), p. 328-340. Um aspecto curioso da literatura histórica francesa acerca do êxodo de 1940 é que trata quase exclusivamente dos refugiados franceses e, em menor medida, dos belgas, como se os outros nunca tivessem existido. Essa tendência continua até no livro de Pierre Miquel.

fim da guerra. Marquet arranjou também uma suíte para Laval no Hotel Splendide, onde o marechal Pétain jantava e reunia a sua corte. O hotel transbordava de políticos importantes, membros da imprensa, e um autêntico "quem é quem" da alta sociedade parisiense deslocada. Se soubesse, o ferrenho monárquico Sousa Mendes não teria apreciado o fato de a ocupante expulsa da suíte agora preparada para Pierre Laval ser a antiga rainha de Portugal, agora no exílio, D. Amélia.[27]

Os opositores de Laval, Pétain e Marquet também não estavam muito longe. O ministro do Interior, Mandel, um dos mais fortes defensores da continuação da guerra, tinha o seu gabinete na prefeitura de polícia, perto do Hotel Splendide. Havia uma ida e vinda quase constante de políticos na prefeitura enquanto Mandel tentava combater o espírito de derrotismo que estava apoderando-se dos seus colegas e de Bordeaux em geral.

O primeiro-ministro, Reynaud, conduzia os assuntos a partir do seu gabinete no quartel-general da 18ª Região Militar, na rue Vital Carles, não muito longe da sede municipal. O presidente francês, Lebrun, estava instalado na residência do prefeito da polícia, no edifício ao lado do quartel-general de Reynaud. Seria na residência temporária do presidente que o caminho escolhido pela França seria decidido.

Todos esses locais ficavam a curta distância uns dos outros, no centro de Bordeaux, e não muito longe do consulado português, que se situava no Quai Louis XVIII. A proximidade e as ligações diplomáticas significariam que Sousa Mendes tinha algum conhecimento do que estava se passando antes do cidadão médio de Bordeaux? Provavelmente não, em especial se considerarmos a tensão, o excesso de trabalho e o colapso de que ele caíra vítima. No entanto, Sousa Mendes não precisava

---

[27] Jeanneney, *Journal politique*, p. 69.

conhecer as coisas por dentro para ter consciência do clima político geral desde que o veneno do derrotismo e da intriga penetrara em Bordeaux. Embora fosse traição falar disso abertamente, toda a gente pensava na iminência da derrota e da rendição.

As intrigas de Laval e dos seus apoiantes atingiram um ponto tal que o primeiro-ministro Reynaud sentiu que tinha o telefone sob escuta.[28] Até o quarto que partilhava com a amante, Hélène de Portes, não era refúgio ao abrigo dessa atmosfera viciada. Hélène partilhava o pessimismo de Pétain e aproveitava todas as oportunidades para defender a causa do armistício. Ela ajudou a minar o moral de Reynaud e a sua vontade de continuar a luta.[29]

Sousa Mendes teve mais sorte do que Reynaud. Durante todo esse doloroso fim de semana, a mulher, Angelina, esteve ao lado do marido, falando com ele a respeito do seu dilema e apoiando-o. O filho Pedro Nuno também passou longas horas junto da cama do pai.

Nas salas à volta deles, os vinte ou trinta refugiados que Sousa Mendes recebera agitavam-se. Ali deitado na cama, Sousa Mendes provavelmente ouvia algumas das suas conversas, e aquilo que não conseguia ouvir podia imaginá-lo. À mistura com as murmurações desalentadas dos velhos havia as conversas descuidadas das crianças. Velhos e novos enchiam as salas e os espaços que os filhos e filhas do cônsul, agora em Portugal, haviam ocupado antes. Ele tinha salvado os seus próprios filhos do perigo. Devia abandonar agora aqueles estranhos a perigos muito maiores? Ele e só ele detinha nas suas mãos a vida daqueles seres humanos.

---

[28] Reynaud, *Au coeur de la mêlée*, p. 794-795.

[29] Sobre o papel de Hélène de Portes no enfraquecimento do moral de Reynaud, ver Jean Lacouture, *De Gaulle*, v. 1 (Paris: Éditions du Seuil, 1984), p. 343-344.

O Ministério acabara de lhe retirar qualquer espaço de manobra. Em 14 de junho, o mesmo dia em que as tropas alemãs entraram em Paris, a Circular nº 23 foi enviada por telegrama para todos os postos diplomáticos na França. Nela, proibia-se a emissão de vistos a qualquer refugiado que não tivesse passagem paga para outro país, bem como um visto para esse outro país. Todos os outros casos deveriam ser apresentados diretamente à PVDE.[30] Que havia de fazer?

Secretamente, o primeiro-ministro Reynaud deve ter começado a fazer a si próprio a mesma pergunta que Sousa Mendes. Felizmente havia aqueles que, ao contrário de Hélène de Portes, tentavam apoiar a resolução de Reynaud de continuar a luta. Um deles era o subsecretário da Guerra, general Charles de Gaulle. De Gaulle chegou a Bordeaux no fim da tarde do dia 14, depois de "uma viagem sombria numa estrada apinhada de refugiados".[31] Seguiu diretamente para o gabinete de Reynaud, na rue Vital-Carles. Então De Gaulle encontrou o presidente do município de Bordeaux, André Marquet. Uma breve conversa com Marquet não deixou dúvidas ao general acerca das "palavras desencorajadoras" que o amigo e aliado de Laval tinha para o primeiro-ministro.[32]

Quando por fim Reynaud chegou, De Gaulle foi direto à questão. "Há três dias", disse o general ao primeiro-ministro, "meço com que velocidade avançamos para a capitulação. Ofereci-lhe a minha modesta colaboração, mas era para fazer a guerra. Recuso submeter-me a um armistício. Se o senhor ficar aqui, será

[30] Pimentel, *Judeus em Portugal durante a Segunda Guerra Mundial*, p. 100.

[31] Charles de Gaulle, *Mémoires de guerre*, v. 1 (Paris: Presses Pocket, 1980), p. 76.

[32] *Ib.*

submergido pela derrota. É preciso alcançar Argel o mais depressa possível. O senhor está, sim ou não, decidido a isso?"

"Sim!", respondeu Reynaud.

"Nesse caso", continuou De Gaulle, "tenho de ir imediatamente a Londres obter a colaboração dos ingleses para os nossos transportes. Partirei amanhã. Onde é que o encontrarei?"

"Encontrar-me-á em Argel", respondeu Reynaud.[33]

Visto que os seus chefes de estado-maior pareciam convencidos da derrota iminente nos campos de batalha da França, Reynaud iniciara já os preparativos para uma retirada militar para o norte da África. O almirante-chefe, Darlan, fora incumbido da tarefa de transportar as tropas. Na manhã de sábado, 15 de junho, segundo dia da provação de Sousa Mendes, o almirante apresentou-se a Reynaud. Era óbvio que alguém falara com Darlan, e ele informava agora o primeiro-ministro de que o plano era "demasiado vasto e, em qualquer caso, não pode responsabilizar-se pela sua execução".[34] Não há uma única palavra nas memórias de Reynaud acerca dos seus sentimentos naquele momento, mas suspeita-se de que deve ter-se sentido cada vez mais abandonado. Disse ao almirante que fizesse o que pudesse.

Nessa mesma manhã, Reynaud encontrou-se com o marechal Pétain e o ministro dos Negócios Estrangeiros, Baudouin. Ambos voltaram a insistir na necessidade de um armistício. Reynaud manteve-se inflexível na sua oposição a semelhante proposta. Em total acordo com o primeiro-ministro sobre a necessidade de continuar a guerra estavam o presidente da Assembleia, Édouard Herriot, e o presidente do Senado, Jules Jeanneney. Reynaud encontrou-se com eles no fim da manhã. Informou-os da "gravidade da situação militar"[35] e

---

[33] *Ib.*, p. 77.

[34] Reynaud, *Au coeur de la mêlée*, p. 796.

[35] Jeanneney, *Journal politique*, p. 70.

do crescente número dos derrotistas no gabinete. Reynaud pediu a Herriot e a Jeanneney que se mantivessem em estreito contato.

O conflito entre as facções pró-guerra e pró-armistício tornou-se abertamente acrimonioso quando o general Weygand se encontrou a sós com Reynaud nessa tarde, pouco antes da reunião do gabinete marcada para as 16 horas. Reynaud falou a Weygand do perigo de o governo cair nas mãos do inimigo e da necessidade de partir para o norte da África.

"O governo não pode abandonar a França", respondeu Weygand.

"Mas o que é a Argélia senão três departamentos franceses?", perguntou Reynaud.

"Não é a mesma coisa", ripostou Weygand.[36]

No entender de Reynaud, a única maneira de pôr fim a mais perdas francesas era declarar um cessar-fogo. Isso não era a mesma coisa que a rendição. A luta podia continuar a partir do norte da África. Weygand ficou furioso com essa proposta. Segundo ele, um cessar-fogo militar significava uma desonra para o exército. Os políticos quiseram esta guerra; eles que assumissem a responsabilidade pela derrota. O governo devia render-se para preservar a honra do exército. Weygand não ocultava a sua pouca simpatia pela República e pelos seus dirigentes. O comentário de Reynaud sobre a atitude de Weygand foi compreensivelmente amargo: "[...] a pretexto de não desonrar o exército, seria a própria França que teria de ser desonrada!"[37] Não havia já nenhuma dúvida no espírito de Reynaud:[38] Weygand tinha de ser substituído.

A virada espetacular dos acontecimentos na reunião dos ministros, que teve lugar nos aposentos do presidente Lebrun, na casa

---

[36] Reynaud, *op. cit.*, p. 801.

[37] Reynaud, *ib.*

[38] Ou assim afirmou mais tarde Reynaud.

do prefeito da polícia, deu a Reynaud mais preocupações do que a questionável lealdade de Weygand. A reunião começou com um relatório militar apresentado por Weygand. De um modo que o primeiro-ministro achou exagerado, Weygand insistiu uma vez mais na necessidade de um armistício. Mal ele tinha acabado quando – de um modo demasiado conveniente – o general Lafont chegou com notícias da frente, fornecidas "num tom melodramático visivelmente desejado".[39] Weygand e Darlan retiraram-se depois.

O ataque seguinte na ofensiva pró-armistício foi feito por Camille Chautemps, apoiante de Pétain, que invocou razões humanitárias para a cessação das hostilidades. Segundo esse pretenso patriota, os soldados franceses estavam sendo abatidos "como num cercado de coelhos".[40] Reynaud escreve nas suas memórias que não se deixou enganar pela representação combinada e que ganhou acuidade no seu espírito a urgência de demitir Weygand do comando. É indiscutível, no entanto, que o primeiro-ministro ficou muito mais perturbado por tudo aquilo e pelo que se seguiu do que quer admitir nas suas memórias. A sua liderança, se não a sua resolução, estava vacilante. As consequências iam ser trágicas para a França.

O que se seguiu ficou conhecido como a proposta de Chautemps. Reynaud refere-se a ela nas suas memórias como a Operação Chautemps. Chautemps propôs que o governo perguntasse a Hitler quais seriam as suas condições para um armistício. Se elas fossem inaceitáveis, sustentava Chautemps, o governo francês teria justificado aos olhos dos franceses a necessidade de continuar a guerra a partir do norte da África. Churchill caracterizou mais tarde a sugestão de Chautemps como "uma proposta insidiosa

[39] *Ib.*, p. 802.
[40] *Ib.*, p. 803.

que tinha o aspecto de um compromisso e era atraente para os hesitantes".[41] Reynaud opôs-se à proposta, mas quando se deu o voto houve treze ministros a favor, seis contra. Voltando-se para o presidente Lebrun, Reynaud anunciou que depois de uma tal votação só podia demitir-se.

Fora de si, o presidente Lebrun deu um murro na mesa, exigindo que Reynaud se submetesse à vontade da maioria. O primeiro-ministro refletiu por momentos. Se se demitisse, a manobra de Chautemps teria êxito, Pétain e os seus acólitos tomariam o poder, e o resultado seria o armistício. Só havia uma maneira de bloquear a proposta de Chautemps: Reynaud lembrou aos ministros que o acordo de 29 de maio assinado com a Grã-Bretanha proibia negociações de paz separadas; visto que insistiam em seguir a proposta de Chautemps, ele perguntaria primeiro ao seu aliado se consentia em tais conversações. A reunião do conselho de ministros foi suspensa. Reynaud ganhara um pouco de tempo. Na madrugada do dia seguinte, domingo, 16 de junho, o general De Gaulle partiu para Plymouth, Inglaterra, a bordo do contratorpedeiro *Milan*.[42]

[41] Churchill, *Their Finest Hour*, p. 203.

[42] Charles de Gaulle, *Mémoires de guerre*, I, p. 79.

6. A decisão

Aquilo que aconteceria à França e aos refugiados foi decidido no domingo, 16 de junho. Tanto para Reynaud como para Sousa Mendes, aquele foi um dia de indescritível tormento interior e, finalmente, de decisão. Sousa Mendes foi ajudado na sua escolha pelo apoio moral daqueles que o rodeavam. Reynaud, por seu lado, sentia-se crescentemente isolado.

Reynaud começou a manhã plenamente decidido a continuar a luta a partir do norte da África. Com esse objetivo, encontrou-se com Édouard Herriot, presidente da Câmara dos Deputados, e Jules Jeanneney, presidente do Senado. A Constituição francesa exigia que Reynaud os consultasse antes de transferir a sede do governo. Mais que do seu acordo, o abalado Reynaud precisava do seu apoio moral. O que lhe foi prontamente concedido, com o completo apoio ao seu plano.

A reunião que se seguiu, às 11 horas da manhã, também no gabinete do primeiro-ministro, não foi nada fácil para Reynaud. Herriot e Jeanneney foram admitidos apenas o tempo suficiente para dizer que concordavam com a proposta da transferência da sede do governo para o norte da África. Assim que eles saíram, o marechal Pétain levantou-se e leu uma carta de demissão. Apresentava como razão a demora de Reynaud em perguntar a Hitler quais eram as suas condições para a paz. Enquanto Pétain permanecia de pé, Reynaud lembrou-lhe com frieza que estavam à espera de ver se a Grã-Bretanha os libertava das obrigações assumidas no acordo de 29 de maio. Reynaud disse que esperava receber a resposta nessa tarde. Pétain pôs a carta de demissão no bolso e sentou-se. A reunião foi suspensa até as 17 horas.

Alguns minutos depois, chegaram notícias deprimentes para o primeiro-ministro: a resposta de Roosevelt ao pedido de Reynaud (de 14 de junho) para que a América entrasse na guerra. O presidente dos Estados Unidos oferecia à França mais material de guerra, mas estava fora de questão qualquer forma de intervenção militar. Reynaud sabia que a recusa da América significava a derrota da França nos campos de batalha. Desvanecera-se a última esperança da nação.

Entretanto, prosseguia a luta entre aqueles que queriam continuar a guerra e os que queriam pôr-lhe fim. Reynaud não tinha descanso. Ao meio-dia, o presidente Lebrun convocou o primeiro-ministro para os seus aposentos. Estava lá à espera o comandante-chefe, Weygand, bem como o adversário figadal do general, Mandel. Uma vez mais, Weygand defendeu um armistício em lugar de um cessar-fogo. No espírito de Reynaud não havia agora dúvida: demitiria Weygand do comando na próxima reunião dos ministros.

Os acontecimentos começaram a precipitar-se. A resposta à pergunta de Reynaud a propósito das discussões com os nazistas sobre um possível armistício foi telegrafada de Londres às 12h35. A Grã-Bretanha só libertava a França das obrigações decorrentes do acordo de 29 de maio se a esquadra francesa estivesse a salvo nas águas britânicas antes do início das negociações. Duas horas e meia mais tarde foi despachado outro telegrama, assegurando a Reynaud que a condição britânica se dava tanto no interesse da França como no da Inglaterra. Porém, mal tinha decorrido uma hora quando o embaixador britânico veio informar o primeiro-ministro francês de que Churchill anulava os dois telegramas. Qual era a explicação para essa reviravolta?

O primeiro-ministro britânico consentira com relutância naquilo que tem forçosamente de ser classificado como uma das mais atrevidas e impressionantes propostas da história diplomática moderna. O golpe de teatro – porque é assim que toda a gente parece considerá-lo – foi concebido por Jean Monnet, chefe de uma missão econômica francesa a Londres e o futuro pai da Comunidade Econômica Europeia. Em termos simples, o que Monnet propunha era a unificação da França e da Grã-Bretanha num só país com o objetivo de continuar a guerra.[1] Embora o plano fosse forçado, tanto De Gaulle como Churchill rapidamente perceberam que era tempo de tal medida desesperada e drástica.

No princípio da tarde de 16 de junho, De Gaulle telefonou a Reynaud para informá-lo do plano. O primeiro-ministro francês ficou imediatamente entusiasmado. Alguns minutos antes da reunião ministerial das 17 horas,[2] De Gaulle telefonou de novo para dizer que o gabinete de Churchill concordara com a proposta de Declaração de Unidade Anglo-Francesa. De Gaulle ditou o texto da declaração e o primeiro-ministro copiou. Depois Churchill falou, dando o seu acordo verbal, em princípio, à planejada fusão dos dois países. Reynaud e Churchill concordaram também em encontrar-se em Quiberon ou Concarneau, na Bretanha, no dia seguinte. Como escreveria depois nas suas memórias, Reynaud ficou de súbito cheio de alegria: exatamente quando pensava que tinham se esgotado os argumentos e evasivas táticas para enfrentar os derrotistas de que estava rodeado, a Grã-Bretanha dera-lhe o forte argumento de que necessitava. Ou assim pensava ele.[3]

---

[1] Ver Jean Monnet, *Mémoires* (Paris: Fayard, 1976), p. 18-29.

[2] Lacouture, *De Gaulle*, I, p. 341.

[3] Reynaud, *Au coeur de la mêlée*, p. 827-828.

Sousa Mendes passou essa mesma tarde na cama, virando e revirando no espírito possibilidades igualmente assustadoras. Teve uma visita completamente inesperada: o ministro português em Bruxelas, Francisco de Calheiros e Meneses.[4] Um mês antes, o governo da Bélgica escolhera o caminho tomado por 2 milhões dos seus cidadãos: o exílio na França. Calheiros e Meneses seguira o governo nas suas repetidas peregrinações, que tinham terminado em Margaux, trinta quilômetros a noroeste de Bordeaux. Diplomata clássico, descendente de uma família aristocrática, filho de um grande nobre, Calheiros e Meneses distinguia-se pelo seu encanto, refinamento e afabilidade. Era também conhecido pelos seus modos calmos.[5] Em todo o caso, a sua placidez não podia deixar de ser perturbada pelas cenas que tinha testemunhado nas últimas semanas.

O secretário do consulado, José Seabra, saudou o ministro quando ele chegou ao nº 14 do Quai Louis XVIII. Seabra explicou, de modo não inteiramente exato, que o cônsul-geral ficara doente, esgotado pelo trabalho, no dia anterior. Sousa Mendes recebeu o ministro no quarto.

A dar crédito ao testemunho posterior de Calheiros e Meneses, este não ficou excessivamente surpreendido ao ver que o cônsul-geral em Bordeaux, um diplomata de carreira com trinta anos de serviço, mostrava sinais de esgotamento. Durante os últimos meses, o ministro vira cenas muito mais estranhas e aflitivas. Tinha testemunhado diretamente, havia mais de um mês, os sofrimentos dos refugiados. Tinha encontrado em Bordeaux o mesmo pandemônio e o mesmo caos que vira noutras cidades francesas pelas quais tinha passado: milhares de pessoas sem abrigo, "a mesma impressão de pânico coletivo" e "a ideia fixa de fugir".[6]

---

[4] Processo disciplinar, folhas 120-121.

[5] Entrevista com o embaixador Calvet de Magalhães.

[6] Processo disciplinar, folha 121, verso.

De que falaram realmente Calheiros e Meneses e Sousa Mendes? Segundo Pedro Nuno, filho de Sousa Mendes, o ministro, "e um amigo parecia ser", esteve várias horas junto à cama de Sousa Mendes, discutindo com o cônsul-geral o seu dilema. Se o ministro tentou ou não dissuadir Sousa Mendes de desobedecer aos regulamentos, provavelmente nunca o saberemos. Suspeita-se de que o fez.

Calheiros e Meneses pode ter também informado o cônsul-geral sobre a luta em curso no gabinete francês, cujo resultado teria graves consequências para os refugiados. Parece muito pouco provável que o ministro não estivesse bem informado sobre aquilo que transpirava. Devia saber pelo menos tanto como o representante diplomático português em Paris, comandante Ochoa, que nesse mesmo dia tinha reinstalado o escritório da sua legação no Hotel Etcheona, em Bordeaux. O telegrama que Ochoa despachou imediatamente para Salazar mostra como os diplomatas portugueses estavam bem informados. Ochoa informava o ministro dos Negócios Estrangeiros de que os ministros franceses estavam reunidos havia três dias. Telegrafou Ochoa:

> O governo acha-se dividido, havendo seis ministros, entre eles Pétain, que aconselham o imediato armistício, por ser impossível continuar a guerra. O general Weygand é da mesma opinião. O presidente do Conselho e restantes ministros, obedecendo às instâncias de Churchill, desejam a continuação da guerra até o fim.

Ochoa informava Salazar de que se a facção de Pétain vencesse na reunião dos ministros desse dia, seria formado um novo governo, chefiado pelo general Weygand. A sua previsão não acertou longe do alvo.[7]

---

[7] Ministério dos Negócios Estrangeiros, *Dez Anos de Política Externa (1936--1947)*, v. VII (Lisboa, Imprensa Nacional, 1971), telegrama nº 873, p. 145.

É quase inconcebível que Calheiros e Meneses e Sousa Mendes não tenham falado disso. E mesmo que não o tenham feito, Sousa Mendes sabia que a rendição francesa parecia provável e que isso levantava a maior das ameaças para os refugiados. A imagem dos nazistas pintada pelo rabino Kruger permanecia no seu espírito. Havia muitos antinazistas declarados, judeus e não judeus, entre os refugiados; seria ingênuo pensar que, uma vez no poder na França, os nazistas não tentariam liquidar os seus inimigos, como o tinham feito por toda a parte.

Qualquer que tenha sido o conteúdo da sua conversa, Calheiros e Meneses acabou por sair, voltando na manhã seguinte, alegadamente para ajudar o ministro canadense em Bruxelas, Jean Désy, a obter vistos para o seu pessoal.

A reunião do gabinete ministerial francês começou às 17 horas, conforme programado. Durou três horas.

Reynaud abriu os trabalhos com a leitura do telegrama de Roosevelt, recebido nessa manhã. Depois, recorrendo a toda a eloquência de que era capaz, apresentou a oferta britânica. Sublinhou a importância da proposta britânica para o futuro da França. Concluiu dizendo que se encontraria com Churchill no dia seguinte para discutir a unificação. Sentou-se e esperou pela reação. Acabava de jogar a sua última cartada.

Nas suas memórias, Reynaud descreve o seu desapontamento:

> A minha exposição não encontra nenhum eco. No Conselho ninguém toma a palavra para exprimir a sua adesão à proposta de Churchill. É verdade que os meus adversários tinham [...] conhecimento das escutas telefônicas e que, não ignorando nada da comunicação do general De Gaulle, tinham se apressado, antes da reunião, a montar o cerco aos ministros. É provável, contudo, que entre aqueles que guardaram silêncio houvesse quem partilhasse os meus

sentimentos. Mas a verdade é que eu fui rigorosamente o único a apoiar a proposta.[8]

Por seu lado, os adversários de Reynaud estavam tudo menos silenciosos. Cheirava-lhes a sangue e avançaram para a matança. Primeiro Ybarnegaray e depois Chautemps acusaram a Grã-Bretanha de querer reduzir a França ao estatuto inferior de um dos seus domínios. Chautemps repetiu a sua proposta do dia anterior. Reynaud ripostou com o fato de que a Grã-Bretanha não libertara a França do acordo de 29 de maio, e lembrou aos presentes que a honra da França estava em jogo. Mandel foi mais rude. "A questão é simples", disse o ministro do Interior, recorrendo a todo o seu desdém. "Há aqui quem queira lutar, e outros que não querem."[9] O aceso debate só terminou quando Reynaud suspendeu a reunião até as dez horas da noite.

Reynaud ficou sozinho com o presidente Lebrun. O primeiro-ministro estava convencido de que a maioria dos seus ministros queria um armistício. Pela segunda vez, apresentou a Lebrun a sua demissão. Hora e meia mais tarde, Reynaud confirmou a sua decisão. Desta vez o presidente Lebrun aceitou a demissão.

Meia hora mais tarde, o general Charles de Gaulle aterrissava no aeroporto de Mérignac, em Bordeaux. O seu secretário particular, coronel Humbert, esperava-o com uma mensagem devastadora: o seu amigo Paul Reynaud tinha caído e o presidente Lebrun pedira ao marechal Pétain que formasse um novo governo.

A capitulação era certa, pensou De Gaulle. Depois da demissão de Reynaud, De Gaulle não era já subsecretário da Guerra, mas um simples general sob o comando de Weygand. Não perdeu tempo para decidir: quaisquer que fossem as consequências para

---

[8] Reynaud, *Au coeur de la mêlée*, p. 831.

[9] *Ib.*, p. 833.

si, de manhã partiria para Londres. Censurou o primeiro-ministro? Não. Segundo as palavras de De Gaulle, Reynaud "era um homem chegado ao limite da esperança". Para De Gaulle, "[era] um espetáculo trágico o daquele grande valor, injustamente triturado por acontecimentos excessivos".[10] Semanas de "terrível fadiga"[11] e desespero tinham acabado por vencê-lo.

À meia-noite o gabinete de Pétain tinha-se já reunido pela primeira vez e começado a trabalhar na questão mais importante da ordem do dia: um armistício com os alemães. Às primeiras horas da madrugada de segunda-feira, 17 de junho, o governo de Pétain pediu ao embaixador espanhol na França, Lequerica, que abordasse pela primeira vez com o regime de Hitler a questão do armistício. Mais ou menos à mesma hora, os habitantes e os refugiados de Bordeaux ouviam no rádio a notícia da formação do novo governo.

Não se sabe exatamente em que momento, nessa tarde, nessa noite ou na manhã seguinte, Sousa Mendes chegou finalmente à sua decisão. Sebastião Mendes lembra-se de o pai falar de uma noite de oração e de consulta com a mulher. A notícia da demissão de Reynaud espalhou-se rapidamente em Bordeaux. Era notícia de primeira página em todos os jornais da manhã. Ninguém, incluindo Sousa Mendes, tinha qualquer ilusão quanto àquilo que o governo de Pétain significava para os refugiados. Quer isso tenha influído na sua decisão quer a tenha confirmado, a formação de um governo de Pétain foi um acontecimento de importância fundamental para Sousa Mendes.

Qual foi a sua decisão? Daria vistos a todos os que deles necessitassem, a todos os que os pedissem. Não faria perguntas nem praticaria discriminações.

---

10 De Gaulle, *Mémoires de guerre*, p. 84.

11 Amouroux, *Le 18 juin 1940*, p. 36.

Qual a força ou forças que finalmente o levaram a dar um passo tão extraordinário? Sousa Mendes estava jogando fora uma carreira de trinta anos. Dificilmente poderia esperar iniciar outra profissão aos 55 anos de idade. A sua situação financeira já era precária. Agir assim era suscitar a ruína econômica. Tinha mulher e doze pessoas que dependiam dele, para não falar da amante, que esperava um filho. E, no entanto, não vacilou. Mais estranho ainda, quando discutiu o assunto com a mulher, Angelina, ela concordou totalmente que ele devia seguir a sua consciência e passar os vistos.

A decisão de Sousa Mendes deveria ter sido menos surpreendente para aqueles que conheciam bem o cônsul. Este tinha a reputação de ser um homem extremamente bondoso. Tinha sem dúvida herdado esse traço do pai, José de Sousa Mendes. Era quase lendário que o juiz nunca condenava um acusado se houvesse a mínima suspeita de que ele pudesse ser inocente. Não queria ter semelhante crime na consciência. O pai tinha transmitido a sua humanidade e a sua consciência aos três filhos. No caso de João Paulo, irmão de Artistides, a recusa de fazer mal a qualquer criatura viva chegava a extremos; contava-se que o perturbava, um homem adulto, esmagar formigas debaixo dos sapatos. Aristides não era assim tão diferente do irmão.[12]

Os outros haviam de interpretar a sua decisão de modos diferentes. Salazar se recusaria a ver nela mais do que desobediência premeditada. Aqueles que dirigiam a Secretaria do Ministério dos Negócios Estrangeiros partilhariam esse ponto de vista. Talvez não estivessem inteiramente fora da razão. A aversão de Sousa Mendes ao regime autocrático de Salazar e aos seus superiores ardilosos datava de meados dos anos 1930.[13] Tinha também razões bastantes

---

[12] Entrevista de Maria Joana Abranches Pinto Ramos da Costa ao autor.

[13] Ver Afonso, *Injustiça*, p. 38-41.

para estar farto da perseguição mesquinha de que tinha sido vítima durante os últimos cinco anos.

Como veremos, Sousa Mendes seria acusado de insanidade mental temporária, mas até os seus inimigos tiveram finalmente de admitir que o cônsul agiu com plena lucidez ao longo de toda a provação que se seguiu. Usou toda a inteligência, astúcia e ousadia de que dispunha para ajudar aqueles que lhe haviam confiado a sua vida. Nenhum louco poderia fazer o que ele fez.

Calheiros e Meneses sugeriria mais tarde que Sousa Mendes sucumbira à fraqueza: que cedera à atmosfera de pânico que existia entre os refugiados e que impregnava tudo em Bordeaux. O principal argumento contra esse raciocínio é que nem mesmo Calheiros e Meneses estava inteiramente convencido dele.

Para Moise Elias, um dos muitos refugiados que Sousa Mendes salvaria, a motivação que esteve por trás do ato do cônsul era clara: ele agia como instrumento da vontade de Deus. Muitos dos refugiados mais religiosos que Sousa Mendes ajudou haviam de sentir o mesmo sobre os corajosos atos do cônsul. Era a única maneira que eles tinham de explicar atos tão completamente fora do comum.

No próprio espírito de Sousa Mendes, intensamente devoto, Deus desempenhara de fato o papel principal na sua decisão. Embora não o tenha dito a ninguém, com exceção da sua família, sentia que ouvira uma voz, que interpretou como sendo a de Deus, dizendo-lhe que se erguesse e salvasse toda aquela gente. Os mais céticos de nós podem dizer que ele sofria de ilusões de grandeza, e havia um pouco disso no caráter de Sousa Mendes, misturado, paradoxalmente, com uma grande modéstia. Outros poderão dizer que ele foi momentaneamente vítima de um complexo messiânico. Aceitemos estes argumentos, se isso significou que milhares de vidas puderam ser salvas. Cristo ensinou o amor ao próximo, e Sousa Mendes, ao contrário de alguns dos seus correligionários, levou o ensinamento muito a sério.[14]

Os sentimentos antinazistas de Sousa Mendes foram também um fator indiscutível na sua decisão. As suas declaradas simpatias pró-Aliados já lhe tinham criado problemas com Salazar. No dia 10 de junho (dia de Camões e dia de Portugal) do ano anterior, Sousa Mendes dirigira-se à comunidade portuguesa pela rádio francesa. As suas palavras refletiam muito pouco a política oficial portuguesa de neutralidade. As conversas de Sousa Mendes com o rabino Kruger e outros refugiados convenceram-no de que os nazistas eram desumanos. Se aplicasse as instruções de Salazar, estaria ajudando os nazistas a encurralar e perseguir os judeus e outros opositores.

O regime que Sousa Mendes representava era oficialmente neutro, mas, a despeito dos estreitos laços econômicos e até militares com a Grã-Bretanha, o regime de Salazar tinha interesse na vitória de Hitler no continente. O triunfo das democracias liberais poria em jogo o regime autoritário de Salazar. Não é de se surpreender que os superiores de Sousa Mendes – o secretário-geral Sampaio e o chefe dos serviços consulares e econômicos, conde Tovar – fossem conhecidos germanófilos (Tovar assumiria o cargo de ministro em Berlim no ano seguinte). As simpatias pró-alemãs de Sampaio e de Tovar não eram segredo para Sousa Mendes, e o desejo de combater semelhante atitude provavelmente influenciou a sua decisão.

---

[14] A interpretação religiosa era a preferida por muitos dos familiares que conheciam bem Aristides de Sousa Mendes, nomeadamente pelo seu filho Pedro Nuno e pelo sobrinho José da Matta de Sousa Mendes. Entrevistas com o autor. Ver também o posfácio de José da Matta de Sousa Mendes a José Alain Fralon, *Aristides de Sousa Mendes: um herói português*, trad. Saul Barata (Lisboa: Editorial Presença, 1999, p. 120-125).

A decisão de Sousa Mendes explica-se também em termos puramente humanos, em especial se aceitarmos a afirmação de Stefan Zweig de que em cada ato heroico há um elemento do inexplicável; há qualquer coisa que vai além das noções de comportamento humano comumente aceitas. A visão de tantas famílias que sofriam e necessitavam de proteção despertou a compaixão deste pai de doze filhos. Ele sabia o que aqueles pais sentiam porque ele próprio sentira o mesmo medo primordial no outono anterior. O fato de a sua própria filha Isabel, o neto Manuel e o genro Jules serem também refugiados reforçava o sentimento de que tinha de ajudar aquela gente.

Seria errado minimizar o papel desempenhado pela mulher de Sousa Mendes, Angelina, na sua decisão. A bondade e generosidade de Angelina eram tão evidentes para todos aqueles que a conheciam como as boas qualidades do marido. Era ela que, dia e noite, acudia aos mais infelizes dos refugiados: cozinhava para eles e, em alguns casos, os alimentava, costurava para eles, lavava as suas roupas e até arrumava as suas camas. As empregadas domésticas tinham regressado a Portugal no outono anterior, de modo que ela tinha de fazer tudo sozinha ou auxiliada pelos refugiados que podiam ajudar. Havia talvez uns trinta deles alojados na sua residência, por trás dos escritórios do consulado. Ocupavam cada palmo de espaço livre, incluindo os sofás, cadeiras e tapetes. Sousa Mendes talvez não tivesse tomado a decisão que tomou, carregada como estava de pesadas consequências para a sua família, se Angelina não o tivesse aprovado e encorajado. A decisão foi tomada por ambos.

Foi o tamanho do coração de Sousa Mendes que o distinguiu das outras pessoas, mas a base da sua decisão não foi apenas emocional. Foi também racional, ética e até legal. Ele sabia que os campos de concentração e a morte esperavam muitos dos refugiados se ele lhes dissesse que não. Sousa Mendes não queria ser cúmplice de tais crimes.

Como vimos, ele achava também imoral ter de perguntar aos requerentes de vistos se eram judeus, porque a Constituição portuguesa proibia tais práticas discriminatórias, e além disso, considerava-as ilegais. Descendente de importantes homens de leis, filho de um importante juiz e jurista de formação, Sousa Mendes tinha um profundo respeito pela lei e pelos regulamentos. O pai dera-lhe o nome do general e estadista ateniense conhecido por Aristides, *o Justo*, e Sousa Mendes procurava ser digno do nome que tinha. Contudo, neste caso, a justiça e os regulamentos pareciam estar em conflito.

Finalmente, o sentido da história pode ter pesado na decisão que Sousa Mendes tomou. As discussões de Kruger com o cônsul parecem ter dado fruto em mais de um sentido. Refrescaram-lhe a memória sobre certos fatos históricos que ele sem dúvida já tinha aprendido. Segundo o que o rabino contou a um refugiado, ao permitir que tantos judeus entrassem em Portugal, Sousa Mendes estaria corrigindo um erro passado: a expulsão dos judeus de Portugal, em 1497. Por uma grande coincidência, muitos desses judeus expulsos tinham-se instalado em Bordeaux e Bayonne alguns séculos antes.

Lucie Matuzewitz, uma das refugiadas que teve a sorte de obter um visto de Sousa Mendes, conta aquilo que o rabino Kruger dissera ao seu marido, Joseph:

> Além disso, acrescentou o rabino, há vários dias que estou vivendo na casa do cônsul; ele é invulgarmente amigável comigo e me disse: "Vá ao parque da cidade onde estão reunidos todos os refugiados que querem deixar a França e diga que darei vistos a todos eles para Portugal; não tenho esse direito, porque tenho instruções para só dar vistos para o meu país àqueles que têm vistos para além-Atlântico. Sei que vou perder o meu posto, mas darei a Portugal, a minha pátria, a honra de acolher refugiados judeus para apagar o crime dos anos 1490,

quando Portugal, com a ajuda da Inquisição, expulsou os judeus, como também fez a Espanha."[15]

A despeito da imprecisão histórica (a Inquisição só foi criada em Portugal quatro décadas mais tarde) e do tom exageradamente dramático, essa conversa entre o rabino Kruger e Sousa Mendes realmente aconteceu. O cônsul era um ardente patriota, com um forte sentido da história de Portugal.

Essa interpretação da decisão de Sousa Mendes, a de ajudar os refugiados, tinha claramente alguma aceitação entre os judeus que recebiam vistos. Outro refugiado, Jan Lustig, também atribuía a generosidade do cônsul à sua ascendência judaica.[16]

Sebastião, filho de Sousa Mendes, lembra-se do que os pais lhe disseram sobre a maneira como explicaram a sua decisão aos refugiados que tinham recolhido debaixo do seu teto, bem como a Clotilde, Pedro Nuno e José. Como muitas vezes acontece na vida, essa cena dramática foi imediatamente precedida de uma cena tragicômica. Alguns minutos antes, um casal de refugiados, os Oulmont, tinha conseguido passar pela guarda que estava à entrada do edifício. Eis como Sebastião Mendes descreve a cena:

> De repente a porta de entrada abriu-se, dando passagem a um homem de idade com um cão debaixo do braço e a mulher pendurada do outro, e um policial a segui-los escada acima.
>
> "Onde está o cônsul? Queremos falar ao cônsul. Somos judeus, temos de deixar o país antes que os alemães aqui cheguem. Sou professor da Sorbonne em Paris e tenho ensinado princípios fundamentalmente em conflito com o nazismo. Eles vão nos matar [...]"

---

[15] Matuzewitz, *Le cactus et l'ombrelle*, p. 231-232.

[16] Jan Lustig, *Ein Rosenkranz von Glücksfällen. Protokoll einer Flucht*, p. 64-65.

Olhando para o cão e acariciando-o, acrescentou: "O nosso pobre cão ficará sozinho sem ninguém que trate dele. Não, eles não o matam, um cão é inofensivo para eles".[17]

Oulmont fazia parte da elite intelectual e social da França, e parecia uma personagem do contundente romance de Irène Némirovsky sobre o êxodo de 1940, *Suite Francesa*. Havia alguns, como o escritor Maurice Sachs, também ele judeu, que troçavam de refugiados como Oulmont, que pareciam atribuir a si próprios demasiada importância. Sachs comentava o modo como

> neste grande drama histórico que estava sendo representado, não podíamos deixar de rir de toda a maldita estupidez, vaidade, crenças ilusórias e pânico ignóbil que se exibiam na cidade.[18]

Sachs não sente senão desdém por certo tipo de refugiado "roído pela necessidade de ser suficientemente importante para ser fuzilado [...]".[19]

Olhando para trás, aprendemos como Sachs estava errado ao subestimar a estupidez bárbara dos nazistas. Oulmont podia ser um tolo pomposo, egoísta e reacionário, mas corria um perigo real, ainda que fosse pelo fato de ser judeu e não por qualquer coisa que tivesse escrito ou ensinado.

Que poderiam os nazistas encontrar de censurável nas lições de Oulmont na Sorbonne? Ele era medievalista. Acreditaria Oulmont seriamente que os nazistas se ofenderiam com um leve gracejo anti-Hitler na efêmera folha informativa *Pour eux* (*Para eles*), que ele dirigira para os soldados de Saint-Cloud na frente? Não

---

[17] Sebastião Mendes [Michael d'Avranches, pseud.], *Flight from Hell* (New York: Exposition Press, 1951, reeditado em 1968), p. 55.

[18] Sachs, *Course à courre*, p. 32-33.

[19] *Ib.*, p. 33.

podiam decerto ficar ofendidos com os seus insípidos romances, alguns dos quais tinham sido premiados pela sonolenta Academia Francesa, quatro dos quais chegaram ao palco e que hoje estão todos misericordiosamente esquecidos. Só na base do bom gosto é que os nazistas teriam alguma coisa a objetar às peças e poesias de Oulmont.

Os nazistas poderiam mesmo ter detectado um espírito afim nos elogios de Oulmont a autocratas de direita como Salazar. De fato, Oulmont era há muito um admirador do ditador português,[20] e tinha sido convidado pelo regime de Salazar para as celebrações da Exposição do Mundo Português, organizada pelo Secretariado de Propaganda Nacional. Era um refugiado que não teria grande dificuldade em obter de Salazar autorização para o visto.

Então de que é que Oulmont tinha medo? Ele tinha medo porque tinha sangue judeu nas veias. O avô materno (cujo apelido era Lantz) era um rico e eminente judeu de Estrasburgo.[21] O próprio Oulmont parece não ter estado bem certo da sua qualidade de judeu,[22] mas sabia que os nazistas não teriam dificuldade em rotulá-lo como tal.

Talvez, no caso de Oulmont, a insinuação dirigida pelos racistas franceses contra os *fuyards* (desertores) judeus contivesse também uma partícula de verdade: a razão para a sua fuga parece ter sido, em parte, o desejo de pôr a salvo alguns dos seus tesouros. Ele trouxe consigo um tesouro considerável em ouro e joias. Era um conhecido colecionador de objetos de arte preciosos, e de fato a sua residência de Saint-Cloud foi saqueada durante a ocupação nazista.[23] Ao falar com o cônsul português, Oulmont esperava salvar tanto os bens como a vida.

---

[20] Acerca das suas opiniões sobre Salazar, ver Charles Oulmont, *Noces d'or avec mon passé* (Paris: Crépin-Leblond, 1964), p. 244-255, 283.

[21] Oulmont, *Noces d'or avec mon passé*, p. 42.

[22] A confusão reflete-se no seu romance posterior, *L'enfant d'Israël*.

[23] Oulmont, *Noces d'or avec mon passé*, p. 309.

Sebastião Mendes descreve do seguinte modo o aparecimento dos pais, vindos do gabinete do cônsul:

> Nesse momento abriu-se a porta que dava para o gabinete do cônsul e ali estava ele, dr. Sousa Mendes. Tinha um ar grave, com olheiras em volta dos olhos. O cabelo tornara-se completamente grisalho, quase branco como a neve. Com ele estava a esposa. Ficaram ali de pé por momentos. Estávamos todos sem fala. Até o professor francês, que apenas alguns segundos antes estava em tão grande agitação, estava agora sentado e contemplava o dr. Sousa Mendes.
>
> Passados alguns segundos, o dr. Mendes falou: "Como informei toda a gente, o meu governo recusou terminantemente todos os pedidos para concessão de vistos a todos e quaisquer refugiados. Tudo está agora nas minhas mãos, para salvar os muitos milhares de pessoas que vieram de todos os lados da Europa na esperança de encontrar refúgio em Portugal. Todos eles são seres humanos, e o seu estatuto na vida, religião ou cor são totalmente irrelevantes para mim. Além disso, as cláusulas da Constituição do meu país relativas a casos como o presente dizem que em nenhuma circunstância a religião ou as convicções políticas de um estrangeiro [...] o [impedirão] de procurar refúgio no território português. Eu sou cristão e, como tal, acredito que não devo deixar esses refugiados sucumbir. Uma grande parte deles é formada por judeus, muitos [dos quais] são homens e mulheres com situações proeminentes que, devido à sua posição social, como dirigentes e outros, sentiram no seu coração dever falar e agir contra as forças da opressão. Fizeram aquilo que em seu coração era o que devia ser feito. Agora querem ir para onde possam continuar a sua luta por aquilo que consideram justo. Sei que a minha mulher concorda com a minha opinião, e estou certo de que os meus filhos compreenderão e não me acusarão, se por dar vistos a todos e a cada um dos refugiados eu for amanhã destituído do meu cargo por ter agido [...] [contra] ordens que, em meu entender, são vis e injustas.

> E assim, declaro que darei, sem encargos, um visto a quem quer que o peça. O meu desejo é mais estar com Deus contra o Homem do que com o Homem e contra Deus".
>
> Voltando-se para o agente da polícia que estava à porta, disse: "Peço que a sua guarda cesse imediatamente. Deve permanecer apenas para manter a ordem. Não para evitar que alguém venha ter comigo. Isso acabou. Vão e espalhem a notícia".
>
> Aos filhos presentes, disse: "Não sei o que é que o futuro reserva para a vossa mãe, para vocês e para mim mesmo. Materialmente, a vida não será tão boa para nós como tem sido até agora. Contudo, sejamos corajosos e tenhamos em mente que, ao dar a esses refugiados a possibilidade de viverem, teremos uma possibilidade mais de entrar no Reino dos Céus, porque, ao fazê-lo, não faremos mais do que praticar os mandamentos de Deus".
>
> Ao ser informada de que iam ser dados [...] [vistos], a multidão até então deprimida de milhares de refugiados, agora cheios de júbilo, gritou: "Viva o cônsul, viva Portugal".
>
> A multidão até então triste e melancólica estava agora num murmúrio constante. Sim, todos estavam fazendo planos [...] sobre o que iriam fazer. Iriam para Portugal e dali para as colônias dos seus países e fazer a partir daí o que tinham a fazer. Iriam para Inglaterra juntar-se aos restos dos exércitos dos seus países que tinham fugido para ali; tentariam até ir para o Novo Mundo – a América. Estavam agora de pé nas intermináveis filas, esperando a sua vez de entrar no consulado e obter o precioso visto, um bilhete para a vida.[24]

Quando Sousa Mendes terminou o seu breve discurso, Oulmont tinha conseguido abrir caminho até a frente da fila. Levava consigo uma considerável fortuna em ouro e joias e tentou subornar Sousa Mendes para obter um visto. Não era de modo nenhum a primeira

[24] Mendes, *Flight through Hell*, p. 55-57.

vez nas últimas semanas que Sousa Mendes tinha ofertas de incríveis somas de dinheiro por um visto. Funcionários menos escrupulosos fizeram fortunas nesses dias trágicos. O cônsul admoestou-o brandamente e, depois, ofereceu-se para lhe guardar os valores no cofre do consulado no Crédit Lyonnais de Bordeaux. Oulmont aceitou, agradecido.

Sabendo que Salazar não recusaria um visto a Oulmont, Sousa Mendes telegrafou pedindo autorização e recebeu-a.[25] O cônsul estava determinado a respeitar a letra da lei sempre que fosse possível.

Embora tenha sido provavelmente um fator menor na sua decisão, pode ter havido nos atos de Sousa Mendes um inconsciente desejo de expiação. Aquilo que ele estava fazendo equivalia basicamente a um sacrifício. Talvez isso o ajudasse a limpar a terrível culpa que sentia pelo seu caso amoroso.

Ninguém pode ler o coração de um homem. Permanece um mistério até para ele próprio. Talvez o que realmente importa não seja a razão por que Sousa Mendes fez o que fez, mas o fato de o ter feito.

---

[25] Em 22 de junho, Salazar enviou dois telegramas autorizando o visto de Oulmont: o telegrama nº 1.957 foi para Bayonne; o telegrama nº 1.958, para Bordeaux. Existem cópias dos dois telegramas nos arquivos do Ministério dos Negócios Estrangeiros, "Telegramas Expedidos".

7. Três dias de junho (17-19 de junho de 1940)

Na família nem todos achavam que ele estava agindo corretamente. Sousa Mendes tinha educado os filhos e filhas no respeito pela autoridade, e a decisão do pai ia contra muito daquilo que lhes ensinara. Ia também contra as atitudes conservadoras que haviam aprendido nas escolas particulares católicas e na Universidade de Lovaina, na Bélgica. De início Isabel opôs-se bastante energicamente à decisão do pai, sendo apoiada pelo marido, Jules. Embora Sousa Mendes não tenha conseguido convencer a filha e o genro de que aquilo que fazia estava certo, conseguiu convencer Jules a ajudá-lo a selar os vistos.

Pedro Nuno, que, como o pai desejava, estava mergulhado na preparação para os exames finais na Universidade de Bordeaux, não participou na concessão dos vistos, mas apoiou o pai na sua decisão. Também profundamente religioso, sentia que o pai estava fazendo aquilo que Deus queria que ele fizesse.

José, o rebelde ou ovelha negra da família, também ajudou na passagem dos vistos. Ajudava regularmente o pai no trabalho do consulado. O filho devia ser um tanto misterioso para o pai, que no entanto tentava protegê-lo, como a toda a família. Era como se uma mola se tivesse quebrado dentro de José e ele tivesse perdido o interesse em construir a sua própria vida. A família atribuía essa estranha atitude ao forte apego que ele tinha ao irmão, Manuel, que morrera bruscamente ainda jovem. Sousa Mendes tentara obter para ele o lugar de vice-cônsul em Toulouse. A nomeação foi recusada, e José permaneceu em Bordeaux como assistente do pai.[1] Agora ia ajudá-lo na preparação dos vistos.

O mesmo fez, durante algum tempo, o rabino Kruger. Este tinha uma incumbência adicional, como vimos: espalhar entre os refugiados de Bordeaux a notícia de que o cônsul português dava vistos a todos os que o pedissem.

A concessão de vistos prolongou-se até a madrugada de 18 de junho. Segundo o rabino Kruger, participante e testemunha, Sousa Mendes nem parava para comer e beber. Ficava sentado à escrivaninha no seu gabinete, uma das duas salas espaçosas com varanda para a rua. O secretário consular trabalhava na sala imediatamente a seguir. Os serviços consulares e a residência estavam ligados por portas grandes, imponentes. A maratona recomeçou por volta das 8 horas da manhã de 18 de junho e continuou pelo menos até a noite.

O escritor americano Eugene Bagger, que recebeu um visto de Sousa Mendes, encontrou o cônsul português no café do Hotel Splendide no dia 19 de junho. Bagger sem dúvida sabia que era no Hotel Splendide que estava hospedado o primeiro-ministro, Paul Reynaud, bem como a maior parte dos ministros do seu governo e membros da elite social e financeira da França e da Europa. Segundo Eugen Tillinger, o hotel era o quartel-general dos intelectuais parisienses e da gente da rádio.[2] Entre os que ali se encontravam estava o patrão de Tillinger, o proprietário do *Paris-Soir*, Pierre Lazareff, e a sua mulher, Hélène. Tendo sido convidado por Salazar

---

[1] Ver o processo do consulado de Toulouse, 1937-1949, Arquivo do Ministério dos Negócios Estrangeiros, 2 P., A. 34, M. 48.

[2] Eugen Tillinger, *Die Brücke von Hendaye*, Aufbau (New York), v. VI, nº 35, 30 de agosto, 1945, p. 2.

para assistir à Exposição do Mundo Português, em Lisboa, os seus vistos passados por Sousa Mendes estariam entre os menos contestados.[3] O irmão de Lazareff, Roger, e a mulher deste, Simone, receberam os seus vistos de Sousa Mendes no consulado português, mas o visto de Pierre Lazareff foi, com toda a probabilidade, um dos muitos que nunca foram oficialmente registrados.[4] Terá Pierre Lazareff recebido o seu visto ali no café onde ele, Bagger, e Sousa Mendes podiam seguir os últimos acontecimentos políticos? Até ali, durante um curto intervalo do trabalho, Sousa Mendes assinou vários passaportes: para o cônsul polonês em Arcachon, Skalski, e para Bagger e sua esposa. Sousa Mendes queixou-se ao americano "do calor – da multidão – do excesso de trabalho" da véspera.

O trabalho, todavia, prosseguiu nos dois dias seguintes, continuando a emissão de vistos até as 2 ou 3 horas da madrugada.[5]

Durante esses três dias foram passados milhares de vistos. Todas as testemunhas concordam quanto a esse número. A única voz discordante é a de José Seabra, que tinha razões para encobrir essa "irregularidade", da qual participou contrariado. Devia o seu posto a Sousa Mendes, que o nomeara secretário consular, mas desaprovava completamente aquilo que o cônsul estava fazendo e disse isso a ele. Avisou o cônsul até mesmo das possíveis consequências para a família deste. Sousa Mendes recusou-se a dar-lhe ouvidos, e Seabra tornou-se um participante contrariado nas irregularidades cometidas.

---

[3] Yves Courrière, *Pierre Lazareff* (Paris: Gallimard, 1995), p. 340-343; Pierre Lazareff, *De Munich à Vichy* (New York: Brentano's, 1944), p. 339-348.

[4] Os vistos de Pierre e Hélène Lazareff não foram oficialmente registrados no "Livro de Registros", mas os de Simone e de Roger Lazareff foram, respectivamente, o visto número 2.548 e 2.549, passados em 20 de junho.

[5] Bagger, Eugene, *For the Heathen Are Wrong: An Impersonal Autobiography.* (Boston: Little, Brown and Company, 1941), p. 154-155. Bagger também descreve as suas visitas ao consulado português em 18 e 19 de junho (p. 151-154).

Em resposta a um inquérito do Ministério quase meio século depois do acontecimento, José Seabra falou de apenas centenas de vistos.[6] Para avaliar inteiramente a extensão e a importância dos atos heroicos de Sousa Mendes, deveria ter-se em mente que muitos dos vistos foram concedidos a uma família inteira e não a um indivíduo.

Não podemos evitar certa incredulidade a princípio. Como podia um diplomata conceder tantos vistos em tão pouco tempo? A tarefa não é tão impossível como parece. Eram o rabino Kruger, José e Jules, e não Sousa Mendes, que preparavam os vistos ou simplesmente os apunham num passaporte ou documento de

---

[6] Seabra, com quase 80 anos e pouca saúde, disse isso em resposta a perguntas do Ministério em Lisboa por volta de 1987. O testemunho está contido num documento confidencial a que o autor teve acesso, intitulado "DOCUMENTS FOURNIS PAR LE CONSULAT GÉNÉRAL DE BORDEAUX À LA DEMANDE DU MINISTÈRE DES AFFAIRES ÉTRANGÈRES PORTUGAIS". O documento (em francês) contém as seguintes afirmações, entre outras. "c) Ele [Seabra] não consegue precisar o número, mesmo aproximado, mas afirma com toda a certeza que houve assim várias centenas. d) Ele [Seabra] está convencido de que tal atitude [de Sousa Mendes] lhe foi ditada apenas pelo desejo de salvar os refugiados da implacável perseguição das forças de ocupação alemãs. e) O Dr. Sousa Mendes chegara ao ponto de oferecer a hospitalidade do seu próprio domicílio a um muito grande número de judeus, chegando a dar-lhes abrigo nas instalações do Consulado. f) Ele [Seabra] está absolutamente convencido do caráter desinteressado do referido cônsul, que emitiu esses vistos sem nenhuma contrapartida pecuniária nem de qualquer espécie. g) É praticamente impossível esperar encontrar alguns traços escritos desses fatos. Por um lado, porque os arquivos consulares foram parcialmente destruídos, por motivo do caráter precário das instalações da época, e, por outro lado, porque Sousa Mendes tinha perfeita consciência do caráter irregular da sua ação. Está, por conseguinte, fora de questão encontrar quaisquer vestígios escritos desses fatos. h) Numerosas vezes o Sr. José Seabra avisou o Dr. Sousa Mendes das funestas consequências da sua maneira de agir. Esta teria inevitavelmente repercussões tanto na sua carreira como na sua vida familiar (o Dr. Sousa Mendes tinha catorze filhos)... mas o cônsul não prestava atenção alguma aos seus conselhos."

identificação. Alguns dos refugiados que receberiam vistos também ajudaram. Quando acabou o papel regulamentar que utilizavam, usaram tudo o que tinham à mão, incluindo o papel timbrado do consulado. Os ajudantes de Sousa Mendes tinham também carimbos de borracha e o selo branco do consulado. A sua tarefa foi muito facilitada pelo fato de Sousa Mendes ter decidido prescindir da cobrança de emolumentos a fim de apressar as coisas. Deixava para a polícia de fronteiras portuguesa a cobrança da importância. No entanto, José Seabra continuou a cobrar os emolumentos a alguns refugiados, indicando o valor no visto e apondo os correspondentes selos consulares. A tarefa de Sousa Mendes era relativamente simples. Até o dia, o mês, o ano e a palavra "Portugal" eram preenchidos por aqueles que o ajudavam. Eram completadas também as indicações "Válido por trinta dias" e "Somente em trânsito".[7] O cônsul só tinha de dar uma contribuição essencial: a sua assinatura. Até esta ele abreviou, assinando simplesmente "Mendes".

A princípio, os refugiados entravam aos quatro e aos cinco no gabinete onde Sousa Mendes estava sentado: quando isso deixou de ser exequível, os passaportes eram recolhidos em pilhas, trazidos para o consulado e depois distribuídos aos seus donos no exterior.

A visão da coluna serpenteante de milhares de pessoas à porta do gabinete de Sousa Mendes pode também suscitar dúvidas naqueles que nunca se acharam em situação análoga. No entanto, foi exatamente disso que as testemunhas falaram ao queixarem-se de esperar durante horas numa fila onde nunca havia menos de centenas de pessoas a qualquer hora.

---

[7] Os vistos de Wilensky e Spett conservaram-se. Só o visto de Spett contém esse pormenor adicional. Ver Carol Rittner and Sondra Myers, *The Courage to Care* (New York: New York University, 1986), p. 131, onde o visto é reproduzido.

Sabemos igualmente que nem todos os que obtiveram visto foram buscá-lo pessoalmente. Pelo menos em vários casos, Sousa Mendes concedeu vistos em números relativamente grandes para um grupo completo de refugiados.

O consulado, onde tudo isso se passava, era constituído pelas quatro salas dianteiras do espaçoso andar que a família de Sousa Mendes ocupava. A entrada para a habitação da família ficava à direita da porta dos serviços consulares. As duas entradas davam para a escada principal. A escada e as entradas em breve ficavam cheias de refugiados, aterrados com a perspectiva de perderem o seu lugar na fila. A situação era tão ruim que, quando o filho Pedro Nuno voltou das aulas na universidade, ninguém o queria deixar passar.

"Mas eu sou o filho do cônsul", explicava Pedro Nuno.

Os refugiados recusavam-se a acreditar.

A aflição dos refugiados era pungente para Pedro Nuno Mendes, que via como eles sofriam, não apenas devido ao medo de perderem o lugar na fila mas também devido à fome, ao calor tórrido e ao som dos caças franceses voando baixo em perseguição de aviões alemães.

Para manter pelo menos um arremedo de ordem, havia um cabo e um soldado postados dentro do consulado, outro soldado à entrada e mais dois ou três soldados nas escadas, à porta da rua e na rua.

Os refugiados que entravam no consulado eram de toda a espécie: príncipes e pobres. Não deve constituir surpresa para ninguém que fossem principalmente pessoas de classes sociais consideráveis ou pelo menos de classe média. Dinheiro significa mobilidade. O receio dos nazistas tendia também para aumentar com o nível de educação e de informação política. Aumentava também de acordo com o nível de proeminência social. O fato de muitas das pessoas que receberam vistos serem gente perfeitamente comum é confirmado pelo grande número de refugiados que posteriormente receberam ajuda financeira em Portugal. Contudo, as pessoas comuns habitualmente não escrevem as suas memórias, e, lamentavelmente, as suas biografias tornam-se muitas vezes apenas uma história coletiva.

É importante dizer isso para que não se crie a falsa impressão de que as únicas pessoas que procuravam fugir de Bordeaux naqueles dias críticos eram refugiados ricos e influentes. Havia certamente gente desse tipo entre os que receberam vistos, mas não eram essas as pessoas com quem Sousa Mendes mais se preocupava. Os ricos podiam sempre achar maneira de obter passagens de avião ou de barco e o visto de além-Atlântico exigidos pelos regulamentos de Salazar. Eram aqueles que não tinham essas possibilidades que preocupavam Sousa Mendes.

Pérfidos boatos circulavam já em Bordeaux, segundo os quais os refugiados que tanto queriam sair da França eram essencialmente capitalistas judeus, suas amantes e dependentes e os desertores. Essa crescente maré de antissemitismo, nascida do trauma da derrota, pesava inegavelmente no medo dos refugiados e no seu desejo de fugir.

O governo de Pétain tinha apenas algumas horas, mas já estava praticando atos que só podiam ser interpretados como antissemitas. O primeiro ato oficial do novo ministro do Interior de Pétain, Alibert, foi prender o seu antecessor no cargo, Georges Mandel, um judeu que tinha mudado de nome (anteriormente Rothschild). Com base em algumas denúncias tortuosas, o antigo ministro foi preso enquanto jantava num restaurante. Foi acusado de armazenar explosivos para assassinar Pétain. Mandel não tinha o costume de se deixar intimidar facilmente. Ao fim de algumas horas de prisão e depois de muito insistir, foi autorizado a ver Pétain. Este, ligeiramente senil, pediu imediatamente desculpa e, por insistência de Mandel, escreveu imediatamente uma carta de desculpas ditada pelo antigo ministro.

O crime de Mandel era triplo: quisera a guerra, estava determinado a continuá-la e era judeu. Nas mentes de fanáticos como

Alibert, eram judeus como Mandel os responsáveis por aquela guerra supostamente desnecessária e, por conseguinte, pela humilhante derrota da França. Os mesmos fanáticos acusavam outro judeu, o antigo primeiro-ministro Léon Blum, da queda da França. Acusavam-no de ter minado a fibra econômica e moral da nação rodeando-se de ministros judeus e aprovando legislação de inspiração comunista, como as férias pagas obrigatórias e a semana de trabalho de 40 horas. Pétain, diziam, havia de endireitar tudo de novo.

Essa pregação do ódio não tinha nada de novo. O judeu tinha, desde tempos imemoriais, desempenhado o papel de bode expiatório. Compreende-se por isso a razão por que o número de pessoas que faziam fila no exterior do consulado português já era de centenas, com milhares de outras prontas para ocupar o seu lugar.

O número de pessoas no exterior do consulado português cresceu também em consequência de um discurso do marechal Pétain transmitido pela rádio francesa ao meio-dia e meia dessa segunda-feira, 17 de junho. O discurso foi proferido mais ou menos à mesma hora a que Mandel era preso e uma violenta trovoada desabava sobre a cidade, depois dos dias aparentemente intermináveis de calor abrasador. Pétain informava o povo francês de que tinha concordado em chefiar um novo governo. Oferecia-se à França, dizia, com o fim de lhe reduzir o sofrimento. O exército francês combatera valentemente mas não podia fazer nada contra um inimigo tão superior em número e em armamento. "Nestas horas dolorosas", acrescentava o marechal Pétain, pensava "nos infelizes refugiados" que cobriam as estradas da França. Por eles, dizia, sentia apenas "compaixão" e "solicitude". Por essa razão, Pétain anunciava, "com o coração apertado", que o combate tinha de cessar. Na noite anterior, informava ele agora os seus compatriotas, dirigira-se ao inimigo com o objetivo de encontrar "os meios para pôr termo às hostilidades".

O texto do discurso de Pétain apareceu na primeira página da edição de 18 de junho de *La Petite Gironde.* Para aqueles que se acotovelavam na rua à porta do consulado português, o significado do discurso de Pétain era transparente: tinham de fugir da França antes que ela se rendesse aos nazistas.[8]

A multidão à porta do consulado português não deu sinais de diminuir durante todo o dia. Finalmente, por volta das 2 ou 3 horas da manhã, completamente exausto por um dia de trabalho sobre-humano, Sousa Mendes fechou as portas do consulado.

Sousa Mendes reabriu o consulado às 8 horas da manhã de terça-feira, 18 de junho, e a corrente interminável de pessoas começou de novo. Todos naquela fila sabiam que Pétain estava negociando a rendição e o simples fato de o saberem aumentava a ansiedade e o desespero deles. Os aviões alemães que voavam por cima de Bordeaux geravam ainda mais pânico.

No seu pequeno apartamento de Seamore Grove, em Londres, o general Charles de Gaulle estava preparando o texto de um discurso que nessa noite iria dirigir ao povo francês pela BBC.[9] Na noite anterior, tinha dito a Jean Monnet: "Já não há nada a fazer na França. É aqui que trabalharemos".[10] À esposa de Monnet, que lhe perguntou qual a natureza da sua missão em Londres, De Gaulle respondeu no seu modo tipicamente orgulhoso e abrasivo: "Eu não estou 'em missão', minha senhora. Estou aqui para salvar a honra da França".[11]

---

[8] O texto do discurso de Pétain foi publicado na primeira página da edição de 18 de junho de *La Petite Gironde.*

[9] Ver Lacouture, *De Gaulle*, I, p. 368.

[10] *Ib.*, p. 347-348.

[11] *Ib.*, p. 348.

Num sentido muito real, também Sousa Mendes lutava para salvar a honra da sua nação, recusando ser de algum modo cúmplice dos nazistas. Estava determinado a impedir que tantas pessoas quantas fossem possíveis caíssem nas mãos deles.

Quem eram as pessoas que Sousa Mendes ajudou? A lista, naturalmente incompleta, dos receptores conhecidos e prováveis é longa e impressionante. Incluía não apenas os refugiados já referidos mas presumivelmente também muitos dos refugiados a quem Salazar recusara vistos em telegramas, alguns dos quais sobreviveram.[12] Hoje quase todas essas pessoas para nós não passam de nomes, mas para Sousa Mendes eram pessoas muito reais com medos muito reais. Três dos vistos de Sousa Mendes foram dados a membros da mais famosa família judaica na mira dos nazistas: os Rothschild. Segundo o Livro dos Registros, foram passados pelo menos seis vistos à família Rothschild. Édouard, Henri, Robert e Maurice de Rothschild receberam vistos, assim como Nadine Thierry, filha do barão Henri de Rothschild. Édouard e Robert fugiram depois para os Estados Unidos. Henri passou os anos da guerra em Portugal. É possível que Maurice de Rothschild tenha recebido também um visto de Sousa Mendes.[13]

---

[12] *Telegramas Expedidos*, ao consulado em Bordeaux, n°s 1.671, 1.677, 1.693, 1.694 (todos enviados em 12 de junho), 1.701 (13 de junho), 1.982 (21 de junho), 2.095, 2.096 (ambos em 28 de junho), 4.396 (11 de julho).

[13] Livro de Registros, vistos n°s 1.746, 1.751 e 1.755, de 16 de junho, e vistos n°s 1.998 e 1.999, de 17 de junho. Édouard de Rothschild (1868-1949), chefe dos Rothschild franceses; Henri de Rothschild (1872-1946); Robert de Rothschild (1880-1946); Maurice de Rothschild (1881-1957). Em 9 de julho de 1940, o *Diário de Notícias* anunciava, na primeira página, a chegada de Maurice de Rothschild a um porto escocês não especificado. O jornal dizia que ele vinha de Portugal. Claramente, Portugal não queria ofender os nazistas ao passar vistos a uma família que eles tanto odiavam. Em abril de 1940, o cônsul de Portugal em Hamburgo recusou vistos a Bella e a Flora Rothschild. Irene Pimentel, *Judeus em Portugal durante a II Guerra Mundial*, p. 254.

Os refugiados que receberam vistos não eram todos judeus, de modo nenhum. De fato, algumas das pessoas mais famosas ajudadas por Sousa Mendes não eram judeus. Uma dessas pessoas foi o conde Degenfeld, secretário particular de Otto de Habsburgo, herdeiro legítimo do trono da Áustria.

Degenfeld chegou ao consulado por volta das 5 da tarde de terça-feira, 18 de junho.[14] Tinha nas mãos os passaportes da família Habsburgo e do seu séquito – 19 passaportes ao todo. Segundo as suas próprias palavras, o conde viu um "número imenso de pessoas", muitas na escada, a quem o cônsul se esforçava por dar vistos "o mais depressa possível". Sousa Mendes foi muito afável mas pediu-lhe que voltasse às 22 horas, quando esperava poder fechar o consulado. Não tinha coragem para obrigar pessoas que já tinham esperado tanto a esperarem ainda mais. Garantiu a Degenfeld que lhe concederia todos os vistos desejados. Falou mesmo "de um modo particularmente afável"[15] dos Habsburgo, que, lembrou ao conde, eram aparentados com a família real de Portugal. Degenfeld obedeceu aos desejos de Sousa Mendes e só retornou por volta das 10 horas da noite.

Nesse preciso momento, o general Charles de Gaulle fazia aos seus compatriotas o seu primeiro discurso na BBC. Relativamente poucos franceses o ouviram, ninguém pensou que fosse suficientemente importante para fazer uma gravação e nenhum jornal francês o publicou, mas o seu impacto na história da França foi enorme. O "Apelo aos Franceses" de De Gaulle começou num tom de manifesta desaprovação do novo governo, chefiado por Pétain:

---

[14] Degenfeld, na sua carta a Joana Mendes, aponta 17 de junho, mas, com base noutro testemunho, isso é claramente um erro.

[15] Carta de Degenfeld a Joana Mendes.

Os chefes que, há muitos anos, estiveram à cabeça dos exércitos franceses formaram um governo. Esse governo, alegando a derrota dos nossos exércitos, entrou em contato com o inimigo para cessar o combate.

De Gaulle disse depois que a derrota da França era apenas uma derrota mecânica e técnica. Como tal, era temporária. Permanecia a esperança. Com a ajuda do Império Britânico, que controlava os mares, e dos EUA, que dispunham de poderosas indústrias militares, a França havia um dia de derrotar a Alemanha pela "força mecânica". Aquela não era, no entender de De Gaulle, uma guerra limitada ao território da França. Era uma guerra mundial.

De Gaulle terminou com um apelo aos oficiais e soldados franceses, aos engenheiros e especialistas em armamentos para que se juntassem a ele em Londres a fim de continuar a luta. E concluiu dizendo que voltaria a falar na BBC no dia seguinte.

Parece improvável que, depois de um dia de trabalho extenuante, Sousa Mendes tenha ouvido o discurso de De Gaulle. O conde Degenfeld achou o cônsul "evidentemente muito cansado do enorme trabalho que fizera durante todo aquele dia". Sousa Mendes disse ao conde que tinha decidido ajudar a fugir dos nazistas tantos refugiados quantos fossem possíveis. O conde pensou, naturalmente, nos "muitos, muitos austríacos, judeus e não judeus, que tinham fugido da Áustria pelos seus sentimentos patrióticos como austríacos e [estavam,] por conseguinte [,] ameaçados pelos nazistas [,] que haviam invadido a Áustria dois anos antes".[16] Entre eles, encontravam-se muitos comunistas e gente de esquerda que tinham combatido ao lado da República durante a Guerra Civil Espanhola. Estavam presos entre Hitler e Franco. Sousa Mendes disse que também os ajudaria. Visto que Otto de Habsburgo conhecia pessoalmente

[16] *Ib.*

"um certo número" deles, Degenfeld disse a Sousa Mendes que lhe mandaria os seus dirigentes no dia seguinte. Sousa Mendes concedeu imediatamente os vistos pedidos pelo conde para os Habsburgo e sua comitiva. Prometeu igualmente passar vistos a todos os outros – promessa que cumpriu, segundo Degenfeld.[17]

Por que tinham os Habsburgo tanta pressa de deixar a França? Que ameaça poderia a imperatriz viúva Zita constituir para os nazistas ou eles para ela? Ela pertencia já a outra era, a era passada do Império Austro-Húngaro, que tinha chegado ao fim em 1918 com o destronamento e o exílio do imperador Carlos e da sua imperatriz de 26 anos. Tinha reinado menos de dois anos. O imperador morreu quatro anos mais tarde na Ilha da Madeira, seu lugar de exílio.

Se a figura solitária e trágica da imperatriz dificilmente podia ser encarada como uma ameaça fosse por quem fosse, o mesmo não se pode dizer da dinastia que ela representava nem do seu primogênito, Otto. Para Hitler, o nome Habsburgo era especialmente odioso. O Führer alemão era austríaco. Tinha passado aquilo a que mais tarde chamaria o mais triste período da sua vida, os anos 1909-1913, na capital imperial, Viena, onde era pouco mais que um vagabundo. Hitler passou a desprezar tudo o que via naquela cidade culturalmente vibrante e cosmopolita. Acusava os Habsburgo (e os judeus) daquilo que achava errado em Viena e na Áustria. Na primeira parte da sua autobiografia e manifesto político, *Mein Kampf*, escrito na prisão em 1924, Hitler invectivava repetidamente os Habsburgo. Pangermanista, acusava a família real de tentar transformar a Áustria num Estado eslavo.

[17] Quando entrevistei Otto de Habsburgo em 1988, ele estava firmemente convencido de que literalmente milhares de austríacos tinham chegado a Portugal com visto de Sousa Mendes. Estaria ele exagerando? Antes de partir para a América, esteve um breve período em Caldas da Rainha e viu aí muitos refugiados austríacos.

A oposição à restauração do trono dos Habsburgos era um aspecto antigo e persistente do discurso político de Hitler, mas isso não o impediu, ao seu modo maquiavélico, de tentar utilizar o jovem herdeiro, Otto, para os seus próprios fins. A maquinação foi posta em marcha nos últimos meses e semanas antes da nomeação de Hitler como chanceler alemão, em 30 de janeiro de 1933. A ideia era convencer o herdeiro de que Hitler queria restaurar o poder dos Habsburgo na Áustria. Pretensamente para atingir esse fim, apoiaria o regresso de Otto à Áustria e a formação de um partido monárquico aliado dos nazistas. O objetivo real era retirar apoio e derrubar o governo social-democrata da Áustria. No espírito de Hitler, isso abriria caminho para a tomada do poder pelos nazistas.

A presença em Berlim do jovem Habsburgo, de 20 anos de idade, facilitava os objetivos do Führer. O jovem Habsburgo fazia investigação para uma tese de doutorado na Universidade de Lovaina. Sentiu-se em breve assediado por apoiantes nazistas. Entre eles estavam dois príncipes da família real alemã, os Hohenzollerns, que tinham a ideia louca de que depois de estar no poder Hitler restauraria a monarquia.

Embora jovem, Otto não era um noviço em política. Não tinha nenhuma ilusão acerca de Hitler, como deixou claro ao presidente Hindenburg, num encontro que teve lugar poucas semanas antes de o senil marechal de 86 anos nomear chanceler o chefe do partido nazista. Os amigos aristocratas de Hitler pressionaram Otto a encontrar-se com Göring, que era casado com uma baronesa. Otto recusou, alegando falta de tempo devido aos seus estudos e investigações. Dias antes da nomeação de Hitler como chanceler, Otto rejeitou mais um convite, desta vez do próprio Göring. Hitler nunca lhe perdoaria.[18]

---

[18] Ver Dominique Auclères, *Soleil d'exil* (Paris: Presses de la Cité, 1974), p. 85-89; Erik Cordfunke, *Zita, la dernière impératrice 1892-1989*, trad. Lucienne Plisnier, Philip Tirard e Flooris van Deyssel (Paris: Duculot, 1990), p. 180.

Perante a evidente hostilidade do jovem Habsburgo, Hitler traçou um plano de emergência, o "Caso Otto",[19] apelando à intervenção armada na Áustria se houvesse ali uma tentativa para restaurar a monarquia. Não houve tal tentativa. No entanto, menos de um mês antes da anexação da Áustria pela Alemanha, em 1938, o arquiduque tinha escrito ao chanceler austríaco Von Schusschnigg, insistindo que não fizesse mais concessões a Hitler nem aos apoiantes deste na Áustria. O jovem Otto oferecia-se para substituir Schusschnigg se ele se sentisse incapaz de resistir aos nazistas e às suas pressões. Na sua carta ao chanceler, o arquiduque referia-se aos nazistas austríacos como assassinos e traidores.[20] Não é portanto de surpreender que Otto de Habsburgo figurasse em lugar destacado na lista negra dos nazistas.

O herdeiro do trono austríaco continuava a fazer-se notado, constituindo um alvo certo para os nazistas. Declarara à imprensa francesa, em termos que não deixavam dúvidas, a sua oposição à anexação nazista da Áustria em 1938. Do Hotel Cayré, no Boulevard Raspail em Paris, fazia o que podia para ajudar os 50 mil refugiados austríacos na França. Quando estes foram por duas vezes ameaçados de confinamento, ele interveio junto das autoridades francesas em sua defesa. Um acordo conseguido por Otto de Habsburgo com o ministro francês da Informação, Jean Giraudoux, teve por resultado numerosas emissões de rádio para o povo austríaco a partir de Paris.[21] Para rematar toda essa atividade antinazista, Otto tinha passado sete semanas nos EUA a convite do presidente Roosevelt imediatamente antes da invasão alemã. O Senado americano recebeu-o como um chefe de Estado.[22]

---

[19] Ver William L. Shirer, *The Rise and Fall of the Third Reich* (New York: Ballantine Books, 1985), p. 417, 457-458, 466 nota.

[20] Ver Auclères, *Soleil d'exil*, p. 103-108; Cordfunke, *Zita*, p. 186.

[21] Auclères, *Soleil d'exil*, p. 112-113, 127-129; Cordfunke, *Zita*, p. 186.

[22] Auclères, *Soleil d'exil*, p. 132; Cordfunke, *Zita*, p. 186-187.

Otto chegara ao castelo da família em Steenockerzeel, perto de Bruxelas, em 9 de maio, véspera da invasão, para festejar o aniversário da mãe. Entre os convidados estava o príncipe Félix de Luxemburgo, irmão da imperatriz Zita. Os rumores de uma iminente invasão alemã ensombreceram os festejos. Nessa noite, o ministro belga da Defesa, tenente-general Denis, telefonou para avisar os Habsburgo da possibilidade de um ataque alemão. O príncipe Félix voltou imediatamente para junto da grã-duquesa em Luxemburgo.[23]

No castelo, a imperatriz Zita e a família esperaram a confirmação dos seus receios. Esta chegou antes do alvorecer com o som dos aviões de combate no céu. Duas horas mais tarde, a rádio nacional anunciava que a Bélgica tinha sido invadida.

Os Habsburgo não demoraram a pôr-se em ação. Baús e malas foram rapidamente preparados e carregados nos três carros da família. Otto ia à frente no seu Chevrolet, seguido pelo irmão Charles-Louis num Steyr austríaco e pelo irmão Rodolf num Mathis. O grupo incluía três dos filhos da grã-duquesa, que estavam com a tia. O grupo partiu na direção de Bruxelas, com destino ao norte da França. À sua volta explodiam as bombas, mas chegaram ilesos a Dunquerque na noite de 10 para 11 de maio. O castelo medieval que tinham deixado foi quase completamente destruído por uma bomba poucas horas depois da sua partida. Parte do telhado foi arrancada e a maior parte das janelas ficou estilhaçada. O castelo tinha sido, com toda a probabilidade, um alvo deliberado. Posteriormente foi pilhado pelos soldados alemães.[24]

---

[23] Auclères, *Soleil d'exil*, p. 133; Cordfunke, *Zita*, p. 187; Émile Haag e Émile Krier, *La grande-duchesse et son gouvernement pendant la deuxième guerre mondiale* (Luxembourg: RTL Éditions, 1987), p. 56.

[24] Ver William L. Shirer, *20th Century Journey, The Nightmare Years* (Toronto: Little, Brown and Co., 1984), p. 509-510; Auclères, *Soleil d'exil*, p. 133.

Com o seu secretário e antigo preceptor, o conde Degenfeld, e com o irmão Charles-Louis, o arquiduque seguiu imediatamente para Paris, onde sentia que podia ser útil aos seus compatriotas austríacos, cujo confinamento as autoridades francesas tinham de novo ordenado.[25]

Otto permaneceu em Paris o tempo que pôde, mas em 16 de junho chegou com a família a Bergerac. Ele e o irmão Charles acompanharam Degenfeld a Bordeaux "para ver algumas pessoas altamente colocadas e informar-se sobre [...] as intenções do governo francês". "Ficou imediatamente claro", como diria Degenfeld, "que o governo pediria um armistício."[26] Os Habsburgo teriam de abandonar a França.

Além dos Habsburgo, Bordeaux pululava de toda a espécie de refugiados, incluindo jornalistas, escritores e celebridades do teatro e do cinema. Entre os desesperados por sair da França havia certo número de refugiados que frequentavam o Café Tortoni, em Bordeaux, lugar de encontro de intelectuais alemães, austríacos, checos e poloneses. Entre esses refugiados contavam-se os atores checos Hugo Haas e a mulher, Marie Bibikoffová, o argumentista austríaco Jan Lustig[27] e a sua mulher Charlotte, nascida alemã, a atriz do teatro e do cinema mudo Trude Kanitz,[28] o jornalista checo Eugen Tillinger, o escritor austríaco Friedrich Torberg, o ator e dramaturgo Otto Eis.[29]

---

25 Auclères, *Soleil d'exil*, p. 134.

26 Degenfeld, carta a Joana Mendes.

27 Nascido em Brünn, Morávia.

28 Trude Kanitz tinha trabalhado em Berlim e Paris, como estrela dos filmes *Der Lachende Tod* (1918), de William Kahn, *Vater und Sohn* (1918), de William Wauer, *Das Wandernde Auge* (1919), de Rudolf del Zopp, *Der Herzog von Reichstadt* (1931), de Viktor Tourjansky.

29 Também conhecido como Otto Eisler, tinha nascido em Budapeste. Rudolf Ulrich, *Österreicher in Hollywood* (Vienna: Verlag Filmarchiv Austria), p. 112. Foi graças a *Os Judeus em Portugal durante a II Guerra Mundial*, de Irene Pimentel, que fiquei sabendo da existência do grupo do Café Tortoni e dos escritos de Jan Lustig, Eugen Tillinger e Friedrich Torberg sobre os acontecimentos de Bordeaux, a viagem de comboio dos refugiados através da Espanha e da sua estada em Portugal.

Hugo Haas era um ator muito conhecido, que tinha representado não apenas no palco mas também em vários filmes clássicos checos dos anos 1930. Escreveu argumentos de cinema, incluindo um para o cineasta austríaco G. W. Pabst, e dirigiu vários filmes seus. Haas haveria de atuar em vários filmes de Hollywood e de fazer ele próprio alguns filmes, pouco conhecidos. Atualmente, apesar do seu considerável talento como ator, se de todo em todo é recordado fora da República Checa, é apenas por um pequeno papel secundário no filme de 1950, *As Minas de Salomão*.

A mulher de Haas, Maria Bibikoffová (Bibi), filha de um aristocrata e diplomata russo, era uma antiga atriz que atuara em três dos filmes do marido, mas cujo passaporte a dava então como dona de casa.[30] Lustig ficou deslumbrado com a beleza e o encanto dela, mas também por sua natureza jovial e bondosa.[31]

Friedrich Torberg, já então conhecido pela sua poesia e pelo seu trabalho jornalístico em Praga e em Viena, deixaria alguma prosa memorável, notável pelo seu humor e sátira. Foi soldado do exército checo no exílio.

Como judeus ou como intelectuais antifascistas, todas essas pessoas tinham razão para temer pela vida.

Em 18 de junho correu no Café Tortoni a notícia de que Portugal estava dando vistos. É claro que, ao passar de boca em boca, a informação foi distorcida. Os refugiados continuavam pensando que para obter o vital carimbo português ainda era necessário um visto para outro país além-mar. Mas havia uma solução. O Haiti estava passando vistos, embora fossem apenas para 30 dias. Começou a corrida, primeiro para o consulado haitiano e depois para o português. Segundo Tillinger, houve refugiados que estiveram

---

[30] Sobre Hugo Haas e a mulher, ver Aleš Fuchs, *Dlouhá svatební cesta* (Praga: Nakladatelství FAUN, 1997), e Valeria Sochorovská, *Hugo Haas*, Brno: Blok, 1971. O passaporte é reproduzido no livro de Fuch.

[31] Jan Lustig, *Ein Rosenkranz von Glücksfällen. Protokoll einer Flucht*, p. 49.

vinte e quatro horas na fila em frente ao consulado haitiano. Ainda havia pessoas na fila às 11 horas da noite. Muitos eram judeus poloneses.[32] Depois de obterem o carimbo salvador nos seus passaportes, repetiam o mesmo processo para o visto português.[33]

Lustig descreve como chegou à interminável fila em frente ao consulado português por volta das 3 horas da tarde do dia 18 de junho. Foi com um sentimento de alívio que o fez, porque quando lá havia ido anteriormente, nesse mesmo dia, tinha encontrado um aviso segundo o qual não se passavam mais vistos. O aviso tinha sido retirado. Na fila em que Lustig tomou lugar havia jovens soldados do malpreparado e dizimado exército checo na França. Os refugiados que estavam nessa fila insistiam com eles para que se vestissem à civil o mais depressa possível. A mulher de Hugo Haas, Bibi, também lá estava. De súbito, chegou Hugo Haas, muito excitado, anunciando que existia uma hipótese de sair da França num navio militar, disfarçado de piloto. Também tinham oferecido um lugar no navio para a mulher; mas ela depressa o convenceu a desistir do esquema, dizendo que não abandonaria os seus amigos em dificuldades. Não os desiludiu: usou os seus encantos para ela própria e o marido conseguirem passar pelo soldado que estava de guarda à porta do consulado, e por volta da meia-noite Haas saiu triunfante com os seus passaportes e vistos.[34]

O Livro de Registros do consulado português em Bordeaux mostra que Friedrich Torberg foi oficialmente o décimo primeiro a obter visto em 19 de junho.[35] Otto Eis ("Eisler") recebeu oficialmente um

---

32 Lustig, *op. cit.*, p. 50.

33 Eugen Tillinger, *Die Brücke von Hendaye,* Aufbau, 30 de agosto de 1945, p. 2.

34 Jan Lustig, *op. cit.*, p. 50, 52-53.

35 O visto nº 2.245 foi passado a "Kanter Torberg", sendo Kantor o verdadeiro nome de Torberg. O visto é reproduzido em Friedrich Torberg, *Eine tolle, tolle Zeit* (Munich: Langen Müller, 1989), p. 88.

visto em 18 de junho. Nenhum dos outros vistos está registrado, embora Hugo e Bibi Haas, Eugen Tillinger, Jan e Lotte Lustig e o dr. Eisler, um advogado judeu de Praga que tinha se convertido ao catolicismo e que, com a mulher, viajara no grupo de Lustig, tenham todos recebido vistos. É evidente que só um pequeno número dos vistos que Sousa Mendes concedeu foi oficialmente registrado. Lustig fala de um grupo de uma dezena de pessoas do seu grupo que tinha ido a Bordeaux para obter os papéis necessários, mas não deixa claro quem eram os outros refugiados. Pode-se deduzir que Otto Eis recebeu um visto porque Tillinger fala da sua presença no Café Tortoni quando foi dada a notícia de que Portugal estava dando vistos. Torberg atravessou a fronteira franco--espanhola com Eis e, segundo o seu biógrafo, com o ator austríaco Oskar Karlweis;[36] por isso pode deduzir-se que eles também pertenciam ao grupo de Lustig e receberam vistos de Sousa Mendes. Tanto Tillinger como Lustig assinalam a sua presença mais tarde em Portugal.[37] Finalmente, é quase certo que a atriz checa Trude Kanitz, que viajava no grupo, também recebeu um visto.

A maior parte, ou possivelmente todos esses vistos, foi passada na memorável noite de 18 para 19 de junho. Na manhã de 19 de junho, Otto de Habsburgo, que não acompanhou o conde Degenfeld ao consulado português em 18 de junho, foi visitar Sousa Mendes para pedir mais vistos para austríacos.

A cena que esperava Otto de Habsburgo no consulado português na quarta-feira, dia 19 de junho, era fundamentalmente a mesma do dia anterior. Os refugiados tinham boas razões para temer: nessa manhã, Hitler informara Pétain de que estava preparado para comunicar oficialmente as suas condições para um

---

[36] Frank Tichy, *Friedrich Torberg* (Salzburg: Otto Müller Verlag, 1995), p. 101. Tichy não indica a fonte.

[37] Eugen Tillinger, *Die Brücke von Hendaye*, p. 2; Jan Lustig, *op. cit.*, p. 98.

armistício. Informava o novo governo francês de que este devia enviar os seus representantes.

Sousa Mendes estava tão assoberbado de trabalho que apenas houve tempo para um breve aperto de mão.[38] O cônsul estava determinado a salvar tantas pessoas quantas fossem possíveis e não havia tempo para cerimônias nem cortesias. Segundo Otto de Habsburgo, Sousa Mendes forneceu-lhe "vistos portugueses em grande quantidade".[39] Quase todos esses vistos eram para austríacos judeus ou não judeus que tinham fugido ou sido expulsos da Áustria: uma das categorias de refugiados a que os regulamentos de Salazar recusavam vistos. Entre aqueles para quem Habsburgo obteve vistos encontrava-se o antigo adido de imprensa austríaco Martin Fuchs (que seria embaixador da Áustria em Paris depois da guerra).[40] O teólogo católico de origem judaica John Maria Oesterreicher, que tinha combatido as ideias nazistas nos seus escritos e que mais tarde tanto haveria de fazer para juntar judeus e cristãos, pode ter sido um dos austríacos que receberam desse modo um visto de Sousa Mendes.[41]

A situação que Habsburgo encontrou no número 14 do Quai Louis XVIII tinha recomeçado às 8 horas da manhã e continuou durante todo o dia. Alguns refugiados queixaram-se das filas incrivelmente longas à porta do consulado português e da consequente espera. Três indivíduos, chamados Mr. Katski, Miss Manson e Miss Cohen, funcionários da Hebrew Immigrant Aid Society (HIAS), expressaram o seu descontentamento ao diretor

---

[38] Entrevista com Otto de Habsburgo.

[39] *Idem.*

[40] *Idem.*

[41] Segundo Otto de Habsburgo (entrevista com o autor), Oesterreicher fazia parte de um grupo de refugiados austríacos em Portugal que conseguiu obter um visto chinês. Isso dava direito a um visto de trânsito para os EUA – o verdadeiro destino de muitos refugiados como Oesterreicher.

da organização em Lisboa, Troper, afirmando que "esperaram na fila com centenas de outros desde as 9h30 da manhã até às 6 da tarde [...] até receberem finalmente os seus vistos".[42] Esta era a situação no terceiro dia da passagem de vistos, quando, presumivelmente, o fluxo de refugiados já devia ter diminuído um pouco. É fácil perceber que Sousa Mendes tinha pouco tempo para cerimônias com figuras importantes como Otto de Habsburgo.

Os Habsburgo não foram de modo algum os únicos requerentes de vistos pertencentes a essa categoria. Um número de figuras políticas importantes veio também pedir vistos. A primeira dessas importantes visitantes foi a grã-duquesa Charlotte de Luxemburgo.

Com o marido, o príncipe Félix, a grã-duquesa abandonou o seu pequeno país na manhã da invasão. Atravessaram a fronteira para a França perto de Rodange, apenas um pouco à frente das unidades motorizadas alemãs. Os membros mais importantes do governo de Luxemburgo fizeram o mesmo, escolhendo caminhos diferentes. Entre eles estava o primeiro-ministro, Pierre Dupong, o ministro dos Negócios Estrangeiros, Joseph Bech, o ministro do Trabalho, Pierre Krier, e o ministro da Justiça, Victor Bodson.[43] Embora isso viesse a gerar acesas polêmicas em Luxemburgo durante muitos anos, a partida da família grão-ducal e do governo tinha sido planejada muito antes. Até a aparência de colaboração

---

[42] Arquivos do American Jewish Joint Distribution Committee, processo: JDC Administration, JDC One-Time Reps., 1940 (julho-dezembro), Report from Europe of European Chairman of JDC [Morris C. Troper] to the Executive Committee, 8 de julho de 1940, p. 11. O relatório é uma descrição fascinante da situação dos refugiados na França, incluindo Bordeaux e Bayonne. Segundo o "Report of the Activities of the HICEM in 1940, from January 1 to September 30, 1940", p. 3, o gabinete do HICEM na Europa foi transferido para Bordeaux no período entre 12 e 20 de junho. JIVO Archives, Portugal, Series I, File XII, Portugal, A-1.

[43] Ver Haag e Krier, *La grande-duchesse et son gouvernement*, p. 55-69.

com o inimigo tinha de ser evitada a todo o custo. A acusação de colaboração com os alemães durante a Primeira Guerra Mundial tinha custado o trono à irmã de Charlotte, Maria-Adelaide, e quase dilacerara o pequeno país.[44]

Os nazistas apreciariam imensamente ver a grã-duquesa e o seu governo forçados a regressar a Luxemburgo. Um regime fantoche facilitaria o governo de um país cujas minas eram importantes para o esforço de guerra alemão. A grã-duquesa e o governo de Luxemburgo, no entanto, estavam determinados a não cair nas mãos do inimigo. Enquanto Pétain abria as negociações com Hitler para o armistício, a grã-duquesa e os seus ministros preparavam-se para viajar para Portugal.

Sousa Mendes concedeu vistos à grã-duquesa, à família e aos membros do governo luxemburguês que a acompanhavam no exílio, e a incontáveis outros refugiados luxemburgueses, muitos dos quais eram judeus. Ela nunca esqueceria a dívida dos seus compatriotas ao cônsul português em Bordeaux.[45]

Sousa Mendes não lhe era desconhecido. De 1929 a 1938, quando fora cônsul-geral em Antuérpia, estivera também acreditado em Luxemburgo. Como monárquico, Sousa Mendes tinha um afeto especial pela grã-duquesa. O afeto era ainda maior por saber que a família de Charlotte tinha relações familiares com a casa real portuguesa de Bragança.

Pelo menos outra figura política importante recebeu visto de Sousa Mendes: Albert de Vleeschauwer, administrador geral do Congo Belga e de Ruanda-Urundi (atual Ruanda-Burundi). O título sonoro e a importante posição eram invenção do próprio Vleeschauwer. A sua ideia era oportuna para a Bélgica. Enquanto

---

[44] Ver Heisbourg, *Le gouvernement luxembourgeois en exil* (Luxembourg: Imprimerie Saint-Paul, 1986), p. 34-49.

[45] Carta da grã-duquesa Charlotte de Luxemburgo a Joana Mendes, 30 de julho de 1968, reproduzida em apêndice *in* Mendes, *Flight through Hell*.

o primeiro-ministro Pierlot e os dois principais membros do seu gabinete, o ministro dos Negócios Estrangeiros, Spaak, e o ministro das Finanças, Gutt, ficavam paralisados pela indecisão de permanecer na França ou partir para Londres, como os ingleses queriam, Vleeschauwer teve a presença de espírito e a força de vontade para tomar medidas resolutas. A sua nova posição dava-lhe o poder de assegurar a continuidade do governo belga – legalmente, constitucionalmente e aos olhos da Grã-Bretanha, aliada da Bélgica.

De Vleeschauwer ficou no entanto surpreso ao ver o decreto, que ele redigira pessoalmente dando-lhe poderes tão extensos, ser aprovado com tanta rapidez por Pierlot e pelo seu gabinete em 18 de junho. Ao ser perguntado por que eles tinham assinado de tão boa vontade, De Vleeschauwer costumava responder: "Não sabiam o que estavam assinando!".[46] Depois de obter o que queria, De Vleeschauwer fez as malas e preparou-se para partir para Portugal na manhã seguinte. Precisava de vistos para si, para a família e para o seu pessoal. Teria de falar com o cônsul português.

É convicção generalizada, mas incorreta, de que só os grandes homens e os acontecimentos cataclísmicos têm força para imprimir a sua marca na história; nem sempre é assim. Dada a personalidade e o conjunto de circunstâncias adequadas, um cônsul-geral aparentemente insignificante ou um ministro menor podem redimir a honra de uma nação inteira. Foi isso precisamente o que fizeram Sousa Mendes e De Vleeschauwer.

Poucos negarão que o antigo ministro das Colônias era uma figura política relativamente insignificante. De origem modesta, Albert de Vleeschauwer não só tinha terminado o curso de Direito como se tornara professor universitário, primeiramente no Departamento de Agronomia e depois na Faculdade de Direito

---

[46] Entrevista com Ludo M. A. de Vleeschauwer.

da Universidade de Lovaina. Fora eleito para o parlamento belga como membro do Partido Católico em 1932. Foi cofundador, dois anos mais tarde, do precursor do atual Partido Democrata Cristão. Era considerado um porta-voz do movimento das cooperativas agrícolas.

De Vleeschauwer era, acima de tudo, profundamente flamengo. Não tinha nada do homem do mundo cosmopolita. O seu sotaque, a sua linguagem colorida, até o cabelo desgrenhado e o seu modo de se vestir, viriam a ser alvo das zombarias dos ingleses,[47] mas sem ele, como veremos, a Grã-Bretanha teria provavelmente perdido o seu aliado belga. E sem a ajuda de Sousa Mendes, De Vleeschauwer não teria tido a liberdade para tomar as iniciativas que tomou.

Quando pediu o visto, De Vleeschauwer já sabia que não teria dificuldade em obtê-lo, porque o genro de Sousa Mendes, Jules D'Août, que estava prestes a iniciar uma carreira na administração pública no Congo Belga, entrara já em contato com o seu mais alto superior.

De Vleeschauwer e Sousa Mendes estabeleceram imediatamente uma relação calorosa e amigável. Isso não era de surpreender, dado que os dois homens tinham muito em comum: ambos vinham de meios rurais; ambos tinham formação de juristas; ambos tinham vivido em Lovaina nos anos 1930 e se conheciam pelo menos de vista; ambos eram católicos conservadores e monárquicos; ambos eram homens de família; e ambos eram patriotas fervorosos.

Sousa Mendes compreendeu imediatamente a importância da partida de De Vleeschauwer para Lisboa. Havia de fazer todo o possível para evitar que as colônias belgas caíssem nas mãos dos nazistas. Sousa Mendes estava determinado a fazer o que pudesse para ajudar, pelo que apresentou ao ministro a mais extraordinária das propostas:

---

[47] Dumont et Vanwelkenhuyzen, *1940, Le grand Exode*, p. 308-309.

que tratasse dos seus assuntos em Lisboa enquanto a família permanecia segura na residência de Sousa Mendes em Portugal.

De Vleeschauwer não hesitou em aceitar a generosa oferta de Sousa Mendes. O administrador geral do Congo compreendeu rapidamente o golpe de sorte que isso representava. Era precisamente a preocupação com as famílias, para não falar das amantes, que impedia os políticos belgas, luxemburgueses e franceses de darem os passos exigidos por aqueles difíceis tempos. Os políticos estavam confirmando a máxima de Francis Bacon segundo a qual a mulher e os filhos podem realmente ser "impedimentos para grandes empresas, tanto de virtude como de maldade". Sousa Mendes retirara esse peso dos ombros de De Vleeschauwer. Este estava agora livre para fazer aquilo que outros não podiam ou não queriam fazer.

Para além de De Vleeschauwer, outras importantes figuras políticas belgas receberam vistos de Sousa Mendes, incluindo o antigo primeiro-ministro Paul van Zeeland e o ministro belga da Saúde Pública, Marcel-Henri Jaspar.[48] Esse último estava decidido a chegar a Londres de qualquer modo. Tinha pelo menos duas boas razões: o desejo de continuar a luta contra Hitler e o receio pela mulher, que era judia.

Graças ao Livro de Registros do Consulado, muitos dos nomes de inúmeros refugiados a quem Mendes emitiu vistos nestes três críticos dias em Bordeaux são agora conhecidos, mas são, na maioria dos casos, apenas nomes. Para nós, o seu destino continua a ser um destino coletivo. Segundo Jules D'Août, testemunha ocular, eram de muitas nacionalidades: franceses, belgas, checos, poloneses, alemães, austríacos – para citar apenas algumas.

---

[48] O carro oficial do ministro belga da Saúde Pública foi um dos muitos entregues a Sousa Mendes, segundo o seu filho Pedro Nuno.

Dessa multidão largamente anônima emerge de tempos em tempos um nome, como Klein, um dos muitos negociantes de diamantes de Antuérpia que receberam vistos de Sousa Mendes.

Outras vezes, é um rosto sem nome, como o daquele rapaz de 10 anos que tinha perdido os pais na fuga. Transportava consigo um pequeno recipiente com joias preciosas e podia ser também filho de negociantes de diamantes belgas.

Tanto Klein como o rapaz anônimo, que permaneceram na residência de Sousa Mendes, foram mais tarde recordados por Pedro Nuno, do mesmo modo que o embaixador em Paris, que pediu de joelhos a Sousa Mendes que lhe salvasse a mulher e as filhas.

Da defesa escrita por Sousa Mendes para justificar as suas ações ressalta o nome de um refugiado austríaco, Jacobi, a quem ele deu um visto, bem como à sua mãe velha e doente.[49] De uma carta a Sousa Mendes[50] vem o nome de Gisèle Quittner Allotini, conhecida escritora de viagens da época, hoje esquecida. Infelizmente, nós provavelmente nunca saberemos muito sobre a maioria dos refugiados que receberam vistos de Sousa Mendes em Bordeaux.

O que aconteceu a toda essa gente, depois de ter recebido os vistos? Alguns refugiados talvez tenham hesitado em deixar a França e, por consequência, acharam fechada a fronteira franco-espanhola. Outros, como os Gingold, podem ter escolhido ficar escondidos na França. O grupo dos Montezinos provavelmente não foi o único a conseguir, no último minuto, obter vistos para fora da Europa e lugar num barco. No entanto, a maioria dos refugiados provavelmente tentou obter vistos de saída franceses e vistos de trânsito espanhóis para fugir da França o mais depressa possível.

O único ponto de saída legal deixado aberto pelas autoridades espanholas era a ponte internacional entre Hendaye e Irún.

---

[49] Processo disciplinar, 108, verso.

[50] *Ib.*, folhas 115-116.

Na noite de sexta-feira, 19 de junho, enquanto Sousa Mendes continuava a sua provação de três dias, começou a torrente dos refugiados na ponte internacional. Embora a imprensa espanhola, fortemente censurada, negasse tal dilúvio, as principais agências noticiosas internacionais relataram-no.[51] Entre os que atravessaram a ponte encontravam-se os Habsburgo, a grã-duquesa de Luxemburgo e os De Vleeschauwer. Com esses últimos seguiam a filha de Sousa Mendes, Isabel, o filho de 2 anos, Manuel, e o marido, Jules.

Sousa Mendes estava demasiado ocupado passando vistos para ouvir o discurso que o general De Gaulle proferiu pela BBC por volta das 8 horas da noite. Era um discurso muito mais contundente que o de 18 de junho. Falando "em nome da França", De Gaulle dizia aos seus compatriotas que o governo cedera "ao pânico de Bordeaux" e "caíra debaixo da servidão inimiga". Como tal, perdera toda a legitimidade. O general exortava cada "francês que ainda tenha armas [...] a continuar a resistência"; incitava aqueles que estavam nas colônias francesas "a recusar dar execução às condições inimigas". "Soldados da França", concluía De Gaulle, "onde quer que estejais, erguei-vos!"

Desconhecedor do apelo do general à resistência, Sousa Mendes continuou a combater os nazistas da única maneira que podia: emitindo vistos. Uma vez mais, a distribuição continuou noite adentro.

Entre aqueles que receberam vistos de Sousa Mendes em 19 de junho estavam o poeta Hendrik Marsman e a mulher, Rien.[52] Tinham finalmente decidido aceitar o convite de Teixeira de

---

[51] *El Diario Vasco* (San Sebastián) dava os nomes de algumas das celebridades que entraram na Espanha, nas suas edições de 18-26 de junho.

[52] Segundo o Livro de Registros, os seus vistos, respectivamente n°s 2.210 e 2.211, foram emitidos em 18 de junho.

Pascoaes[53] e irem reunir-se aos seus amigos Albert Vigoleis Thelen e à mulher, Beatrice, em Portugal.

Pouco depois da meia-noite, a Luftwaffe alemã, em resposta à pergunta de Pétain sobre as condições para o armistício, bombardeou Bordeaux pela primeira vez. A energia elétrica foi cortada em parte da cidade, e quem tinha uma cava ou uma adega para se esconder, escondeu-se.[54] Segundo notícias da Associated Press e da United Press, vagas de bombardeiros alemães sobrevoavam a cidade a baixa altitude, por vezes não mais de 400 metros acima dos telhados. As metralhadoras (montadas no alto dos prédios) e baterias antiaéreas francesas respondiam ao fogo.

O alerta terminou por volta das 3 horas.[55] Cerca das 6 horas da manhã, houve um segundo alarme e o bombardeamento recomeçou. Sessenta e três pessoas foram mortas e 80 ficaram feridas. Mais de 50 prédios residenciais foram destruídos ou danificados. As docas do rio Garonne também foram bombardeadas. Mais de 150 bombas explodiram na cidade, e acredita-se que algumas eram bombas-relógio que só explodiram seis, oito ou doze horas depois do ataque aéreo.

O grau de eficácia da técnica do terror pode ser avaliado pelo fato de que nesse dia os jornais de Bordeaux foram proibidos de noticiar o bombardeamento.

---

53 Arno Piechorowski, "Albert Vigoleis Thelens *Übersetzungen des Portugiesen* Teixeira de Pascoaes", *Albert Vigoleis Thelen,* ed. Jattie Enklaar and Hans Ester (Amsterdam: Rodopi, 1988), p. 90.

54 Como fizeram o diplomata canadense Georges Vanier e o general francês Gouraud, que provavelmente receberam ambos vistos de Sousa Mendes. Ver Georges Vanier, *Paroles de guerre* (Montréal: Éditions Beauchemin, 1944), p. 40.

55 Segundo o historiador Pierre Miquel, o alerta durou da 0h15 até as 3h, e os números oficiais eram de pelo menos 25 mortos e numerosos feridos. *L'exode*, p. 339.

8. Bayonne, 20-22 de junho

O objetivo do bombardeamento de Bordeaux pelos nazistas era aterrorizar ainda mais a população civil e apressar a capitulação final. O armistício estava no espírito de toda a gente naquela manhã de quinta-feira, 20 de junho. Afirmava o título da primeira página da edição matutina do *La Petite Gironde*: "Hoje, o *Reich* comunicará aos plenipotenciários franceses as condições do armistício". Isto dizia tudo: os alemães ditariam as condições; ninguém tinha quaisquer ilusões quanto a isso. Para muitos dos refugiados que tentavam sair da França, o armistício significava que seriam entregues à Gestapo. Com a aproximação dos tanques alemães, muitos dos refugiados que ainda não o tinham feito dirigiram-se para o sul em direção a Bayonne.[1]

Graças ao trabalho incansável de Sousa Mendes durante os dias anteriores, tinha diminuído a multidão de refugiados em Bordeaux que necessitava de vistos portugueses. O seu principal problema era agora obter vistos de saída franceses e vistos de trânsito espanhóis. Dado o número de requerentes, as autoridades francesas decidiram finalmente dispensar os vistos de saída.[2] Mas, mesmo antes de o fazerem, as autoridades espanholas pouco pareciam se

---

[1] Pierre Miquel, *L'exode*, p. 338.

[2] "São feitos diariamente na subprefeitura milhares de pedidos de vistos e de passaportes. Os serviços administrativos estão sobrecarregados." *Gazette de Biarritz*, 20 de junho de 1940, p. 2.

importar com a situação, desde que os refugiados tivessem um visto de trânsito português.[3] Com ele – e só com ele – era possível obter um visto de trânsito espanhol. A cena à porta do número 14 do Quai Louis XVIII repetiu-se no consulado espanhol.

Mesmo que a partir dessa altura Sousa Mendes tivesse sucumbido e não tivesse feito mais nada, já teria ganho um lugar na história. Mas os seus esforços estavam longe de ter terminado. Bordeaux não era a única cidade do sudoeste da França a ser assediada pelos refugiados. A situação em Toulouse e em Bayonne era igualmente crítica. Toulouse estava inundada por dezenas de milhares de refugiados e evacuados.[4] Muitas dessas pessoas queriam vistos de trânsito portugueses. O vice-cônsul honorário em Toulouse, Émile Gissot, de 58 anos, diplomata francês reformado,[5] não sabia o que fazer. Os regulamentos proibiam-no, como vice-cônsul, de conceder quaisquer vistos.

Gissot telefonou ao seu superior, em Bordeaux, explicando a situação. Isso parece ter acontecido antes da decisão de Sousa Mendes no crítico dia 17 de junho. O cônsul disse a Gissot que aconselhasse todos os interessados a dirigirem-se a Bordeaux ou Bayonne, os únicos consulados da região com autoridade para emitir vistos. No entanto, durante os três dias críticos, o movimento de refugiados de Toulouse para Bordeaux ou Bayonne foi proibido pelas autoridades francesas. Gissot voltou a telefonar a Sousa Mendes, e este "autorizou-o" a conceder vistos sem autorização prévia do Ministério dos Negócios Estrangeiros.[6]

---

[3] Marrus, *The Unwanted*, p. 260.

[4] Vidalenc, *L'exode* (Paris: Presses Universitaires de France, 1957), p. 343-344.

[5] Para mais informação sobre Émile Gissot, ver o processo do consulado de Toulouse, 1937-1949, Arquivos do Ministério dos Negócios Estrangeiros, R. S. A., 2. P., A. 34, N. 48.

[6] Ver processo disciplinar, folhas 34, 96, 105, verso, 106. Sobre os problemas subsequentes de Gissot com o Ministério dos Negócios Estrangeiros, ver Afonso, *Injustiça*, p. 108. Ver também "Irregularidades do Vice-Cônsul gerente do Consulado em Toulouse, sr. Gissot", Arquivo Salazar, AOS/CO/NE-1A, pasta 20.

A situação dos refugiados em Bayonne, última cidade importante antes de Hendaye, era ainda mais alarmante que em Toulouse. A grande concentração de pessoas, a confusão e o pânico eram semelhantes ao que acontecia em Bordeaux. A cidade, de 30 mil habitantes, vira a população aumentar dez vezes.[7] Na estrada de Bordeaux para Bayonne, na ponte de Saint-Esprit e para o sul, em direção a Espanha, havia uma corrente contínua de automóveis, incluindo limusines. Muitos refugiados acampavam nas praças públicas. Os hotéis e casas particulares estavam cheios há muito. Os cinemas tinham sido transformados em dormitórios e os cafés, em salas de espera.[8] Um lugar num navio cargueiro só podia ser obtido a preço de ouro. Muitos podiam e queriam pagá-lo, e muitos estavam prontos a oferecer toda a sua fortuna, mas não conseguiam encontrar saída da França. O obstáculo insuperável era a ausência de um visto.

O cônsul em Bayonne, Faria Machado, não estava de modo algum preparado para esta crise. Não era diplomata de carreira. O lugar que ocupava não era movimentado nem importante e era mal remunerado. No entanto, permitia a Faria Machado aceitar um ou outro pequeno "presente"[9] e conviver com a aristocracia, como o duque de Cadaval, que tinha uma residência na região. Em troca do seu modesto vencimento, Faria Machado fazia o estritamente essencial. Quando era ministro dos Negócios Estrangeiros, César

---

[7] Ollier, *L'exode*, p. 237.

[8] *Ib.*, p. 236.

[9] Entrevista com o vice-cônsul honorário Manoel Vieira Braga. Em testemunho confidencial ao Ministério dos Negócios Estrangeiros, Vieira Braga falou de Sousa Mendes nos seguintes termos: "Posso afirmar com toda a honestidade que nos meus contatos com o dr. Sousa Mendes tive a oportunidade de constatar que ele procurou sempre defender os interesses do Estado português. Eu poderia dar diversos exemplos da sua honestidade e falar dos grandes sacrifícios materiais que ele teve de suportar." (Documents fournis par le consulat général de bordeaux à la demande du ministère des affaires etrangères.)

Mendes nomeara Faria Machado vice-cônsul em Milão.[10] As relações entre ele e Sousa Mendes eram por isso compreensivelmente corteses e amistosas.

Confrontado com uma crise de proporções inesperadas e espantosas, nos dias anteriores Faria Machado telefonara várias vezes a Sousa Mendes para lhe pedir ajuda. Como poderia ele atender tanta gente? O número de requerentes de vistos era da ordem dos milhares. Faria Machado esforçava-se por cumprir os regulamentos do Ministério. Enviava telegrama após telegrama, mas as respostas tardavam. O problema exigia uma solução mais drástica.

Sousa Mendes decidiu que tinha de agir. Se deslocaria até Bayonne. Arranjar um carro não era problema, visto que literalmente dezenas deles tinham sido abandonados por refugiados que entregaram as chaves e os documentos a Sousa Mendes.

Dessa viagem não sabemos quase nada; mas só pode ter sido difícil e cheia de perigos. Sousa Mendes ia acompanhado por Charles Oulmont, ansioso por se afastar tanto quanto possível dos alemães que avançavam. O alerta aéreo em Bordeaux só terminou às 5h15 da tarde, e a ameaça dos bombardeiros alemães continuava. As estradas continuavam congestionadas de refugiados, cujo aspecto era pungente. No entanto, Sousa Mendes avançou, tendo chegado nessa noite.

Sousa Mendes não tinha maneira de saber que um dos vistos que tinha passado em Bordeaux no dia anterior não salvaria uma vida. Em 20 de junho, Hendrik Marsman e a mulher fugiram para Inglaterra a bordo do *Bérénice*, pertencente à Royal Netherlands Steamship Company e requisitado pelo consulado holandês em Bordeaux. O navio-tanque, de 1.160 toneladas, chocou com uma

---

[10] Decreto de 10 de janeiro de 1933, publicado no *Diário do Governo*, 9 de fevereiro de 1933, p. 652-653.

mina e depois foi torpedeado por um submarino alemão no Canal da Mancha, na noite de 20 para 21 de junho. Marsman afogou-se.[11] Aqueles que tinham lido e apreciado a sua obra haviam de recordar a estrofe inicial do seu poema *A Travessia*:

O solitário barco negro
Velocidade no meio da noite
Pela escuridão selvagem
Morte, morte[12]

A mulher de Marsman foi milagrosamente salva. Um cozinheiro ajudara-a a subir para o convés, e ela foi a única passageira a salvar-se da tragédia. Não se sabe se outros passageiros daquele navio tinham vistos de Sousa Mendes.[13]

Ignorando que um dos refugiados que tinha ajudado morrera e outro sobrevivera, Sousa Mendes estava determinado a ajudar tantos refugiados quantos pudesse em Bayonne.

O consulado português estava instalado no número 8 da rue du Pilori, uma rua estreita perto da catedral. Dificilmente se poderia imaginar pior lugar para um consulado. Para chegar à pequena sala que servia de chancelaria, o candidato a um visto tinha de subir por uma escada de madeira estreita e sinuosa até o terceiro

---

[11] "The Ships List", www.theshipslist.com/ships/lines/knsm.htm, p. 4; "U-65", www.u-bote.fr/u-65.htm, p. 1-2; Jan Zuidgeest, *Over de poëzie van H. Marsmann* (Amsterdam: Uitgeverij De Arbeiderspers, 1984) p. 28; Arno Piechorowski, *op. cit.*, p. 91; Jürgen Pütz, *Doppelgänger seiner selbst* (Wiesbaden: Deutscher Universitäts Verlag), p. 29.

[12] Paul Wisperlaerle, *Hendrik Marsman* (Brugge: Uitgeverij Orion, 1975), p. 26; H. Marsman. *Verzameld Werk. Poësie Proza en Critisch Proza* (Amsterdam: EM. Querido, 1960), p. 41.

[13] Albert Vigoleis Thelen, *Cartas a Teixeira de Pascoaes*, p. 41; Jan Zuidgeest, *op. cit.*, p. 28; Paul Wisperlaerle, *op. cit.*, p. 25 ou Piechorowski, *op. cit.*, p. 91; Pütz, *op. cit.*, p. 29.

andar. A escada estava tão apinhada de gente que corria o perigo iminente de ruir. O pessoal do consulado tinha tanta dificuldade em atravessar a horda dos que esperavam vistos que o vice-cônsul honorário, Vieira Braga, passou a entrar no consulado por um prédio adjacente, com porta para a rue Argenterie, e depois pelo telhado.

O joalheiro com estabelecimento ao lado do consulado, René Vogel, recebeu ofertas de enormes somas de dinheiro feitas por refugiados que procuravam desesperadamente um meio de acesso ao consulado. Pareceu ao joalheiro que a maior parte dos refugiados eram judeus.[14] Segundo Vieira Braga, esperaram durante dias à porta do consulado, e alguns esperavam noite e dia para não perder o lugar na fila. Milhares de outros refugiados enchiam as ruas e praças próximas, incluindo a grande praça diante da catedral.

Como se tudo isso não bastasse, as pessoas desesperadas tinham de suportar um tempo muito mais quente do que o costume em Bayonne.

Sousa Mendes provavelmente não teve grandes dificuldades para atravessar a multidão à porta e na escada. Ele tinha uma dignidade, um ar aristocrático mas afável que impressionava a maioria das pessoas. Isso lhe vinha sem dúvida dos trinta anos de experiência diplomática. Nos escritórios do consulado encontrou o ministro Francisco de Calheiros e Meneses, o cônsul Faria Machado e o pessoal do consulado de Bayonne. Que fazia ali Francisco de Calheiros e Meneses? Sousa Mendes tinha certamente discutido a situação dos refugiados em Bayonne com o ministro e pedira a sua ajuda.

Sousa Mendes assumiu rapidamente o comando da situação. Segundo Sebastião Mendes, que ouviu da boca do pai, este

---

[14] Entrevista com René Vogel, nascido em 1910 e joalheiro na rue Pilori desde 1928. Bayonne, 13 de setembro de 1988.

perguntou a Faria Machado: "Por que não ajuda esses pobres refugiados?".[15] Faria Machado respondeu que ele sabia muito bem que os regulamentos do Ministério o impediam. Essa resposta enfureceu Sousa Mendes:

> Gostava de ver a si próprio, a sua mulher e os seus filhos nas mesmas circunstâncias que os refugiados? Você diz que está aqui para executar as instruções que recebe dos seus superiores. Muito bem, eu ainda sou o cônsul em Bordeaux e, por conseguinte, seu superior. Ordeno-lhe por isso que passe tantos vistos quantos sejam necessários.[16]

Essa versão, que mostra Sousa Mendes invocando a sua autoridade, corresponde no essencial ao que posteriormente Faria Machado e Calheiros e Meneses disseram que aconteceu. Isto é, no entanto, um pouco conveniente demais como explicação. Afirmações posteriores de Sousa Mendes mostram algumas inconsistências. Ele sustentaria que tanto Faria Machado como Calheiros e Meneses deram os vistos de boa vontade.[17] Faria Machado nunca respondeu a essa acusação, mas Calheiros e Meneses negou-a. No caso de Faria Machado, parece ter participado voluntariamente após a ordem de Sousa Mendes libertá-lo de qualquer responsabilidade pelos seus atos.

Como superior de Sousa Mendes, Calheiros e Meneses precisava se justificar de outro modo. Mais tarde sustentou que Sousa Mendes lhe dissera que agia de acordo com instruções do Ministério que lhe haviam sido transmitidas pelo comandante Ochoa, chefe da legação portuguesa na França e superior imediato de Sousa

---

[15] Mendes, *Flight through Hell*, p. 59.

[16] *Ib.*

[17] Ver a defesa de Sousa Mendes, no processo disciplinar, folha 104.

Mendes.[18] Devemos acreditar, como queria Calheiros e Meneses, que um diplomata superior como ele seria crédulo a ponto de aceitar uma explicação tão improvável para uma súbita mudança das ordens? Não. Parece evidente que o ministro participou voluntariamente na concessão dos vistos no consulado e, posteriormente, no seu hotel, tal como Sousa Mendes mais tarde afirmaria ter sido informado por Faria Machado. Num momento de crise, fez o mesmo que Sousa Mendes fez. Depois, faltou-lhe a coragem para assumir os seus atos.[19]

Segundo estimativa posterior de Sousa Mendes, o número de refugiados à porta do consulado podia ter sido de cerca de 5 mil, havendo outros 20 mil refugiados na cidade à espera de lhes ocupar o lugar.[20] Não havia simplesmente tempo para cumprir todas as formalidades. Tal como tinha feito em Bordeaux, Sousa Mendes decidiu que a cobrança dos emolumentos podia ser deixada à polícia de fronteiras portuguesa. Era pouco prático, para já não falar do perigo, ter filas de refugiados aglomerados escada acima. Em vez disso, os passaportes passaram a ser recolhidos no exterior em maços, carimbados, assinados e depois redistribuídos. Isso continuou pela noite adentro, durante todo o dia seguinte, e de novo na manhã de sábado, 22 de junho.

Quase todos os nomes desses milhares de refugiados que receberam vistos em Bayonne estão hoje perdidos para nós. Entre aqueles que sobreviveram encontram-se os do homem de negócios holandês Leo Feingold, de 53 anos, de sua mulher, Regina, de 38, e das filhas Sonja, de 13, e Lissy, de 26.

Na manhã seguinte à chegada de Sousa Mendes, Faria Machado enviou um telegrama ao Ministério dos Negócios Estrangeiros em

---

[18] Ver o seu testemunho, no processo disciplinar, folha 124.

[19] Ver Afonso, *Injustiça*, p. 105.

[20] Processo disciplinar, folha 104.

Lisboa dizendo que "[em conformidade] com as instruções formais transmitidas pessoalmente [pelo] cônsul [em] Bordeaux na presença [do] ministro Francisco Calheiros", tinha, desde a noite anterior, "passado vistos livres de encargos em todos os passaportes". Faria Machado pedia ao Ministério "instruções urgentes".[21] O Ministério só recebeu o telegrama na tarde do dia seguinte. Sousa Mendes provavelmente contava com esses atrasos. Faria Machado acabou por contatar também o embaixador português na Espanha, Teotônio Pereira. Este disse a Faria Machado que comunicasse a Sousa Mendes a ordem de abandonar o consulado. Contudo, nem mesmo isso deteve Sousa Mendes. Ele continuou simplesmente a conceder vistos na rua, no carro e no hotel.[22]

Entre os milhares de felizardos que receberam vistos portugueses em Bayonne estavam os Bromberger, que tinham vindo de Bordeaux para ali. Sylvain Bromberger, que tinha nessa altura 15 anos, lembra-se da multidão na rue du Pilori e na praça próxima:

> O consulado ficava numa rua estreita [...]. A polícia mantinha as pessoas no passeio. A fila enchia a rua e continuava numa praça a seguir à esquina. Chovia. Passamos pelo menos uma noite nessa fila. Lembro-me de que tinha frio e fome e medo [...].[23]

Corriam rumores de que os alemães se dirigiam para Bayonne e de que iriam ocupar a cidade.

O irmão de Sylvain, David, de 17 anos, conseguiu finalmente entrar no consulado fingindo estar em serviço oficial. Era escoteiro, e os escoteiros eram regularmente usados como mensageiros. Deixou o passaporte da família e voltou para junto de Sylvain na praça.

---

[21] Ver processo disciplinar, folha 137.

[22] Ver o testemunho de Simeão, processo disciplinar, folha 31.

[23] Carta de Sylvain Bromberger ao autor, 13 de junho de 1989.

Sylvain recorda o que se seguiu:

> O fato de que me lembro a seguir é que alguém trouxe um saco cheio de passaportes – provavelmente com os vistos portugueses carimbados – para a praça. Alguém tirava os passaportes do saco um a um e chamava pelos nomes. Muita tensão. Muitos gritos. Não chamaram pelo nosso nome. Depois trouxeram outro saco. Não me lembro de quantas vezes isto aconteceu. Finalmente chamaram pelo nosso nome. Tínhamos vistos para Portugal![24]

Eric e Leon Korngold, cuja família tinha recebido um visto de Sousa Mendes em Bordeaux, viu o cônsul em Bayonne distribuindo vistos no seu carro. Viu-o também o vice-cônsul Vieira Braga, que lhe expressou a sua desaprovação. O cônsul era perseguido a tal ponto por pessoas em busca de vistos que, a determinada altura, teve literalmente de fugir de uma multidão de refugiados. Eugene Bagger testemunhou a cena:

> Nunca tinha visto semelhante tempestade na Europa. A chuva caía em massas negras ofuscantes, como uma tromba de água. Uma barragem contínua de relâmpagos ramificados intercalava-se com os arcobotantes da catedral numa espécie de contraponto infernal. No meio de tudo isso o nosso velho amigo Sousa Mendes, cônsul português em Bordeaux, saiu apressadamente do consulado, perseguido por uma multidão que agitava passaportes. Ele segurava a cabeça entre as mãos e gritava: "Vão-se embora! Não há mais vistos!" Saltou para dentro de um carro. O veículo virou no meio da massa de solicitadores de vistos e disparou encosta abaixo, perseguido pelas imprecações, o sibilar da chuva e o rolar da trovoada.[25]

---

[24] *Ib.*

[25] Bagger, Eugene, *For the Heathen Are Wrong: An Impersonal Autobiography*, p. 159-160.

Naturalmente, não havia maneira de manter todas essas irregularidades em segredo por muito tempo. O Ministério dos Negócios Estrangeiros descobriu com relativa rapidez e tomou medidas.

9. O Ministério reage

Sousa Mendes teve vários fatores que funcionavam a seu favor enquanto tentava salvar o máximo de vidas possível. Um deles era a atmosfera de confusão, pânico e boatos existente em Bordeaux e Bayonne. A princípio, o Ministério não sabia o que fazer com a informação que recebia. O mau estado das comunicações telefônicas e telegráficas também ajudou Sousa Mendes a ganhar tempo. O patético da situação não deixou de influenciar aqueles que a testemunharam, e esse fator, combinado com o respeito e a lealdade que Sousa Mendes inspirava nos outros, resultou num certo grau de cumplicidade. Sendo contrário, como era, àquilo que Sousa Mendes estava fazendo, o secretário consular em Bordeaux, José Seabra, podia ter denunciado a operação logo em 17 de junho. Não o fez. De modo idêntico, Calheiros e Meneses manteve o silêncio tanto tempo quanto pôde. Até o cônsul em Bayonne, Faria Machado, parece ter protelado um tanto o relato das irregularidades que estavam sendo cometidas pelo seu superior. Todos esses fatores, bem como a enormidade do seu ato de desobediência – que apanhou toda a gente, incluindo a polícia política, de surpresa –, ajudaram Sousa Mendes a realizar o seu objetivo.

O Ministério, porém, acabou por descobrir o que se passava. Alguém em Bordeaux denunciou Sousa Mendes. Estranhamente, o informante era um cidadão britânico e não português. A acusação foi comunicada pela embaixada britânica em Lisboa ao Ministério dos Negócios Estrangeiros, sob a forma de um memorando, datado de 20 de junho.[1] O documento afirmava que o cônsul de Portugal em Bordeaux estava adiando deliberadamente a concessão de todos os vistos até depois do horário normal para poder cobrar emolumentos extraordinários. Em pelo menos um caso, dizia o memorando, um requerente fora obrigado a contribuir para uma instituição de caridade portuguesa para que lhe fosse concedido o visto.

Ambas as acusações eram inteiramente destituídas de fundamento e, como o próprio Sousa Mendes havia de sugerir, resultavam sem dúvida da ação de algum requerente de visto descontente, impaciente com a espera.[2] Quanto à contribuição, sabemos que mais de um refugiado agradecido fez questão de contribuir com alguma coisa para o fundo de assistência do consulado. O fez o ministro canadense em Bruxelas, Jean Désy,[3] assim como o célebre ator americano Robert Montgomery. Esse último podia muito bem permitir-se ser extravagante, e um jornal espanhol de San Sebastián até noticiou o seu donativo de mil francos.[4] É inconcebível que alguma soma desse dinheiro tenha alguma vez ido parar no bolso de Sousa Mendes, visto que o único ponto em que todos os seus admiradores e detratores concordam é com relação a sua absoluta honestidade e altruísmo.

Seja como for, as acusações da embaixada britânica inquietaram Salazar, e no mesmo dia em que as recebeu (20 de junho) telegrafou ao comandante Ochoa na legação portuguesa em Bordeaux

---

[1] Ver processo disciplinar, folha 58.

[2] *Ib.*, folha 103.

[3] *Ib.*, folha 122.

[4] *El Diario Vasco*, reportagem de Mariano Duranas, em Bordeaux, 21 de junho de 1940, p. 2.

para que investigasse. O que preocupava Salazar, como indicava no telegrama, era o fato de Sousa Mendes já ter cometido infrações que haviam sido detectadas. O ministro dos Negócios Estrangeiros receava que pudesse existir "[uma] situação" que seria "especialmente grave" nas presentes circunstâncias. Ochoa recebeu instruções para interrogar Sousa Mendes e o pessoal. Se estivessem de fato ocorrendo irregularidades, Ochoa deveria tomar as medidas apropriadas.[5] Felizmente, quando Ochoa recebeu o telegrama de Salazar, tinha cessado a concessão de grandes números de vistos em Bordeaux.

O secretário-geral Sampaio agiu finalmente na manhã de 21 de junho, mas por uma razão estranha. Chegara até ele o boato de que, "em virtude da afluência enorme de serviço no Consulado" de Bayonne, Faria Machado tinha sofrido uma hemorragia cerebral.[6] Na origem do boato pode ter estado o fato de, como o vice-cônsul honorário Vieira Braga mais tarde afirmou, Faria Machado ter abandonado a ele e aos outros empregados todo o trabalho do consulado. Sampaio convocou o cônsul Armando Lopo Simeão, que trabalhava na Secretaria, e enviou-o em missão especial a Bayonne. As instruções de Armando Simeão eram ir ao consulado em Bayonne a fim de confirmar ou desmentir os rumores quanto à saúde de Faria Machado. Se fossem exatos, Simeão devia permanecer ali à espera de novas ordens. Também lhe foi dito que "talvez fosse necessário seguir para o consulado em Bordeaux, onde havia, aparentemente, "graves irregularidades". Em Bayonne, Simeão devia receber as suas instruções do embaixador português na Espanha, Teotônio Pereira.

---

[5] *Telegramas Expedidos,* para a legação em Paris (reinstalada em Bordeaux), telegrama nº 1.925, 20 de junho de 1940.

[6] Ver testemunho de Armando Lopo Simeão, no processo disciplinar de Sousa Mendes, folha 30.

Teotônio Pereira, de 38 anos, era uma figura importante do regime salazarista.[7] Colaborador próximo de Salazar, com quem tinha relações muito amistosas, Teotônio Pereira foi um dos arquitetos do "Estado Novo" corporativista de Salazar. Ministro do Comércio e da Indústria em 1936, em dezembro do ano seguinte voltou-se para a diplomacia como agente especial do governo português no campo franquista. A Guerra Civil estava no auge e o regime de Salazar apoiava solidamente Franco. Em junho de 1938, um mês depois do reconhecimento do governo de Franco por Portugal, Teotônio Pereira foi designado como embaixador na Espanha. Durante os dois anos anteriores, Teotônio Pereira tinha trabalhado pelo reforço das já amistosas relações do regime de Salazar com o seu parceiro ibérico e para assegurar a neutralidade da Espanha no conflito europeu.

Nessa última tarefa, Teotônio Pereira tinha pelo menos dois importantes aliados: o próprio general Franco e a Grã-Bretanha. A Espanha estava ainda recompondo-se de três anos de uma guerra civil sangrenta e devastadora. Não estava preparada para outro conflito, no entender do seu supremo comandante militar. No regime franquista nem toda a gente partilhava esses sentimentos, em especial a Falange, o partido fascista espanhol, pró-nazista, e os germanófilos como o ministro do Interior, Serrano Suñer, que poucos meses depois obteria a segunda pasta, de ministro dos Estrangeiros. Suñer e outros, que advogavam a entrada da Espanha na guerra ao lado de Hitler, eram ajudados pela propaganda nazista que explorava a fundo o forte espírito antibritânico do país. A Inglaterra apoiava os esforços de Salazar para assegurar a neutralidade da Espanha.

---

[7] Sobre Teotônio Pereira, ver *Correspondência de Pedro Teotônio Pereira para Oliveira Salazar*, v. 1 (1931-1939), Comissão do Livro Negro sobre o Fascismo (Mem Martins: Gráfica Europam Ltda., 1987), p. 7-8; e Fernando Rosas, *As Primeiras Eleições Legislativas sob o Estado Novo* (Lisboa: O Jornal, 1985), p. 63-64.

Essas realidades diplomáticas explicam em grande medida as ações de Teotônio Pereira no caso de Sousa Mendes. Para manter boas relações diplomáticas com a Espanha e para preservar a neutralidade espanhola, Portugal tinha de aparecer ele próprio como rigorosamente neutro. Se o regime de Salazar queria favorecer um dos lados em relação ao outro, era mais conveniente favorecer Hitler. Nesse momento os nazistas tinham mais crédito junto do regime franquista do que a Grã-Bretanha. Além disso, estavam ganhando a guerra.

Os opositores ao regime de Salazar sustentavam que, de qualquer modo, as simpatias do ditador e de muitos dos seus principais colaboradores eram decididamente mais pró-nazistas do que pró-inglesas. A realidade parece ser mais complexa do que isso. É claro que o regime autoritário tinha interesse em ver as democracias liberais militarmente humilhadas. Esse era um modo seguro de desacreditar e enfraquecer a oposição democrática dentro do país. No entanto, esse entusiasmo pelas proezas militares dos nazistas não ia até o ponto de querer ver Hitler devorar a Península Ibérica. Era necessário um contrapeso, e a neutralidade espanhola servia o interesse próprio do regime.

A neutralidade da Espanha contribuía também para assegurar a continuação nos seus importantes lugares dos apoiantes do regime de Salazar. As simpatias pessoais de Salazar inclinavam-se mais para Mussolini do que para Hitler, mas o que motivava as suas decisões era o desejo de proteger os seus poderes ditatoriais e não apenas, como proclamava, o interesse nacional de Portugal. O secretário-geral Sampaio e o seu adjunto, conde Tovar, eram ambos conhecidos germanófilos, mas a sua germanofilia ocupava um lugar secundário em relação ao desejo egoísta de apoiar um regime sob o qual as suas carreiras haviam conhecido uma ascensão tão meteórica. No anterior regime democrático acontecera o inverso. Considerações idênticas ditavam as lealdades e ações de

Teotônio Pereira. Enquanto Sousa Mendes sacrificava a carreira para salvar milhares de pessoas, eram precisamente considerações de carreira e pensamentos de poder pessoal que motivavam aqueles que se opunham às suas ações.

Quer tenha sido ele ou não quem alertou Sampaio para um problema no consulado em Bayonne, Teotônio Pereira estava já perturbado pelo "grande número de estrangeiros de várias nacionalidades"[8] com vistos portugueses que estavam entrando na Espanha. Ele notara que o número de refugiados fora particularmente grande em 19 e 20 de junho.

Na tarde do dia 20, Teotônio Pereira escreveu a Salazar dizendo que tencionava ir a San Sebastián no dia seguinte e que falaria com o cônsul Faria Machado, em Bayonne. "A situação na fronteira", escrevia Teotônio Pereira, "é verdadeiramente aflitiva e tende a piorar hora a hora, tantos são os que querem sair."[9]

Nas suas memórias, Teotônio Pereira afirma que a torrente de refugiados com vistos portugueses na Espanha era um assunto de conversa tão generalizado que até o porteiro alemão do Hotel Ritz de Madri lhe disse: "Seria bom que o senhor mandasse saber o que se passa no norte. Tenho ouvido comentários desagradáveis para Portugal e até ameaças".[10] Teotônio Pereira expõe do seguinte modo aquilo que interpreta como sendo o estado de espírito dos espanhóis:

> O que se passava era que a Espanha não sentia grande desgosto com a derrota da França, nem do resto dos países de onde provinham os refugiados. [...] Os fugitivos chegavam a ser olhados recriminativamente:

---

[8] Carta de 26 de julho de 1940, usada como testemunho, processo disciplinar, folha 86.

[9] *Correspondência de Pedro Teotônio Pereira para Oliveira Salazar*, v. II (1940-1941), p. 48.

[10] Pedro Teotônio Pereira, *Memórias*, v. II (Lisboa: Verbo, 1973), p. 219.

para que corriam eles e por que não aguardavam antes a nova ordem trazida pelas tropas alemãs? Mas, como quase todos eles se dirigiam a Portugal e traziam os seus passaportes com os competentes vistos, a Espanha via-se forçada a não impedir aquela torrente humana.[11]

Segundo Teotônio Pereira, as autoridades espanholas estavam "muito surpreendidas"[12] com a facilidade com que Portugal admitia tantos refugiados. As mesmas autoridades queixavam-se de que "o simples trânsito de tão grande número de pessoas criava à Espanha delicados problemas de ordem material e até política".[13] Teotônio Pereira dizia que estava surpreso "com tais fatos, que contradiziam inteiramente as instruções que sabia enviadas pelo Ministério dos Negócios Estrangeiros aos [...] cônsules [...]".[14] Decidiu por isso ir "para a fronteira de Irún para apurar o que se passava e adotar as providências convenientes".[15]

Nas suas memórias, Teotônio Pereira afirma ter chegado a Irún na manhã de 21 de junho.[16] Mas, na realidade, só chegou no dia seguinte. Em Irún, conferenciou com o comandante militar da fronteira espanhola. Este lhe disse que o regime de Franco sentia que Portugal estava cometendo "uma imprudência terrível".[17] Se o afluxo de refugiados continuasse, avisaria o comandante militar, a Espanha seria obrigada a deixar de reconhecer os vistos portugueses. Teotônio Pereira ofendeu-se com essa possibilidade e tornou claro que protestaria contra tal medida. O comandante militar teve a última palavra: "Que Portugal não se queixe depois se os alemães

---

11 *Memórias*, v. II, p. 219.

12 Testemunho, processo disciplinar, folha 86.

13 *Ib.*

14 *Ib.*

15 *Ib.*, folha 87.

16 *Memórias*, II, p. 219.

17 *Ib.*, p. 219-220.

forem até lá atrás dos refugiados".[18] Uma boa parte do nervosismo das autoridades fronteiriças espanholas era devida, na opinião de Teotônio Pereira, precisamente a esse receio.

A estada do embaixador em Irún não durou mais que o tempo suficiente para se convencer de que a situação estava deteriorando--se de hora em hora e estava iminente um conflito com as autoridades espanholas. Teotônio Pereira pôde verificar "que a quase totalidade dos vistos fora concedida pelo cônsul em Bordeaux".[19] Partiu então para Bayonne.

Armando Lopo Simeão, o agente especial do Ministério, chegou a Hendaye na manhã de 22 de junho. Descobriu que as comunicações ferroviárias francesas tinham cessado. Simeão telefonou para o consulado em Bayonne. Não só Faria Machado não estava doente como se ofereceu para ir buscá-lo. O agente especial não podia fazer mais nada senão aceitar a oferta e esperar.[20]

Na França, os acontecimentos militares e políticos estavam chegando a um ponto crítico. Na noite anterior, os plenipotenciários franceses tinham comunicado ao governo de Pétain as condições dos alemães para o armistício. Essas condições incluíam a rendição da esquadra francesa e a entrega de refugiados. O gabinete de Pétain tinha-se reunido na noite anterior para analisar as condições, e estava reunido nesse momento. Simeão tinha chegado à França num momento crítico da sua história: nesse dia o seu governo iria tomar uma decisão importante.

Faria Machado foi buscar Simeão acompanhado pelo barão de Almeida Santos, em cujo automóvel voltaram para Bayonne.

---

[18] *Ib.*, p. 220.

[19] Testemunho, processo disciplinar, folha 87.

[20] Testemunho, processo disciplinar, folha 30.

No caminho, Faria Machado deu a Simeão a sua versão daquilo que tinha acontecido nos dois dias anteriores.[21]

Já perto de Bayonne, em Biarritz, Faria Machado fez uma coisa bastante curiosa: interrompeu a viagem e convidou os seus dois companheiros para almoçar no Café de Paris. Simeão assinalou que deviam ir primeiro ao consulado "pôr imediatamente termo [...] [à] situação irregular [...]".[22] Qual "situação irregular", se Faria Machado de fato expulsara Sousa Mendes do consulado e voltara a seguir os regulamentos do Ministério sobre os vistos? Faria Machado só pôs fim aos escrúpulos de Simeão telefonando para o consulado a fim de suspender a concessão de vistos e anunciar o seu regresso iminente. Quem estava ele alertando desse modo? Parece ser suspeito que a passagem de vistos não autorizados tivesse continuado, com a cumplicidade de Faria Machado.

Ao ver que Faria Machado estava não só de fato saudável mas também com bom apetite, Simeão exprimiu o seu espanto com o rumor infundado. Informou imediatamente os jornais locais de que a notícia da doença de Faria Machado não era verdadeira. Os três homens terminaram o almoço e depois dirigiram-se ao consulado.[23]

À chegada, encontraram o secretário consular em exercício com o vice-cônsul Vieira Braga. Estes dois confirmaram a versão de Faria Machado sobre o que acontecera. Acrescentaram que Sousa Mendes "continuava concedendo vistos fora do consulado".[24] Inseguro quanto às medidas a tomar, Simeão esperou a chegada de Teotônio Pereira.

Sousa Mendes decidira permanecer, neste momento, na zona de Bayonne e Hendaye, onde podia ser mais útil. Segundo testemunho

---

[21] *Ib.*

[22] Testemunho, processo disciplinar, folha 31.

[23] *Ib.*

[24] *Ib.*

posterior do secretário do consulado, José Seabra, Sousa Mendes não só deu um grande número de vistos em Hendaye como se deslocou ali diversas vezes com esse fim.[25] Eugene Bagger encontrou o diplomata português em Hendaye, saindo do consulado espanhol. Sem dúvida estava tentando facilitar a entrada de refugiados na Espanha.[26] Não havia grandes motivos para Sousa Mendes tentar regressar a Bordeaux. A polícia tinha posto termo ao movimento de civis entre Bayonne e Bordeaux, de modo que qualquer refugiado que Sousa Mendes ajudasse em Bordeaux verificaria ser quase impossível alcançar a fronteira franco-espanhola. A armadilha estava fechando-se.

Muitos daqueles que queriam atravessar a fronteira franco-espanhola não o fizeram. Ou não conseguiram obter o necessário visto de saída francês ou simplesmente decidiram não partir, por qualquer razão. Sousa Mendes enviou um telegrama a Salazar pedindo autorização para conceder um visto à atriz francesa Elvira Popesco e à sua filha Tatiana. A autorização foi recusada.[27] Sousa Mendes concedeu o visto a elas, mas este parece não ter sido utilizado.[28] Popesco ficou na França e continuou a fazer filmes durante a guerra. O escritor francês Tristan Bernard, que possivelmente

---

[25] Em testemunho confidencial ao Ministério dos Negócios Estrangeiros, Seabra afirmou, quase cinquenta anos depois dos acontecimentos, que Sousa Mendes concedera vistos "também e sobretudo no POSTO FRONTEIRIÇO de Hendaye", aonde fora "várias vezes e com esse objetivo preciso". "DOCUMENTS FOURNIS PAR LE CONSULAT GÉNÉRAL DE BORDEAUX À LA DEMANDE DU MINISTÈRE DES AFFAIRES ETRANGÈRES PORTUGAIS." Seabra tinha razões para minimizar a concessão de vistos em Bordeaux (ele tinha participado).

[26] Eugene Bagger, *For the Heathen Are Wrong*, p. 162.

[27] A recusa veio no telegrama nº 1.982, expedido em 21 de junho do MNE para o Consulado de Portugal em Bordeaux.

[28] Segundo o Livro de Registros, Elvira Popesco recebeu o visto nº 1.778 em 17 de junho. Jan Lustig comenta o forte desejo dela de abandonar a França já em 16 de março, *Ein Rosenkranz von Glücksfällen. Protokoll einer Flucht*, p. 34.

também recebeu um visto de Sousa Mendes, foi avistado por Jan Lustig em 21 de junho na escada do consulado espanhol,[29] mas também ele permaneceria na França. Mais tarde enviado para o campo de concentração de Drancy, Bernard foi um dos raros a serem de lá libertados.

Felizmente, muitos daqueles que tinham recebido um visto de Sousa Mendes já estavam a salvo do outro lado da fronteira ou prestes a transpô-la. Entre eles, contam-se os membros do grupo de Jan Lustig, que tinha conseguido arranjar um velho caminhão que os levou a Hendaye. Lá Lustig encontrou outra celebridade em fuga: Israël Mosche Blauschild, mais conhecido pelo nome artístico de Marcel Dalio. Esse ator famoso, conhecido pelos seus papéis em filmes como *A Grande Ilusão*, de Renoir, e *Pépé le Moko*, de Julien Duvivier, estava acompanhado por uma loira alta e encantadora que parecia mais velha do que realmente era – tinha apenas 17 anos. Era a nova mulher de Dalio, Madeleine Lebeau. Esta trazia consigo as suas joias, que Dalio lhe havia comprado com os seus ganhos no cassino. Dalio tinha 41 anos. O casal, que estivera em Biarritz, provavelmente recebeu vistos de Sousa Mendes em Bayonne. Até então Dalio não fora capaz de obter um visto de saída francês, e estava lavado em lágrimas. O casal conseguiu sair da França e, depois de desventuras no México, acabaria por conseguir chegar a Hollywood. Um dos primeiros filmes que lá fizeram foi *Casablanca*. Dalio interpretou o papel de Émile, o *croupier*, e Madeleine Lebeau interpretou o papel de Yvonne, a namorada de Rick. Como por certo aconteceu a mais de uma pessoa das que receberam vistos de Sousa Mendes, Dalio teve mais dificuldade em obter um visto de saída francês do que um visto português. Achou um argumento de peso para o funcionário francês com quem teve de lidar: ofereceu-lhe o seu luxuoso carro Delahaye.

---

[29] Jan Lustig, *op. cit.*, p. 57.

O ator explicou que não estava tentando corromper ninguém; o carro agora já não tinha utilidade para ele. Nas suas memórias, Dalio explica: "O que faria eu com um Delahaye em Auschwitz?" O pai, a mãe e três irmãs de Israël Blauschild vieram a morrer nas câmaras de gás.[30]

O testemunho de três refugiados situa Sousa Mendes em Hendaye, em 22 de junho. Dois desses refugiados já conheciam o cônsul. Eram eles Norbert e Heddy Gingold, os refugiados austríacos que ele tentara ajudar no outono anterior. Norbert Gingold tinha sido libertado do campo de concentração francês de Libourne em abril, mas hesitara até então em abandonar a França. Com os nazistas se aproximando rapidamente, os Gingold sabiam que tinham de partir depressa para Portugal. Tinham já o visto português. Agora só precisavam de um visto de trânsito espanhol.

Mas eram já 17 horas e o consulado espanhol acabara de fechar. Tinham de passar a noite na cidade. Mas onde? Hendaye estava já inundada de refugiados, e chegavam outros milhares a cada hora que passava. Não se conseguia uma cama em parte alguma. Havia pessoas acampadas até nos trilhos da linha férrea perto da estação e na praça principal. A atmosfera era apocalíptica. No dia anterior, as autoridades espanholas tinham ameaçado fechar a fronteira, e muitos refugiados receavam que o fizessem.

De repente, no meio da praça principal, apareceu Sousa Mendes. Segundo Heddy Gingold, estava "rodeado por um grupo de refugiados, passando vistos a quem quer que os pedisse".[31]

Entre os que nesse dia receberam vistos do cônsul contam-se Nat Wyszkowski, de 21 anos, seis membros da sua família e um

---

[30] Marcel Dalio, *Mes années folles* (Paris: J-C Lattès, 1976), p. 142-143.

[31] Gingold, *The Lucky Village*, p. 79.

amigo que era estudante de Medicina.[32] Em 1936 Nat fora expulso da Universidade de Varsóvia e da Polônia pela fúria antissemita. Fizera o curso de Engenharia na Universidade de Grenoble. Conseguira finalmente convencer a família a deixar a Polônia duas semanas antes de Hitler invadir aquele país. À medida que as tropas de Hitler avançavam para o sul, os Wyszkowski fugiam em direção à fronteira franco-espanhola.

Segundo Nat, havia poucos poloneses como eles no grupo que rodeava Sousa Mendes. A maioria parecia ser de belgas. Centenas, pelo menos, eram judeus da zona diamantífera de Antuérpia. Pareceu a Nat que havia ali talvez um enorme número de pessoas à espera naquela fila. Continuou durante todo o dia a distribuição de vistos.

E que vistos! Consistiam em algumas palavras, dizendo que o portador tinha o direito de entrar em Portugal, e a assinatura de Sousa Mendes. Este sem dúvida levara consigo os selos consulares para selar os vistos. Se o requerente tinha um passaporte, o visto era passado no passaporte. Se tivesse apenas um bilhete de identidade, era no bilhete de identidade. Se o refugiado não tinha nem uma coisa nem outra, dava a Sousa Mendes um pedaço de papel – até de jornal – e obtinha o visto. Por mais relutantes que devessem estar em aceitar aqueles documentos tão pouco ortodoxos, as autoridades espanholas eram, por enquanto, obrigadas a aceitá-los.

Nesse dia Sousa Mendes trabalhou freneticamente, porque sabia que estava trabalhando contra o relógio. Às 6h30 dessa tarde, o principal negociador nazista do armistício, Keitel, apresentou ao seu homólogo francês, Huntziger, um ultimato: a França tinha

---

[32] Entrevista (pelo telefone) com Nat Wyszkowski, residente na cidade de Nova York, em 9 de agosto de 1987. O grupo era constituído por Nat, seu pai Moise, a mãe Dwoira, o irmão Fred, o tio Marc Gotheil, a tia Ruth, o primo do tio, Joseph Morgens, e Henri Lantner, estudante de Medicina na Universidade de Montpellier e amigo de Nat. Viajaram em dois carros.

exatamente uma hora para aceitar as condições da Alemanha. Vinte minutos depois o armistício era assinado.[33]

Ao anoitecer, o embaixador português na Espanha, Teotônio Pereira, chegou ao consulado em Bayonne. O cônsul Faria Machado repetiu a história que contara a Simeão. Teotônio Pereira deu novas instruções temporárias para a passagem de vistos. Os mais desesperados dos requerentes de vistos, os refugiados Nansen, a maioria dos quais eram judeus, só receberiam vistos se tivessem um bilhete de barco para fora da Europa. Isto era virtualmente impossível de obter. Os vistos só podiam ser livremente concedidos às seguintes nacionalidades: britânicos, americanos e sul-americanos. Os candidatos recomendados por embaixadas ou legações também receberiam vistos. Os belgas só obteriam vistos se fossem "personalidades" e os franceses só se fossem "gente limpa", o que, na terminologia racista que datava do tempo da Inquisição portuguesa, significava não judeus.[34]

Segundo Simeão, que neste ponto é um tanto contraditório, os vistos estavam "praticamente quase suspensos".[35] No seu relatório especial a Salazar, Simeão escrevia também que "apenas alguns"[36] os recebiam, e estes pertenciam às categorias especificadas por Teotônio Pereira; mas, quando interrogado mais tarde, admitiu que Teotônio Pereira tinha decidido continuar momentaneamente a prática de Sousa Mendes de passar vistos (às categorias especificadas, presumivelmente) "gratuitamente sem as formalidades regulamentares". Era "impossível preencher essas formalidades", disse Simeão, "em vista da aglomeração de serviço e da gente que solicitava vistos".[37] Teotônio Pereira excedeu os seus limites,

---

[33] William L. Shirer, *The Rise and Fall of the Third Reich* (New York: Ballantine Books, 1985), p. 981.

[34] Simeão, relatório confidencial, processo disciplinar, folha 19.

[35] *Ib.*

[36] *Ib.*

[37] Testemunho, processo disciplinar, folha 31.

desviando-se das instruções originais de Salazar, e Simeão tentou inicialmente encobri-lo; pelo menos, quanto ao número de vistos passados. Até o braço direito do ditador português verificou que as instruções de Salazar não eram razoáveis e que o modo de proceder de Sousa Mendes era, de certa forma, compreensível.

Simeão queixou-se a Teotônio Pereira desse modo irregular de passar vistos. Como dizia no seu relatório confidencial a Salazar, ele próprio era a favor de "toda a demora" no processo de concessão de vistos, "para evitar a entrada em Portugal de uma massa ignóbil e em grande parte indesejável do ponto de vista social".[38] Os sentimentos pró-nazistas de Simeão são mais que evidentes no seu relatório. Significativamente, ele tinha passado toda a sua carreira diplomática em Weimar e na Alemanha nazista, bem como na Secretaria, reconhecidamente germanófila.

Teotônio Pereira, no entanto, teve o cuidado de tentar obter instruções específicas de Salazar sobre o que devia fazer. Isso não era muito fácil, porque as comunicações telefônicas e telegráficas entre Bayonne e Lisboa não funcionavam muito bem. Por consequência, na manhã do dia seguinte, domingo, 23 de junho, Teotônio Pereira ordenou a Simeão e a Faria Machado que o acompanhassem a San Sebastián, de onde podia telefonar para Lisboa pedindo instruções.[39]

Em Hendaye encontraram Sousa Mendes. Teotônio Pereira ordenou-lhe que fosse com eles ao consulado de San Sebastián. De lá Simeão despachou um telegrama para Salazar informando-o do que acontecera.[40]

---

[38] Relatório confidencial, folha 20.

[39] *Ib.*, folha 21.

[40] Ver apêndice 1 ao relatório confidencial de Simeão, processo disciplinar, folha 25. Este contém algumas sutilezas que não figuram no telegrama enviado. *Telegramas Recebidos*, do consulado em Bayonne (enviado de San Sebastián), telegrama nº 4.076, 23 de junho de 1940.

No seu testemunho posterior, nem Teotônio Pereira nem Simeão admitiram ter qualquer ideia daquilo que Sousa Mendes andara fazendo na véspera. Parece incrível que não tenham descoberto, mas a confusão em Hendaye era muito grande. Simeão declarou mais tarde que Sousa Mendes lhes dissera que tinha acompanhado "alguns israelitas ilustres" até Hendaye porque eles "haviam implorado proteção e auxílio para transpor a fronteira". Isso seria negado por Sousa Mendes.[41] Também segundo Simeão, o cônsul "mostrava[-se] profundamente sensibilizado com a tragédia dos fugitivos". Contara a Simeão "vários casos particularmente tocantes". Por diversas vezes exprimira o desejo "de ficar em Hendaye com fugitivos que estavam à sua espera", e só quando viu que isso não lhe seria de modo nenhum permitido é que pediu para ir ao hotel buscar a mala e pagar a conta.[42]

No seu testemunho escrito, Teotônio Pereira mostra menos simpatia e compreensão pelos atos de Sousa Mendes do que Simeão. Conta que chamou o cônsul para lhe pedir uma explicação para "tão insólita atuação". "De tudo o que ouvi", afirma o embaixador, "e o seu aspecto de grande desalinho deixou-me a impressão de um homem perturbado e fora do seu estado normal." Teotônio Pereira baseia a sua avaliação psiquiátrica no fato de Sousa Mendes parecer "não ter a mais ligeira noção dos atos cometidos". Dissera a Teotônio Pereira que não tinha recebido "instruções contrárias". Este diz ter indicado a Sousa Mendes que as suas ações "certamente seriam causa de advertência, se não de procedimento superior [...]".[43]

Existem ligeiras diferenças entre as versões desse encontro de Teotônio Pereira e Sousa Mendes que os filhos Sebastião e Luís

---

41 Defesa de Sousa Mendes, processo disciplinar, folha 106.

42 Testemunho de Simeão, folha 33.

43 Testemunho, processo disciplinar, folhas 87-88.

Filipe se lembram de ouvir os pais contarem. Sebastião diz que Teotônio Pereira perguntou: "Como se atreveu a agir contra as instruções que lhe foram transmitidas pelos seus superiores?", e Sousa Mendes respondeu: "Fiz o que a minha consciência me dizia que fizesse".[44] Segundo Luís Filipe, Teotônio Pereira perguntou: "Tem alguma ideia daquilo que está fazendo?". Sousa Mendes respondeu: "Faço o que tem de ser feito. Não há mais nada a discutir". Quando Teotônio Pereira declarou que aquela desobediência era uma loucura, Sousa Mendes replicou: "É necessário ser louco para fazer o que está certo?".[45]

Teotônio Pereira telefonou então para Lisboa pedindo instruções. O Ministério tinha recebido o telegrama de Faria Machado na tarde anterior e portanto já estava completamente informado. Salazar tinha despachado um telegrama para Bordeaux proibindo Sousa Mendes de conceder vistos a quem quer que fosse e instruindo-o de que os pedidos de vistos deviam ser feitos ao consulado de Bayonne.[46] Salazar telegrafara também ao comandante Ochoa, superior imediato de Sousa Mendes na França, ordenando-lhe que transmitisse a mesma mensagem a esse último.[47] Ochoa informou Salazar por telegrama, em 23 de junho, de que havia comunicado a ordem ao consulado de Bordeaux mas que Sousa Mendes estivera retido em Bayonne nos três dias anteriores por motivo de doença.[48] Como medida final, Salazar telegrafara para Bayonne, também em 22 de junho, dizendo que devia pôr fim imediatamente à prática

---

[44] *Flight through Hell*, p. 58-59.

[45] Entrevista com Luís Filipe Mendes.

[46] *Telegramas Expedidos*, ao Consulado de Bordeaux, telegrama nº 1.986, 22 de junho de 1940.

[47] *Telegramas Expedidos*, para a legação em Paris (reinstalada em Bordeaux), telegrama nº 1.991, 22 de junho de 1940.

[48] *Telegramas Recebidos*, da legação em Paris (reinstalada em Bordeaux), telegrama nº 3.910, 24 de junho de 1940. Sousa Mendes alterou posteriormente a sua desculpa.

"recomendada pelo cônsul [em] Bordeaux" de conceder vistos gratuitamente.[49]

É razoável supor que a pessoa a quem Teotônio Pereira telefonou era ou Salazar ou alguém, como o secretário-geral Sampaio, que transmitia as ordens do ministro dos Negócios Estrangeiros. As ações subsequentes de Teotônio Pereira tornam evidente quais eram essas ordens. No seu depoimento escrito, Teotônio Pereira diz que comunicou "logo em seguida às autoridades espanholas a decisão de dar por nulos os vistos concedidos pelo consulado em Bordeaux às numerosíssimas pessoas que ainda se encontravam na França [...]".[50]

Ao transmitir essa decisão às autoridades fronteiriças espanholas, Teotônio Pereira diz que "não tive dúvidas em declarar" ser sua "convicção que o [...] cônsul havia perdido o uso da razão".[51] As autoridades fronteiriças, por sua vez, deram à imprensa espanhola mais este petisco informativo.

Em 25 de junho, *El Diario Vasco* de San Sebastián apresentava, na página 3, a seguinte informação: "O cônsul de Portugal em Bayona [*sic*] enlouqueceu. Tinha-se acumulado tanto trabalho, eram tantos os pedidos de vistos que sobre ele choviam que ele sofreu uma crise nervosa tal que o consulado teve de ser encerrado até poder ser substituído". A notícia de que Sousa Mendes tinha enlouquecido espalhou-se facilmente na atmosfera reinante de boatos descabidos. O escritor austríaco Franz Werfel e a sua mulher,

---

[49] *Telegramas Expedidos*, ao consulado em Bayonne, telegrama nº 1.992, 22 de junho de 1940.

[50] Testemunho, processo disciplinar, folha 88. A questão mantém-se: com que rapidez as autoridades espanholas aplicaram essas instruções? Heddy Gingold, que mantinha um diário e cuja cronologia é noutros casos correta, escreve que, pouco depois das 17 horas de 24 de junho, viu um aviso colocado diante da ponte internacional que dizia: "todos os vistos para Portugal passados em Bordeaux são nulos". *The Lucky Village*, p. 83.

[51] *Ib.*

Alma Mahler-Werfel, ouviram dizer, em Hendaye, que um cônsul português estava distribuindo vistos em Saint-Jean de Luz a toda a gente que deles precisasse. Mas quando lá chegou, disseram a Franz Werfel que o cônsul enlouquecera e tinha atirado ao mar todos os passaportes que tinha em seu poder. A versão da história que Friedrich Torberg ouviu avançava mais um passo: o cônsul, "um verdadeiro filantropo", tinha saltado para o mar com os passaportes; o cônsul, diz Torberg, fora salvo, mas desconhecia-se o destino dos passaportes e dos seus donos.[52]

Seria a incompreensão de Teotônio Pereira realmente assim tão grande ou estava ele meramente tentando encontrar uma desculpa fácil para Sousa Mendes e para o regime que ele representava? Nem mesmo Simeão aceitou a ideia de loucura temporária. A sua própria explicação do comportamento de Sousa Mendes era completamente diferente:

> O sr. dr. Aristides Mendes, se não foi acometido de loucura, porque estava em seu perfeito juízo, sofria de grave obcecação; porque, tendo o depoente insistido em demonstrar-lhe a gravidade do seu procedimento, ele lhe retorquia sempre que recusar o visto àquela pobre gente era um esforço superior às suas forças.[53]

Achasse ou não que Sousa Mendes perdera momentaneamente as suas faculdades mentais, Teotônio Pereira levou-o, e aos outros dois passageiros, de regresso a Bayonne. Avançaram muito lentamente porque a estrada estava atravancada por tantos refugiados. Quando chegaram a Bayonne, já era noite alta. Faria Machado, que se mantivera estranhamente calado durante todo

---

[52] Alma Mahler-Werfel, *Mein Leben* (Frankfurt: S. Fischer Verlag, 1960), p. 308; Friedrich Torberg, *Die Erben der Tante Jolesch* (Munich: Langen Müller, 1978), p. 207.

[53] Testemunho, processo disciplinar, folha 33.

o interlúdio de Hendaye, ofereceu a Sousa Mendes a hospitalidade da sua casa para passar a noite. Sousa Mendes obteve de Teotônio Pereira autorização para regressar sozinho a Bordeaux no dia seguinte a fim de mudar de roupa e se encontrar com a família. Teotônio Pereira ordenou-lhe que ficasse em Bordeaux à espera de novas ordens.[54]

Ao consulado de Bayonne tinha chegado durante o dia um telegrama de Salazar ordenando que os anteriores regulamentos para a concessão de vistos fossem rigorosamente cumpridos. E foram-no a partir do dia seguinte, segunda-feira, 24 de junho.[55]

Nessa manhã a fronteira portuguesa foi declarada oficialmente fechada, como a imprensa espanhola informou, e só voltou a abrir por volta das 5 horas da tarde. O número de refugiados que entraram na Espanha nesse dia diminuiu drasticamente, como a imprensa noticiou. A agência noticiosa oficial alemã, DNB, anunciou que no dia anterior, 23 de junho, tinham atravessado a ponte internacional mais "judeus, checos e polacos" do que nunca; mas que, por causa do encerramento do consulado de Bayonne, "cerca de 4 mil pessoas" foram forçadas a ficar na França.

Destas, pelo menos mil eram poloneses. Em 26 de junho, o embaixador português em Londres, o anglófilo Armindo Monteiro, transmitiu por telegrama a Salazar um pedido do embaixador da Polônia de vistos para esses cidadãos poloneses que estavam retidos na fronteira francesa. Armindo Monteiro dizia que o embaixador lhe assegurara que os poloneses eram "gente de raça pura" e não apenas membros da "inteligência do país" mas também "até uma esperança de continuação deste [...]". Salazar

---

[54] Relatório confidencial de Simeão, processo disciplinar, folha 21.
[55] *Ib.*

responderia em 2 de julho – negativamente.[56] Os refugiados ficaram encurralados. A vontade de Salazar foi executada graças a Teotônio Pereira.

Ninguém estava mais encantado do que Simeão, que escreveu no seu relatório que a partir de 24 de junho os serviços do consulado ficaram normalizados. Isso a despeito do fato de que a "pressão dos fugitivos continuou", à medida que as tropas nazistas se aproximavam. Essa pressão, escreveu Simeão, "era tal que, quando se dizia a eles que não era possível conceder-lhes o visto, ameaçavam suicidar-se [...]". Outros proferiam ameaças ou tentavam subornar os que trabalhavam no consulado. Simeão orgulhava-se de ninguém ter sucumbido a essas tentações.[57]

Por outro lado, as conversas com o *Señor* Bermejo, o cônsul espanhol, convenceram Simeão de que Sousa Mendes ferira o prestígio diplomático de Portugal ao forçar as autoridades espanholas a deixar de reconhecer a assinatura de um cônsul português. Verificou-se que as autoridades fronteiriças espanholas começaram a pedir a confirmação do consulado de Bayonne para todos os vistos passados na região do sudoeste, incluindo alguns concedidos pelo vice-cônsul em Toulouse, Émile Gissot.[58] A condenação por Simeão dos atos de Sousa Mendes não podia ter sido maior, nem mais obsequioso o seu elogio à intervenção de Teotônio Pereira:

> De lamentar há apenas a atitude do cônsul em Bordeaux, que nos colocou realmente em situação desprestigiosa e não isenta de suspeita. Se não fosse a intervenção *patriótica* e *zelosa* de Sua Exa. o

---

[56] *Dez Anos de Política Externa*, VII, telegrama nº 911, p. 166-167, de Armindo Monteiro a Salazar, 26 de junho de 1940; telegrama nº 934, p. 183, de Salazar a Monteiro, 2 de julho de 1940.

[57] Relatório confidencial de Simeão, processo disciplinar, folha 23.

[58] Testemunho, processo disciplinar, folhas 33-34.

Embaixador de Portugal em Madri, é impossível prever até que ponto nos teria arrastado a desonorabilidade dessa situação.[59]

No entanto, Sousa Mendes continuava impenitente. Mais tarde nesse dia Simeão telefonou ao consulado em Bordeaux para controle e o cônsul-geral ainda não tinha chegado. Segundo Simeão, Sousa Mendes só apareceu em Bordeaux na quarta-feira, 26 de junho.[60] O comandante Ochoa telegrafou a Salazar dizendo que Sousa Mendes lhe dissera que ficara retido em Bayonne por falta de meios de transporte.[61] Mais tarde Sousa Mendes afirmou que as estradas tinham sido bloqueadas (pela polícia francesa) e que só tinha regressado depois de os nazistas ocuparem a cidade.[62] Os primeiros soldados alemães entraram em Bordeaux no dia seguinte, quinta-feira, 27 de junho, dez dias depois de Sousa Mendes ter tomado a sua importante decisão e um dia depois de terem entrado em Bayonne.

---

[59] Relatório confidencial, processo disciplinar, folha 23.

[60] Relatório confidencial, processo disciplinar, folha 21.

[61] *Telegramas Recebidos*, legação em Paris (reinstalada em Bordeaux), telegrama nº 4.060, 30 de junho de 1940.

[62] Processo disciplinar, folha 104, verso.

10. Os alemães ocupam Bayonne e Bordeaux

Onde passou Sousa Mendes o tempo entre a sua partida da residência de Faria Machado em 24 de junho e a sua chegada a Bordeaux, pelo menos dois dias mais tarde? O testemunho do rabino Kruger nos levaria a acreditar que ele passou a maior parte ou todo esse tempo em Hendaye, tentando por todos os meios ao seu dispor ajudar os refugiados a atravessar a fronteira espanhola. O fez com a família Kruger, que chegou a Hendaye logo antes ou logo depois de os vistos emitidos em Bordeaux serem invalidados. Kruger relata o que ocorreu:

> Quando estávamos discutindo com os guardas da fronteira, o cônsul apareceu e disse-nos que esperássemos um pouco porque queria falar com eles. Uma ou duas horas depois, o próprio cônsul abriu o portão e deixou passar todos aqueles que apresentavam um dos seus vistos.
>
> Dali embarcamos num comboio diretamente para Lisboa.[1]

Contudo, as autoridades espanholas em breve deixaram de ser tão condescendentes, e Sousa Mendes foi obrigado a procurar outros meios para fazer passarem pela fronteira espanhola aqueles

[1] Carta de testemunho (em hebraico) ao Yad Vashem.

milhares de refugiados em Hendaye. Numa ocasião pelo menos, conduziu um grande número de refugiados a um ponto de travessia secundário. Sousa Mendes sabia, sem dúvida, que a fronteira franco-espanhola tinha sido encerrada a todos os veículos, exceto os diplomáticos.[2] O lugar exato não é conhecido, mas pode ter sido Behobia (muito perto de Hendaye), que, segundo o seu filho Pedro Nuno, o pai conhecia muito bem, tendo passado por ali outras vezes para evitar as filas em Hendaye. Tecnicamente, só a fronteira Hendaye-Irún estava ainda aberta, mas Sousa Mendes encontrou uma maneira de convencer o guarda ou os guardas de fronteira a deixar passar a multidão.[3]

Teotônio Pereira mandara Sousa Mendes ficar em Bordeaux à espera de ordens. Essas ordens chegaram sob a forma de um telegrama enviado por Salazar em 24 de junho ao chefe da legação portuguesa, comandante Ochoa. Salazar dizia a Ochoa que mandasse Sousa Mendes regressar imediatamente a Portugal. Ochoa recebia também instruções no sentido de encontrar um substituto temporário para o cônsul-geral entre o pessoal do consulado. Sousa Mendes não deveria intervir na escolha, insistia Salazar.[4]

Ochoa recebeu o telegrama de Salazar no mesmo dia em que foi enviado, 24 de junho, e foi imediatamente ao consulado. E então soube que Sousa Mendes estava em Bayonne. Ochoa não perdeu tempo em entregar a direção do consulado ao secretário, José Seabra, e contatou o consulado de Bayonne, transmitindo a ordem de Salazar para que Sousa Mendes regressasse a Lisboa.[5] Salazar já

---

[2] Torberg, *Eine tolle, tolle Zeit*, p. 112.

[3] Mendes, *Flight through Hell*, p. 61.

[4] *Telegramas Expedidos*, para a legação em Paris (reinstalada em Bordeaux), telegrama nº 2.000, 24 de junho de 1940.

[5] Ou assim o afirmou num telegrama a Salazar enviado em 25 de junho. *Telegramas Recebidos*, da legação em Paris (reinstalada em Bordeaux), telegrama nº 3.989.

tinha enviado para Bayonne um telegrama com as mesmas instruções.[6] Curiosamente, ele enviou também um telegrama ordenando o regresso de Francisco de Calheiros e Meneses.[7] Suspeitava o ditador da cumplicidade de Calheiros e Meneses ou queria simplesmente interrogá-lo?

Teotônio Pereira regressou a Madri nessa mesma segunda-feira, 24 de junho. Passou algum tempo em San Sebastián, falando com as autoridades espanholas e observando o movimento de refugiados em direção a Espanha. Deve ter ficado satisfeito com o que viu.

Essa satisfação não era partilhada pelos refugiados que chegaram à fronteira espanhola nesse dia e souberam, primeiro, que a fronteira portuguesa estava fechada e, depois, que os vistos que tinham recebido em Bordeaux, Bayonne, Toulouse ou Hendaye não eram válidos. A Associated Press noticiou que cerca de dez mil pessoas estavam tentando atravessar para Espanha mas que muitas tinham de voltar porque as autoridades espanholas não reconheciam certos vistos portugueses. A situação na fronteira estava normalizada.

Assim estava também a situação no consulado de Bayonne no dia seguinte, como Simeão informava Salazar num telegrama de 25 de junho.[8] Contudo, Sousa Mendes continuava a não aparecer. Faria Machado telegrafou a Salazar dizendo que telefonara ao consulado de Bordeaux nesse dia mas que Sousa Mendes ainda não

---

[6] *Telegramas Expedidos*, ao consulado em Bayonne, telegrama nº 1.999, 24 de junho de 1940.

[7] *Telegramas Expedidos*, ao consulado em Bayonne, telegrama nº 1.998, 24 de junho.

[8] O telegrama está apenso ao relatório confidencial de Simeão, processo disciplinar, folha 26. No seu relatório, Simeão diz incorretamente que este foi enviado em 24 de junho. *Telegramas Recebidos*, do consulado em Bayonne, telegrama nº 3.995, 25 de junho.

tinha chegado.[9] Salazar deve ter ficado furioso quando recebeu essa mensagem, mas ainda teria de suportar esse jogo de gato e rato durante mais duas semanas. Sousa Mendes não estava disposto a perder nenhuma oportunidade de proteger e ajudar refugiados até o último momento possível.

Teotônio Pereira chegou a Madri nessa tarde e telegrafou imediatamente a Salazar um resumo daquilo que tinha visto.[10] Contava como toda a "massa [de] estrangeiros existentes na França" tinha sido "empurrada [...] [pela] invasão alemã" para o sul. Toda aquela gente queria vistos portugueses. Entre os refugiados, informava Teotônio Pereira, havia "[uma] grande quantidade [de] judeus e originários [de] vários países absorvidos ou vencidos [...] [pela] Alemanha" que "com ou sem motivo" tentavam "fugir [da] França [a] todo o custo". Os vice-consulados portugueses no sul estavam aturdidos com a situação. A sua confusão aumentou ainda quando o cônsul-geral em Bordeaux começou a dar vistos "[em] grande quantidade". Segundo Teotônio Pereira, Sousa Mendes instigou[11] Faria Machado a fazer o mesmo. "Tal desorientação" causou uma impressão muito negativa na Espanha. O resultado foi uma "campanha política contra Portugal", acusando-o "de dar acolhimento à escória dos regimes democráticos" e a "elementos vencidos em fuga perante [a] vitória alemã". Teotônio Pereira tinha tomado "providências", em conformidade com o "pensamento" de Salazar, que "evitaram que [o] mal fosse mais longe".

A "escória dos regimes democráticos" incluía intelectuais alemães como Arthur Koestler (nascido na Hungria), que se viu entre

---

[9] *Telegramas Recebidos*, do consulado em Bayonne, telegrama nº 3.973, 26 de junho.

[10] *Telegramas Recebidos*, da embaixada em Madri, telegrama nº 3.941, 25 de junho de 1940.

[11] Mais uma sugestão da cumplicidade de Faria Machado.

os outros refugiados detidos em Bayonne em 25 de junho.[12] Ele soube rapidamente que o artigo 19 do armistício que Pétain assinara significava a entrega aos nazistas dos refugiados alemães e austríacos. Koestler tentou suicidar-se, sem o conseguir.[13]

Certo número de intelectuais alemães e austríacos conseguiu, ao contrário de Koestler, pôr fim à vida. Entre eles, contam-se os escritores alemães Walter Benjamin, Carl Einstein e Walter Hasenclever, bem como o escritor austríaco Ernst Weiss. Nenhum deles tinha pensado na possibilidade de fugir para Portugal.

Não tinha também pensado nisso um grande número de antifascistas alemães e austríacos que foram entregues pelas autoridades francesas à Gestapo, enviados para campos de concentração e finalmente eliminados. Entre eles, os dirigentes do Partido Social-Democrata Alemão Breitscheid e Hilferding. Como Koestler havia de escrever, "a burocracia francesa [...] estava já infiltrada de colaboradores potenciais que detestavam os refugiados antinazis e seis meses mais tarde os entregaram alegremente à Gestapo".[14] Era precisamente o tipo de pessoas que Teotônio Pereira tão ansiosamente queria manter fora de Portugal.

O homem que Teotônio Pereira considerava ter prejudicado tanto a reputação de Portugal aos olhos dos germanófilos da Espanha apareceu finalmente em Bordeaux em 26 de junho. Só dois dias depois é que o comandante Ochoa telegrafou a Salazar informando-o do regresso de Sousa Mendes e assegurando ao ditador português que o cônsul-geral ia partir imediatamente para Lisboa. Ochoa pedia a Salazar que ouvisse Sousa Mendes "acerca dos fatos".[15]

---

[12] Arthur Koestler, *Scum of the Earth* (London: Hutchinson, 1968), p. 210.

[13] *Ib.*

[14] Arthur Koestler, *The Invisible Writing* (New York: MacMillan, 1954), p. 421.

[15] *Telegramas Recebidos*, da legação em Paris (reinstalada em Bordeaux), telegrama nº 4.060, 30 de junho de 1940.

No entanto, Sousa Mendes não regressou no dia 28 nem no dia 30, como José Seabra mais tarde afirmou. O novo cônsul em exercício negaria a presença de Sousa Mendes em Bordeaux depois dessa data, mas a versão de Seabra é claramente uma mentira. Estava protegendo Sousa Mendes e protegendo-se, visto que era agora o responsável. É um testemunho do respeito e da estima que Sousa Mendes inspirava em todos aqueles que o conheciam, que homens como Seabra, Faria Machado e Calheiros e Meneses o tenham ajudado a passar vistos ou o tenham protegido. É também uma prova de que, em tempos de tragédia, o coração dos homens é geralmente tocado, ainda que a sua coragem nem sempre esteja à altura da ocasião.

Devíamos talvez juntar Ochoa à lista daqueles que tentaram proteger Sousa Mendes. É possível que, dada a grande confusão que havia na cidade, ele não conhecesse as irregularidades cometidas por Sousa Mendes em Bordeaux, mas parece improvável. Se Ochoa não estava informado, era porque Seabra guardara silêncio. Ochoa chegara a Bordeaux em 16 de junho e esteve ali durante os três dias em que os vistos foram concedidos. Tivera vários dias para se inteirar sobre o que tinha acontecido no consulado. No entanto, confiou na palavra de Sousa Mendes, mesmo depois do estranho desaparecimento desse último. Pareceria que Ochoa sabia mais do que dizia…

Ochoa transmitiu a Sousa Mendes as ordens de Salazar. No entanto, o cônsul-geral não voltou a Lisboa em 24 de junho, como Salazar ordenara, nem em 26, como José Seabra sustentou, nem no dia 28, como Ochoa afirmou que ele faria. De fato, parece ter partido só em 8 de julho, chegando a Lisboa no dia seguinte. Sousa Mendes decerto compreendeu que mais essa desobediência só iria enfurecer Salazar e seus colaboradores no Ministério dos Negócios Estrangeiros e prejudicar o seu caso. Que mais poderia ele fazer pelos refugiados? Os seus vistos já não eram reconhecidos, e na sexta-feira, 28 de junho, as tropas alemãs entraram em Hendaye. Dois dias antes, o ex-presidente português Bernardino Machado e o seu círculo de refugiados políticos tinham seguido para Portugal.[16] A cerimônia oficial de ocupação teve lugar em 29 de junho.

Faria Machado e Simeão estavam na fronteira em Hendaye, falando com o comandante espanhol, quando o exército alemão ocupou a cidade. Os dois homens acharam a quantidade de tropas "impressionante".[17] As unidades motorizadas estendiam-se por muitos quilômetros. O panorama era tão perturbador quanto impressionante. Corria o rumor de que o exército alemão tencionava continuar o seu avanço até Gibraltar ou até Portugal. Em telegramas separados, Faria Machado e Simeão informaram Salazar desse último e preocupante evoluir da situação.[18]

Simeão aproveitou a chegada dos alemães para falar com o adido militar alemão em Madri, que viera observar a chegada das tropas do seu país. Como dizia no seu relatório confidencial a Salazar, pôde assim verificar "a boa impressão que lhe deu a atitude correta tomada pelo Governo português" e o modo como este estava "filtrando rigorosamente" a "precipitada corrente de imigração".[19] Num telegrama a Salazar, Simeão acrescentava que o mesmo adido militar o aconselhara a "dificultar o máximo possível [a concessão de] vistos dentro de instruções recebidas".[20]

---

[16] Jaime Cortesão, *13 Cartas*, p. 86.

[17] Simeão, num telegrama de 28 de junho, apenso ao seu relatório confidencial, processo disciplinar, folha 27; Faria Machado, num telegrama de 29 de junho, *Telegramas Recebidos*, do consulado em Bayonne, telegrama nº 4.056.

[18] Para o telegrama de Simeão, ver telegrama 3, apêndice ao relatório confidencial, processo disciplinar, folha 27; para o telegrama de Faria Machado, *Telegramas Recebidos*, do consulado em Bayonne (enviado de San Sebastián), telegrama nº 4.056, 29 de junho de 1940.

[19] Processo disciplinar, folhas 23-24.

[20] Processo disciplinar, folha 27.

Para Simeão, isso era a prova de que a política de Salazar em relação aos refugiados estava funcionando e de que a sua própria missão tinha sido um sucesso. Como mais uma prova das relações amistosas que agora existiam entre Portugal e a Alemanha, citou no seu relatório confidencial o modo como os soldados alemães em Bayonne abandonaram uma casa que tinham ocupado assim que souberam que o proprietário era português. De modo idêntico, os soldados alemães tinham-se tornado muito amigos da tripulação do navio português *Maria Joana*, atracado no porto de Bayonne.[21] Terminado o seu relatório e a sua tarefa, Simeão partiu para Lisboa em 1º de julho.

Com Bordeaux, Bayonne e Hendaye ocupadas pelos alemães, muitos dos refugiados que Sousa Mendes esperara salvar encontravam-se agora sem nenhuma possibilidade de sair da França. Alguns, como os Gingold, que não tinham saído a tempo, se esconderam e conseguiram, assim, sobreviver à guerra. Outros foram confinados ou presos e mais tarde deportados para campos de concentração alemães. No período de duas semanas, de 24 de junho a 8 de julho, Sousa Mendes fez o que podia para proteger e ajudar o máximo de pessoas. Visto que já não tinha o direito profissional nem sequer de estar mais tempo na França, manteve as suas ações em segredo. Os seus antigos subordinados, se sabiam alguma coisa, também não disseram nada.

Só o vice-cônsul honorário em Bayonne, Vieira Braga, quebraria esse silêncio quase cinquenta anos depois. Mesmo assim, ele haveria de negar ter tido conhecimento da chegada de Sousa Mendes ao consulado de Bayonne, em 20 de junho, e da concessão de vistos. Havia uma razão muito simples para essa negação: Vieira Braga provavelmente tinha participado das irregularidades.[22] O vice-cônsul

[21] Processo disciplinar, folha 24.

[22] Ele negou-o quando foi entrevistado pelo autor.

abriu-se pela primeira vez, no entanto, sobre as repetidas viagens que Sousa Mendes fez a Bordeaux, no que parece ter sido a última semana de junho e a primeira semana de julho. Sousa Mendes falou com Vieira Braga mais de uma vez e insistiu com ele para que fizesse tudo o que pudesse para "facilitar" a concessão de vistos.

Vieira Braga afirmou ao autor que continuou a seguir os regulamentos, mas admite um tipo de irregularidade. Descobriu que uma agência de viagens local estava disposta a emitir declarações de que o refugiado tal e tal tinha passagem marcada num barco que partia de Lisboa. Isso permitia ao vice-cônsul conceder vistos de acordo com os regulamentos, mesmo que as declarações fossem falsas.[23] Vieira Braga deu um visto não autorizado pelo menos a uma pessoa muito importante: o general francês Leclerc.

O modo como Vieira Braga concedeu os vistos ao poeta húngaro György Faludy e à esposa Vali poderia sugerir que o vice-cônsul traficava vistos. Cerca de vinte anos mais tarde Faludy descreveu no seu romance autobiográfico, *My Happy Days in Hell*, como tinham obtido os vistos. A descrição física que ele faz do "cônsul" não deixa dúvidas quanto à sua identidade:

> Nesse momento apareceu na varanda do consulado um homem ainda novo, atarracado, vestido de preto. Tinha uns ombros formidáveis, o peito largo, e as pernas eram tão compridas que parecia faltar-lhe a parte média do corpo. Era exatamente como um busto de bronze sobre duas pernas.
>
> "Eu sou o cônsul de Portugal", apresentou-se. "Lamento ter-vos deixado à espera, mas tinha de entrar em contato com o meu governo antes de passar tantos vistos. O meu governo aprovou, por isso voltem amanhã, todos, entreguem os vossos passaportes e duzentos e quarenta francos. Trabalharemos todo o dia de amanhã e no dia seguinte,

---

[23] Entrevista com Manoel Vieira Braga.

e à noite distribuiremos os passaportes com os vistos. Não se preocupem e não estejam impacientes. Portugal é um país pequeno mas tem um coração grande. Sereis todos admitidos sem exceção."

"Viva Portugal! Viva o cônsul! Viva Salazar!", gritavam as pessoas com toda a força.[24]

Faludy teve uma grande surpresa quando na manhã seguinte mostrou os vistos de trânsito portugueses no consulado espanhol: não estavam assinados. Ele e a mulher voltaram rapidamente ao consulado português, mas a porta estava fechada e um aviso dizia: "Fechado durante o verão. Para assuntos urgentes recorrer ao consulado de Portugal em Bordeaux."[25]

Faludy sentiu-se defraudado, com razão. É despensável dizer que a verdadeira taxa para um visto português era muito inferior a duzentos e quarenta francos, e Sousa Mendes não cobrou pelos vistos emitidos em Bayonne, que assinava sempre. Quanto a Faludy e à mulher, tiveram a sorte de obter passagem num barco para Casablanca. Faludy conseguiu escapar; à os seus livros tiveram pior destino, e mais tarde foram queimados pelos nazistas húngaros.

O próprio Sousa Mendes parece ter continuado a emitir vistos, embora seja um mistério como é que tinha esperanças de que fossem reconhecidos pelas autoridades espanholas. Numa ação talvez de maior eficácia, parece ter emitido passaportes portugueses a refugiados para os proteger depois da ocupação alemã.[26] Salazar descobriu os dois tipos de infração e despachou um telegrama

---

[24] Faludy, George. Trad. Kathleen Szasz. *My Happy Days in Hell*. New York: William Morrow, 1962, p. 83-84.

[25] George Faludy, *op. cit.*, p. 86.

[26] Carta de testemunho de Marguerite Rollin, nascida Galimir, ao Yad Vashem, 4 de março de 1966, cópia em apêndice a Mendes, *Flight through Hell*: "O meu falecido pai, Mosco Galimir [,] e eu própria estivemos entre os afortunados que obtiveram passaportes e permaneceram no consulado durante duas semanas".

para o consulado de Bordeaux em 1º de julho, lembrando a Sousa Mendes que estava proibido de emitir vistos ou passaportes a quem quer que fosse.[27]

Sousa Mendes continuou também a dar abrigo a refugiados na sua residência por trás dos escritórios do consulado. Vieira Braga contou nada menos de 19 refugiados instalados no número 14 do Quai Louis XVIII, quando assuntos consulares ali o levaram. O consulado tinha agora uma atração ainda maior para os refugiados: a imunidade diplomática. Quando Sousa Mendes voltou finalmente a Lisboa, deixou nada menos de doze pessoas na sua residência. Dez dessas pessoas eram trabalhadores imigrantes portugueses. Os outros dois eram refugiados judeus, chamados Mosco e Marguerite Galimir.

A história de como os Galimir foram parar no número 14 do Quai Louis XVIII é a única réstia de luz sobre as razões que levaram Sousa Mendes a permanecer na França depois de ter sido chamado. Mosco Galimir, de 68 anos, e sua filha Marguerite, de 35, foram apanhados em Biarritz quando os alemães ocuparam a cidade. Mosco Galimir era um judeu sefardita romeno que se instalara em Viena. Era um membro muito ativo e importante da comunidade sefardita daquela cidade. Viúvo, tinha abandonado Viena quatro anos antes, como protesto contra a lei antissemita. Com a filha, violinista, tinha ido viver em Paris. Como tantos outros, os Galimir fugiram para o sul na esperança de escapar dos nazistas. A ocupação de Bayonne e Biarritz despedaçou esse sonho.

A princípio os Galimir conseguiram não ser detectados, mas muito em breve se tornou evidente que corriam sério risco de ser confinados ou entregues aos alemães. Foi então que ouviram falar de um cônsul português em Bordeaux que dava abrigo a refugiados judeus.

---

[27] *Telegramas Expedidos*, consulado em Bordeaux, telegrama nº 2.132, 1º de julho de 1940.

Os Galimir permaneceram no consulado apenas duas semanas. Durante esse período, Sousa Mendes entregou a eles passaportes portugueses falsos. Graças aos passaportes, foram protegidos pelas autoridades francesas e não foram confinados nem deportados para os campos de concentração nazistas. Permaneceram na França até obter um visto americano, em maio do ano seguinte.

Segundo o testemunho de Marguerite Galimir, ela e o pai eram apenas dois "dos felizardos que obtiveram passaportes". Ela contou também ao autor que "todos os dias ao almoço chegavam telegramas do governo de Portugal" mandando Sousa Mendes regressar imediatamente a Lisboa.

Num telegrama a Salazar enviado a Lisboa na noite de 8 de julho, Sousa Mendes anunciava a sua chegada, apresentava os seus respeitos ao ditador português e perguntava quando poderia ser recebido.

11. Atravessar a Espanha até Portugal

A viagem de regresso a Portugal tinha sido tranquila. Isso deveu-se em parte ao trajeto escolhido por Sousa Mendes. Evitou cuidadosamente atravessar a fronteira em Vilar Formoso, ponto mais comum de entrada, e, em vez disso, utilizou a fronteira de Elvas, mais ao sul. Evitou assim uma confrontação tempestuosa com a polícia política portuguesa, que o esperava na outra fronteira. Pode ter sido também acompanhado por mais refugiados, o que em parte explicaria o trajeto escolhido.

Sousa Mendes fez bem em evitar a polícia política, que estava furiosa com ele. A despeito de todos os esforços do Ministério dos Negócios Estrangeiros, tinham conseguido entrar na Espanha milhares de refugiados com vistos de Sousa Mendes. Ao fim de um dia ou dois, na maioria dos casos, estavam em Portugal.

Embora as filas no exterior do consulado da Espanha e das prefeituras de polícia francesas em Bayonne e Bordeaux parecessem intermináveis, era relativamente fácil a qualquer pessoa com um visto português obter um visto de trânsito espanhol. Ou se esperava impacientemente na fila ou se recorria a outros expedientes.

Sempre engenhosa, Esther Bromberger decidiu que seria mais fácil obter o seu visto de trânsito espanhol na cidade de Dax. Ficou surpresa com o número de pessoas que esperavam à porta do consulado. Era tarde e o consulado estava fechando. Havia um guarda postado à porta, de braços e pernas abertos, de modo que ninguém pudesse entrar. Num abrir e fechar de olhos ela meteu-se por entre as pernas do guarda e subiu escadas acima. Uma empregada acolheu-a com um lacônico "Estamos fechados".

De repente o cônsul espanhol saiu do gabinete. "Não tem vergonha?", disse ele à empregada. "Esta mulher está lutando pela vida e pela família." E, depois, deu-lhe o visto.

Outros refugiados, como os Kruger, que obtiveram o visto de trânsito espanhol em Bayonne, descobriram que um suborno era a única maneira de apressar o processo burocrático. Havia milhares de pessoas à espera à porta do consulado espanhol e não tinha tempo a perder.

Pode suspeitar-se que muitos daqueles que obtiveram vistos de Sousa Mendes e foram admitidos na Espanha não vinham munidos de vistos de trânsito espanhóis. O visto português era suficiente para assegurar que o portador não ficaria na Espanha. Quanto à taxa do visto, podia facilmente ser cobrada pelas autoridades fronteiriças espanholas. Muitos refugiados simplesmente obtinham a autorização para atravessar a Espanha na fronteira de Irún. Tal foi o caso de Henri Chaim Wilensky, que recebeu desse modo o seu visto de trânsito em 22 de junho, dia em que foi assinado o armistício.[1]

Do mesmo modo, provavelmente muitos dos refugiados não tinham vistos de saída franceses. As autoridades fronteiriças francesas, no entanto, faziam vista grossa. Dois dos beneficiários de vistos

---

[1] Ao atravessar a fronteira no dia 22 de junho, Eugene Bagger achou os funcionários espanhóis de uma eficiência "prussiana". Era evidente que havia novos regulamentos mais severos. Os funcionários espanhóis não deixaram passar uma senhora belga que obtivera o visto em Bayonne (passado por Sousa Mendes?) porque não tinha o passaporte devidamente carimbado. Bagger, *For the Heathen Are Wrong*, p. 167-168.

de Sousa Mendes, Otto de Habsburgo e o ministro do Canadá em Bruxelas, Jean Désy, contaram histórias notavelmente parecidas acerca de um oficial e de um *capitaine de gendarmerie*, respectivamente, que os deixaram passar sem a devida autorização. Tratar-se-ia da mesma pessoa? O oficial que deixou passar o grupo dos Habsburgo em 19 de junho tinha ouvido o discurso de De Gaulle na BBC na noite anterior e já havia decidido juntar-se a eles em Londres. O *capitaine de gendarmerie* que arriscou a sua carreira pelo diplomata canadense disse-lhe, enquanto levantava a barreira para o ministro passar: "Eu lhe dou as costas; não o vejo partir, mas o invejo, porque o senhor, canadiano, continua a luta a que nós, franceses, temos de renunciar".[2]

Dois dias antes do início da ocupação alemã, as autoridades francesas aboliram totalmente a necessidade de vistos de saída. A decisão oficial tinha mais a ver com o desejo do regime de Pétain de se livrar de judeus e outros *fuyards* (desertores) do que com a continuação da luta.

Até 24 de junho as autoridades espanholas parecem ter deixado passar sem problemas os portadores de vistos de Sousa Mendes.

A enchente de refugiados na ponte internacional entre Hendaye e Irún só começou na noite de 19 de junho. Os Habsburgo chegaram à fronteira de manhã. Nem toda a gente que procurava sair da França tivera a precaução ou a sorte de obter um visto português, e havia cenas angustiantes no controle dos passaportes. As autoridades espanholas reservavam-se também o direito de proibir a entrada a quem quisessem, independentemente de ter ou não um visto de trânsito português. Mesmo quando tinham os necessários vistos, alguns, como Otto Eis e Friedrich Torberg, não se arriscavam. Descobriram que um velho truque que tinham

---

[2] Jean Désy, *Les sentiers de la culture* (Montréal: Fides, 1954), p. 21; entrevista com Otto de Habsburgo.

usado num cinema em Viena era igualmente eficaz para entrar na Espanha (e, depois, em Portugal). Eis tinha um problema na coluna vertebral que lhe permitia cair de costas sem se machucar. Os guardas de fronteira espanhóis (e mais tarde os seus equivalentes portugueses) deixaram entrar rapidamente Eis e aqueles que o ajudavam.[3]

Otto de Habsburgo testemunhou um caso que terminou de modo menos feliz.[4] Envolveu Nicolae Titelescu, antigo ministro dos Negócios Estrangeiros romeno. Curiosamente, Salazar tinha autorizado o visto de Titelescu em 17 de junho.[5] Conhecido apoiante do Tratado de Versalhes, que Hitler vituperava, Titelescu dificilmente seria bem-visto nos círculos nazistas. Quando as autoridades espanholas lhe recusaram a entrada, o antigo ministro caiu de joelhos e chorou. "*Ignoble*", pensou o jovem Habsburgo. "*C'est la fin.*" ["Ignóbil. É o fim."] Eugen Tillinger, que atravessou a fronteira no mesmo momento, ficou também impressionado com a cena.[6]

Os guardas fronteiriços deixaram passar os Habsburgo e com eles uns tantos austríacos. Alguns deles, segundo Habsburgo, eram comunistas que tinham combatido contra Franco nas Brigadas Internacionais. Ainda segundo a mesma fonte, foram autorizados a passar pela Espanha apenas porque Nicolás Franco, irmão do ditador, interveio a pedido de Habsburgo.[7]

Os Habsburgo viajavam incógnitos mas as suas identidades foram reveladas quando apresentaram os passaportes. A sua presença na Espanha foi comentada na imprensa espanhola e mundial. O mesmo aconteceu com a grã-duquesa Charlotte de Luxemburgo, cujo numeroso grupo atravessou a ponte nesse dia.

---

[3] Friedrich Torberg, *Die Erben der Tante Jolesch*, p. 210-211.

[4] Entrevista com Otto de Habsburgo.

[5] *Telegramas Expedidos*, ao consulado em Bayonne, telegrama nº 1.819.

[6] Tillinger, "Die Brücke von Hendaye", *Aufbau*, 30 de agosto de 1945, p. 2.

[7] Entrevista com Otto de Habsburgo.

O grupo de De Vleeschauwer, incluindo Isabel, a filha de Sousa Mendes, o seu marido, Jules D'Août, e o filho de 2 anos, Manuel, alcançaram a fronteira ao entardecer, algumas horas antes da primeira torrente de refugiados. O cortejo era impressionante: uma dúzia de caminhões selados transportando os arquivos do Ministério das Colônias, bem como um caminhão e dois automóveis com nada menos de 19 passageiros. Na fronteira, De Vleeschauwer pediu a Jules D'Août que tomasse a dianteira da coluna para lhes indicar o caminho para a residência de Sousa Mendes em Cabanas de Viriato.

Tanto De Vleeschauwer como a grã-duquesa sabiam que os vistos que Sousa Mendes lhes passara não tinham sido autorizados pelo regime de Salazar. A prova disso é que, quando chegaram a San Sebastián, pediram formalmente autorização para entrar em Portugal. O primeiro a fazê-lo foi De Vleeschauwer. Em 20 de junho, Teotônio Pereira comunicou por telegrama a Salazar o pedido do embaixador da Bélgica de que fossem autorizados a entrar em Portugal o ministro belga das Colônias e cerca de dez caminhões selados contendo os arquivos do Ministério. Teotônio Pereira indicava que De Vleeschauwer se encontrava já em San Sebastián e devia chegar a Vilar Formoso na tarde do dia seguinte.[8] Teotônio Pereira provavelmente sabia que De Vleeschauwer tinha entrado na Espanha com vistos não autorizados de Sousa Mendes. Não se sabe se Salazar deu a Teotônio Pereira a autorização pedida. Ou o fez ou essa autorização revelou-se desnecessária, visto que as autoridades espanholas em Fuentes de Oñoro, ante Vilar Formoso, não permitiam o regresso de refugiados com vistos portugueses.

A embaixada de Portugal em Madri enviou um telegrama a Salazar no dia seguinte, 21 de junho, com um pedido similar do

---

[8] *Telegramas Recebidos*, da embaixada em Madri, telegrama nº 3.839, 21 de junho de 1940.

embaixador da Bélgica, desta vez para a grã-duquesa e o seu séquito.[9] Salazar tinha as mãos atadas: como podia ele dizer que não sem criar problemas com as autoridades espanholas? De Vleeschauwer entrou em Portugal em 22 de junho. Os Habsburgo chegaram no mesmo dia e a grã-duquesa dois dias depois.

Os três grupos tinham feito a jornada em um tempo relativamente bom, a despeito das paradas. Os refugiados que vieram depois e viajavam de carro acharam a viagem muito mais árdua e demorada. Por exemplo, o grupo que viajava com o diretor do HIAS, Tropper, foi obrigado a passar a noite de 19 de junho no automóvel, tal como os passageiros de centenas de outros carros.[10] Tropper descreve a travessia da Espanha do seguinte modo:

> Fomos autorizados a atravessar a Espanha apenas por um certo número de estradas prescritas, passando por certas vilas e cidades claramente indicadas, sem quaisquer desvios. Estávamos limitados a uma permanência de 48 horas no país.[11]

De qualquer modo, levaram quatro dias para chegar à fronteira portuguesa.

No entanto, 48 horas eram suficientes para a maioria dos refugiados, que viajavam de trem. Como os seus vistos de trânsito espanhóis claramente indicavam, não tinham o direito de parar na Espanha.[12] Famílias de refugiados como os Kruger, os

---

[9] *Telegramas Recebidos*, da embaixada em Madri, telegrama nº 3.872, 22 de junho de 1940.

[10] Morris C. Tropper, "Report", 8 de julho de 1940, p. 11.

[11] *Ib.*

[12] "No Comando Militar marcaram nos nossos passaportes um itinerário: Burgos-Valladolid-Salamanca-fronteira portuguesa; tínhamos de o seguir ou arriscávamo-nos a ser presos." Eugene Bagger, *For the Heathen Are Wrong*, p. 168.

Spett e os Bromberger contam terem sido rapidamente despachadas através da Espanha. Isso talvez tenha sido bom, visto que naquele país grassava um antissemitismo oficial, em especial no Ministério do Interior, que controlava a polícia e os campos de detenção.[13]

Isso não quer dizer que os próprios espanhóis fossem incapazes de atos de solidariedade para com os refugiados judeus. Esther Bromberger, por exemplo, nunca havia de esquecer a mulher encarregada de revistá-la na fronteira de Irún. Esther tinha costurado vários diamantes pequenos no casaco de Lucien, de 4 anos, e tinha um no lenço que segurava na mão. A mulher que fazia a revista desfez-se subitamente em lágrimas. "Oh, passe", disse ela a Esther, "não quero revistá-la. Eu sei o que é ser infeliz. Estive no cerco de Madri." A mulher tinha um cesto com comida e ofereceu alguma ao pequeno Lucien.

Otto de Habsburgo ficou com a impressão de que muito poucos refugiados foram detidos pelas autoridades espanholas. Isso aconteceu mesmo no caso dos inúmeros austríacos, muitos dos quais estavam politicamente marcados. Como Habsburgo afirma, talvez poucos refugiados tenham sido realmente detidos, mas alguns certamente o foram. Habsburgo atravessou a fronteira franco-espanhola ao mesmo tempo que Friedrich Torberg, Oskar Karlweis e Otto Eis. Torberg relata como Franz Dorn, um antifascista e desertor católico alemão, que também viajava com o seu grupo, foi preso pela Guardia Civil e enviado para o tristemente célebre campo de concentração de Miranda del Ebro. Habsburgo pediu ao núncio papal em Madri, monsenhor

---

[13] O Dr. Augusto d'Esaguy, médico e destacado membro da comunidade judaica de Lisboa, preparou um relatório altamente confidencial para o HICEM (HIAS-JCA Emigration Association) em Paris sobre o crescente antissemitismo oficial na Espanha e no Marrocos espanhol. O relatório tem a data de 5 de abril de 1940. YIVO Archives, New York, Series I, File XII, Spain.

Cicognani, que interviesse em favor de Dorn, que assim conseguiu chegar a Lisboa.[14]

Embora aliviados por saírem da França, a viagem dos refugiados através da Espanha era tudo menos uma viagem de recreio. A estação ferroviária de Irún estava crivada de balas, e havia ruínas por toda a parte.[15] Ainda se recuperando de uma devastadora guerra civil, a Espanha parecia a refugiados como Jan Lustig um país de pobreza, de escravatura econômica e de pequena criminalidade insensata. Roubaram de sua mulher o casaco e a muda de roupas. Quase lhe roubaram também o dinheiro. Em todas as estações em que o trem parava, "silhuetas esfarrapadas" e crianças pálidas e descalças vinham mendigar. Havia pouco que comer e não havia cigarros. Os Lustig passaram a noite no corredor de um trem frio, incrivelmente sujo, sem luz, sem nada para comer nem beber.

Tais condições não contribuíam para a boa disposição dos refugiados. Trude Kanitz decidiu descarregar a sua irritação sobre os refugiados franceses que iam no comboio, acusando-os, em alemão ordinário, de tudo o que tinha acontecido.[16] Lustig observava os refugiados franceses com um sentimento de ironia:

> Pela primeira vez na vida, os franceses entre nós são emigrantes, a espumar de raiva, a insistir em que é um escândalo serem prisioneiros. Pobre gente! Ainda não sabem o que é ser apátrida. Na França achavam perfeitamente justo prender velhos de 65 anos porque tinham fugido de Hitler e não tinham pátria. Temos pena dos franceses. Estão tão malpreparados, e o seu destino afeta-os mais do que a nós. A emigração tem de ser aprendida. Para nós é a segunda

[14] Frank Tichy, *Friedrich Torberg*, p. 102-103.

[15] Friedrich Torberg, *Eine tolle, tolle Zeit*, p. 113.

[16] Jan Lustig, *Ein Rosenkranz von Glücksfällen. Protokoll einer Flucht*, p. 63.

vez, para outros a terceira ou a quarta. Os franceses arengam e vociferam no comboio sombrio. Invocam o direito internacional como se ele ainda existisse.[17]

Lustig revela a identidade de apenas dois refugiados franceses que se encontravam no Sud Express: o cineasta Henri Diamant-Berger e o negociante de arte Paul Rosenberg, que podem ambos ter recebido vistos de Sousa Mendes.[18] Ao contrário dos seus compatriotas, Rosenberg dava pouca importância ao que estava acontecendo. Assegurava a Lustig que dentro de poucas semanas tudo estaria acabado e poderiam voltar para casa. De qualquer modo, tinha passado os meses anteriores na região de Bordeaux escondendo a sua considerável coleção de arte. O seu otimismo não poderia ser mais incongruente. Paul Rosenberg passaria o tempo da guerra nos Estados Unidos e os nazistas descobririam e confiscariam as suas pinturas de inestimável valor.[19] O que Henri Diamant-Berger pensava sobre o que estava acontecendo dentro daquele trem e na França, Lustig não o diz, mas o realizador e produtor pioneiro também não regressaria a casa tão cedo.

Uma surpresa esperava os refugiados ao chegar à localidade fronteiriça portuguesa de Vilar Formoso, na última semana de junho. Todos os passageiros deviam descer do trem para controle dos passaportes. Lisboa estava transbordando de refugiados e, salvo casos excepcionais, a polícia política não admitia refugiados na capital a menos que fosse para tomar um barco ou um avião.

---

[17] *Ib.*, p. 65.

[18] *Ib.*, p. 63.

[19] Hector Feliciano. *The Lost Museum* (New York: Basic Books, 1997), p. 52-74 sobre Rosenberg, p. 65-66 por esconder pinturas; apreender pinturas, p. 74; Lynn H. Nicholas. *The Rape of Europa* (New York: Knopf, 1994), p. 91, p. 129; Anja Heuss. *Kunst-und Kulturgutraub* (Heidelberg: Universitätsverlag C. Winter, 2000).

Os outros refugiados tinham simplesmente de esperar em Vilar Formoso até chegarem instruções do Ministério dos Negócios Estrangeiros.

Lucie Matuzewitz descreve o que aconteceu: "Os comboios sucediam-se e em breve [...]. [Vilar Formoso] foi simplesmente invadida por milhares de refugiados".[20] A imprensa nacional, fortemente censurada, manteve silêncio sobre a dimensão do problema na fronteira, mas escapavam algumas informações na imprensa regional. *O Despertar*, bissemanário publicado na cidade de Coimbra, enviou um repórter ao local, e em 26 de junho informava os leitores de que Vilar Formoso, localidade com instalações hoteleiras para 40 pessoas e alojamento no máximo para 200, tinha sido invadida por uma avalanche de "alguns milhares" de refugiados ingleses, belgas, americanos, poloneses, holandeses e franceses. Ilja Dijour, da agência de imigração judaica HIAS, que, com a sua mulher Esther, recebeu um visto de Sousa Mendes, falou mais tarde de 10 mil refugiados judeus que foram assim autorizados a entrar em Portugal.[21] Tropper, diretor do HIAS, que chegou a Vilar Formoso em 24 de junho, descreve a cena desta forma:

> A situação na fronteira era um pandemônio. Milhares de pessoas, incluindo mulheres e crianças, dormiam no chão de cimento da estação. Era impossível obter comida, e nós tivemos muita sorte em arranjar alguma coisa da cantina dirigida pelo British Emergency Corp [sic].[22]

Embora os seus documentos estivessem em perfeita ordem, Tropper precisou de trinta horas para obter a necessária autorização

[20] Matuzewitz, *Le cactus et l'ombrelle*, p. 236.

[21] Carta de Dijour a Robert Magidoff, 19 de maio de 1960. Reproduzida em apêndice à edição de 1968 de *Flight through Hell*.

[22] Tropper, "Report", 8 de julho de 1940, p. 12.

para continuar para Lisboa.[23] A maior parte dos refugiados que se encontravam em Vilar Formoso não tivera a mesma sorte de Tropper.[24]

Jan Lustig e o seu grupo contavam-se entre os que chegaram de trem a Vilar Formoso no princípio da tarde de 24 de junho. As portas permaneceram fechadas e ninguém foi autorizado a sair dos vagões. Pelas janelas do trem os refugiados conseguiram recolher toda a espécie de informações contraditórias: seriam mandados de volta para França ou seriam metidos em campos de concentração portugueses. Depois de passarem uma noite sem dormir no corredor do veículo, sem luz, sem nada para comer nem beber, os refugiados foram finalmente autorizados a sair do trem na manhã de 25 de junho. A maioria deles deitou-se no cais da estação, tentando dormir um pouco.[25]

As instruções do Ministério dos Negócios Estrangeiros que as autoridades fronteiriças portuguesas aguardavam foram anunciadas pelo capitão Agostinho Lourenço, diretor da polícia política portuguesa. Segundo as palavras do próprio Agostinho Lourenço, ele e um assistente foram enviados de Lisboa pelo ditador Salazar "a fim de orientar a entrada de refugiados [...]".[26] Como vimos, Sousa Mendes já mais de uma vez tinha eriçado as penas do diretor da polícia política. A irritação de Agostinho Lourenço transformou-se em fúria quando descobriu, como ele próprio disse, "que a maioria dos estrangeiros" que desejavam entrar em Portugal tinha vistos passados pelo cônsul em Bordeaux.[27]

Agostinho Lourenço ficou furioso com o fato de que entre esses refugiados "se encontravam bastantes de nacionalidades a quem,

---

23 *Ib.*, p. 11.

24 Ver também Eugene Bagger, *For the Heathen Are Wrong*, p. 181-185.

25 Jan Lustig, *op. cit.*, p. 64-65.

26 Testemunho, processo disciplinar, folha 36.

27 *Ib.*

por determinação do Ministério dos Negócios Estrangeiros, estava interdita a concessão de qualquer visto [...]".[28] Era a maneira eufemística de Agostinho Lourenço se referir aos judeus poloneses, austríacos, alemães e checos.

Enfureceu particularmente o diretor da polícia política o fato de que muitos dos papéis em que os vistos estavam carimbados "nem sequer passaportes eram [...]". "[Simples] papéis de identidade, válidos para as autoridades locais, serviram ao senhor cônsul em Bordeaux como documentos adequados o suficiente para viajar."[29] Agostinho Lourenço nem sequer se preocupou em disfarçar o seu sarcasmo.

O primeiro pensamento do chefe da polícia foi naturalmente mandar essas pessoas de volta, mas as autoridades espanholas não consentiam. Insistiam em que os vistos fossem respeitados. A polícia política tinha as mãos atadas. Os refugiados teriam de ser confinados em Portugal, como dizia Agostinho Lourenço.[30]

Contudo, não seria possível criar campos de concentração para refugiados como o tinham feito os franceses e os espanhóis. Ao contrário da Espanha, Portugal não tinha campos de presos políticos que pudessem ser facilmente transformados para esse fim. Além disso, como podia Portugal, supostamente neutro, internar pessoas consideradas favoráveis à causa dos Aliados? A Grã-Bretanha certamente protestaria, a neutralidade portuguesa seria posta em jogo, dando assim armas aos adversários de Salazar. Além do mais, a experiência francesa com os campos de refugiados para espanhóis tinha mostrado como podiam ser politicamente explosivos e financeiramente dispendiosos. Tinham também tendência para eternizar uma situação indesejável. Não, seria do interesse do Estado encorajar esses visitantes indesejados a seguirem os seus caminhos o mais depressa possível.

28 *Ib.*, folha 36, verso.

29 *Ib.*

30 *Ib.*

Entretanto, organizações internacionais como o HIAS e os próprios refugiados podiam pagar os custos da sua estada em Portugal.

Mas onde ficariam eles? Os hotéis de Lisboa já estavam cheios e não era muito melhor a situação nas outras principais cidades, como Porto e Coimbra. Paradoxalmente, as autoridades portuguesas não estavam despreparadas para um súbito afluxo de visitantes nesse verão, mas aqueles não eram, de modo algum, os visitantes que elas esperavam. O Secretariado da Propaganda Nacional tinha organizado uma grande Exposição do Mundo Português, de caráter imperialista, e esperava que atraísse visitantes de todo o mundo. Tinham sido enviados convites a intelectuais franceses como Charles Oulmont e Jacques de Lacretelle, da Academia Francesa, que o Secretariado da Propaganda Nacional sentia que podiam dar certa legitimidade ao regime de Salazar pelos seus irresponsáveis comentários à imprensa. O sonho de inúmeros turistas tinha, no entanto, sido desfeito pelo súbito rebentar da guerra.

Felizmente, as instalações ainda lá estavam para receber os refugiados, nas estâncias de veraneio onde os ricos turistas estrangeiros e os portugueses com dinheiro para isso passavam as suas férias. Perto de Lisboa, havia a Costa de Caparica, Sintra, Estoril e Cascais. Espalhadas pelo país havia outras estâncias balneárias e de férias como Ericeira,[31] Caldas da Rainha, Foz do Arelho,[32] Figueira da

---

[31] Irene Pimentel fala de 1.500 refugiados poloneses em Portugal entre junho de 1940 e janeiro de 1941. Quase todos esses refugiados provavelmente tinham recebido vistos de Sousa Mendes. *Judeus em Portugal durante a II Guerra Mundial*, p. 199.

[32] Otto de Habsburgo, que visitou Caldas da Rainha e Foz do Arelho, fala de muito mais de mil refugiados austríacos só nessa região. Segundo ele, 3.000 refugiados austríacos receberam vistos para a República Dominicana e 1.500 para Cuba. Carta de Otto de Habsburgo ao autor, 29 de abril de 2004, p. 1. Dois dos refugiados que receberam vistos para Cuba eram Jacques Oesterreicher e a sua mulher, Kaethe Oesterreicher-Feldmar. Segundo o Livro de Registros, Jacques e Kaethe receberam os vistos n°s 816 e 817, respectivamente, em 17 de maio de 1940. Estiveram em Figueira da Foz e emigraram primeiro para Cuba, em janeiro de 1941, e depois para os EUA. Ver o *website* da família criado por Harry

Foz, Buçaco e Curia.[33] Aparentemente, quem teve a ideia de manter os refugiados naquelas localidades foi Augusto d'Esaguy, o diretor da Comissão de Apoio aos Refugiados (Comassis) da Comunidade Israelita de Lisboa.[34] Agostinho Lourenço visitou pessoalmente ou enviou agentes a esses lugares para ter uma ideia aproximada de quantos refugiados podiam acomodar. Os visitantes indesejados eram depois enviados para uma ou outra dessas localidades.[35]

Agostinho Lourenço parece ter tentado alguma segregação segundo as nacionalidades. Os belgas foram dirigidos para Figueira da Foz, os austríacos para Caldas da Rainha e Foz do Arelho e os poloneses para Ericeira. Mas, com o correr do tempo, o lugar para onde cada um ia parece ter dependido mais das instalações existentes do que das nacionalidades. Caldas da Rainha, por exemplo, receberam não apenas austríacos mas também ingleses, franceses, belgas, holandeses, luxemburgueses, poloneses, checos e até romenos. O jornal *O Figueirense*, bissemanário publicado em Figueira da Foz, falava de refugiados poloneses, checos, holandeses e franceses, além de belgas. Havia também austríacos. Refugiados influentes, como o rabino Kruger ou o homem de negócios Joseph Matuzewitz, foram autorizados a seguir para cidades como Lisboa ou Coimbra. Os ricos lá descobriram o modo de irem para o Estoril.

Oesterreicher, neto de Jacques Oesterreicher, www.cs.technion.ac.il/~janos/FAM-TREE-04/hermine.html.

[33] Friedrich Torberg ficou com residência fixa na Curia, com os refugiados checos e poloneses do seu trem. Torberg ficou com a impressão de que esses refugiados eram os menos desejados pelas autoridades portuguesas. Isso se devia sem dúvida à sua qualidade de apátridas. Friedrich Torberg, *Eine tolle, tolle Zeit*, p. 123.

[34] Pimentel, *Judeus em Portugal durante a II Guerra Mundial*, p. 128.

[35] Irene Pimentel sugere que aos refugiados que receberam vistos de Sousa Mendes foi fixada residência naquelas localidades. Esse foi realmente o caso de muitos deles, mas outros prosseguiram para Lisboa ou outras cidades, como o Porto. Pimentel, *Judeus em Portugal durante a II Guerra Mundial*, p. 130.

Alguns refugiados, como os Spett, ficaram apenas pouco tempo na estância de férias a que foram destinados (a Curia, no caso dos Spett), tendo obtido depois autorização para se transferirem para o Porto, onde havia um consulado americano. A maioria, contudo, permaneceu meses, e em alguns casos mais de um ano, nas cidades e aldeias para onde haviam sido enviados, à espera de vistos para outros continentes.

Depois de terem chegado aos destinos que lhes eram atribuídos, os refugiados encontravam alojamento não apenas nos hotéis e pensões locais mas também, e principalmente, nas casas dos portugueses comuns. Eram a curiosidade e a piedade, tanto como o desejo de algum ganho, que levavam os cidadãos desta nação atrasada e pobre a receber aquelas pessoas que, mesmo na sua aflição, pareciam em muito melhor situação material do que a maioria deles. Isso não quer dizer que alguns dos refugiados não fossem necessitados.[36] Também estes foram recebidos por portugueses hospitaleiros e de bom coração. Por toda a parte os refugiados foram calorosamente recebidos pelas populações locais.

O único constrangimento que os recém-chegados sentiam era a obrigação, imposta por um representante especial da polícia política, de permanecer no lugar a que tinham sido destinados. Mas mesmo isso não era um obstáculo insuperável, e podia obter-se com relativa facilidade um passe especial de viagem, principalmente se fosse para uma viagem a Lisboa ou ao Porto para tratar de um visto para outros continentes ou de um bilhete de barco.

A imprensa portuguesa noticiara a situação difícil dos refugiados europeus. O principal jornal de Lisboa, o *Diário de Notícias*,

---

[36] O correspondente do *New York Times*, James Reston, informou que 1.500 refugiados tinham entrado em Portugal sem nada além da roupa que traziam vestida. Citado por Irene Pimentel, *Judeus em Portugal durante a II Guerra Mundial*, p. 118.

publicara mesmo dois artigos de primeira página sobre os refugiados belgas e a sua fuga para a França. A autora, a escritora francesa Susanne Chantal, era ela própria uma refugiada que procurou abrigo em Portugal. Os jornais da capital limitavam-se, no entanto, a assinalar a chegada de celebridades e notáveis, a começar pela chegada do ator americano Robert Montgomery em 16 de junho.[37] Em 23 de junho, o *Diário de Notícias* assinalava a presença em Lisboa dos Habsburgo. A mesma fonte revelava que o antigo primeiro-ministro belga Van Zeeland e o ministro canadense Jean Désy estavam no Estoril. Em 25 de junho, o *Diário de Notícias* anunciava a presença em Portugal da grã-duquesa de Luxemburgo.[38] No dia seguinte, aquele jornal revelava mesmo que a grã-duquesa estava alojada na casa do rico banqueiro português Manuel do Espírito Santo Silva, em Cascais. A espionagem alemã deve ter apreciado essa indicação.[39] As fugazes referências à realeza, aos diplomatas e a um ou outro jornalista ou banqueiro na imprensa de Lisboa e do Porto não davam ideia do grande afluxo de refugiados a Portugal. Os jornais falavam de muitos refugiados, mas estavam obviamente proibidos de ser mais precisos.

O afluxo de refugiados a Portugal não deixou, no entanto, de ser noticiado na imprensa internacional. Em 28 de julho, por exemplo, o *New York Times* noticiava que as instalações hoteleiras de Lisboa estavam "cheias até quase o limite" e que "2.000 a 3.000 pessoas à espera de documentos de viagem, vistos, dinheiro ou parentes" estavam sendo

---

[37] *Diário de Notícias*, 17 de junho de 1940, p. 1.

[38] Segundo Haag et Krier, *La grande-duchesse et son gouvernement*, p. 80, ela entrou em Portugal em 24 de junho.

[39] O ministro alemão em Lisboa, Huene, telegrafou ao seu Ministério dos Negócios Estrangeiros, em 8 de julho, sobre a presença da grã-duquesa em Lisboa. *Documents on German Foreign Policy, 1918-1945*, Series D, Volume X, The War Years, June 23-August 31, 1940 (London: Her Majesty's Stationery Office, 1957), p. 167, telegrama nº 138.

"alojadas em vilas e cidades perto de Lisboa". Segundo o mesmo artigo, "várias centenas" de refugiados estavam em Setúbal; outros em Figueira da Foz, Coimbra, Sintra, Estoril e Monte Estoril.[40]

A imprensa regional portuguesa – que, como vimos, por vezes gozava de maior liberdade sobre esta matéria por parte da censura – dava daquilo que estava acontecendo um quadro mais claro do que os jornais de Lisboa e do Porto. Um jornal salazarista como a *Gazeta das Caldas*, de Caldas da Rainha, conseguiu manter um estranho silêncio sobre o caso dos refugiados (a menos que fosse para fazer um pouco de propaganda salazarista), mas até ele falou de milhares de refugiados em Portugal.[41]

Outro jornal regional, *O Figueirense*, dedicou um espaço considerável aos refugiados que se encontravam naquela popular localidade balneária. A cobertura começou com um artigo de primeira página em 26 de junho sobre a chegada de trem de "85 refugiados da guerra, de diversas nacionalidades". Uma semana depois, o número tinha subido para várias centenas. *O Figueirense* festejava as celebridades que entre eles se encontravam: Hugo Haas, Marie Bibikoffová, Jan Lustig, Eugen Tillinger, Trude Kanitz, Witold Malcuzynski, Colette Gaveau,[42] Eric

---

[40] "Portugal Holding Delicate Position", por Alva E. Gaymon, datado de "15 de julho", *New York Times*, 28 de julho de 1940.

[41] Num editorial de primeira página da sua edição de 1º de julho de 1940.

[42] Tanto Malcuzynski como Gaveau provavelmente receberam vistos de Sousa Mendes. Malcuzynski fizera parte do exército polonês na França. Em Portugal conheceu o chefe de orquestra polonês Grzegorz Fitelberg, que, com a sua mulher, Zofia Reicherowsna, tinha estado em Biarritz. Com toda a probabilidade, ambos receberam vistos de Sousa Mendes. Fitelberg entrou em Portugal em 25 de junho. Fitelberg ofereceu a Malcuzynski uma digressão de concertos na América Latina, e este partiu para a Argentina em outubro de 1940. Iwona Bias e Lilianna M. Moll, *Grzegory Fitelberg. Kalendarium Zycia i Twóczo'sci* (Katowice, 1983), p. 57. Bernard Gavoty, *Malcuzynski* (Genève: Éditions René Kister, 1957).

Springer (diretor da orquestra de Praga, segundo o jornal), Horvath (o ministro da Polônia em Kovno, Lituânia), Sworakowski (o conselheiro da legação da Polônia em Paris), Suzy Jordan (uma bailarina do Scala de Milão) "e muitas outras personalidades de representação nas artes, nas finanças etc.".

Nem todas as celebridades tinham o desejo de dar a conhecer as suas dificuldades. O ator francês Marcel Dalio, por exemplo, preferia manter uma presença discreta, embora a sua esposa adolescente claramente preferisse a notoriedade. Sabemos pelo diário de Jan Lustig que o casal, cujo casamento recente já estava se desfazendo, esteve em Figueira da Foz. Lustig descreve com alguma maldade uma cena que presenciou e que envolveu o casal. Com um exagero considerável, Dalio, de muito mau humor, chama a Figueira da Foz um campo de concentração. Lustig descreve Dalio como "baixo, muito judeu" e a mulher como "uma peça de exibição", "uma modelo, uma ariana loura, de longas pernas, três cabeças mais alta do que ele". Dalio a tinha coberto de joias e agora precisava vender uma delas. "A querida Madeleine se zanga. Chama-o de judeu. Quer voltar para a França", assinala Lustig, sardônico. "A emigração não é divertida."[43]

Por outro lado, ter ficado na França não teria sido muito agradável para Dalio. Ele ficou sabendo disso muito bem quando encontrou o jornalista e escritor francês Joseph Kessel e o chefe deste, Pierre Lazareff, num bar da avenida da Liberdade, em Lisboa. Lazareff contou ao ator ter sabido que havia cartazes com o rosto de Dalio afixados em Paris. A propaganda nazista tinha-o escolhido como o protótipo do inimigo judeu. A reação de Dalio? Nunca ele tinha imaginado que um dia as paredes da sua cidade haviam de proclamar que "Marcel Blauschild era responsável

---

[43] Jan Lustig, *Ein Rosenkranz von Glücksfällen. Protokoll einer Flucht*, p. 69-70.

pelo declínio do Ocidente".[44] Marcel Dalio provavelmente nunca tomou conhecimento disso, mas devia a vida a um simples visto português.

O que *O Figueirense* não mencionava era que o número de refugiados políticos em Figueira da Foz atingia duas ou três centenas. A maior parte, se não todos, provavelmente tinha recebido os seus vistos de Sousa Mendes. Eram principalmente judeus austríacos e checos e, como os mais famosos membros do grupo (Hugo Haas, a sua mulher, Princesa Bibikoff, e Eugène Tillinger), tinham vivido em Paris. Com a abundância de celebridades, *O Figueirense* deixou naturalmente escapar algumas. Tal foi o caso de Gisèle Quittner Allotini. É claro que o periódico não se referiu diretamente aos refugiados menos conhecidos que também receberam vistos de Sousa Mendes. Entre eles estavam os Bromberger, os Wilensky, os Feingold e os Steinberg.

Nenhum jornal noticiou a chegada a Vilar Formoso, em 27 de junho, de Bernardino Machado e de certo número de outros refugiados políticos portugueses anistiados.[45] Depressa souberam o valor da palavra de Salazar. Cinco deles, incluindo o distinto escritor português Jaime Cortesão e sua filha, foram imediatamente presos pela polícia política.[46]

Bernardino Machado ficou furioso e enviou um telegrama a Salazar. O seu apelo teve pouco efeito. Os cinco presos foram transferidos primeiro para Lisboa e depois para várias prisões.

Depois de ter chegado à capital portuguesa, em 29 de junho, o próprio Bernardino Machado foi notificado para abandonar a capital dentro de 24 horas. O antigo presidente, de 79 anos de idade, foi levado para uma residência fixa no norte de Portugal.[47]

---

[44] Marcel Dalio, *op. cit.*, p. 147.

[45] Cortesão, *13 Cartas*, p. 86.

[46] *Ib.*

[47] *Ib.*, p. 87.

Em 9 de agosto, deram a Jaime Cortesão trinta dias para deixar o país.[48] Ele escolheu o Brasil como lugar de exílio.

Com exceção de uma breve notícia que apareceu pela primeira vez no *Diário da Manhã*,[49] jornal oficioso do regime, os jornais portugueses não foram autorizados a emitir uma palavra sobre tudo isso. A notícia dizia que Bernardino Machado, a filha e a neta tinham regressado da França à sua casa no norte de Portugal.

No entanto, o regime não pôde impedir que o português médio saudasse a figura republicana que regressava. Ao longo de todo o trajeto do trem de Lisboa até a sua terra natal, Paredes de Coura, houve manifestações públicas de apoio a esse símbolo da democracia portuguesa. As pessoas faziam fila ao longo do percurso, oferecendo pão e fruta como dádivas de boas-vindas.[50] A imprensa manteve silêncio absoluto sobre tudo isso.

O Despertar, de Coimbra, que tinha enviado um repórter a Vilar Formoso, continuava a fornecer informação mais pormenorizada sobre os refugiados que tinham entrado em Portugal do que os jornais de Lisboa, mais estritamente censurados. A edição de 27 de junho falava de uma "caravana interminável de automóveis" nas principais estradas na província da Beira Alta. O jornal falava, sem entrar em pormenores, de cantinas e de um "acampamento modelar" montado presumivelmente por embaixadas e legações (inglesa, francesa e belga?) para os seus nacionais.

No dia seguinte, *O Despertar* noticiava que os hotéis na "Guarda, em Viseu e Celorico etc." estavam cheios mas que a ninguém era recusado abrigo ou comida em casas particulares, mesmo que não pudesse pagar. Havia pouca especulação com relação aos preços.

---

48 *Ib.*, p. 88.

49 *Ib.*, p. 87.

50 Jaime Cortesão, in *Bernardino Machado*, A. H. de Oliveira Marques (Lisboa: Edições Montanha, 1978), p. 280.

"Quase nada vale o franco", comentava *O Despertar*, "mas vale muito a dor dos sem-pátria."

Para os portugueses pobres da Beira Alta, que não estavam habituados a ver turistas na sua região, praticamente todos os refugiados pareciam milionários. "Foram todos, ou quase todos, milionários na sua terra", dizia *O Despertar*, "e ainda hoje podem considerar-se ricos porque, quando não possuem escudos, possuem joias." O fato de pretensamente todos os refugiados serem ricos não significava que não inspirassem piedade à maioria dos portugueses. "Acompanha-os, porém", assinalava *O Despertar*, "o luto, o desespero e a incerteza do dia de amanhã." O jornal apelava a todos os seus leitores para que ajudassem aquelas "vítimas inocentes de uma guerra impiedosa".

O Despertar noticiava, em 29 de junho, que no dia anterior tinha continuado a chegada de "grande número de refugiados". Esses infelizes eram "de várias nacionalidades", em especial belgas. Mas o número de refugiados que chegava à cidade tinha diminuído, visto que as autoridades em Vilar Formoso estavam, segundo o jornal, "conduzindo os foragidos para o norte do país – Porto e Braga".

Depois de fornecer aos seus leitores toda essa informação, *O Despertar* caiu num quase completo silêncio sobre o tema dos refugiados. Obviamente o regime salazarista impusera a sua censura.

Conduzido por Jules D'Aoû̂t, o grupo de De Vleeschauwer chegou a Cabanas de Viriato no dia 22 de junho ou por volta dessa data. Mas ainda mais duas semanas se passariam antes de Sousa Mendes chegar a Lisboa para enfrentar o processo disciplinar.

12. Carreira, adversários e acusações[1]

O primeiro passo dado por Sousa Mendes à sua chegada a Lisboa fora pedir uma audiência ao ditador português. O pedido foi recusado. Salazar não estava com disposição para ouvi-lo.

Sousa Mendes ganhara um inimigo de grande prestígio. O cônsul-geral conhecia bem o seu adversário – o homem, não o mito – mas esperara, apesar de tudo, persuadir Salazar a ouvi-lo. Sousa Mendes subestimara a obstinação do seu adversário.

Antônio de Oliveira Salazar[2] nasceu na pequena aldeia de Vimieiro, na Beira Alta, não muito longe de Cabanas de Viriato, terra natal de Sousa Mendes. Embora fossem da mesma região, os dois homens tinham antecedentes e personalidades muito diferentes. Enquanto Sousa Mendes, filho de um importante juiz e descendente do visconde de Midões, nascera privilegiado, as origens de Salazar eram mais humildes. O pai, cujos antepassados eram pequenos comerciantes, agricultores e feitores, administrava uma propriedade de uma família rica. A propaganda oficial retratava

---

[1] Para um estudo mais pormenorizado e técnico do processo disciplinar de Sousa Mendes, ver o livro *Injustiça*, do autor.

[2] Durante longos anos, a única biografia completa de Salazar é a do seu hagiógrafo e em tempos ministro dos Negócios Estrangeiros, Franco Nogueira. *Salazar*, 6 v. (Porto: Livraria Civilização Editora, 1977, 1977, 1978, 1980, 1984, 1985).

sempre o ditador português como filho de modestos camponeses, mas a verdade é que os pais viviam relativamente bem, em especial se considerarmos a extrema pobreza e o atraso da região em que viviam. A mãe de Salazar contribuía para o rendimento familiar aceitando hóspedes e mantendo uma espécie de cantina. O marido servia de agente imobiliário e fez com êxito alguma especulação com terrenos em proveito próprio. Desse modo, os pais de Salazar puderam criar as quatro filhas e o filho sem grandes privações. Conseguiram mesmo pagar instrução particular para Salazar.

A infância de Salazar pode não ter sido muito feliz. A mãe tinha já 44 anos quando ele nasceu e o pai, 50. O casal era profundamente católico. O rapaz, que era esperto, tornou-se demasiado sério para a sua idade. Era especialmente apegado à mãe e passava o tempo brincando com as irmãs, em vez de brincar com os rapazes da sua idade. Como muitos outros rapazes portugueses inteligentes e delicados, foi enviado a um seminário, a fim de estudar para ser padre. Mostrava mais vocação que a maioria, tinha notas muito altas, mas surpreendeu toda a gente ao decidir, no último momento, ir para a universidade estudar Economia em vez de se tornar padre.

Inscreveu-se na Universidade de Coimbra em outubro de 1910, dois anos depois de Sousa Mendes ter se licenciado em Direito pela mesma instituição. Salazar tinha 21 anos. Sousa Mendes tinha 25 e estava começando a carreira diplomática. Salazar iniciava uma carreira acadêmica.

Poucas semanas antes, uma revolução democrática tinha transformado Portugal de monarquia em república. A mudança não teve a aprovação do futuro ditador.

Em Coimbra, Salazar mostrou-se um estudante brilhante. Tornou-se lente de Economia na universidade em 1916 e professor no ano seguinte, com apenas 28 anos de idade. Doutorou-se em 1918, ano em que Sousa Mendes foi promovido a cônsul de primeira classe.

O fato de Salazar partilhar as ideias políticas reacionárias da maioria dos seus professores e colegas não prejudicou em nada a sua carreira. A jovem república portuguesa era não só incrivelmente instável mas também abertamente anticlerical. Não é, portanto, de admirar que a direita católica, a que Salazar pertencia – alimentada como era pelas encíclicas antimodernistas do papa Leão XXIII e pelos escritos pré-fascistas de pensadores franceses como Charles Maurras –, se tornasse a principal adversária da república democrática.

Em 1921 Salazar concorreu como candidato do partido católico e foi eleito. Menos de três meses de parlamentarismo português foram, no entanto, suficientes para desiludi-lo para sempre do liberalismo e da democracia. Em vez disso, prosseguiu a sua carreira acadêmica e esperou.

Era um indivíduo reservado. Os seus amigos eram poucos e limitavam-se àqueles que partilhavam as suas ideias. O seu amigo mais próximo, Manuel Cerejeira, havia de tornar-se cardeal de Portugal no mesmo ano em que Salazar se tornou o ditador absoluto. Durante duas gerações, um deles governaria o Estado e o outro a Igreja, ambos com mão de ferro.

Quanto à vida pessoal de Salazar, esta era bastante árida, como a de muitos outros ditadores, antes e futuramente. Era excessivamente orgulhoso e ofendia-se com facilidade. Era também extremamente reservado e não discutia assuntos pessoais com ninguém. Exceto num caso de que temos conhecimento, as suas relações com as mulheres eram puramente platônicas. Alguns atribuíam a sua frieza ou misoginia a um caso de amor fracassado. Corria a história de que os pais da sua amada tinham se recusado a aceitá-lo como possível pretendente da filha por causa da sua origem humilde.

Vivia em boas condições como um padre e, como muitos padres portugueses desse tempo, tinha uma governanta que também era sua amante. Ela ficou com ele até o fim da vida nessa dupla função.

Salazar participou na educação das duas sobrinhas dela, que algumas más-línguas diziam que eram de fato filhas dele. Até a sua morte, nunca reconheceu publicamente a relação, embora todo o país soubesse do seu caso. Para a maioria dos portugueses, ela era conhecida simplesmente como a governanta de Salazar, D. Maria. Havia anedotas sobre ela e Salazar, mas tinham mais a ver com a lendária mesquinhez do dirigente português do que com qualquer conotação de natureza erótica. A dedicação de Maria a Salazar era também notória. Depois da morte dele, ela teve ofertas de consideráveis somas em dinheiro para contar a sua história, mas se recusou. Os mais românticos dizem que Salazar se casou secretamente com ela no leito de morte.

Era esse o homem que saudou a rebelião militar que derrubou a oscilante república democrática em 1926. Os generais que chefiaram a rebelião tinham muito pouca noção de para onde iam e menos ainda de como governar um país. Dois anos depois, as finanças de Portugal se encontravam em seu pior estado.

Foi nessas circunstâncias que o professor de Economia de 39 anos de idade recebeu a pasta de ministro das Finanças. Insistindo em abarcar poderes que basicamente lhe permitiam controlar todos os gastos do Estado, Salazar conseguiu realizar o milagre de equilibrar o orçamento. Essencialmente, o que ele fez foi cortar as despesas. O prestígio que assim adquiriu, acompanhado de um vazio de liderança na ditadura militar, permitiu-lhe apossar-se do poder em 1932.

Salazar começou então a estabelecer o "Estado Novo". Os partidos políticos e os sindicatos independentes foram rapidamente abolidos. Os poderes policiais e a censura foram reforçados. Muitos dos privilégios da Igreja Católica foram restabelecidos e o seu apoio foi assegurado. Foi criada uma União Nacional, pretensamente apartidária, de representantes dos cidadãos, bem como uma Assembleia Nacional. Essa instituição mostrou-se útil não só para aprovar as decisões do executivo. Salazar governava por decretos. Em 1940 era não apenas primeiro-ministro mas também ministro das Finanças, ministro da Guerra e ministro dos Negócios Estrangeiros.

A maioria dos portugueses conhecia muito melhor o mito do que o homem Salazar. A imagem do ditador era cuidadosamente tratada pelo Secretariado da Propaganda Nacional. O "dr. Salazar", como era invariavelmente tratado, era não só um católico devoto mas quase um santo na sua abnegada e infatigável devoção ao país. Tinha salvado a nação da anarquia e da ruína financeira. Tinha feito um sacrifício pessoal e profissional tão grande porque Portugal necessitava dele e porque não havia mais ninguém, embora ele tivesse preferido continuar a ensinar em Coimbra. Vivia como um monge asceta. Era absolutamente honesto e, em todas as suas ações, um cristão. Se, em alguma rara ocasião, um opositor era morto a tiro na rua, isso acontecia porque se tratava de um comunista armado; se por vezes as pessoas eram deportadas para colônias penais, isso se dava porque eram perigosos anarquistas, que atiravam bombas. Além disso, esses eram assuntos mais bem tratados pela polícia e sobre os quais o ditador sabia pouco ou nada. O seu verdadeiro papel era defender a todo o custo os valores morais que constituíam a base da nova ordem: Deus, Trabalho e Família. Como convinha a alguém que, embora sendo economista, tinha ensinado na Faculdade de Direito, Salazar passava também por campeão da ordem, da justiça e da lei. Além disso, quem iria substituí-lo? Os comunistas? A cura era muito pior que a doença.

A imagem projetada por Salazar era uma imagem de força, mas a realidade não coincidia exatamente com o mito criado pelo Secretariado da Propaganda Nacional. Obcecado por seu trabalho e sofrendo de insônias, o ditador português estava sujeito a terríveis enxaquecas. Sentia-se no seu auge quando estava rodeado de mediocridades que consentiam a sua a superioridade intelectual e se limitavam a executar incondicionalmente as suas instruções. Mais de um crítico o comparou a um inquisidor espanhol, esquecendo que Portugal também tivera os seus inquisidores. Sob a máscara de quem realmente não queria o poder, que lhe teria sido imposto por outros menos merecedores, agarrava-se tenazmente a ele. Não tolerava qualquer oposição. Hipersensível e muito melindroso, nunca esquecia nem perdoava uma ofensa. Era implacável na vingança.

Um dos retratos mais incisivos e mais cruéis do ditador foi o esboçado pelo poeta português Fernando Pessoa em 1935.[3] Deve--se levar em conta que Pessoa era um conservador a seu próprio modo e um democrata relutante. O poeta sublinhava a hipocrisia jesuítica do ditador, a sua total falta de carisma e de flexibilidade, a sua dureza e falácia. O admirador de Mussolini carecia, na opinião de Pessoa, da principal qualidade do dirigente de sucesso: a imaginação. Tinha uma mentalidade de guarda-livros ou de pequeno comerciante. Salazar era, para Pessoa,

> o produto de uma fusão de estreitezas: a alma campestremente sórdida do camponês de Santa Comba [...] alargou-se em pequenez pela educação de seminário, pelo desumanismo livresco de Coimbra, pela especialização rígida e pesada do seu destino escolhido de professor de finanças.[4]

Salazar era, em essência, "um materialista católico (existem muitos), um ateu nato que respeita a Virgem".[5] Era inteligente mas rígido; religioso sem espiritualidade; ascético sem misticismo.

---

[3] "Fernando Pessoa em 1935, Da ditadura e do ditador em dois documentos inéditos", apresentação e transcrição de Teresa Sobral Cunha, in *Colóquio Letras*, número 100 (novembro-dezembro de 1987).

[4] *Ib.*, p. 128. Em francês.

[5] *Ib.*

Aquilo que tornava Salazar "odioso" para Pessoa era o fato de ele encarnar "a supressão de toda a liberdade pública – de falar, de publicar, de se reunir".[6] Dificilmente pode se imaginar uma descrição mais impiedosa – ou penetrante – do homem que iria dominar a vida portuguesa durante quarenta anos.

Não é talvez de se admirar que os mais próximos colaboradores de Salazar no Ministério dos Negócios Estrangeiros não fossem muito diferentes dele em personalidade. O seu chefe era o secretário-geral Luís Teixeira de Sampaio, de 64 anos. Solteirão como Salazar, também ele estava disposto a usar todos os meios ao seu dispor para se manter no poder. O embaixador Calvet de Magalhães, que conheceu Sampaio pessoalmente, lembra-se dele como um homem severo que atemorizava os jovens, com os quais raramente trocava uma palavra. "Quase todos os funcionários do Ministério o temiam", recorda o embaixador,

> e alguns mesmo o odiavam fortemente. Ele, porém, parecia indiferente ao que dele pensavam os seus subordinados e governava o Ministério com pulso firme.[7]

Como muitos outros empregados do Ministério dos Negócios Estrangeiros, vinha de uma família aristocrática, mas era um dos mais pobres ramos dessa família. Isso não impediu Sampaio de subir na sua carreira, exceto durante um breve período de 1919 em que,

---

[6] *Ib.*, p. 131.

[7] José Calvet de Magalhães, "Palavras prévias", *in* Luiz Teixeira de Sampaio, *Estudos Históricos* (Lisboa: Ministério dos Negócios Estrangeiros, 1984), p. 8. A maior parte da informação que se segue sobre Sampaio é também baseada no seguinte: uma entrevista com Calvet de Magalhães; Eduardo Brazão, "Prefácio", Teixeira de Sampaio, *op. cit.*; Mário Neves, "A Diplomacia Portuguesa nas Duas Guerras do Século", *Portugal na Segunda Guerra Mundial* (Lisboa: Dom Quixote, 1989), p. 144-145.

com outros diplomatas como Sousa Mendes, foi vítima de uma espécie de purga no Ministério. O que aconteceu foi que aqueles que, como Sampaio e Sousa Mendes, foram considerados bastante favoráveis à breve presidência antidemocrática de Sidônio Pais foram afastados do serviço ativo. No entanto, o advento da ditadura militar em 1926 restabeleceu a boa fortuna de Sampaio, tal como a de Sousa Mendes. A nomeação para secretário-geral ocorreu um ano depois da nomeação de Salazar para ministro das Finanças. Sampaio – como os irmãos Mendes – foi prejudicado na sua carreira pelo regime português republicano por causa das suas convicções monárquicas. Aristides pouca indulgência podia esperar da parte dele.

O outro ator principal na tragédia que ia ser encenada foi outro colaborador próximo do ministro dos Negócios Estrangeiros, Salazar: Pedro de Lemos, conde de Tovar, de 52 anos.[8] Como diretor-geral dos Assuntos Políticos e Consulares, estava imediatamente abaixo de Sampaio na hierarquia da Secretaria. Tinha uma série de coisas em comum com Sampaio. Ambos eram de origem aristocrática. O pai de Tovar, também diplomata de carreira, fora feito conde por serviços prestados à coroa. Ambos tinham sido vítimas da purga no Ministério em 1919 devido às suas opiniões antidemocráticas e monárquicas. Ambos eram historiadores amadores. Ambos eram de pequena estatura. Tovar, moreno, ligeiramente calvo, fumador de charutos, era geralmente considerado uma personalidade mais interessante do que Sampaio, com o seu bigode enrolado e cabelo curto. Nem um nem outro tinham filhos (embora Tovar fosse casado). Ambos possuíam um aspecto severo.

Sampaio aprovava sem dúvida o seu colega, que era conhecido pelas suas capacidades organizativas, por ser rigidamente metódico e de uma pontualidade anglo-saxônica. Tovar retomara o serviço

---

[8] A principal fonte de informação sobre Tovar é a entrevista com o embaixador Calvet de Magalhães.

ativo na Secretaria alguns meses depois da demissão de César Mendes como ministro dos Negócios Estrangeiros. Estava ressentido com o antigo ministro: Tovar pedira a César Mendes que o ajudasse a voltar ao serviço ativo e o ministro não fizera nada por ele.[9] No entanto, com Sampaio, Tovar ia subir depressa.

Apresentava-se agora uma excelente oportunidade para Tovar e Sampaio se vingarem de César Mendes punindo o seu irmão gêmeo. Melhor ainda, sentiam que podiam fazê-lo em com a consciência limpa.

Salazar estava furioso, Tovar e Sampaio sabiam disso. Não estava acostumado a ser abertamente desobedecido daquele modo. Sousa Mendes tinha criado problemas com as autoridades espanholas numa altura de negociações delicadas. Pior ainda, quem sabia qual seria a atitude dos nazistas em face dos que davam abrigo aos seus inimigos? Era também embaraçoso e delicado, do ponto de vista diplomático, ter membros dos governos derrotados da Bélgica e de Luxemburgo instalados num país neutro. Por que não tinham eles preferido Londres? Mandara a polícia política preveni-los de que não poderiam desenvolver atividades políticas em Portugal, mas seria isso suficiente? Além disso havia todos aqueles refugiados políticos e judeus. Estes significavam trabalho suplementar para a polícia política, à qual desagradava a sua presença em Portugal, e Salazar receava o efeito que pudessem ter no tesouro nacional.

E quem era o responsável por aquela confusão? Um homem: o irmão de César Mendes, que ele tivera de demitir do cargo de ministro dos Negócios Estrangeiros. Aos olhos de Salazar, as boas qualidades pessoais de Aristides contavam muito pouco. O que contava era que ele era desobediente. A sua desobediência e a falta de bom-senso valera-lhe muitas censuras ao longo da sua carreira,

[9] Ver Afonso, *Injustiça*, p. 34-35.

cometendo esses atos temerários. Não era sério: um pai de doze filhos não arranja uma amante, em especial uma amante vinte anos mais nova. Fosse qual fosse a natureza da sua própria vida pessoal, Salazar era muito puritano quanto àquilo que esperava do comportamento pessoal dos seus subordinados.

Do processo disciplinar de 1940 emerge um quadro muito incompleto da carreira diplomática de Sousa Mendes. Tovar, em especial, esforçou-se por traçar um retrato de Sousa Mendes como diplomata extremamente incapaz, constantemente em apuros por uma razão ou por outra. Isso está longe de ser verdade. Estudando a sua longa carreira, Sousa Mendes surge antes como um diplomata competente e consciencioso que teve os seus problemas. A sua carreira ilustra o fato de que nenhum diplomata está acima da política e das mesquinhas intrigas profissionais.

As provas da competência profissional e dedicação de Sousa Mendes estão no seu processo pessoal e nas várias biografias suas contidas nos anuários diplomáticos do Ministério. Foi cônsul-geral em Zanzibar durante toda a Primeira Guerra Mundial. Aquele posto era importante para Portugal por se encontrar próximo da colônia de Moçambique e à necessidade de assegurar a proteção britânica da região contra uma possível ocupação alemã. Sousa Mendes cumpriu essas responsabilidades com distinção, foi louvado pelos seus superiores[10] e promovido a cônsul de primeira classe.[11] Em Zanzibar, tornou-se decano do corpo diplomático e foi condecorado pelo sultão, recebendo a mais alta condecoração concedida a estrangeiros, a Ordem da Estrela Brilhante de Zanzibar, de segunda classe.[12] Partilhou essa honra

---

[10] Ver *A Ilustração Portugueza*, 5 de agosto de 1918, p. 119; Joel Serrrão, *História de Portugal* (Lisboa: Verbo, 1990), p. 109.

[11] Sobre prováveis razões adicionais para a promoção, ver Afonso, *Injustiça*, p. 20.

[12] Joaquim Veríssimo Serrão, *História de Portugal*, XII (Lisboa: Verbo, 1990), p. 109.

com "um certo número de príncipes das famílias reinantes na Europa".[13]

A dedicação de Sousa Mendes ia muito além do mero cumprimento das suas obrigações, o que é comprovado pelo grande número de relatórios que preparou, pelas suas extensas viagens pela África Oriental inglesa para falar em defesa dos interesses portugueses e pelo fato de ter até publicado um livro sugerindo maneiras de aumentar o comércio com a África.[14] Publicou outros artigos, discursos e livros relacionados com o seu trabalho diplomático.[15] A sua curiosidade intelectual é ainda demonstrada pelo fato de ser membro da Sociedade Portuguesa de Geografia.

Como diplomata, interessou-se sempre vivamente pela cultura local. Em Zanzibar, por exemplo, aprendeu a falar suaíli.

No entanto, Sousa Mendes foi vítima do cisma entre republicanos e monárquicos que dividiu Portugal até pelo menos o fim da Segunda Guerra Mundial. Parece ter sido um monárquico leal durante toda a vida, como tinha sido o pai. Não fazia segredo desse fato, e a sua atitude colocou-o em sérias dificuldades duas vezes na sua carreira. A primeira vez foi em 1918, quando foi transferido para Curitiba, no Brasil. O irmão, César, também estava estabelecido no Brasil, no Rio. Ambos foram acusados de antirrepublicanismo. César conseguiu livrar-se das acusações, que, no entanto,

---

[13] F. B. Pearce, *Zanzibar: the Island Metropolis of Eastern Africa* (London: Fisher Unwin, 1920), p. 262.

[14] *O Comércio de Portugal na África Oriental Britânica* (Coimbra: Coimbra Editora, 1922).

[15] Ele publicou um livro sobre o comércio com o Brasil (*O Comércio de Portugal e os Mercados do Brasil*, Coimbra Editora, 1922), no qual reuniu os seus artigos de jornais sobre essa matéria; um guia prático para os consulados portugueses (*Guia Prático do Cidadão Português junto dos Consulados de Portugal*, Coimbra Editora, 1923); e uma palestra sobre as relações comerciais de Portugal com a Bélgica [*Les relations commerciales belgo-portugaises*, édition du journal Lloyd auvernois, sem data (1932?)].

continuaram a pender sobre o irmão até a queda do regime republicano em Portugal.[16]

As ideias monárquicas e antidemocráticas de Sousa Mendes contribuíram para um sério conflito com alguns notários americano-portugueses em Oakland, Califórnia, onde ele foi cônsul-geral interino de 1921 até 1924. Sousa Mendes tratou a questão muito mal, respondendo na imprensa luso-americana às acusações que lhe eram feitas. Finalmente, como resultado, seus adversários conseguiram fazer com que o cônsul-geral parecesse não apenas antidemocrático mas também antiamericano – o que ele nunca foi. O Departamento de Estado reagiu recusando-lhe a carta-patente como cônsul-geral em Oakland, e o Ministério dos Negócios Estrangeiros português foi forçado a procurar outro uso para os talentos de Sousa Mendes.[17]

Mandaram-no inspecionar o consulado português em Boston. A antipatia suscitada contra ele pelo caso californiano reflete-se num artigo sobre Sousa Mendes e família publicado no *Boston American*, intitulado "Pai de 10 denuncia o 'suicídio da raça'" [portuguesa].[18] A maldade do caso só é explicável pelos acontecimentos que a precederam. Em Oakland, Califórnia, Sousa Mendes expressou publicamente a opinião de que alguns portugueses esqueciam depressa demais a sua dívida para com a pátria. Uma afirmação tão pouco diplomática foi vista como francamente não americana e explica a nunca explicada raiva subjacente ao artigo do *Boston American*. Na melhor tradição da imprensa marrom, Sousa Mendes é descrito como um "fanfarrão" rico, aristocrático e antiamericano. O seu maior crime parece ter sido a sua numerosa progenitura. "São precisos

---

16 Sobre a defesa de César, de si mesmo e do irmão, ver Afonso, *Injustiça*, p. 21.

17 Para um relato pormenorizado do conflito, ver Afonso, *Injustiça*, p. 22-26.

18 25 de julho de 1924.

40 dólares por dia para alimentar a tribo", indicava o jornal, escandalizado.

> Num ano eles estragam sessenta pares de meias, três dúzias de ternos para rapazes, seis dúzias de vestidos para moços, vinte casacos, uma dúzia de camisolas e 25 chapéus, gorros e bonés. Quando resolvem subir para os seus quartos, no Quincy House, há um elevador só para eles [...].
>
> "Como sustenta esta multidão?", perguntaram os repórteres ao sr. Mendes, modesto pai do bando.
>
> "Bom, há muitas maneiras", disse ele, com os olhos brilhando. "Mas uma maneira muito agradável é herdar o dinheiro para o conseguir."
>
> Mais tarde os repórteres descobriram que o sr. Mendes é milionário, com vastas propriedades em Portugal, e nunca teve de se preocupar muito com o elevado custo dos xaropes ou dos balões.

Esse "milionário" tinha escrito recentemente ao Ministério dos Negócios Estrangeiros queixando-se de que o seu ordenado era insuficiente para enfrentar o alto custo de vida nos EUA. No entanto, Sousa Mendes era demasiado orgulhoso para o confessar a um bando de repórteres petulantes. O artigo incluía uma fotografia dos dez filhos de Sousa Mendes sentados numa escada, com o pai e a mãe num camafeu. Por cima da fotografia estava a legenda "40 dólares de comida por dia, mas o papai é feliz". A única coisa positiva que o jornal achou para dizer foi acerca de Angelina:

> A sra. Mendes é uma mulher bonita, do tipo latino moreno. Não deixou que os seus múltiplos deveres de mãe a fizessem esquecer o seu dever de esposa de se manter atraente.

Tais são as animosidades que um diplomata menos cauteloso tem por vezes de suportar. Porém, a atitude de Sousa Mendes para com os EUA nunca deu mostras de azedar, e falaria sempre com especial afeto do país para onde cinco dos seus filhos acabariam por emigrar.

Mesmo nos Estados Unidos, onde teve as suas dificuldades, Sousa Mendes registrou êxitos como diplomata. Participou ativamente nas obras de caridade da comunidade portuguesa, bem como na promoção da cultura de seu país de origem.[19] Isso aconteceu durante toda a sua carreira.[20] Manteve-se também constante a sua popularidade entre as comunidades de emigrantes portugueses que serviu.

A maneira como a carreira de Sousa Mendes melhorou notavelmente quando, em 1926, o regime político mudou em Portugal, mostra claramente que a sua falta de êxito estava diretamente relacionada com as suas ideias políticas. Uma ditadura militar substituiu um sistema democrático extremamente instável. Sousa Mendes apoiou inteira e abertamente o novo regime[21] e em breve foi colocado em Vigo, Espanha, onde o regime precisava de alguém politicamente seguro para manter sob vigilância os oposicionistas democratas. Sousa Mendes cumpriu bem essa missão[22] e foi

---

[19] E. C. Hills, professor de Português da Universidade da Califórnia, expressou a sua dívida para com Sousa Mendes no prefácio a uma gramática de português que compilou com dois outros acadêmicos. E. C. Hills, J. M. D. Ford e J. de Siqueira Coutinho, *A Portuguese Grammar* (New York: D. C. Heath, 1925).

[20] Sousa Mendes tinha um especial interesse pela poesia, que não só lia como também escrevia. Editou e prefaciou uma coletânea de poemas do poeta Antônio Molarinho, de Cabanas de Viriato, *Liras Românticas Meridionais* (Coimbra: Coimbra Editora, 1922). Das muitas palestras sobre temas culturais portugueses que ele proferiu na Associação Belgo-Ibero-Americana, publicou *Le Portugal, pays de rêve et de poésie* [Antwerp: Belgo-Ibero-American Association, sem data, (1932?)].

[21] Ver Afonso, *Injustiça*, p. 27-28.

[22] Ver "Revoluções em Portugal contra a Ditadura, fevereiro de 1927-julho de 1928, Emigrantes Políticos, 1927-1928", Arquivos do Ministério dos Negócios

recompensado, em 1929, com a posição de cônsul-geral em Antuérpia, um dos postos mais lucrativos desse tempo.

Mas a política não era a única coisa que podia afetar uma carreira no serviço diplomático português. O mesmo podiam fazer as pequenas rivalidades pessoais, como vimos. Os mesquinhos antagonismos existentes entre Sampaio, Tovar e os irmãos Sousa Mendes não surpreendem muito se considerarmos a pequenez do corpo diplomático português da época (menos de cem diplomatas ativos, dos quais apenas uma dúzia em posição tão elevada como Sousa Mendes).[23]

Aqueles que controlavam a Secretaria do Ministério dos Negócios Estrangeiros estavam dispostos a apanhar Sousa Mendes: é o que ressalta claramente do registro das várias repreensões e infrações disciplinares acrescentadas ao seu processo entre a demissão de seu irmão César do cargo de ministro dos Negócios Estrangeiros, em 1933, e a sua despromoção para cônsul-geral em Bordeaux, em 1938. Nada era demasiado trivial para ser digno de nota, até o fato de Sousa Mendes escrever à Secretaria em papel de carta não oficial.[24]

Nem mesmo os adversários de Sousa Mendes na Secretaria podiam obscurecer totalmente as suas realizações muito reais durante os nove anos em que esteve na Bélgica. Fundou e dirigiu a Casa de Portugal em Antuérpia, que promovia o turismo e os negócios portugueses.[25] fez incontáveis conferências sobre a cultura portuguesa e iniciou cursos de língua portuguesa. Pela segunda vez na sua

---

Estrangeiros, R. N. P., 3. P., A. 10, M. 37-38.

[23] Como indica Wheeler, "And Who Is My Neighbour? A World War II Hero or Conscience for Portugal", *Luso-Brazilian Review*, v. 26, nº 1 (Summer, 1989), p. 125.

[24] Ver processo disciplinar, folhas 91-92 e página 9 do relatório de Tovar como "relator". As infrações disciplinares e as censuras são todas estudadas em *Injustiça.*

[25] Ver o processo "Casa de Portugal em Antuérpia", Arquivos do Ministério dos Negócios Estrangeiros, D. G. S. C., 3. P., A. 1, M. 578.

carreira, tornou-se decano do corpo diplomático, um dos maiores da Europa, obtendo muito êxito nessa posição.[26] Uma vez mais, recebeu a mais alta condecoração de um Estado estrangeiro para um diplomata: o rei Leopoldo III o nomeou comendador da Ordre de la Couronne. Até o Ministério português, a contragosto, foi obrigado a louvá-lo oficialmente pelo seu trabalho na preparação do pavilhão português para a Feira Internacional de Antuérpia de 1935.[27]

Todas essas realizações contavam muito pouco para o ministro dos Negócios Estrangeiros, Salazar. A carreira de trinta anos de Aristides de Sousa Mendes estava acabada. Era uma conclusão antecipadamente decidida. A extensão das infrações cometidas por Sousa Mendes era perfeitamente evidente. Salazar deixou-o claro num telegrama ao embaixador português em Londres, Armindo Monteiro.

Como vimos, em 26 de junho Monteiro tinha telegrafado a Salazar transmitindo um pedido do embaixador da Polônia de vistos para mil poloneses apanhados na fronteira franco-espanhola. Muitos deles provavelmente já tinham vistos de Sousa Mendes. Monteiro transmitia a Salazar as garantias do governo polonês de que não tencionava deixar que os seus cidadãos se tornassem um fardo para Portugal. Outros destinos lhes seriam encontrados, entretanto a Polônia precisava da "boa vontade" de Portugal "para evitar a inevitável sorte que os alemães lhes darão se deles se apoderarem". Fossem ou não "de raça pura", esses refugiados, como Monteiro sugeria, tinham razões para recear por suas vidas.[28]

---

[26] Como demonstram numerosos recortes da imprensa belga, flamenga e francófona, no processo pessoal de Sousa Mendes. É claro que o lugar de decano do corpo diplomático era atribuído na base da antiguidade e, como tal, representava muitas vezes uma falta de promoção na carreira.

[27] Com os colegas. Ver processo disciplinar, página 9 do relatório de Tovar.

[28] *Dez Anos de Política Externa*, VII, telegrama nº 911, p. 166-167.

Como reagiu o devoto católico que governava Portugal? A resposta está no telegrama de 2 de julho de Salazar a Monteiro. O ministro dos Negócios Estrangeiros indicava ao seu embaixador que os refugiados políticos e os refugiados pertencentes à intelectualidade eram precisamente aqueles que eram "dos menos desejáveis, pelas atividades que [...] [haveriam] de querer desenvolver". "Além disso", insistia Salazar, "o seu número exigiria prévia segurança e possibilidade imediata de embarque para outro país, pois a capacidade de alojamento [...] [estava] esgotada." "[Os vistos] [...] concedidos em Bordeaux", informava Salazar,

> foram-no, em contravenção de instruções expressas do Ministério, por [um] cônsul que já afastei do serviço. Mal se compreende que a Inglaterra não possa facultar transportes para outros países de refugiados, que aqui pretendem vir em trânsito, de nacionalidades para com as quais ela assumiu compromissos.[29]

Na sua mente, Salazar já tinha traçado a sentença de Sousa Mendes. Não procurou esconder esse fato aos seus subordinados imediatos. Fosse como fosse, havia formalidades administrativas a observar: o regime tinha de manter uma fachada de legitimidade jurídica. O conde de Tovar forneceu o fundamento com uma pequena série de acusações datadas de 26 de junho,[30] a saber, as irregularidades cometidas por Sousa Mendes quando passou os vistos a Arnold Wiznitzer, a Eduardo Neira Laporte e a três poloneses não especificados interceptados pela polícia política em Vilar Formoso em 6 de junho. Para intensificar, Tovar acrescentava as acusações da embaixada britânica. Uma nota manuscrita por Salazar,

---

[29] *Dez Anos de Política Externa*, VII, telegrama nº 934, p. 183.

[30] Ver processo disciplinar, folhas 3-4.

datada de 4 de julho, no canto superior direito da primeira página das acusações, indicava que tinha lido as acusações e ordenava um processo disciplinar.

A investigação ficou a cargo de Francisco de Paula Brito Júnior, de 47 anos, subordinado imediato de Tovar. Ambicioso mas bastante medíocre,[31] Paula Brito era apenas a marionete necessária para aquele espetáculo. A sua função, segundo o direito administrativo português, era investigar o caso, preparar uma lista de acusações, ouvir os argumentos de defesa e propor uma sentença. Os resultados de tudo isso iam para o Conselho Disciplinar do Ministério, para nova proposta de sentença.

O Conselho Disciplinar era composto de três membros: Sampaio, Tovar e José da Costa Carneiro, diretor-geral dos Assuntos Políticos e da Administração Interna. Sousa Mendes e Carneiro não se davam bem. No ano anterior o diretor-geral tinha-se queixado a Sampaio da suposta "leviandade" com que Sousa Mendes tratava o código cifrado do Ministério,[32] Desse modo, os três membros do Conselho Disciplinar estavam pouco predispostos a proporcionar a Sousa Mendes um processo justo. Contudo, não era a eles que cabia decidir a sorte de Sousa Mendes. A sua recomendação, assim como a de Paula Brito, devia ser entregue para decisão final ao ministro dos Negócios Estrangeiros, Salazar. Este, como vimos, já tinha a sua opinião formada.

Os processos disciplinares deviam ser diligentes, e Paula Brito demorou apenas três semanas e meia (de 6 de julho a 1º de agosto) para completar as suas investigações. Não fez um trabalho que poderia ser considerado muito brilhante. Não procedeu a novas investigações, por exemplo, sobre aquilo que acontecera em Bordeaux. Tovar mais tarde criticou-o pela sua falta de zelo.

---

31 Entrevista com o embaixador Calvet de Magalhães.

32 Afonso, *Injustiça*, p. 68, nº 1.

De fato, Paula Brito fez pouco mais que o estritamente necessário. Talvez achasse desnecessário despender esforços naquilo que era, afinal de contas, um exercício sem sentido. Reuniu cópias de todas as instruções a que Sousa Mendes tinha desobedecido, bem como cópias de toda a correspondência diplomática e policial relativa às infrações. Por insistência de Sampaio, a polícia política forneceu-lhe também o seu *dossiê* sobre o caso Miny.

Por sugestão de Tovar, Paula Brito ouviu três testemunhas: o capitão Agostinho Lourenço, o embaixador Teotônio Pereira e Armando Lopo Simeão. Teotônio Pereira forneceu o seu testemunho num depoimento escrito enviado de Madri. Simeão, no fundo, repetiu aquilo que já dissera no seu relatório confidencial a Salazar. O relatório foi anexado ao processo com as transcrições dos depoimentos orais. A pedido de Paula Brito, José da Costa Carneiro forneceu-lhe uma extensa lista das repreensões a que Sousa Mendes tinha sido sujeito ao longo da sua carreira.[33] Com exceção da séria disputa com os notários luso-americanos que tivera em 1924 quando estava instalado em São Francisco, e do processo de 1935, é justo dizer que as censuras eram menores ou tinham motivação política.

Ao elaborar a lista das acusações, Paula Brito repetiu essencialmente as acusações contidas nos documentos do Ministério e da polícia política, bem como nas declarações das três testemunhas previamente combinadas. No entanto, Paula Brito sabia aquilo que o Ministério esperava dele não ignorou nenhuma sugestão contida nos documentos e nos depoimentos que compilou. Não deixou nada de fora ao elaborar a lista de 16 acusações.[34]

Sousa Mendes era acusado de dar vistos não autorizados a Wiznitzer, a Neira Laporte, a três poloneses não nomeados e a

[33] Processo disciplinar, folhas 90-91.

[34] Processo disciplinar, folhas 95-98.

um número não especificado de refugiados em Bayonne. Muitos dos vistos estavam carimbados em documentos que nem sequer eram passaportes, lê-se na acusação. O cônsul-geral era também suspeito de ter passado um passaporte falso a Paul e Maria Miny, de ter ordenado a Faria Machado que concedesse vistos de modo irregular e de ter autorizado o vice-cônsul honorário em Toulouse, Émile Gissot, a fazer o mesmo. As duas restantes acusações principais feitas contra Sousa Mendes eram: ter passado "bastantes" vistos a refugiados que, dada a sua nacionalidade, não tinham direito a recebê-los[35] e, ao fazê-lo, tinha criado "uma situação desprestigiante para Portugal perante as autoridades espanholas e as alemãs de ocupação".[36]

Paula Brito entregou a lista das acusações a Sousa Mendes em 2 de agosto. Segundo os regulamentos, este tinha apenas dez dias para preparar a sua defesa. Tinha a possibilidade de convocar um máximo de três testemunhas por "fato" apresentado, mas não aproveitou esse direito. Por quê? Não faltavam certamente em Portugal refugiados que podiam testemunhar a seu favor. No entanto, Sousa Mendes devia saber que eles estavam sob vigilância da polícia política e provavelmente não quis criar problemas para eles. Pedir o testemunho de pessoas como a grã-duquesa de Luxemburgo não era diplomático, no mínimo. Não desejava anunciar à comunidade internacional que, por meio dos seus regulamentos discriminatórios, o regime que servia ajudava Hitler a perseguir judeus. Sousa Mendes podia pedir a Albert de Vleeschauwer que falasse a seu favor, mas o ministro das Colônias estava em Londres.

Pois bem, falaria ele próprio em sua defesa. Sousa Mendes sabia que a sua causa era justa e, querendo Deus, Salazar havia de ouvir.

---

[35] *Ib.*, folha 97.

[36] *Ib.*, folha 96, verso.

Dois velhos colegas bastariam como testemunhas abonatórias. Quanto às testemunhas oculares, só chamou uma: Francisco de Calheiros e Meneses.

13. Defesa, julgamento e sentença

Calheiros e Meneses deve ter ficado surpreso – e bastante desagradado e constrangido – quando recebeu de Paula Brito a convocatória para testemunhar. Não tinha falado com Sousa Mendes desde o seu regresso de Bayonne a Lisboa. No seu testemunho,[1] Calheiros e Meneses estava ansioso por dissipar quaisquer suspeitas devidas ao fato de ter sido chamado como testemunha de defesa. A "ideia" de Sousa Mendes ao escolhê-lo como testemunha, especulava Calheiros e Meneses, era que ele "talvez melhor do que qualquer outra pessoa [...] [do] Ministério" seria capaz de "avaliar o que terá sido o [...] calvário [de Sousa Mendes], assediado como deve ter sido pelas inúmeras pessoas que lhe imploravam piedade".[2]

Sousa Mendes queria sem dúvida que Calheiros e Meneses descrevesse a situação que testemunhara em Bordeaux e Bayonne, mas, ao mesmo tempo, devia querer muito mais do que isso. Provavelmente esperava que Calheiros e Meneses confessasse ter participado da concessão dos vistos. Na sua defesa escrita, Sousa

---

[1] Calheiros e Meneses testemunhou em 19 de agosto. A defesa de Sousa Mendes, datada de 10 de agosto, foi juntada aos documentos do processo disciplinar em 12 de agosto.

[2] Processo disciplinar, folha 125, verso.

Mendes havia de tornar claro que tanto Faria Machado como Calheiros e Meneses tinham concordado e participado na concessão de vistos.[3] Nenhum deles o admitiria. Contudo, havia poucas razões para Sousa Mendes mentir, visto que, segundo o direito administrativo, o cometimento de uma infração em cumplicidade com outros só servia de agravante.

O único fator que poderia em certa medida compensar isso seria o peso moral de uma confissão completa feita por alguém como Calheiros e Meneses. Este era um diplomata de categoria elevada, muito popular e muito respeitado. Dava-se bem com toda a gente, incluindo o rude Sampaio.[4] Os seus 25 anos de experiência incluíam dois períodos como diretor-geral na Secretaria. Se também ele tinha desobedecido às instruções de Salazar, então talvez as instruções tivessem algo de errado. Ao pedir-lhe que testemunhasse, Sousa Mendes contava com o bom coração e a consciência de Calheiros e Meneses. Tal como Sousa Mendes, o ministro tinha uma família numerosa. Devia compreender o que ele, Sousa Mendes, sentira por aquelas famílias desesperadas. E decerto compreenderia as adversidades que a família Sousa Mendes teria de enfrentar se o seu único sustentáculo fosse severamente punido.

Infelizmente, Calheiros e Meneses não tinha a coragem necessária para fazer aquilo que a consciência ditava. Sousa Mendes era louco? Desobedecer a Salazar era liquidar a própria carreira. Sousa Mendes teria realmente pensado que a alma mesquinha desse solteirão seco se apiedaria ao ouvir a história repetida de milhares de pais desesperados? Que sabia esse suposto filho de camponês de uma aldeia pobre e atrasada do que se passava na Europa e que lhe importava isso, a não ser na medida em que essas questões se refletiam em Portugal? Ele guiava-se em todas as suas decisões

[3] *Ib.*, folha 104, verso.

[4] Entrevista com o embaixador Calvet de Magalhães.

pelo sentido mais estreito do interesse nacional. Pouco à vontade em Lisboa, Salazar levava o seu provincianismo a ponto de quase nunca pôr um pé fora de Portugal. O ditador representava tudo o que era mesquinho e provinciano no caráter português, como Calheiros e Meneses, nascido noutro mundo, muito bem sabia.

Além disso, Sousa Mendes tinha ido longe demais. Onde estava o seu tato diplomático? Pois se o homem até tinha passado vistos na rua! Na generosidade, como em todas as coisas, era preciso mostrar alguma moderação.

Não, nem ele nem Faria Machado tinham apoiado Sousa Mendes, declarou Calheiros e Meneses. A versão dos acontecimentos apresentada por Faria Machado era a correta. Faria Machado tinha-se limitado a obedecer às ordens de um superior, e ele, Calheiros e Meneses, acreditara que Sousa Mendes falava a verdade ao dizer-lhe que agia segundo novas instruções do Ministério. A despeito dos protestos de Faria Machado, nunca lhe passara pela cabeça que "um funcionário com tantos anos de casa" pudesse estar mentindo sobre uma questão tão importante.[5] A mentira de Calheiros e Meneses deve ter sido evidente para todos, mas era preciso manter as aparências, e durante o processo disciplinar a palavra de Calheiros e Meneses não foi posta em causa por ninguém além de Sousa Mendes. Faria Machado realmente teve sorte: Salazar não podia puni-lo sem punir também Calheiros e Meneses. No entanto, o ditador já tinha transferido o antigo cônsul em Bayonne para o posto menos atraente da Corunha, na Galiza.

Calheiros e Meneses não tinha a intenção de correr o risco por Sousa Mendes; mesmo assim, tentou, no seu testemunho, fazer o que podia pelo cônsul. Se os atos de Sousa Mendes eram indesculpáveis, havia pelo menos circunstâncias atenuantes. O ministro descrevia com emoção o "aspecto

[5] Processo disciplinar, folha 124.

confrangedor" de Bordeaux em 16 de junho, quando pela primeira vez procurou Sousa Mendes e o encontrou exausto na cama.[6] Calheiros e Meneses falava de "milhares de fugitivos, procurando abrigo sem o encontrar".[7] A confusão era tremenda e os refugiados estavam tomados de um "pânico coletivo".[8] Naturalmente, Calheiros e Meneses não disse uma palavra acerca da conversa que teve com o "fatigado"[9] cônsul nem sobre o dilema de Sousa Mendes. Mais do que isso, afirmou que tudo "corria normalmente" no consulado em 16 e 17 de junho.[10] Não fazia ideia, dizia ele, se posteriormente a situação no consulado de Bordeaux havia se modificado.

Calheiros e Meneses tentou, com a descrição da sua chegada ao consulado de Bayonne, evidenciar o pandemônio que lá reinava. Dado o grande número de refugiados na frágil escada, achou literalmente impossível chegar ao consulado. Foi obrigado a telefonar a Faria Machado para que viesse buscá-lo. O ministro foi então "praticamente içado até [...] [o] hediondo terceiro andar" pelos funcionários do consulado.[11]

Calheiros e Meneses não estava, dizia ele, tentando desculpar qualquer alegada irregularidade cometida por Sousa Mendes; estava apenas tentando "explicar a si mesmo a que se deveu a conduta do arguido". O ministro não pôde, no entanto, impedir-se de usar uma ironia um pouco amarga. Dizia saber que "um funcionário não tem de ser humano quando se trata de cumprir ordens, sejam de que natureza forem". Mas, acrescentava Calheiros e Meneses, "nem todos possuem idêntica resistência moral que

[6] *Ib.*, folha 121, verso.
[7] *Ib.*
[8] *Ib.*
[9] *Ib.*, folha 121.
[10] *Ib.*
[11] *Ib.*, folha 123, verso.

lhes permita enfrentar situações como as que o depoente e arguido sofreram".[12]

Calheiros e Meneses concluía o seu testemunho com uma eloquente descrição da situação que Sousa Mendes enfrentara e que ele, Calheiros e Meneses, tinha também testemunhado pessoalmente. O secretário registrou assim o seu depoimento:

> Assistiu o depoente desde o início, e dia a dia, à tragédia imensa da invasão, começada no dia 10 de maio para terminar quarenta e cinco dias depois na fronteira da Espanha. Pode o depoente garantir que para resistir às súplicas e implorações de tantos desgraçados apavorados com a aproximação do invasor e ao justo medo do campo de concentração, ou, pior ainda, do fuzilamento, se requeria uma coragem moral pouco banal.
>
> Não eram casos isolados num meio tranquilo. Eram milhares de pessoas que haviam sido metralhadas ou bombardeadas na fuga, em cidades por sua vez sujeitas diariamente aos *raids* e alertas aéreos.
>
> O pânico é contagioso, até fisicamente, e desde que o depoente saiu de Bruxelas, e mesmo ali, desde o primeiro dia de bombardeamento, não viu o depoente senão pessoas a quem faltava inteiramente a serenidade.
>
> Primeiro os belgas: políticos, diplomatas, autoridades civis e militares; depois os franceses. Todos dominados pelos acontecimentos e incapazes de reagir ou impor qualquer disciplina ou simulacro de ordem. Poderia ser explicada, de outro modo, a fuga desordenada de dois milhões e meio de belgas através das estradas do seu país e das da França, embaraçando a passagem das tropas, dificultando o abastecimento das populações civis, e deixando as cidades e vilas por onde passavam sem quase alimentos ou gasolina? [...] [Uma] ideia existia e dominava tudo: a fuga.

[12] *Ib.*, folha 125, verso.

Mantiveram-se talvez melhor inicialmente as autoridades francesas; havia certamente mais serenidade entre elas. Mas depois da tomada de Paris e do avanço sobre o Loire o espectáculo foi idêntico, ou mais alarmante ainda, porque o território para fugir diminuía pouco a pouco.

Eram então franceses os que fugiam, e apesar dos apelos e até das ordens do Governo para que pessoa alguma abandonasse as localidades onde se encontrava, ninguém obedeceu. A fuga continuou a ser o objetivo único.

É neste ambiente, afigura-se ao depoente, que tem de ser vista e julgada a atitude do arguido.[13]

Calheiros e Meneses terminava o seu testemunho no mesmo tom de amarga ironia que usara antes:

> Outros, talvez menos impressionáveis ou mais fortes física ou moralmente, teriam possivelmente suportado a tormenta e resistido às súplicas veementes e angustiosas que sofressem. Crê o depoente que o cônsul em Bordeaux se deixou dominar, como tantos outros, pelo horror da tragédia a que assistia.[14]

As duas testemunhas abonatórias, o inspetor consular Agapito Pedroso Rodrigues e o cônsul de primeira classe Agnelo Lopes da Cunha Pessoa, testemunharam o profissionalismo, a honradez e a integridade moral de Sousa Mendes.[15]

O elemento mais importante da defesa de Sousa Mendes foi, no entanto, a sua eloquente resposta escrita às acusações. A resposta, dirigida a Salazar, foi ditada tanto pelo realismo como pelo protocolo.

---

[13] *Ib.*, folhas 125, verso-127. A divisão dos parágrafos é minha.

[14] *Ib.*, folha 127.

[15] *Ib.*, folhas 127, 129.

As acusações da embaixada britânica eram totalmente desprovidas de fundamento, dizia Sousa Mendes. Nunca adiara deliberadamente a concessão de vistos. Pelo contrário, durante semanas tinha feito horários de trabalho desumanos, começando às 9 horas da manhã e muitas vezes continuando até a 1 ou 2 horas da madrugada. Embora os regulamentos lhe permitissem cobrar emolumentos extraordinários por vistos concedidos fora das horas normais de funcionamento do consulado, nunca se valera desse direito. A única exceção fora no caso de Robert de Rothschild, que insistira em receber o visto num domingo e se recusara a esperar até o dia seguinte.[16]

Sousa Mendes rejeitava sumariamente a acusação referente aos vistos concedidos aos três poloneses. Uma vez que não eram indicados os nomes dos refugiados, rejeitava a acusação como "uma afirmação gratuita das autoridades policiais".[17] O seu desprezo pela polícia política era por demais evidente.

Não negava ter concedido vistos não autorizados e ter autorizado o vice-cônsul honorário em Toulouse, Émile Gissot, a fazer o mesmo. Todos os pormenores daquilo que tinha acontecido em Toulouse ou não eram ainda conhecidos ou não foram mencionados na audição. Sousa Mendes não sabia que Émile Gissot tinha abusado da confiança nele depositada. O vice-cônsul parece ter traficado com os vistos, cobrando até dez vezes a taxa real a pagar por um visto, negociando também nos cafés e restaurantes frequentados pelos refugiados. Visto que as autoridades portuguesas insistiam em vistos para países de além-mar, Gissot pode ter tido como cúmplice o cônsul holandês, que de bom grado forneceu vistos para Curaçao.[18]

---

[16] *Ib.*, folha 103.

[17] *Ib.*, folha 102, verso.

[18] "Irregularidades do vice-cônsul gerente do Consulado em Toulouse, sr. Gissot", AOS/CO/NE-1A, Pasta 20, Arquivo Salazar, Arquivos Nacionais/Torre do Tombo; Otto Strasser, *Mein Kampf* (Frankfurt: Heinrich Heine Verlag, 1969), p. 188.

Entre os refugiados que receberiam um visto de Gissot encontrava-se o antigo nazista Otto Strasser.[19] O ministro e escritor austríaco Guido Zernatto pode também ter recebido um visto de trânsito do talvez não muito honrado cônsul honorário de Portugal em Toulouse. Zernatto acreditava, com ou sem razão, que o telegrama enviado pedindo vistos para ele e sua mulher tinha recebido resposta favorável do próprio ministro, Salazar.[20]

A PVDE e o MNE descobriram as irregularidades e ordenaram a Gissot que parasse de emitir vistos. Depois de uma investigação, foi decidido, em novembro de 1940, que Gissot seria substituído, mas isso só veio a acontecer em janeiro de 1943.[21]

Visto que ninguém mais tinha se referido a esse fato durante o seu processo disciplinar, omitiu discretamente qualquer referência ao grande número de vistos não autorizados que passara em Bordeaux.

Se Sousa Mendes teve o cuidado de referir a participação de Faria Machado e Calheiros e Meneses na concessão dos vistos, não foi por um desejo mesquinho e despeitado de incriminá-los. Foi antes para mostrar que a decisão de consciência que tinha tomado era contagiosa, porque era correta naquelas circunstâncias.[22]

É surpreendente que Sousa Mendes tenha decidido não enfeitar a sua defesa com os habituais adornos legais. Havia argumentos constitucionais válidos para aquilo que ele tinha feito: as instruções a que desobedecera eram racistas e, por conseguinte, inconstitucionais. Sousa Mendes tinha consciência de tais argumentos. Mas, de

---

[19] Strasser, *ib.*; sobre a estada de Strasser em Portugal, ver Patrik von zur Mühlen, *Fluchtweg Spanien-Portugal* (Bonn: Dietz, 1992), p. 146.

[20] Ingeborg Ursula Zimmer. *Guido Zernatto. Leben und dichterisches Werk.* (Klagenhurt, 1970: Verlag Carinthia, 1970), p. 59.

[21] Processo do Consulado de Toulouse, 1937-1949, Arquivo do MNE, R. S. A., 2º Piso, A. 34, nº 48.

[22] *Ib.*, folha 104, verso.

modo geral, deixou de lado os argumentos legais ao elaborar a sua defesa.

Em vez disso utilizou argumentos éticos. Falou do "dever de elementar humanidade" que o induzira a ajudar Arnold Wiznitzer.[23] Respondeu à acusação de conceder vistos a refugiados de certas nacionalidades afirmando simplesmente que não podia estabelecer diferenças entre nacionalidades visto que obedecia a "razões de humanidade que não distinguem raças nem nacionalidades".[24] Do mesmo modo, fora por razões humanitárias que ajudara os Miny e a mãe de Albert Jacobi. Como sinal de "boa-fé", Sousa Mendes revelava, pela primeira vez, essa última irregularidade.[25] Incluíra a mãe de Jacobi no visto deste, embora ela não tivesse documentos que provassem quem era.

Como era possível insistir em formalidades num período de crise tão aguda? Muitas pessoas não tinham passaportes ou os haviam perdido na sua fuga frenética. Depois de passados os dias críticos, dizia Sousa Mendes, muitos passaportes perdidos foram achados nos consulados de Bayonne e de Bordeaux e na rua. Até as autoridades francesas, argumentava Sousa Mendes, compreenderam que circunstâncias extraordinárias exigiam medidas extraordinárias e tinham facilitado a fuga dos refugiados acabando por abolir os vistos de saída.

Agira por motivos puramente humanitários, mas, em termos práticos, perguntava Sousa Mendes, que ameaça constituíam os refugiados para Portugal? Se refugiados como Neira Laporte eram um perigo para o Estado, por que não tivera a polícia política problemas com eles depois de chegarem a Portugal?[26] Tanto quanto sabia, nenhum dos refugiados a quem concedera vistos tinha

[23] *Ib.*, folha 101, verso.

[24] *Ib.*, folha 107, verso.

[25] *Ib.*, folha 108, verso.

[26] *Ib.*, folha 102.

"perturbado a ordem pública" ou "abusado de qualquer forma" da hospitalidade portuguesa.[27]

Quanto à acusação de que tinha prejudicado o prestígio de Portugal aos olhos das autoridades espanholas, era preciso lembrar que os vistos permitiam aos refugiados apenas o trânsito pela Espanha, não criando assim "nenhuma consequência prejudicial para o país, de ordem material ou política".[28]

Em resposta à acusação de que também tinha prejudicado a imagem de Portugal aos olhos das autoridades alemãs, Sousa Mendes indicava que os alemães ainda não tinham ocupado Bordeaux nem Bayonne quando os vistos foram distribuídos.[29] Sem prejudicar a reputação de Portugal, os atos de Sousa Mendes podiam, pelo contrário, tê-la aumentado, como o cônsul tentava provar a Salazar por meio de uma história pessoal. Quando atravessava a praça em frente da prefeitura da polícia de Bayonne, fora reconhecido por refugiados que tinha ajudado. Por motivo dos próprios atos que eram pretensamente "desprestigiantes para Portugal", fora "alvo de grande manifestação por parte de muitas centenas de pessoas, que entusiasticamente aclamavam Portugal e [...] [Salazar]".[30]

A despeito da validade de todos esses argumentos, Sousa Mendes compreendia que a sua "atitude [...] não podia deixar de causar estranheza". "[Estranho] [...] era tudo quanto se passava." A sua "atitude" fora determinada pelas "circunstâncias", que eram "completamente anormais, insuperáveis e *de força maior*".[31] Só alguém que tivesse passado pelo que ele passara podia compreender inteiramente o que acontecera.

---

[27] *Ib.*, folha 109, verso.

[28] *Ib.*, folha 107.

[29] *Ib.*

[30] *Ib.*

[31] *Ib.*, folha 106, verso.

Visto que Salazar carecia dessa experiência visceral, Sousa Mendes tentou recriar o melhor que podia os dramáticos acontecimentos. As passagens em que ele o faz são as mais pungentes da sua defesa escrita. Aí descreve as suas razões para ir ajudar Faria Machado em Bayonne:

> Tendo-se declarado em todo o sudoeste da França um verdadeiro pânico que se traduzia em cenas patéticas com as notícias da derrota das tropas francesas e do avanço rápido das tropas alemãs, tendo mesmo, em dado momento, sido interrompidas as comunicações telegráficas e telefônicas entre Bordeaux e outras cidades francesas, pensei ser meu dever estrito naquela conjuntura, excepcionalmente grave, ir em pessoa responder ao apelo do meu colega.
>
> Chegando ali, [vi] [...] tantos milhares de pessoas [:] [...] cerca de 5.000 na rua, de dia e de noite, sem arredar pé, à espera de vez [;] [...] cerca de 20 mil em toda a cidade, aguardando a ocasião de se aproximarem do Consulado [...][32]

Sousa Mendes fizera a sua proposta a Faria Machado e a Calheiros e Meneses e ambos a tinham aceitado.

"Quando regressei a Bordeaux", continuava Sousa Mendes, "estava já a cidade ocupada por tropas alemãs e restabelecidas as comunicações pela estrada."[33]

Numa das suas acusações, Paula Brito citava Sousa Mendes, dizendo que ele queria "salvar toda aquela gente". Sousa Mendes refere isso na sua defesa:

> Era realmente meu objetivo "salvar toda aquela gente", cuja aflição era indescritível: uns tinham perdido os seus cônjuges, outros

[32] *Ib.*, folha 104.

[33] *Ib.*, folha 104, verso.

não tinham notícias dos filhos extraviados, alguns tinham visto sucumbir pessoas queridas sob os bombardeamentos alemães que todos os dias se renovavam e não poupavam os fugitivos apavorados. Quantos tiveram de inumá-los antes de prosseguirem na louca correria da fuga!

Mas, além desse aspecto emocionante ao máximo, que me enchia de comiseração por tanto infortúnio, outro havia para mim que não era para desprezar, o da sorte que estava reservada a tanta gente se caíssem nas mãos do inimigo. Com efeito, eram numerosos entre os fugitivos os oficiais dos exércitos dos países ocupados anteriormente, austríacos, checos e polacos, os quais seriam fuzilados como rebeldes; eram igualmente numerosos os belgas, holandeses, franceses, luxemburgueses e até ingleses, que seriam submetidos ao duro regime dos campos de concentração alemães: havia intelectuais eminentes, artistas de renome, homens de Estado, diplomatas, da mais alta categoria, grandes industriais e comerciantes etc., que teriam a mesma sorte.

Muitos deles eram judeus, que, já perseguidos anteriormente, procuravam com muita angústia escapar ao horror de novas perseguições, além de um sem-número de mulheres de todos os países invadidos que procuravam evitar ficar à mercê da brutal sensualidade teutônica.

Junta-se a este espetáculo o de centenares de crianças, que, acompanhando os pais, participavam dos seus sofrimentos e angústias, demandando cuidados que eles, naquela situação, não podiam dar. Pensemos ainda que toda essa multidão, por falta de alojamento, dormia nas ruas e praças públicas sujeita a quaisquer intempéries.

Quantos suicídios e outros atos de desespero se produziram, quantos atos de loucura de que eu próprio fui testemunha!

Tudo isso não podia deixar de me impressionar vivamente, a mim que sou chefe de numerosa família e compreendo melhor do que ninguém o que significa a falta de proteção à família.

> Daí a minha atitude, inspirada única e exclusivamente nos sentimentos de altruísmo e de generosidade de que os portugueses, através dos seus oito séculos de história, souberam tantas vezes dar provas eloquentes e que tanto ilustram os nossos feitos heroicos.[34]

Sousa Mendes conclui com grande dignidade:

> Concluindo, peço licença a V. Exa. para declarar mais uma vez que, em tudo, procedi forçado pelas circunstâncias que sobre o meu espírito atuavam como razões de força maior.
>
> Procurei honrar a missão que me estava confiada e defender o nosso bom nome e prestígio. Recorreram a mim, como representante de Portugal [,] pessoas consideradas bastante eminentes de muitos países com os quais mantivemos sempre as melhores relações: homens de Estado, embaixadores e ministros, generais e outros oficiais superiores, professores, escritores, acadêmicos, artistas de renome, jornalistas, alguns deles com serviços a Portugal, estudantes universitários, pessoal de várias organizações da Cruz Vermelha, membros de casas reinantes, príncipes de sangue, combatentes de todas as patentes e postos, industriais e comerciantes, religiosos de ambos os sexos, mulheres e crianças carecendo de proteção. Deles recebi, em geral, palavras de apreço e consideração por Portugal, país hospitaleiro e acolhedor, único na Europa onde poderiam encontrar sossego e descanso para tantos sofrimentos e fadigas.
>
> Para a minha consciência representam as suas palavras a mais preciosa recompensa pelo que por eles fiz. E agora consola-me sobremaneira ver nos jornais portugueses, diariamente, como a estada de todos esses estrangeiros está sendo apreciada e como eles se mostram reconhecidos à hospitalidade portuguesa e dignos dela [...].

---

34 *Ib.*, folha 105, verso.

> Posso ter errado, mas, se errei, não o fiz com intenção, tendo procedido sempre segundo os ditames da minha consciência, que, apesar do esgotamento nervoso que sofri e sofro ainda pelo excesso de trabalho suportado, passando semanas quase sem dormir, nunca deixou de me guiar no cumprimento dos meus deveres, com pleno conhecimento das minhas responsabilidades.[35]

A defesa de Sousa Mendes estava datada de 10 de agosto e foi apresentada a Paula Brito em 12 de agosto. O cônsul apresentou também dois artigos para consideração. O primeiro era um editorial do jornal lisboeta *Diário de Notícias*. Intitulado "Portugal foi sempre cristão", elogiava o regime de Salazar, incluindo a polícia política, pelo modo humano como tinha tratado a situação dos refugiados. Sousa Mendes deve ter apreciado a fina ironia de semelhante artigo publicado naquele preciso momento. O segundo era uma carta de agradecimento de uma refugiada que ele ajudara: a escritora Gisèle Quittner Allotini. A carta referia-se aos efeitos dos atos de Sousa Mendes no prestígio internacional de Portugal. A condessa afirmava a certo passo:

> O senhor é para Portugal a melhor das propagandas, é uma honra para a sua pátria. Todos aqueles que o conheceram louvam a sua coragem, o seu grande coração e o seu espírito cavalheiresco, e acrescentam: se os portugueses se parecem com o cônsul-geral [Sousa] Mendes, são um povo de homens valentes e de heróis.[36]

Na opinião da condessa Allotini, Sousa Mendes tinha dado "ao estrangeiro uma magnífica opinião dos seus compatriotas".

---

[35] *Ib.*, folha 109.
[36] *Ib.*, folha 115.

Embora tivesse conhecido muitos dos grandes homens da França e da Europa modernas, raramente tinha encontrado, dizia, "um espírito tão superior" ou "um coração tão generoso".[37]

Em 15 de agosto, três dias depois de Sousa Mendes apresentar a sua defesa, François Dengis, falando pela rádio estatal belga, afirmou que um homem de negócios de Liège, Edgard Godecharle, lhe contara em Toulouse que muitos refugiados judeus estrangeiros tinham sido expulsos de Bordeaux pela Wermacht (exército) alemã. Presumivelmente tinham sido enviados para campos de concentração para lá morrerem. Dengis perguntava se não seria possível arranjar uma maneira de fazer passar para Espanha, Portugal e EUA aqueles que ainda se encontravam na zona não ocupada.[38] Mas não foram só os refugiados estrangeiros que os nazistas arrebanharam em Bordeaux. Depois da guerra, foram inscritos em pedra no exterior da sinagoga os nomes dos judeus de Bordeaux que tinham sido mortos. A lista tem mais de 500 nomes.

Enquanto Paula Brito conduzia a sua investigação pretensamente independente, o ministro dos Negócios Estrangeiros, Salazar, realizava o seu próprio inquérito. No mesmo dia em que Calheiros e Meneses prestou testemunho, Salazar enviou a Faria Machado um telegrama perguntando a ele quais as instruções que recebera de Sousa Mendes e um segundo telegrama ao comandante Ochoa perguntando-lhe que instruções transmitira ao cônsul-geral.[39] Faria Machado, que já assumira o seu novo posto na Corunha, manteve a versão original, e Ochoa, que

---

[37] *Ib.*, folha 116.

[38] Dumont et Vanwelkenhuyzen, *1940, Le grand exode*, p. 305.

[39] Ambos os telegramas estão datados de 19 de agosto de 1940. Ver processo disciplinar, folhas 131, 133.

estava agora em Vichy, respondeu que tinha comunicado a Sousa Mendes todas as instruções recebidas do Ministério relativas à concessão de vistos.[40]

Entretanto, Paula Brito finalizava a sua investigação. As suas tarefas finais como investigador consistiam em considerar todas as provas, testemunhos e depoimentos reunidos, propor um veredito de inocência ou de culpa e sugerir uma sentença.

Paula Brito apresentou as suas conclusões a Salazar num relatório datado de 29 de agosto de 1940. Concluía ele que Sousa Mendes se declarara inocente apenas das acusações da embaixada britânica.[41] Por conseguinte, era culpado de desobediência às ordens dos seus superiores. Paula Brito considerava como fatores agravantes a evidente "premeditação" e a "acumulação de infrações".[42] O investigador achava, no entanto, que esses fatores eram compensados pelas circunstâncias atenuantes, que incluíam "o bom comportamento profissional anterior" do arguido e o fato de ter confessado imediatamente a infração.[43] Paula Brito não propôs as duas sentenças mais leves em virtude de anteriormente Sousa Mendes ter sido objeto de dois processos disciplinares e oito repreensões. Em vez disso, propôs uma suspensão sem vencimento pelo período de um a seis meses.[44]

Paula Brito provavelmente tinha consciência de que a sentença que propunha era mais leve do que aquela que Salazar, Sampaio e Tovar queriam. Sugeri-la requeria, portanto, alguma integridade moral e simpatia por Sousa Mendes. Mas a sua coragem tinha limites, e concluía o relatório a Salazar com a esperada nota de servilismo: "V. Exa.", escrevia, "[...]

---

[40] Para as respostas telegrafadas, ver processo disciplinar, folhas 135, 139.

[41] *Ib.*, folha 144, verso.

[42] *Ib.*, folha 145.

[43] *Ib.*

[44] *Ib.*, folha 145, verso.

decidirá no seu alto critério, como melhor convier aos interesses da Justiça".[45]

Em 29 de agosto, as conclusões de Paula Brito foram ao Conselho Disciplinar. Só um mês depois, em 1º de outubro, é que Salazar nomeou o conde de Tovar "relator" do processo disciplinar. Cabia-lhe, em nome do Conselho Disciplinar, examinar todas as provas, considerar as conclusões de Paula Brito e chegar ao seu próprio juízo. A razão provável do atraso na nomeação do relator foi que Salazar tinha ordenado uma investigação ao que acontecera em Bayonne e Bordeaux, e essa investigação ainda não estava completa.

No seu relatório a Salazar, o relator, Tovar, repreende Paula Brito por não ter investigado as acusações da embaixada britânica.[46] Tovar discorda também de Paula Brito no que se refere ao "bom comportamento profissional anterior" de Sousa Mendes. O relator cita, como desmentidos ao bom comportamento anterior do cônsul, três processos disciplinares anteriores (e não dois, como Paula Brito afirmava) e a "lista bastante longa de repreensões e censuras que [...] foram dirigidas [a Sousa Mendes] nos anos de 1937 a 1939".[47] Tovar mostra-se, além disso, furioso com a total falta de remorsos de Sousa Mendes por aquilo que fez. "Glorifica-se", diz Tovar, dando como prova a conclusão da defesa de Sousa Mendes e a inclusão, entre os documentos do processo disciplinar, da carta de Gisèle Quittner Allotini. Tovar afirma sarcasticamente: "O Sr. Aristides de Sousa Mendes não confessa infrações: alardeia serviços que o tornam digno de louvores".[48]

[45] *Ib.*, folha 146.

[46] Relatório de Tovar, p. 1.

[47] *Ib.*, p. 9.

[48] *Ib.*, p. 10.

Tovar rejeita os argumentos humanitários de Sousa Mendes com uma considerável ironia. O fato de, desde novembro de 1939, ter invocado tais argumentos prova amplamente, aos olhos de Tovar, a sua invalidade. Se Sousa Mendes sentia realmente que estava perante um dilema moral insolúvel, por que não tentara persuadir o Ministério, por meio de um relatório, a tornar os seus regulamentos mais humanos? Por que não pedira simplesmente a transferência, se a sua situação se tornara intolerável?[49] Não, na opinião de Tovar, as razões de força maior eram meros subterfúgios para justificar a infração deliberada das instruções do Ministério e até o cometimento de um ato criminoso: a falsificação de um passaporte para o casal Miny.[50]

Nem mesmo o testemunho de Calheiros e Meneses – que "evoca, com muito realismo, a tragédia" dos refugiados,[51] como Tovar é obrigado a reconhecer – tem muito peso para ele. As infrações de Sousa Mendes tinham começado meses antes da invasão alemã[52] (talvez alguém devesse ter informado o conde de que a situação dos refugiados também tinha começado antes disso).

Seria no entanto errado atribuir importância indevida aos argumentos capciosos de Tovar. Ele estava apenas, no fim das contas, fornecendo o enquadramento administrativo para a exoneração que Salazar já decidira quase quatro meses antes. Para o efeito pretendido o cadafalso não tinha de ser muito sólido. Bastava Tovar dizer, como diz na conclusão do relatório, que Sousa Mendes já não estava apto para o serviço diplomático, que ele continuaria a cometer infrações.

---

49 *Ib.*, p. 5.
50 *Ib.*, p. 8.
51 *Ib.*, p. 5.
52 *Ib.*, p. 4-5.

O arguido, assinalava Tovar, tinha trinta anos de experiência e já 55 anos de idade. "Não é nesta idade e depois de tantos anos de serviço que se muda de mentalidade e de procedimento."[53] "[Dada] a incapacidade profissional do arguido", ele, Tovar, teria muita dificuldade em aceitar a futura colocação de Sousa Mendes num posto comparável ao que ocupara anteriormente.[54] Por conseguinte, Tovar propunha, como sentença, a despromoção à categoria de cônsul de segunda classe.[55]

A sentença proposta tresandava a hipocrisia e má-fé. Todos os argumentos de Tovar apontavam para a exoneração e não para a despromoção, mas o conde deixava essa responsabilidade a Salazar.

O relatório de Tovar foi concluído em 19 de outubro de 1940. Dez dias mais tarde, o Conselho Disciplinar do Ministério dos Negócios Estrangeiros reuniu-se oficialmente para tomar a sua decisão. Houve uma grande exibição de imparcialidade, porque o Conselho apreciou não apenas as provas reunidas por Paula Brito mas também "um requerimento apresentado pelo Arguido em 4 de setembro de 1940", bem como "uma carta que lhe foi dirigida por um ministro belga e [...] [a] resposta que lhe foi dada".[56] Ambos esses documentos foram posteriormente retirados do processo disciplinar. O "ministro belga" era quase com certeza Albert de Vleeschauwer.

Sem surpresa para ninguém, os outros dois membros do Conselho Disciplinar concordaram com as conclusões e a sentença proposta por Tovar.[57] Ao propor que Sousa Mendes fosse despromovido de categoria, o Conselho Disciplinar estava simplesmente lavando as mãos de qualquer responsabilidade na exoneração do

53 *Ib.*, p. 10.

54 *Ib.*, p. 11.

55 *Ib.*, p. 12.

56 Processo disciplinar, ata do Conselho Disciplinar.

57 *Ib.*

cônsul por Salazar. A exoneração era, como vimos, uma decisão previamente tomada e não era, por certo, segredo para as pessoas do Ministério como Tovar, Sampaio e Carneiro.

A decisão foi comunicada por Salazar no dia seguinte: Sousa Mendes era condenado a um ano de serviço inativo com metade do vencimento, a que se seguiria a sua aposentadoria. A razão invocada era o argumento de Tovar sobre "a incapacidade profissional do arguido para dirigir consulados, especialmente os da sua categoria [...]".[58]

[58] Além de ser injusta, a sentença era tecnicamente ilegal. Ver Afonso, *Injustiça*, p. 133.

14. Os refugiados em Portugal no verão de 1940

Por ironia, enquanto a carreira de Sousa Mendes era destruída, nesse verão de 1940 os refugiados que ele tinha ajudado deliciavam-se com a calorosa hospitalidade do povo português. Os refugiados judeus na França tiveram uma sorte bem diferente. Na terceira semana de julho o regime de Vichy já tinha emitido a sua primeira lei respeitante aos judeus,[1] e as coisas não iriam senão piorar. Em comparação, a situação em Portugal era paradisíaca. Como Sousa Mendes referira na sua defesa, a imprensa portuguesa não perdia nenhuma oportunidade para elogiar o regime de Salazar pela amistosa recepção concedida aos refugiados. A imprensa internacional seguia-lhe o exemplo. O infeliz cônsul sofria assim a suprema injustiça de se ver castigado, ao mesmo tempo que o regime político era louvado.

Alguns artigos favoráveis ao regime de Salazar publicados no verão de 1940, em larga medida por causa do tratamento dispensado aos refugiados, eram abertamente bajuladores. Um artigo da revista *Life* referia-se a Salazar como "um governante benevolente" e "[de] longe o melhor ditador do mundo". Na opinião da revista

[1] Michael R. Marrus and Robert O. Paxton, *Vichy France and the Jews* (New York: Schocken Books, 1981), p. 4.

americana, ele era "também o maior português desde o infante D. Henrique". "A maior parte daquilo que há de bom no Portugal moderno", afirmava a *Life*, "pode ser creditada ao Dr. Antônio de Oliveira Salazar." Se 70% dos portugueses eram analfabetos, isso era "[apesar] dos melhores esforços de Salazar". Os portugueses eram caracterizados do seguinte modo pelo periódico:

> Contentando-se com pouco, gostam de comer tarde, ficam acordados até o meio da noite, sentados bebericando vinho barato e ouvindo as canções tristes e sentimentais chamadas *fados*. As pessoas comuns vivem de peixe, pão e vinho, e dois terços delas andam descalças.

Para melhor esclarecimento dos seus leitores americanos, o artigo era generosamente ilustrado com fotografias, incluindo uma de Salazar (que, dizia a epígrafe, fizera "voto de castidade") sentado num banco de pedra, tendo ao colo uma das duas garotas "que vivem na casa do primeiro-ministro para lhe quebrar a solidão".[2]

Por meio das suas manifestações públicas de agradecimento a Salazar, os próprios refugiados contribuíram, involuntariamente, para reforçar a maciça mitificação pela imprensa internacional.[3] Deve dizer-se em sua defesa que a maioria dos refugiados pouco ou nada sabia do que acontecera. Como bom diplomata e verdadeiro patriota, Sousa Mendes fez tudo o que podia para dar uma aparência de devida forma às suas infrações. A situação no sudoeste da França tinha sido realmente fora do normal e os refugiados tinham encontrado anomalias burocráticas por toda a parte. Por exemplo, nos seus escritos autobiográficos,

---

[2] *Life*, July 29, 1940, p. 65-73.

[3] Em 7 de outubro de 1940, o *Diário de Coimbra* publicou um telegrama de agradecimentos enviado a Salazar pelo "comitê provisório dos refugiados na Figueira da Foz". Em 9 de outubro de 1940, *O Figueirense* publicou um radiograma de agradecimentos do refugiado Jacques Lerner.

Friedrich Torberg atribui menos importância ao seu visto português, que fora, afinal de contas, bastante fácil de obter, do que a outros papéis de que necessitava para sair da França e atravessar a Espanha. Num artigo de jornal de 1940, Tillinger recorda quão espantosa fora a notícia de que Portugal estava dando vistos, mas não mostra ter nenhum conhecimento do fato de que esses vistos não eram autorizados. Já em idade avançada, a mulher de Hugo Haas, *Bibi*, recordava com gratidão o cônsul que lhe dera um visto haitiano, mas não diz uma única palavra acerca do cônsul em Bordeaux.[4]

A psicologia humana também não funcionava a favor de Sousa Mendes. Para pessoas que sentiam que tinham escapado à morte por um triz graças a um funcionário português, era difícil falar ou mesmo pensar mal do regime que ele representava. Fazê-lo pareceria a maior das ingratidões, especialmente porque os portugueses tinham aberto os braços para eles – e as portas das suas casas.

A atitude é explicável, mas não desculpa aqueles que tinham uma ideia clara daquilo que acontecia. Refugiados como Lucie Matuzewitz e Jan Lustig conheciam o preço que Sousa Mendes tinha pagado pela fuga que proporcionara a eles. Ao chegar a Vilar Formoso, Lustig já sabia que o cônsul tinha sido demitido devido ao seu ato de desobediência.[5] Saber era uma coisa, outra coisa era sentir que se podia fazer ou dizer alguma coisa num país que não era o seu. Além disso, esses refugiados já tinham grandes preocupações e um medo mortal de desagradar às autoridades. Só duas dessas pessoas – "o ministro belga" e a condessa Allotini – é que tiveram a coragem de defender Sousa Mendes em face do regime

[4] Friedrich Torberg, *Eine tolle, tolle Zeit,* p. 110; Lustig, *op. cit.*, p. 52; Eugen Tillinger, *Die Brücke von Hendaye*, Aufbau, 30 de agosto de 1940, p. 2; Aleš Fuchs, *Dlouhá svatební cesta* (Praga: Nakladatelství Faun, 1997), p. 88-89.

[5] Jan Lustig, *Ein Rosenkranz von Glücksfällen. Protokoll einer Flucht*, p. 64-65.

de Salazar. Outros, como o escritor francês e celebridade Charles Oulmont, não só nada fizeram pelo cônsul como se deram ao trabalho de elogiar Salazar.

As memórias de Oulmont não contêm sequer uma referência passageira a Sousa Mendes; nem sequer no capítulo em que fala dos cônsules que conheceu. Por que esse silêncio e essa ingratidão? Apenas por, no círculo conservador, cair mal a Oulmont recordar que fora um daqueles franceses que tinham fugido do país em junho de 1940? Ou não seria antes porque um relato verdadeiro daquilo que acontecera não condiria exatamente com tudo o que Oulmont sempre dissera de Salazar? Este tinha numerosos admiradores entre os intelectuais da direita francesa. Oulmont era um deles. Fora por isso que, como vimos, tinha sido convidado a participar nas comemorações da Exposição do Mundo Português.

As memórias de Oulmont não contêm nenhuma referência a Sousa Mendes, mas incluem um longo panegírico de Salazar.[6] Um dos fracos do ditador eram as entrevistas com escritores e jornalistas franceses de quem se podia esperar afirmações favoráveis sobre o seu regime. Oulmont não o desiludiu: não apenas nas suas memórias mas também nas suas peças jornalísticas, programas de rádio e conferências em Portugal durante a guerra, Oulmont provou ser um amigo fiel do regime salazarista.[7]

Outros refugiados ilustres ajudados por Sousa Mendes, incluindo Otto de Habsburgo, deram igualmente provas de benevolência em relação a Salazar. O herdeiro do trono austríaco já conhecia Salazar, que o recebera na sua viagem a caminho dos EUA e no seu regresso. Segundo Otto de Habsburgo, ele e a família foram brevemente retidos em Vilar Formoso. Um telegrama

---

[6] Oulmont, *Noces d'or avec mon passé*, p. 244-255.

[7] Sobre as atividades de Oulmont em Portugal, ver *Grande Enciclopédia Portuguesa e Brasileira* (Lisboa: Editorial Enciclopédia, Limitada, c. 1946).

de Salazar permitiu-lhes continuarem a viagem. Os austríacos que acompanhavam os Habsburgo, incluindo comunistas e outras pessoas de esquerda que tinham combatido contra Franco, estiveram, nas palavras do arquiduque, "retidos na fronteira durante 24 horas".[8]

Segundo o conde Degenfeld, um dos primeiros atos de Habsburgo ao chegar a Portugal foi ir "imediatamente – era já noite – ter com um dos mais altos funcionários do Ministério dos Negócios Estrangeiros português" (o secretário-geral Sampaio?) e pedir que fossem dadas instruções aos consulados portugueses na França para concederem vistos aos refugiados austríacos que os solicitassem. O arquiduque fez o mesmo pedido ao embaixador da Espanha, Nicolás Franco, irmão do ditador espanhol. A via tortuosa pela qual muitos mais refugiados austríacos haveriam realmente de chegar a Portugal ainda está por contar pelos historiadores. É de suspeitar que não foi tão fácil como sugerem Degenfeld e Habsburgo.

Os Habsburgo passaram menos de duas semanas em Portugal. Otto foi convocado por Salazar e informado de que os alemães reclamavam a sua extradição. Salazar não tencionava dar-lhes satisfação, mas sugeriu delicadamente que os Habsburgo fizessem as malas. Dois ou três dias depois a família imperial austríaca tomou o avião para a América. Nesse voo transatlântico, os Habsburgo não pensaram muito no cônsul em Bordeaux que, segundo rumores ouvidos pelo arquiduque, se suicidara.[9]

É igualmente improvável que a grã-duquesa de Luxemburgo e os ministros que a acompanharam até Portugal se preocupassem com a sorte de um cônsul sem importância. Tinham outras preocupações e assuntos a tratar. Enquanto as suas famílias tomavam banhos de sol nas praias de Cascais e do Estoril, os principais ministros do

---

[8] Entrevista com Otto de Habsburgo.

[9] Auclères, *Soleil d'exil*, p. 136.

governo de Luxemburgo e a grã-duquesa encontravam-se frequentemente para discutir o que iriam fazer.[10] Não podiam permanecer indefinidamente em Portugal. A sua presença em terra portuguesa era embaraçosa para o regime de Salazar, oficialmente neutro. Os nazistas não tinham esquecido as declarações contra Hitler da grã-duquesa e dos seus ministros no exílio na França. Embora as autoridades alemãs não pareçam ter pedido a sua extradição de Portugal, não era segredo para Salazar o extremo antagonismo dos nazistas em relação à grã-duquesa. O regime não perdeu tempo a prevenir o governo de Luxemburgo de que devia abster-se de qualquer atividade política aberta ou de declarações públicas durante a sua permanência em Portugal.

A possibilidade de um pedido de extradição por parte dos alemães não era o único receio que assaltava os dirigentes luxemburgueses. Nesse verão, surgiram rumores de que Hitler podia continuar a sua ofensiva até Portugal. Nenhum país do continente europeu parecia seguro. Para onde havia de ir o governo de Luxemburgo no exílio? Uma possibilidade eram os Estados Unidos. O presidente americano Roosevelt não tinha apenas feito um convite; tinha mesmo enviado um cruzador a Lisboa, o *Trenton*, para recolher a família grã-ducal. O *Trenton* voltou para os Estados Unidos em 15 de julho com o príncipe Félix e os filhos a bordo. A grã-duquesa ficou para trás. Enquanto os ministros eram favoráveis a partir para os Estados Unidos, Canadá ou Londres, a grã-duquesa sentia o desejo de regressar a Luxemburgo para partilhar a sorte dos seus compatriotas.

Albert de Vleeschauwer foi uma das várias figuras políticas e diplomáticas que se juntaram aos ministros nos seus esforços

[10] Em relação à permanência da grã-duquesa e do seu governo em Portugal, ver Émile Haag et Émile Krier, *La grande-duchesse et son gouvernement en exil*, p. 83-114; Heisbourg, *Le gouvernement luxembourgeois en exil*, p. 136-177.

para dissuadir a grã-duquesa de tentar regressar a Luxemburgo.[11] Perfeitamente consciente de que os nazistas agora se opunham a semelhante tentativa, o regime salazarista deixou claro que não tencionava ajudar de modo nenhum empresa tão temerária. Quando o parlamento de Luxemburgo convidou formalmente a grã-duquesa a regressar, o ministro dos Negócios Estrangeiros, Bech, decidiu tentar organizar em Portugal um encontro entre a grã-duquesa e uma delegação parlamentar. Com isso em mente, Bech pediu a Francisco de Calheiros e Meneses que tratasse do assunto com Salazar. O ditador português foi, como se compreende, inflexível contra semelhante encontro. As autoridades portuguesas deixaram igualmente claro que se realmente viesse a acontecer algum encontro, mesmo que em solo suíço ou francês, e os alemães protestassem, Portugal não autorizaria a grã-duquesa ou os seus ministros a voltarem a Portugal.[12]

Pouco a pouco a razão prevaleceu, e quando a BBC anunciou, em 9 de agosto, que Luxemburgo tinha sido oficialmente anexado pela Alemanha, desapareceu da mente da grã-duquesa qualquer ideia de regressar ao seu país. Em 29 de agosto – no preciso dia em que Paula Brito completou a sua investigação – a grã-duquesa partiu para Londres. Voltou a Lisboa em 6 de setembro, e em 3 de outubro tomou o avião para Nova York.

Tanto quanto se sabe, Sousa Mendes não teve contato direto com a grã-duquesa nem com os seus ministros nesse verão em Portugal. E o fato de ninguém interceder em nome dela pode ter sido devido mais à ignorância do que à negligência. Ainda que tivessem sabido e quisessem fazer alguma coisa, não era fácil aos dirigentes de uma pequena nação como Luxemburgo interferir num assunto administrativo interno de outro país.

---

[11] Émile Haag et Émile Krier, *La grande-duchesse et son gouvernement*, p. 97.

[12] *Ib.*, p. 93-94.

Talvez a grã-duquesa ou os seus ministros soubessem alguma coisa daquilo que acontecera a Sousa Mendes. Estavam regularmente em contato com Albert de Vleeschauwer, e este pode muito bem ter mencionado o caso a eles. Mas eles tinham outras preocupações, mais graves, e o mesmo acontecia com De Vleeschauwer, a despeito do seu interesse.

Como administrador-geral do Congo e de Ruanda-Urundi, De Vleeschauwer estava em posição de poder continuar a defender os interesses coloniais da Bélgica, embora ainda não tivesse sido constituído um governo belga no exílio. O Congo Belga tinha importância militar para os britânicos, pelo que estes não tinham outro remédio senão tratar com De Vleeschauwer. Além disso, aquele ministro era o único membro do gabinete que tinha conseguido chegar à liberdade investido de uma missão oficial para assegurar alguma continuidade constitucional. Pierlot, Spaak e Gutt – respectivamente primeiro-ministro e ministros dos Negócios Estrangeiros e das Finanças – estavam retidos na França de Vichy. Os britânicos tinham de falar com De Vleeschauwer ou então com mais ninguém.

O embaixador britânico em Lisboa, *Sir* Walford Selby, não perdeu tempo em contatar De Vleeschauwer.[13] Em 4 de julho, o ministro belga das Colônias partiu para Londres num hidroavião. Na capital britânica, associou-se com outro candidato improvável à glória histórica: o embaixador da Bélgica, barão Émile de Cartier, diplomata medíocre sob todos os aspectos.

Juntos, De Vleeschauwer e Cartier conseguiram dissuadir o gabinete inglês de reconhecer um governo belga no exílio, não oficial e não representativo, que estava sendo formado em Londres pelo ministro belga da Saúde, Jaspar (que, como vimos, também tinha recebido um visto de Sousa Mendes!). De Vleeschauwer e Cartier

---

[13] Dumont et Vanwelkenhuyzen, *1940, le grand exode*, p. 308.

conseguiram convencer os ingleses a esperarem até que pudesse ser formado um governo belga no exílio constitucional. Para isso era necessário que pelo menos uma das três principais figuras políticas ainda na França – Pierlot, Spaak ou Gutt – chegasse a Londres. De Vleeschauwer estava determinado a trazer para Londres, sozinho se necessário, um dos seus três colegas. Estes estavam, para todos os efeitos, prisioneiros na França. O regime de Vichy tinha prendido já o antigo ministro do Interior, Georges Mandel, e em 6 de setembro haveria de prender o ex-primeiro-ministro, Paul Reynaud. Era impossível dizer o que o regime de Vichy podia fazer aos ministros belgas.

Primeiro De Vleeschauwer voltou a Lisboa. Quando o embaixador britânico em Madri, *Sir* Samuel Hoare, descobriu o segredo, informou imediatamente o ministro dos Negócios Estrangeiros em Londres, Lord Halifax. Este achou que isso era muito perigoso. Não queria que De Vleeschauwer, que tinha poder administrativo e legislativo sobre o Congo Belga, caísse nas mãos dos nazistas.[14] De Vleeschauwer decidiu ignorar os receios britânicos e avançar de qualquer modo. Evidentemente, estava fora de questão que o regime de Salazar sancionasse semelhante missão. Por conseguinte, foi sob uma identidade falsa e com um passaporte forjado[15] que dessa vez De Vleeschauwer deixou Portugal. Encontrou-se com Pierlot, Spaak e Gutt na pequena cidade fronteiriça francesa de Le Perthus.[16] Foi decidido que Gutt, o único dos três que tinha os documentos em ordem, regressaria imediatamente a Londres com De Vleeschauwer.[17]

---

[14] J. Gérard-Libois et José Gotovitch, *L'an 40, la Belgique occupée* (Bruxelles: CRISP, 1971), p. 244.

[15] Entrevista com o Dr. Ludo M. A. de Vleeschauwer.

[16] *Ib.*

[17] Nas suas memórias, Paul-Henri Spaak admite que De Vleeschauwer teve uma importante participação na decisão de abandonar a França de Vichy. *Combats inachevés* (Paris: Fayard, 1969), p. 112, 132.

De Vleeschauwer e Gutt chegaram a Londres em 8 de agosto, quando a investigação de Paula Brito estava ainda em curso. Em 22 de outubro, três dias depois de Tovar completar o relatório, o primeiro-ministro belga, Pierlot, e o ministro dos Negócios Estrangeiros, Spaak, juntaram-se a Gutt na capital britânica. Depois de algumas dificuldades na Espanha, tinham ambos entrado secretamente em Portugal. O regime de Salazar tinha-os encorajado a abreviar a sua estada.[18] Em 31 de outubro, dia seguinte àquele em que Salazar emitiu a sua decisão no caso Sousa Mendes, foi formado em Londres um governo belga no exílio. A Bélgica tinha de agradecer a um homem: Albert de Vleeschauwer.

De Vleeschauwer, por sua vez, estava em dívida para com um homem: Aristides de Sousa Mendes. A dívida de De Vleeschauwer não dizia respeito apenas a vistos. Talvez fosse ainda mais importante o fato de, ao assumir a responsabilidade de cuidar da família De Vleeschauwer nesses meses de junho e julho de 1940, Sousa Mendes proporcionar ao ministro belga a liberdade e paz de espírito necessárias para prosseguir as suas importantes atividades. Enquanto De Vleeschauwer andava entre Lisboa, Londres e a França, a família estava confortavelmente abrigada na residência de Sousa Mendes em Cabanas de Viriato.

Sousa Mendes tinha enviado um longo telegrama à sua prima de Cabanas de Viriato, D. Maria Teles, pedindo-lhe que preparasse todos os quartos disponíveis da sua casa, visto que ia chegar um grande número de convidados.

Embora oficialmente a propriedade de Sousa Mendes se chamasse Quinta de São Cristóvão, as pessoas do local conheciam-na como Casa do Passal ou simplesmente Passal. Isso era uma

[18] Spaak, *Combats inachevés*, p. 122.

referência ao fato de a quinta se situar em um terreno adjacente à igreja local, a igreja de São Cristóvão. No cimo da colina fronteira à residência havia uma grande escultura de pedra do Cristo Rei, trazida da Bélgica em três grandes peças. A própria mansão era a mais imponente de uma localidade que exibia as casas de várias outras famílias importantes. Tinha uma vista extraordinária da serra da Estrela. A imponente residência, que media cerca de 20 por 40 metros, era produto de consideráveis renovações e alargamentos empreendidos por Sousa Mendes no fim dos anos 1920 e princípio dos anos 1930. Pintada de amarelo, a casa estava concebida numa mistura de estilos português e francês. Tinha um sótão, coberto de telhas, com um galo português no alto da chaminé. Nos azulejos cinzentos desse piso superior, abriam-se nada menos de vinte janelas.

Quem a visitasse pela primeira vez não podia deixar de se impressionar com o imponente muro de pedra e os portões de ferro que separavam a quinta da estrada. Em um dos cantos do muro havia uma grande escultura, em tamanho natural, de Cristo crucificado. Por cima da porta de entrada, uma varanda espaçosa suportada por pilares proporcionava aos moradores do edifício uma esplêndida vista da montanha. O mesmo acontecia com as pequenas varandas situadas no lado e nos fundos da casa.

A primeira coisa em que se reparava ao entrar na casa era no brasão de armas da família pintado no teto do átrio principal do piso inferior. A casa tinha uma adega, três pisos e mais de vinte salas. No primeiro andar havia uma galeria envidraçada, que servia de lugar de leitura e de repouso, a sala de jogos, a biblioteca, a sala de jantar corrente, a sala de bilhar e várias outras. Sousa Mendes não tinha poupado em nada. Os móveis eram da mais alta qualidade. A mobília era cara e os cortinados, de veludo. Apaixonado por música, Sousa Mendes tinha nada menos do que dois pianos (um deles um Bechstein) e uma pianola americana. A maior parte dos filhos tinha aprendido a tocar piano. Uma ampla escada em espiral conduzia à sala de jantar de cerimônia, à sala de recepções, à sala japonesa e aos quartos de convidados do segundo andar. A mobília da sala de jantar incluía cadeiras brasonadas, com lombada de couro, e a comida era servida na mais fina louça chinesa. Na parede, como em muitas casas católicas, via-se uma reprodução de *A Última Ceia*, de Leonardo da Vinci. Os quartos de dormir da família e os quartos das criadas eram no último andar. Os crucifixos onipresentes e o oratório do terceiro andar deixavam poucas dúvidas quanto às crenças daquela família profundamente católica.

Foi diante dessa casa que dois automóveis americanos e um caminhão Ford carregado de mobília e reservas de alimentos descarregaram nada menos de 19 passageiros numa noite de junho de 1940. Tão pouco acostumada a tais visões como os pacatos aldeãos de Cabanas de Viriato, *Polônia*, a grande mas pacífica cadela da família, soltou um uivo. Maria Teles a fez calar e deu as boas-vindas aos hóspedes.

Quem eram eles exatamente? Havia a alta madame De Vleeschauwer; os seus dois filhos, Pieter e Ludo, e as três filhas, Elza, Hilda e Boudewijn, com idades dos 15 aos 7 anos; a mãe da madame De Vleeschauwer, de 72 anos, doente; um sobrinho, Jos de Vleeschauwer; uma educadora e destacada feminista, a dra. Rosa Delrue, que tinha estudado na Universidade de Lovaina; o padre De Rooy, professor de Filosofia, que proferira conferências contra as teorias racistas do fascismo no Angelicum, colégio dominicano de Roma, e deixara a Itália quando os seus superiores lhe disseram que já não estava em segurança em território ocupado pelo Eixo; o sr. e sra. Vingerhoedt e Vanagt; e dois motoristas, um dos quais chamado Bodson. Maria Teles ficou naturalmente muito contente por ver Isabel, o seu marido, Jules, e o filho de 2 anos, Manuel, que tinha nascido em Coimbra e fora criado em Cabanas de Viriato.

O próprio Albert de Vleeschauwer só apareceu no local alguns dias depois, acompanhado pelo seu secretário particular principal, Camille Camus.[19] Os filhos ficaram naturalmente excitados, porque não viam o pai desde que tinham saído da França. Liberto por Sousa Mendes da maior parte das preocupações com a sua família, De Vleeschauwer pudera colocar o país e o rei à frente de considerações pessoais e familiares. Não acompanhara a família na travessia da Espanha, preferindo parar em San Sebastián para visitar os príncipes reais da Bélgica, que tinham passado secretamente a fronteira. A viagem de De Vleeschauwer pela Espanha decorrera sem incidentes.

Minutos depois da chegada de De Vleeschauwer a Cabanas, D. Maria Teles recebeu outro visitante: um emissário de Salazar, provavelmente um agente da polícia política, que preveniu o ministro contra qualquer atividade política em Portugal. Embora Portugal mantivesse a neutralidade, o medo de uma invasão alemã era suficientemente real para que todas as janelas daquela localidade relativamente remota estivessem cobertas com papel preto como salvaguarda contra ataques aéreos. De Vleeschauwer tranquilizou o funcionário, mas não tardou a regressar a Lisboa para prosseguir as mesmas atividades que tinha sido aconselhado a abandonar.

Mergulhado em sérios assuntos administrativos, diplomáticos e políticos, Albert de Vleeschauwer, nesse verão, só teve tempo para mais uma curta visita a Cabanas. Não foi a única figura política belga a fazê-lo. Provavelmente a convite pessoal de Sousa Mendes, o antigo primeiro-ministro belga Paul van Zeeland também ali esteve antes de partir para os Estados Unidos, do mesmo modo que o presidente da Câmara dos Deputados belga, Frans van Cauwelaert. De fato, passaram por Cabanas tantos refugiados belgas à procura da residência de Sousa Mendes que, a determinada altura, quando a

---

[19] 1883-1940. Morto em 1940 num bombardeamento aéreo de Londres.

imprensa portuguesa pôs a circular o boato falso de que os príncipes belgas estavam escondidos na propriedade de um nobre no norte de Portugal, os moradores de Cabanas de Viriato concluíram naturalmente que esse nobre era Sousa Mendes. Viram-se até refugiados belgas no exterior do Passal, aplaudindo o corajoso cônsul.[20]

Para a família de Albert de Vleeschauwer, as semanas passadas em Cabanas de Viriato tiveram qualquer coisa de edênico. Todos os hóspedes de Maria Teles tinham testemunhado cenas de guerra, mas naturalmente as crianças tinham sido as mais afetadas. Agora, pela primeira vez em seis semanas, sentiam-se em segurança. Vários dos filhos e filhas de Sousa Mendes eram aproximadamente da mesma idade dos De Vleeschauwer, e estabeleceram-se imediatamente amizades. Criados num ambiente familiar mais formal, os filhos de De Vleeschauwer deleitaram-se com a maior liberdade da casa de Sousa Mendes. Havia jogos infindáveis, banhos nas ribeiras próximas, passeios pelos campos, serões musicais em casa e na filarmônica da terra e danças populares portuguesas.

Para os filhos de Sousa Mendes, a presença de tantos rostos novos era também uma fonte de grande alegria. Esse verão ficou gravado na memória de Teresinha, filha de Sousa Mendes, então adolescente, como o último da sua juventude. Em consequência das mudanças que iriam ocorrer na situação financeira da família, ela seria forçada a abandonar os estudos secundários. A vida adulta cairia repentinamente sobre ela.

Os adultos apreciaram aqueles dias tanto quanto os jovens. Estavam tão cativados pela hospitalidade e generosidade da gente local como pela da família Sousa Mendes. A primeira vez que um estranho lhes ofereceu fruta num dos seus passeios, Vingerhoedt quis pagar. O camponês abanou a cabeça. "Portugal é um país ideal", foi a reação espirituosa de Vingerhoedt. "Come-se e não se paga!"

---

[20] Douglas L. Wheeler, "And Who Is My Neighbour?", p. 128.

Os meses de julho, agosto e setembro decorreram desse modo agradável. Entretanto, De Vleeschauwer ia tratando dos assuntos importantes. Usou a sua influência para conseguir lugares para Vingerhoedt, Vanagt, D'Août e suas famílias no primeiro barco rumo ao Congo Belga. O *Mouzinho de Albuquerque* partiu em 13 de julho. A partida foi tão repentina que nem sequer tiveram oportunidade para agradecer a Sousa Mendes e à mulher, que estavam ainda em Lisboa. No fim do verão, De Vleeschauwer alugou um andar na capital portuguesa e a família mudou-se para lá. Na primeira semana de outubro, o filho e a filha mais velhos de De Vleeschauwer partiram para Londres com o pai. O sobrinho e a avó voltaram para a Bélgica. O resto da família ficou em Lisboa até a sua partida para o Congo Belga, em abril do ano seguinte. A família De Vleeschauwer levou consigo recordações de um verão idílico passado em Cabanas de Viriato.

As duas pessoas a quem deviam a sua estada memorável – Aristides de Sousa Mendes e a mulher, Angelina – não podiam partilhar inteiramente a sua alegria. Sousa Mendes e a mulher fizeram várias viagens a Lisboa nesse verão e muito do seu tempo foi tomado por um grande número de cuidados e preocupações. Ao voltar a Cabanas de Viriato depois de uma dessas viagens, Sousa Mendes descobriu que um agente da polícia política portuguesa andava havia vários dias a vigiar e interrogar membros da família, os criados e os refugiados. Sousa Mendes ficou furioso e o agente foi forçado a partir. Durante esse verão, no entanto, a polícia política prendeu um dos hóspedes de Sousa Mendes, pretensamente porque era um espião.

Como foi diferente a vida para os milhares de refugiados a quem Sousa Mendes permitira a entrada em Portugal daquilo que ele e a família iriam agora sofrer. E que impacto esses refugiados teriam também na vida portuguesa. Um breve esboço pode dar uma ideia dos importantes impactos das ações de Sousa Mendes não apenas sobre os refugiados mas também sobre Portugal.

Pode-se dizer, sem grande exagero, que os refugiados de 1940 constituíram a primeira grande onda de turismo, ainda que de um gênero desesperado, a acorrer a esse país bastante isolado. Os portugueses nunca tinham visto nada assim. O turismo estrangeiro, fosse de que espécie fosse, em cidades de veraneio como Figueira da Foz tinha-se tornado bastante raro, primeiramente em razão da Guerra Civil Espanhola e depois por causa da Guerra Mundial.

As autoridades locais de Figueira da Foz e de outras localidades pediam aos habitantes que tratassem esses forasteiros como refugiados e não como turistas, que não os explorassem e se lembrassem de que quando eles regressassem aos seus países levariam notícias de Portugal. Era preciso "construir para o futuro [...]".[21] Entretanto, os hotéis e as pensões estavam cheios e não se pedia a ninguém que alojasse os refugiados gratuitamente.

A comissão que recebia os refugiados na estação ferroviária de Figueira da Foz incluía não só representantes da comunidade francesa residente e o cônsul honorário da Bélgica como também membros da comissão de turismo. O serviço de turismo transformou-se no centro dos refugiados. A estação de correios e telefones situava-se no mesmo local. Os refugiados passavam ali horas intermináveis, desde a manhã até o meio da noite, à espera de notícias de toda a espécie. Eram vigiados por um agente da polícia política.[22]

É claro que os refugiados não eram ingênuos e sabiam que estavam sendo vigiados de perto. Dois dias depois de chegar a Figueira da Foz, Jan Lustig já tinha descoberto que o jovem médico aristocrático e o advogado que o tinham tratado tão bem eram

[21] *O Dever* (semanário, Figueira da Foz), 28 de junho de 1940, p. 2.

[22] *O Figueirense*, 1º de janeiro de 1941.

ambos membros da Legião Portuguesa e haviam sido designados para vigiá-lo e a outros refugiados.[23]

A reação inicial dos portugueses à chegada dos refugiados foi de piedade. A visão dos que desembarcavam do trem era já em si angustiante, mas mais angustiante ainda era a visão dos automóveis carregados de colchões, utensílios domésticos e roupas. Aquela gente parecia ter escapado de um verdadeiro inferno. Tais eram exatamente os sentimentos dos refugiados, que agora se sentiam literalmente no paraíso.

Depois da piedade veio o choque cultural. Este, por sua vez, foi seguido pelo fascínio; em especial, fascínio pelas refugiadas. O interesse em breve resultou em disputas domésticas, separações e casamentos entre portugueses e refugiados.

A liberdade de que gozavam as mulheres estrangeiras espantava as mulheres portuguesas, que não iam sozinhas a nenhum lugar público, e muito menos ao café. Semelhante comportamento feminino intrigava e de certo modo intimidava os homens portugueses. Entrevistada pelo autor, Yvette Davidoff recordou que, em 1942, quando seria de pensar que os portugueses já estariam mais ou menos familiarizados com os costumes dos refugiados, foi seguida durante vários quarteirões por um português simplesmente porque fora sozinha dar um passeio pela baixa de Lisboa. Cada vez que se voltava para perguntar a ele o que queria, ele se afastava.

Alguns portugueses também achavam cômica a perplexidade da população local. Um jornalista de um quinzenário de Figueira da Foz contou o seguinte episódio aos seus leitores. Parece que uma elegante polonesa que falava francês entrou na loja de um alfaiate da cidade para encomendar um par de calças femininas. O velho alfaiate, que nunca na vida recebera semelhante encomenda, disse-lhe delicadamente que andava com muito trabalho e sugeriu

---

[23] Jan Lustig, *Ein Rosenkranz von Glücksfällen. Protokoll einer Flucht*, p. 69.

a ela que fosse a outro lugar. Como ela continuava a insistir, tentou livrar-se do encargo perguntando como iria tirar as medidas. Sem pestanejar, a polonesa desabotoou e tirou a saia, dizendo: "*Allez, tout de suite!*".[24]

Tudo era diferente na maneira como as refugiadas se vestiam; não apenas as calças mas também as meias de náilon, os elegantes penteados e a maquiagem, até os chapéus com plumas. Também levantaram polêmica os trajes de banho de duas peças usados pelas refugiadas. Em Figueira da Foz, o partido a favor era encabeçado por um gracejador de *O Figueirense* que escreveu que as refugiadas eram náiades que ele gostava de observar pelos binóculos *Zeiss*. Até lhe inspiraram refinada poesia:

Se o Padre Santo soubesse
O gosto que o banho tem
Vinha de Roma à Figueira
Tomar um banho também[25]

O padre que dirigia o jornal católico rival, *O Dever*, não achou nada divertido e deu início à luta pela aplicação dos regulamentos do banho. O jornal denunciava aquilo a que chamava "nudismo". Tomava como exemplo o regime de Pétain, que obrigava os banhistas franceses a cobrirem-se em nome da moralidade cristã.[26] A Igreja Católica portuguesa levou a melhor, e os refugiados foram obrigados a adotar trajes de praia mais recatados.

Pouco a pouco, no entanto, os portugueses começaram a aderir a alguns dos modos dos seus visitantes. Se as refugiadas podiam

---

24 *O Figueirense*, 21 de agosto de 1940.

25 *Ib.*, 20 de julho de 1940.

26 "Aos importadores da moral estrangeira", *O Dever*, 16 de agosto de 1940. Ver também o editorial de primeira página, 12 de julho de 1940.

passar tanto tempo nos cafés, pensavam as portuguesas, por que também elas não podiam fazer isso? Pouco a pouco, esses bastiões masculinos foram invadidos. Em Caldas da Rainha, onde essa tendência era talvez mais pronunciada, havia mulheres portuguesas que ficavam sentadas durante horas no café, fazendo malha e renda. Mesmo na pequena aldeia de Ericeira, as mulheres portuguesas começaram a frequentar os cafés pela primeira vez.

O choque cultural foi tão grande para os refugiados como para os portugueses. Houve a agradável surpresa de encontrar em abundância artigos como bolos e sapatos de couro, que se tinham tornado raros no resto da Europa devido ao racionamento. Os hábitos portugueses de namoro fascinavam particularmente as refugiadas. Como era exótico e romântico o namoro de janela: o namorado na rua falando com a sua querida que estava à janela do andar, enquanto a mãe da jovem vigiava toda a cena.

Não foram muitos os refugiados que pensaram em ficar, mas os que o fizeram tiveram a sua influência na cultura local. Não foram apenas os homens de negócios que decidiram permanecer em Portugal – como os poloneses que entraram na indústria do vestuário de malha – que tiveram impacto em Portugal. Os refugiados deram outras importantes contribuições. Uma das mais inesperadas foi a criação, em Caldas da Rainha, de um centro de educação física para homens e mulheres por um refugiado russo branco que se tornou afetuosamente conhecido de toda a gente como "Papai Urso". O seu feito não deve ser minimizado, especialmente se considerarmos que os portugueses ficaram chocados quando viram pela primeira vez as mulheres refugiadas fazendo exercícios na praia.[27] Parece que, afinal, o "Papá Urso" era um agente duplo e posteriormente desapareceu de modo misterioso.

Naturalmente, nem todos os modos dos refugiados tiveram a aprovação dos portugueses. Muitos eram os que abanavam a

[27] *O Figueirense*, 27 de julho de 1940.

cabeça aos seus costumes mais livres, à ociosidade forçada e às improvisadas maneiras de viver tão frequentes entre os refugiados angustiados e muitas vezes solitários. A maioria dos portugueses, no entanto, não pensava nessas coisas, mas naquilo que essa pobre gente tinha sofrido. Além disso, os portugueses aceitavam que os refugiados não fossem exatamente iguais a eles e tivessem valores um tanto diferentes.

As diferenças, no entanto, não impediam a camaradagem. Tal como as mulheres portuguesas aceitaram gradualmente e começaram a seguir o exemplo das refugiadas, também os homens portugueses iniciaram amizades genuínas com os refugiados. Em Ericeira, essa camaradagem tomava muitas vezes a forma de competições de bebida, em que os poloneses saíam invariavelmente vencedores.

Nem todos os refugiados conseguiram manter boas relações com as autoridades. Em 1940 houve oitenta detenções, o máximo durante qualquer dos anos da guerra. Ainda que fosse grande o receio de expulsão entre os refugiados, não se conhecem casos de refugiados que tenham sido extraditados nesse período. O desejo de o regime de Salazar continuar nas boas graças dos britânicos e dos espanhóis (que não recebiam de bom grado refugiados no seu território) certamente desempenhou o seu papel. Houve sete casos conhecidos de refugiados enviados para a colônia penal do Tarrafal.[28] Ocasionalmente um refugiado era preso a pretexto de que o seu visto temporário tinha expirado, mas a comunidade judaica parece ter intervindo junto da polícia política para evitar que isso acontecesse muitas vezes.

Os refugiados tinham de se apresentar regularmente na polícia para renovar os vistos de residência. Era necessário um passe especial para ir a Lisboa ou ao Porto, fosse qual fosse a razão, ou para abandonar a área que lhes fora destinada.

---

[28] Pimentel, *Judeus em Portugal durante a II Guerra Mundial*, p. 221, 223.

Cada zona de concentração de refugiados tinha pelo menos um representante da polícia política, que se misturava a eles, era conhecido de todos e vigiava quaisquer desaparecimentos súbitos. De vez em quando alguém infringia esses regulamentos e era ou metido na prisão por alguns dias ou transferido para uma zona de refugiados menos atraente. Esse último tratamento também era aplicado aos que tinham a infelicidade de ter uma mulher ou um marido ciumentos que se queixavam à polícia.

Dado que entre os refugiados que haviam recebido vistos de Sousa Mendes se contava um grande número de negociantes de diamantes de Antuérpia, não é de espantar que um dos problemas mais sérios que a polícia tinha de enfrentar fosse o mercado negro de compra e venda de diamantes. Os que eram apanhados eram presos. Fora isso, com exceção de um número indeterminado de "Papás Ursos", os refugiados eram pouco incomodados pelas autoridades policiais.

Dentro dos limites prescritos, os refugiados eram autorizados a viver a sua vida. O modo como passavam o tempo dependia apenas deles e, é claro, dos seus recursos. Muitos refugiados – como David Bromberger, que até conseguiu assistir a aulas de Português na Universidade de Coimbra – fizeram um esforço sincero para aprender a língua e compreender e respeitar os costumes locais.

As celebridades, que se congregavam principalmente na região entre Lisboa e Cascais ou Sintra, podiam eventualmente frequentar os clubes noturnos e o cassino do Estoril. Notáveis eram coisa que em 1940 com certeza não faltava em Lisboa e no Estoril: o duque e a duquesa de Windsor, em quem os nazistas estavam extremamente interessados; o escritor belga Maurice Maeterlinck;[29] o romancista

[29] Lise Jules-Romains, *Les vies inimitables* (Paris: Flammarion, 1985), p. 262.

alemão Alfred Döblin;[30] os cineastas franceses René Clair e Jean Renoir; os escritores Joseph Kessel, Jacques de Lacretelle,[31] Jules Romains[32] e Antoine de Saint-Exupéry; o artista Moïse Kisling;[33] o compositor Darius Milhaud; o cineasta Julien Duvivier; a estrela de variedades francesa Mistinguett;[34] e a cantora e bailarina Josephine Baker, que se encontrava em Portugal para dar espetáculos e cumprir missões especiais para a Resistência francesa.[35]

O escritor austríaco Franz Werfel e a sua mulher, Alma Mahler-Werfel (viúva do compositor alemão Gustav Mahler), também estiveram em Portugal. Franz Werfel tentara em vão encontrar Sousa Mendes em Hendaye e St. Jean de Luz para lhe pedir um visto. Tinham-lhe dito que o cônsul português enlouquecera e até jogara ao mar os passaportes que tinha na mão. Felizmente, mesmo assim Werfel e a mulher conseguiram chegar a Lisboa.[36]

---

30 Alfred Döblin, *Destiny's Journey*, trad. Edna McCown (New York: Paragon House, 1992).

31 *Ib.*, p. 262.

32 O visto de Jules Romains foi autorizado por Salazar em 17 de junho. *Telegramas Expedidos*, para o consulado em Bayonne, telegrama nº 1.782.

33 Sobre a presença de René Clair, Jean Renoir, Jules Romains, Jacques de Lacretelle e Moïse Kisling, ver "Souvenirs de Jacques de Dampierre", *in* Antoine de St-Exupéry, *Écrits de guerre 1939-1944* (Paris: Gallimard, 1982), p. 139. Sobre a presença de Saint-Exupéry em Bordeaux, *ib.*, p. 136. A presença de Lacretelle, Romains, Joseph Kessel e Julien Green e os seus supostos elogios ao regime salazarista foram assinalados pela imprensa portuguesa. Ver, por exemplo, *O Figueirense*, 7 de setembro de 1940.

34 Sobre a presença em Portugal de Milhaud, Mistinguett e Duvivier, ver Lise Jules-Romains, *Les vies inimitables*, p. 261, 263-264. A mesma autora fala também (p. 259-261) de Edmond de Rothschild (que morreu em 1934!), "*le patriarche da la famille Rothschild*", confundindo-o sem dúvida com Édouard.

35 Ver Phyllis Rose, *Jazz Cleopatra* (New York: Random House/Vintage Books, 1991), p. 187-188, 193-194.

36 Alma Mahler-Werfel, *Mein Leben*, p. 308.

O dramaturgo francês Jean Giraudoux também esteve no país, em 1941, à procura de um filho que tinha desertado e fugido para Portugal quando a França se rendeu. Muito provavelmente o filho de Giraudoux recebeu um visto de Sousa Mendes.[37] A ser assim, foi um dos muitos jovens – oriundos da França, da Bélgica, da Holanda e de outros países da Europa e que ansiavam chegar a Londres, via Lisboa, a fim de continuar a luta – que receberam vistos de Sousa Mendes.[38]

Esses artistas e escritores célebres acotovelavam-se no cassino do Estoril com os homens de negócios e de finanças refugiados. Em momentos de desespero, mais de um refugiado rico perdeu uma pequena fortuna na roleta.

Contudo, o Estoril era para os ricos e famosos. Na maior parte dos outros centros, os refugiados tinham distrações mais modestas. Como os turistas que os sucederiam, passavam muito do seu tempo na praia. Era uma maneira de evitar estarem sempre falando das tragédias por que tinham passado. A maioria dos refugiados preferia não falar disso, em especial por causa das crianças.

Tanto quanto possível, eles procuravam continuar o seu estilo de vida anterior. Em Ericeira, por exemplo, os refugiados poloneses tinham serviços religiosos judaicos e até um talho *kosher*. Também em Figueira da Foz os judeus ortodoxos encontraram alguém capaz de fazer o abate respeitando o ritual.

A vida nos cafés continuava a ser uma parte importante da vida social dos refugiados. Os cafés preferidos dos refugiados eram o Europa, em Figueira da Foz, o Bocage e o Central, em Caldas da Rainha, o Salvador, em Ericeira, e numerosos cafés da avenida da Liberdade e do Rossio, em Lisboa.

---

37 Wheeler, "And Who Is My Neighbour?", p. 125.

38 Matuzewitz, *Le cactus et l'ombrelle*, p. 245-246, diz que muitos jovens nas mesmas condições chegaram a Lisboa.

Havia muitos refugiados que passavam necessidades,[39] e as organizações de apoio internacional aos refugiados mobilizaram-se rapidamente para ajudá-los. O regime de Salazar autorizou a atuação de organizações como a Cruz Vermelha, o American Friends Service Committee (dirigido pelos Quakers), o Unitarian Service Committee, e, principalmente, organizações judaicas de ajuda aos refugiados como a HIAS e JDC, mas tinham de fazê-lo sob a direção das suas congêneres portuguesas (no caso da Cruz Vermelha) ou sob a égide da comunidade judaica de Lisboa.[40] Era um meio de assegurar responsabilidade e certo grau de controle. A todo refugiado que precisasse era concedido um subsídio para alimentação, alojamento e outras necessidades.

Socorrer a todos os necessitados não era tarefa fácil, tendo em conta o grande número de refugiados que passou por Portugal durante os anos da guerra.[41] O Joint Distribution Committee calculou que no fim de agosto de 1940 havia 12 mil refugiados em Lisboa. A mesma fonte calculava que desde junho de 1940 até maio de 1941 tinham passado pela capital portuguesa 30 mil ou 40 mil refugiados. É claro que nem todos eles precisavam de ajuda. Em novembro de 1940, por exemplo, o American Joint Distribution Committee em Lisboa tinha apenas 1.500 pessoas nas suas listas de refugiados que estavam recebendo ajuda.[42]

---

[39] Irene Pimentel descreve casos de refugiados obrigados a vender ao desbarato todos os seus pertences e a comer migalhas das mesas dos cafés em Coimbra. *Judeus em Portugal durante a II Guerra Mundial*, p. 137-138.

[40] Segundo o *Annotated Catalogue* dos Arquivos do American Joint Distribution Committee, *in* New York, 896-897, Portugal, esta organização distribuiu, desde 1940 a 1944, mais de 1 milhão de dólares americanos em ajuda aos refugiados por intermédio da organização de distribuição da comunidade judaica de Lisboa. Patrik von zur Mühlen, *Fluchtweg Spanien-Portugal*, p. 191.

[41] Wheeler, "And Who Is My Neighbour?", p. 134, nota 19.

[42] Relatório de 4 de novembro de 1940 de Morris C. Troper ao New York

Os próprios refugiados formaram associações de ajuda mútua. Os refugiados belgas, em especial, tinham adquirido experiência disso no seu breve exílio na França. Em Figueira da Foz, por exemplo, o célebre pianista Malcuzinski e a mulher, Colette Gaveau, deram dois concertos de beneficência no cassino.[43] O programa do primeiro concerto constou de Chopin, Debussy e Ravel; o programa do segundo concerto, de Chopin, Schumann e Liszt. A bailarina Suzy Jordan, do La Scala, atuou também na segunda noite. Os concertos foram um grande êxito e os lucros serviram para ajudar os mais necessitados.

Embora a maioria dos refugiados tenha levado boas recordações de Portugal, as suas experiências em lugares como Figueira da Foz nem sempre foram inteiramente positivas. Quando Lissy Feingold decidiu aprender latim e português, descobriu que parte do currículo apontava que os judeus mereciam o tratamento que estavam recebendo dos alemães porque tinham matado Jesus. De modo semelhante, quando, no outono de 1940, foi aos correios enviar uma carta para Londres, o empregado disse-lhe que estavam aconselhando as pessoas a não enviarem cartas para a Inglaterra, porque esta em breve seria ocupada pelos alemães e as cartas seriam devolvidas por não estarem franquiadas segundo as regras alemãs!

Quando Arthur Koestler chegou a Lisboa, no outono de 1940, ficou impressionado com o vasto espectro de pessoas que tinham fugido para Portugal com receio das perseguições do regime nazista. Segundo Koestler, iam desde monárquicos austríacos até judeus sionistas. Incluíam representantes de todas as nações da Europa e de todos os credos. Entre os refugiados que Koestler encontrou havia mesmo nazistas e fascistas italianos que tinham caído em

---

Joint Office, p. 1. JDC Archives, file: Countries, Portugal, General, "Resumé of J. D. C. Operations on Behalf of Refugees in Portugal".

[43] *O Figueirense*, 17, 31 de julho de 1940.

desgraça.[44] Filha do escritor alemão Thomas Mann, Erika Mann, que esteve em Lisboa nesse mesmo tempo, vinda de Londres, preferia a combatividade dos cidadãos dessa última cidade ao nervoso jogo de espera de Lisboa, onde toda a gente parecia ter apenas uma coisa em mente: sair da Europa.[45]

Uma filha de Sousa Mendes, Clotilde, instalara-se com o marido num dos centros de refugiados – Figueira da Foz –, e o pai ia por vezes visitá-la. Deve ter sido uma satisfação para ele ver tantas pessoas que ele ajudara levando uma vida aparentemente tão despreocupada. A sua própria vida era tudo menos despreocupada.

---

44 Koestler, *Scum of the Earth*, p. 277.

45 Erika Mann, "Eine Nacht in London", in *Im Fluchtgepäck die Sprache*, ed. Claudia Schoppmann (Berlin: Orlanda Frauenverlag, 1991), p. 148-149. Indicado por Irene Pimentel, *Judeus em Portugal durante a II Guerra Mundial*, p. 256.

15. Um passado feliz

Durante o verão e o outono de 1940, o receio de uma invasão alemã era muito real não apenas para os refugiados que ainda estavam em Portugal mas também para muitos portugueses. Sousa Mendes aparentemente partilhava esses temores.[1] Para ele, esse receio assumiu dimensões perturbadoras. Uma prima sua, Maria Joana Abranches Pinto Ramos da Costa, relata que Aristides visitou parentes seus em Papízios, Santa Comba Dão e Carregal do Sal, anunciando que os alemães iam chegar e perguntando-lhes se podiam dispensar alimentos, como milho, para o caso de uma invasão possivelmente prolongada. Angelina, que como sempre acompanhava o marido, não dizia nada. Que Aristides, que Maria Joana conhecia tão bem, falasse desse modo até diante de parentes idosos era claramente um sinal de como ele estava mentalmente perturbado nesse momento. Para ela, era também essa a razão pela qual Sousa Mendes criticava abertamente o ditador Salazar em lugares públicos como os cafés Chave de Ouro e Nicola, em

[1] Ver Torberg, *Eine tolle, tolle Zeit,* p. 116. Hitler tinha realmente elaborado um plano para a invasão da Península Ibérica, a "Operação Félix", prevista para novembro de 1940, mas abandonou o plano. Pimentel, *Judeus em Portugal durante a II Guerra Mundial,* p. 259.

Lisboa. O pai de Maria Joana, José do Amaral Abranches Pinto, ficou chocado ao ouvir Sousa Mendes referir-se a Salazar como "o bandido" em conversa com o engraxate que viera tratar dos sapatos dos filhos.[2]

Sousa Mendes era otimista por natureza, mas deve, por vezes, ter-lhe parecido que toda a sua vida estava ruindo. Estava ainda abalado pela carga física, emocional e moral que suportara por causa dos refugiados. Além disso, as pressões sobre ele continuavam. Não era apenas a questão do processo disciplinar que lhe pesava no espírito. Havia também o problema de Andrée. Ela não tinha intenção nenhuma de abandonar o homem cujo filho trazia em si. A amante de Sousa Mendes decidira ter o filho em Portugal. Não se sabe se ele aprovou ou não a decisão dela e facilitou a sua entrada – provavelmente ilegal – em Portugal. Uma coisa é certa: às 10h15 da manhã de 19 de outubro de 1940, uma mulher que se chamava Andrée Cibial Sousa Mendes deu à luz uma menina na maternidade Dr. Alfredo da Costa, em Lisboa. A criança recebeu o nome de Maria Rosa. Segundo o registro da maternidade, Andrée entrou nesse mesmo dia e saiu em 30 de outubro. Parece que Andrée não registrou o nascimento da criança – talvez uma indicação da sua situação ilegal em Portugal.

Fosse qual fosse a sua situação, Andrée conseguiu ficar mais seis meses em Portugal antes de regressar à França com o bebê. Não parece ter tido nenhum problema com a polícia portuguesa, o que certamente não aconteceria em anos posteriores. Conseguiu, no entanto, criar sérios atritos entre Aristides e Angelina. Certa vez apareceu mesmo em Cabanas de Viriato com a criança, insistindo ser ela e não Angelina a verdadeira mulher de Aristides.

É impossível dizer em que medida poderia Andrée ter prejudicado ainda mais o casamento de Sousa Mendes se a guerra e a

---

[2] Entrevista com o autor.

situação política em Portugal e na França não tivessem conspirado para mantê-los separados durante vários anos. Só em setembro de 1949 é que o Ministério dos Negócios Estrangeiros concedeu a Sousa Mendes a autorização necessária para ir ao estrangeiro. Andrée, que passou os anos da guerra na França, não voltou a Portugal até 1947. Entretanto, o casamento de Aristides teve a possibilidade de se recuperar dos choques que o tinham abalado.

As dificuldades conjugais constituíram uma surpresa e um choque para todos aqueles que conheciam o casal e a sua família extremamente unida. A bondade e o espírito caridoso de Aristides e de Angelina eram proverbiais em Cabanas de Viriato. José Augusto Ferreira, empregado de Sousa Mendes, que começou a trabalhar para a família quando tinha apenas 15 anos, nunca se esqueceu dos exemplos de generosidade que testemunhou. Por exemplo, havia o modo como Sousa Mendes tratava as crianças pobres que iam a sua casa pedir esmola. Dizia às criadas que despissem as crianças, queimassem as roupas numa fogueira diante da garagem e depois lhes vestissem roupas dos seus filhos. Depois, davam-lhes de comer. A atitude de Sousa Mendes para com a imundície e a pobreza podia ser a de um aristocrata, mas a piedade que sentia pelas crianças não deixava de ser real.

Sousa Mendes tinha um fraco por crianças. Olímpio Tavares, que cresceu em Cabanas de Viriato nos anos 1930, era apenas uma das crianças da escola cujos olhos brilhavam quando o carro de Sousa Mendes parava em frente do Passal. A escola primária ficava em frente da casa de Sousa Mendes. A chegada da família no verão era sempre saudada pelos aplausos das crianças, que apreciavam os doces que ele lhes distribuía.

Esses atos de bondade eram simples, mas quem deles se beneficiava raramente os esquecia. Em parte isso se explica pelo fato de que tais atos não eram assim muito frequentes numa sociedade marcada por agudas divisões, quase feudais, entre ricos e pobres.

José Martins, acólito na igreja onde Sousa Mendes assistia diariamente à missa durante os verões dos anos 1930, lembra-se de que ele o convidava sempre para o café da manhã depois da missa. A afabilidade de Sousa Mendes tinha uma naturalidade que cativava crianças e adultos.

Assim era também Angelina. Tinha sempre alguma coisa, comida ou roupa, para os pobres. Embora, como era uso naqueles tempos, as criadas de Angelina trabalhassem duramente durante muitas horas e ganhassem muito pouco, eram bem tratadas pela patroa. Há um incidente – contado por uma criada, Francelinha, quase meio século depois de ter acontecido – que lança alguma luz sobre quem era Angelina. Segundo o relato, enquanto a família viveu em Lovaina era costume os convidados importantes darem uma gorjeta às criadas depois de um serão agradável. E assim aconteceu numa dessas ocasiões. Sem que a patroa o soubesse, nessa noite Francelinha estava simplesmente maldisposta. Em vez de levar a mal o comportamento azedo da criada, Angelina teve pena dela. Pensou que talvez os hóspedes não se tivessem lembrado dela na sua generosidade e corrigiu a suposta omissão do seu próprio bolso. "Aqui, toma, Francelinha", disse, e recusou-se a escutar quaisquer explicações.

O fato de alguém se lembrar de acontecimento aparentemente tão trivial cinquenta anos depois é prova do afeto que Angelina e toda a família Sousa Mendes inspiravam nos que trabalhavam para eles. O afeto e a devoção eram recíprocos. As crianças adoravam as empregadas que os tinham criado, e quando Ana Borges, a mais velha, morreu em 1936, foi decidido que seria sepultada no jazigo da família.

Dado o caráter altruísta tanto de Angelina como de Aristides, não é de surpreender que durante tantos anos tenha reinado uma grande harmonia em casa dos Sousa Mendes. É claro que a vida nem sempre foi fácil para a família. Houve as separações, as amizades interrompidas e as saudades que fazem parte da vida diplomática. Tanto Aristides como Angelina estavam fortemente ligados ao país e à região de onde eram originários. Não era pequena proeza, mesmo que não tivessem uma numerosa família, adaptarem-se a ambientes tão hostis e estranhos como a Guiana Inglesa, Zanzibar e o Brasil na segunda década do século passado. E, no entanto, conseguiram adaptar-se. Até se divertiram, como indica uma fotografia de Sousa Mendes tirada em Zanzibar, em que aparece de turbante e manto, tendo nas mãos um grande sabre.

Sousa Mendes se recusava a deixar-se desanimar pelas contrariedades da vida. A despeito das repetidas dificuldades financeiras ao longo da sua carreira, conseguiu preservar o seu otimismo, a fim de proteger a família das preocupações, e apresentar ao mundo um rosto alegre e amistoso. Angelina estava sempre presente com o seu apoio moral.

Os anos que Angelina e Aristides passaram na Espanha e na Bélgica foram, em muitos aspectos, dos mais felizes para a família. A nomeação como cônsul-geral em Vigo, em 1927, agradou a Sousa Mendes. Não se tratava apenas do fato de a cidade estar próxima de Portugal. A região da Galiza, essencialmente rural, católica e ultraconservadora, tinha um atrativo especial para a família Sousa Mendes. O galego tem uma forte semelhança com o português, e os costumes e tradições da Galiza não diferem inteiramente dos da região da Beira Alta, de onde a família Sousa Mendes era originária. Durante os anos em que foi cônsul-geral em Vigo (1927-1929), Sousa Mendes decidiu viver na povoação fronteiriça de Tui e não na cidade de Vigo. A residência que alugou tinha vista para o rio Minho. Era fisicamente impossível viver mais perto do país natal, ocupando ao mesmo tempo um cargo num país estrangeiro.

A Galiza apresentava toda a espécie de associações históricas para um católico monárquico como Sousa Mendes. Fora ali que portugueses com as mesmas ideias que ele próprio haviam se juntado para conspirar e lançar as suas incursões militares contra o Portugal republicano. Fora também ali que se tinham instalado algumas das ordens religiosas expulsas pelo governo republicano anticlerical.

Uma dessas ordens, as Irmãs de Santa Doroteia, dirigia em Tui uma escola católica frequentada pelas filhas de Sousa Mendes. Quando uma das freiras portuguesas precisou consultar um médico, Sousa Mendes levou-a pessoalmente a Vigo.

A identidade da freira foi mantida em segredo, mas toda a gente acreditava tratar-se da irmã Lúcia, uma das três crianças de Fátima, que se sabia vivia incógnita num convento de Tui. A freira gostava das filhas de Sousa Mendes, em particular da meiga e tímida Teresinha. Em janeiro de 1928, com 3 anos de idade, Teresinha contraiu uma grave infecção estreptocócica, que lhe provocou febres altas e profundos tumores no corpo. Durante quase três meses a criança passou noites de insônia e de delírio. A família pediu às freiras que rezassem pela menina. As filhas de Sousa Mendes fizeram um pedido especial à irmã Lúcia. Quando, da noite para o dia e para espanto do médico, a febre, os restos dos tumores e os inchaços desapareceram, a família tirou as suas piedosas conclusões. A inesperada cura "milagrosa" dizia muito sobre a fé da família.

A transferência para o consulado de Antuérpia, Bélgica, em 1929, agradou ainda mais a Sousa Mendes do que a nomeação para Vigo. Tal como a Espanha, que era governada com o consentimento do rei pelo ditador Primo de Rivera, a Bélgica era também essencialmente um país conservador e católico com um monarca (nesse caso, uma monarquia constitucional). Sousa Mendes sentia-se em casa em tal país. Muito caracteristicamente, decidiu fixar residência não em Antuérpia mas na ultraconservadora e ultracatólica cidade de Lovaina. Usou como desculpa a impossibilidade de encontrar habitação conveniente na cidade e a necessidade de os seus filhos mais velhos prosseguirem estudos universitários. Como seria de prever, queria que os filhos estudassem na Universidade Católica.

A história do namoro da filha Isabel com o belga Jules D'Août pode nos dar uma ideia das restrições provincianas que Lovaina impunha à vida social, e que Sousa Mendes tão prontamente aceitou porque eram semelhantes às da sociedade em que tinha crescido. Jules conheceu Isabel em 1932, quando tinha 18 anos e era estudante na Escola Diplomática da Universidade de Lovaina. Isabel era mais nova um ano; tinha uma irmã com mais dois anos, Clotilde, que estudava na universidade e a quem por vezes acompanhava às aulas. Quando viu Isabel pela primeira vez, Jules ficou cativado pela sua beleza calma e um tanto exótica. Apaixonou-se e tentou, sem êxito, estabelecer contato social com ela. Até fez uma coisa naquele tempo inaudita: aprendeu português. Tudo na esperança de um dia vir a poder falar com a moça.

A devoção de Jules foi finalmente recompensada – quatro anos depois! Em outubro de 1936, Isabel inscreveu-se também na Escola Diplomática. Jules ia matricular-se no seu último ano quando viu o objeto da sua afeição. Indo buscar coragem nem ele sabia onde, Jules dirigiu-lhe algumas palavras – em português. Uma vez quebrado o gelo, a verdade revelou-se. Isabel ficou surpresa e bastante agradada. Contudo, menina ajuizada, correu imediatamente para casa para contar tudo à mãe.

Seguiram-se advertências sobre estudantes que seguem moças. Mas o fato de o jovem ter se dado ao trabalho de aprender português só para agradar à filha deixou Angelina pensativa. Fosse como fosse, disse ela à filha, o pai tinha de saber. Mas Angelina conhecia suficientemente bem o marido para saber que ele não ficaria contente e muito provavelmente despediria o pretendente sem demora. Talvez se o jovem… Angelina teve uma ideia. Uma vez por semana Aristides colocava no carro toda a família, incluindo as criadas, para ir a uma *matinée* no cinema. O clã Sousa Mendes adorava essas sessões, fosse para ver uma fita em episódios do *Zorro*, fosse um filme com Douglas Fairbanks, Fred Astaire e

Ginger Rogers ou Sacha Guitry. O plano de Angelina era comprar mais um bilhete, ao lado de Isabel, para o jovem. O estratagema não teve o êxito que Angelina desejaria. Assim que Sousa Mendes viu o jovem falando com a filha, ficou furioso e ordenou que a família voltasse para casa. "Se é assim, peço imediatamente ao governo uma transferência!", foi a sua réplica às explicações de Angelina quando chegaram em casa.

Angelina acabou por conseguir acalmar o marido e levá-lo a consentir uma visita formal do jovem para pedir o direito de namorar a filha. A visita – na realidade mais do gênero de uma entrevista ou interrogatório – teve lugar pouco tempo depois. Sousa Mendes gostou da seriedade do jovem. O fato de ele ser de uma família de militares foi-lhe favorável. Sousa Mendes tinha um irmão, João Paulo (dez anos mais novo do que ele), que era oficial da Marinha, e um primo, Silvério, que ocupava uma posição importante na Armada portuguesa. Sousa Mendes gostava de usar uma farda da Marinha em ocasiões importantes, como o protocolo diplomático português permitia. O jovem foi aprovado e autorizado a ver Isabel – acompanhada, naturalmente. Seis meses mais tarde, Jules e Isabel casaram-se.

Jules, apesar de conservador, achou algumas coisas bastante estranhas. A família da noiva "vivia bem", numa casa enorme com criadas. Mas a casa, no número 178 da rue de Bruxelles, em frente da Église St-Jacques, estava em tão mau estado que Isabel quase foi eletrocutada no banho. Jules não fazia ideia nenhuma – nem Isabel, aliás – das dificuldades financeiras do cônsul.

Jules achava Sousa Mendes um homem elegante, com um porte nobre. Tinha o coração ao pé da boca. Mas Jules pensava que ele, por vezes, levava demasiado longe os seus modos tradicionais. Quando a noiva tentou convencer uma das criadas a ensinar-lhe o essencial da cozinha, o pai expulsou-a do local com um: "Aqui não é lugar para você." Isabel não sabia literalmente cozinhar um ovo quando se casou com Jules.

A família da noiva de Jules, de um modo geral, parecia ser feliz. Os sete anos passados em Lovaina representaram um período de bem-vinda estabilidade para os filhos e filhas de Sousa Mendes, que puderam criar algumas raízes, fazer amigos e continuar os estudos sem interrupções. Nada menos de seis filhos e filhas acabaram por frequentar a Universidade de Lovaina, enquanto seis outros frequentaram a escola elementar e secundária. Um professor de música e outro de desenho iam até a casa de Sousa Mendes dar lições. A vida familiar girava em torno da escola e dos estudos. À noite, à mesa do jantar, todos contavam sobre o seu dia. Isso dava a cada membro da família o sentimento de que a sua vida era importante e de que partilhava a vida dos outros.

Eram frequentes os convidados. Uma vez por outra, estes eram celebridades, como o escritor belga Maurice Maeterlinck, detentor do Prêmio Nobel, e o rei da Espanha Afonso XIII. No entanto, na maioria das vezes os visitantes eram estudantes. A nacionalidade e a raça não eram fatores que contassem para o convite. Houve visitantes belgas, canadenses, americanos, chineses, ucranianos, portugueses (incluindo um indiano de Goa) e de outras nacionalidades. Até o filho de um dignitário etíope.

Os temas de conversa à mesa do jantar podiam ser ligeiros ou sérios. Um dos temas de discussão favoritos de Sousa Mendes eram as *Confissões* de Santo Agostinho, que para ele tinham especial importância.

Não era raro haver convidados para jantar nos dias de semana, mas a família Sousa Mendes gostava especialmente de receber convidados aos domingos. Nesses dias havia concertos e recitais familiares. Os seis filhos mais velhos tocavam piano, violino, viola ou violoncelo. Dois dos filhos mais velhos, Manuel e José, eram violinistas bastante exímios. Tinham herdado o amor à música do pai, o qual, além de dirigir o quarteto familiar, tinha boa voz e gostava de cantar Puccini, Mascagni e Verdi. Nesses recitais de domingo havia também conversas animadas em francês e em flamengo. Sousa Mendes gostava do seu duplo papel de anfitrião e mestre de cerimônias. Dirigia tudo com grande dignidade e jovialidade. Nessas ocasiões nunca perdia a oportunidade de falar com orgulho da história e da cultura da nação que servia. Aos olhos da maioria dos belgas, Portugal era um país insignificante, mas para Sousa Mendes não era inferior a nenhuma outra nação.

A atmosfera ultracatólica de Lovaina agradava plenamente à família Sousa Mendes. Uma visita frequente da casa era Alphonse-Marie Parent, que estava prestes a completar os estudos de Teologia na universidade e veio a tornar-se reitor da Universidade Laval da cidade de Quebec e um dos mais distintos educadores dessa província. Sebastião, filho de Sousa Mendes, foi seu acólito. Parent não foi, longe disso, o único sacerdote que estudava na universidade a ser convidado para a casa de Sousa Mendes.

Todas as noites, Sousa Mendes dirigia a família a rezar o terço. Nem mesmo as criadas eram imunes ao catolicismo que reinava na casa. Uma delas, Adelaide, até acabou por se tornar freira. A sua fé era tal que punha a carne para assar no forno, corria para a igreja e voltava horas depois – para só encontrar restos carbonizados.

Durante os anos da Bélgica, a fé da família Sousa Mendes foi posta à prova por duas grandes tragédias familiares. O segundo filho, Manuel, completou o curso na Escola Diplomática da Universidade de Lovaina em junho de 1934. Ainda não tinha completado os 22 anos. A família organizou uma festa para celebrar o seu êxito acadêmico. Durante os festejos, Manuel levantou por brincadeira uma das crianças e teve uma súbita rotura de uma artéria. Não chegou a recuperar os sentidos. José, que era apenas um ano mais novo do que Manuel e extremamente apegado ao irmão, ficou arrasado. Embora também estivesse perto de completar o mesmo curso, abandonou os estudos. Sofreu de problemas mentais durante o resto da vida.

A outra morte que a família Sousa Mendes teve de enfrentar foi a da pequena Raquel, que, com apenas 17 meses de idade, morreu de uma febre intestinal causada pelo sarampo. A sua morte ocorreu menos de seis meses depois da de Manuel. Angelina tinha quase 45 anos quando deu à luz a menina. A sua morte foi um duro golpe que só a fé ajudou Sousa Mendes e a mulher a suportar.

O catolicismo da família refletia-se nos lugares de férias escolhidos, entre os quais Lourdes e Lisieux, na França. A família fez também viagens a Luxemburgo, à Holanda, à Alemanha e à Dinamarca. Essas viagens não tinham nada de austero, e uma das coisas de que a família mais gostava era de assistir a um espetáculo de cassino. Além dessas viagens mais longas, Sousa Mendes gostava de fazer com o seu clã pequenas viagens e piqueniques no campo.

Em grande medida, a família Sousa Mendes esteve durante muito tempo protegida das realidades políticas mais vastas. Por exemplo, só depois de a família se mudar para Antuérpia, em 1936, é que Sousa Mendes começou a ter alguma ideia dos problemas que os judeus enfrentavam na Alemanha.

A família Sousa Mendes gozava curtas férias viajando pela Bélgica ou por outros países, mas o mês de agosto era sempre passado em Cabanas de Viriato. Muito cedo na sua carreira e nas perambulações globais, Sousa Mendes compreendeu que a família precisava de um lugar fixo para onde pudesse sempre voltar. A ideia era que os filhos e as filhas continuassem a voltar ali periodicamente com as suas próprias famílias. Para ele, o Passal representava, portanto, a unidade e o convívio da família.

Durante muitos anos o Passal cumpriu essa função. Na infância e adolescência, os membros do clã Sousa Mendes passaram ali verões que nunca haveriam de esquecer. O irmão de Sousa Mendes, César, vinha visitá-los muitas vezes com a sua família igualmente numerosa.

Como acontece com muitos gêmeos idênticos, a ligação entre Aristides e César era muito grande. Quando jovens, deleitavam-se com a confusão causada nos outros pela sua semelhança física. Aumentavam-na vestindo-se igualmente. Psicologicamente, porém, eram bastante diferentes, sendo Aristides animado, extrovertido e otimista e César mais taciturno, introvertido e pessimista. Alguns membros da família atribuíam o lado mais sombrio de César à morte prematura da primeira mulher, que amava profundamente. César, sempre mais ambicioso que o irmão, tinha ali próximo, em Mangualde, uma casa apalaçada, completada com um lago artificial.

Se a ligação entre os irmãos era muito forte, o mesmo acontecia com os primos, que eram igualmente numerosos (César tinha onze filhos, de dois casamentos) e de idades aproximadas. Os primos tinham histórias fascinantes para contar uns aos outros acerca da vida deles e aventuras por terras estrangeiras. As duas famílias eram uma autêntica sociedade das nações. Na família de Aristides até se referiam aos filhos pelo país de origem: assim, Luís Filipe era o *Galego*, João Paulo era o *Belga* etc. As filhas de César distinguiam-se pela sua beleza. Dado esse fato e a proximidade das duas famílias, não é de espantar que dois dos filhos de Sousa Mendes tenham acabado por casar com primas – com consequências desastrosas para os filhos.

Essas tragédias, no entanto, estavam ocultas no futuro – com outras. Entretanto, no Passal havia apenas alegria. Foi lá que Isabel voltou para criar o seu primogênito, em 1937. Foi lá também que a filha Clotilde se casou, em dezembro de 1940, enquanto seu irmão Sebastião punha a tocar no gramofone da família a marcha nupcial do *Lohengrin*, de Wagner. O casamento foi o último acontecimento verdadeiramente feliz a ter lugar no Passal. As sementes da tragédia doméstica já haviam sido semeadas, e o Passal seria um dos seus principais cenários.

16. Tempos difíceis: 1940-1945

Aos problemas domésticos causados a Sousa Mendes e à mulher pelo nascimento de Maria Rosa e pela estada de Andrée em Portugal, durante seis meses, vinham somar-se a todas as dificuldades financeiras causadas pelo processo disciplinar. Os problemas de dinheiro começaram quase que imediatamente depois do regresso de Sousa Mendes a Lisboa, em julho de 1940. Por razões burocráticas, o seu vencimento foi retido durante os meses do processo. A sentença ditada por Salazar em 30 de outubro significava um ano com metade do vencimento, seguido de algo que na realidade significava a reforma com um quarto do vencimento, sem regalias. Isso era claramente insuficiente para alguém com a posição social de Sousa Mendes e com tão grandes responsabilidades familiares.[1]

---

[1] O montante exato da pensão em 1940 não é certo, mas em 1946, segundo uma carta de 25 de abril escrita por Sousa Mendes à Ordem dos Advogados (ver processo de Sousa Mendes, Ordem dos Advogados, Lisboa), era de 1595$30; não era uma soma principesca, mas não devemos esquecer que nesse tempo um escriturário ou um professor ganhavam em Portugal cerca de 500 escudos. Em 1953, a pensão tinha subido para 2304$00, dos quais eram descontados regularmente 17$50. Ver processo "Contagens" no processo pessoal de Sousa Mendes. Ver também o processo de Aristides de Sousa Mendes do Amaral e Abranches, DGCP/07/005/002A, no Arquivo contemporâneo do Ministério das Finanças, Lisboa.

A situação atingiu tal ponto que, em dezembro de 1940, ele enviou um telegrama pessoal a Salazar pedindo ajuda. Queixava-se de que, embora "com serviços prestados ao Estado por tempo superior a trinta anos, há meses" que tinha sido "absolutamente desprovido de recursos para sustentar [a] sua família, uma das mais numerosas de Portugal [...]". Pedia a Salazar para "ordenar que com a maior urgência lhe sejam abonadas as verbas a que tem direito pelas leis em vigor [...]". E agradecia a Salazar por esse "favor solicitado".[2]

Sousa Mendes só piorava as coisas para si próprio continuando a proteger os filhos em vez de esperar deles que se desembaraçassem sozinhos. O casamento de Clotilde, em dezembro de 1940, significava menos uma boca a sustentar, mas Sousa Mendes ainda tinha dez filhos e filhas que dependiam dele. O mais velho, Aristides, era gravemente asmático. O segundo, José, era incapaz, por razões do foro psiquiátrico, de se manter muito tempo num emprego. Os dois a seguir, Geraldo e Pedro Nuno, ainda não tinham completado os estudos universitários e o pai estava determinado a que o fizessem. Ambos acabaram por se formar. A filha Joana, de 22 anos, conseguiu, como veremos, obter pequenos trabalhos de escritório para ajudar a família. Quanto aos restantes quatro filhos e filhas, que tinham idades entre 9 e 18 anos, eram ainda novos demais para darem alguma ajuda financeira. O pai encorajava-os a continuarem os estudos. Além de ter muita gente para sustentar, Sousa Mendes continuava a mostrar pouco talento para cortar as despesas. O fato de a casa estar hipotecada também não ajudava.

Durante o verão de 1940, Sousa Mendes e a mulher viveram em Lisboa no andar do seu primo Silvério, situado no número 178 da Rua Rodrigues Sampaio, não longe da Avenida da Liberdade. Mais tarde permaneceram ali durante meses, sempre que era requerida na capital a presença de Sousa Mendes. A amizade de Silvério por Sousa Mendes

---

[2] No *dossiê* de carreira de Sousa Mendes, processo: "Contagens".

já tinha sido provada mais de uma vez, e se manteria constante mesmo depois da morte deste. Isso não o impedia de desaprovar as ações do primo em Bordeaux. A atitude de Silvério não constituía grande surpresa num homem que apoiava o regime de Salazar e desempenhara um papel significativo na reorganização da sua marinha nos anos 1930.

Outros parentes, como Abranches Pinto, também o desaprovavam. Sousa Mendes movia-se num círculo conservador e, como era de se esperar, os velhos amigos começaram de repente a evitá-lo.

Felizmente, a mulher, Angelina, a maior parte dos filhos e o irmão César mantiveram-se ao seu lado nos tempos difíceis.

Dos milhares de refugiados que ele tinha ajudado, poucos lhe vieram manifestar a sua gratidão ou confortá-lo, embora por vezes o encontrassem por casualidade nas ruas de Lisboa e lhe agradecessem. "Havemos de erguer uma estátua para você depois da guerra", diziam alguns,[3] mas o monumento nunca se materializou. A maioria deles, naturalmente, nem sequer sabia quem ele era. Além disso, estavam ocupados tentando arranjar vistos e passagens de barco para outros continentes. O medo muito real de que os nazistas decidissem ocupar a Espanha e Portugal, como já tinham feito com quase todo o resto da Europa, tornava ainda mais frenética a procura de vistos pelos refugiados. As organizações de refugiados em Lisboa descobriram que estavam de mãos atadas na tentativa de ajudar a obter vistos. Os vistos para outros continentes que muitos refugiados ajudados por Sousa Mendes tinham quando chegaram a Portugal eram, em grande parte, inúteis. Os vistos eram ou para lugares exóticos, como o Sião, ou para destinos na América Latina que só podiam ser alcançados passando pelos EUA, Brasil, Cuba ou México.[4] Esses países recusavam-se a conceder vistos de trânsito.

---

[3] Segundo o filho Sebastião Mendes.

[4] "Report of Activities of the HICEM in 1940, from January 1 to September 30, 1940", p. 3.

Encontrar novas pátrias foi mais fácil para alguns refugiados do que para outros. As famílias Spett, Wilensky e Wyszkowski, por exemplo, tiveram sorte e conseguiram vistos americanos. Partiram para o seu novo país no ano seguinte, a bordo do *Niassa* e do *Serpa Pinto*, navios cargueiros portugueses que, em vez das suas carreiras regulares, estavam sendo usados como transatlânticos de passageiros.[5] Outros refugiados, como Lucie Matuzewitz (que obteve um visto para o Brasil), partiram para a América Latina e as Caraíbas (incluindo a ilha holandesa de Curaçao), para o Canadá, para a África portuguesa e belga, para a Palestina.

Geralmente ficavam em Lisboa apenas o tempo suficiente para obter os seus vistos e bilhetes de barco. Se dispunham de tempo enquanto estavam na capital, visitavam os pavilhões da Exposição do Mundo Português. Mesmo que, como Moise Elias e a mulher, tivessem conhecimento do processo disciplinar,[6] pouco podiam fazer para ajudar Sousa Mendes. Em geral os refugiados faziam tudo o que podiam para se esquecerem do horror por que tinham passado.

---

[5] De acordo com o relatório anual de 1941 da Companhia Nacional de Navegação, o *Niassa* era um navio de 9 mil toneladas, construído em 1906. Fizera anteriormente a rota de Moçambique.

O relatório de 1945 afirma que a companhia transportou os seguintes números de passageiros durante os anos da guerra: 71 628 em 1939; 57 096 em 1940; 76 170 em 1941; 68 012 em 1942; 88 222 em 1943; 80 267 em 1944; 75 325 em 1945. Isso perfaz um total de 516 720 passageiros, a maioria dos quais provavelmente eram refugiados. Não se deve esquecer também que o número real de refugiados pode ter excedido em muito os números oficiais.

Tal foi o caso a bordo do *Serpa Pinto*, segundo Giuseppe Garretto, um escritor antifascista siciliano exilado na França, que emigrou para o México nesse navio, em novembro de 1941. Ele descreveu a viagem em *Serpa Pinto, Pueblos en la Tormenta*, traduzido para o espanhol por Felix Samper y Cabello (México D. F.: Ediciones Quetzal, 1943). Garretto diz que o barco fora construído para um máximo de 400 passageiros e transportava 1 200 (p. 34).

[6] Moise Elias, carta de testemunho ao Yad Vashem, 15 de agosto de 1966. Reproduzida em apêndice à edição de 1968 de *Flight through Hell*.

Não é, portanto, de surpreender que quase todos eles tenham se esquecido do insignificante cônsul que tivera piedade deles.

O volume de atividade em Lisboa sem dúvida também os ajudava a esquecer. Foi um período excitante na vida da capital portuguesa, ainda que não ao gosto de toda a gente. Retido em Lisboa durante dez dias devido ao cancelamento dos voos transatlânticos, Chaim Weizmann, futuro presidente de Israel, achou a atmosfera da cidade irrespirável. Era "uma atmosfera de intriga internacional, de espionagem, de boatos e segredos". Para Weizmann, "[Lisboa] era um mundo pequeno e feio".[7] Agentes britânicos e nazistas sentavam-se em mesas opostas no Hotel Tivoli, na avenida da Liberdade. Todos sabiam quem espionava para quem. De vez em quando encontrava-se um corpo apunhalado numa rua menos frequentada. Os espiões de Lisboa podiam ser também muito astutos, como o político francês Pierre Mendès-France descobriu pessoalmente, quando fugiu para Portugal em 1941.[8] A despeito de tudo isso, Lisboa era ainda uma cidade de luz num continente mergulhado nas trevas. Os refugiados, especialmente os recém-chegados, por vezes achavam essa luz ofuscante, mas ela trazia também uma nova esperança.

Com tudo aquilo que tinham de fazer em Lisboa, os refugiados achavam pouco tempo para pensar em Bordeaux ou em Sousa Mendes. Parece ter havido apenas três exceções. A escritora de crônicas de viagens Gisèle Quittner Allotini, que foi tratada como uma celebridade pela imprensa de Coimbra,[9] tinha boas razões para expressar

---

[7] Chaim Weizmann, *Autobiography* (New York: Harper and Brothers, 1949), p. 419.

[8] Ver Jean Lacouture, *Pierre Mendès-France* (Paris: Seuil, 1981), p. 140-141; Paul Dreyfus, *Histoires extraordinaires de la Résistance* (Paris: Fayard, 1977), citado por Pierre Mendès-France, *Liberté, liberté chérie* (Paris, Fayard, 1977), p. 398.

[9] Em 2 de agosto de 1940, o *Diário de Coimbra* publicava um breve artigo acerca da visita da "ilustre escritora francesa" "Madame Quittner Allotini".

a sua gratidão, já que Sousa Mendes não só lhe concedera um visto como lhe trouxera da França o Dodge vermelho conversível.

Mosco e Marguerite Galimir foram visitar Sousa Mendes e agradecer-lhe, quando passaram por Lisboa a caminho dos EUA, no verão de 1941.[10]

Outro refugiado que manifestou o seu apreço foi o rabino Chaim Kruger. O dr. Samuel Schwarz, diretor do Joint Distribution Committee, conseguiu para a família Kruger um belo andar na avenida Santos Dumont, em Lisboa. A filha de Kruger, Chana, ainda se lembra de que de manhã Sousa Mendes mandava dois dos filhos ou ia ele próprio buscar o pai dela para darem uma volta de carro. O Parque Eduardo VII era um dos lugares preferidos. A despeito das suas crenças diferentes, Kruger e Sousa Mendes concordavam em muitas questões. Tinham conversas fascinantes. Segundo Kruger, Sousa Mendes aceitava aquilo que acontecera com humildade cristã. "Se milhares de judeus podem sofrer por causa de um católico [Hitler]", dizia ele a Kruger, "então é certamente permitido a um católico sofrer por tantos judeus." "Eu não podia agir de outro modo, e por consequência aceito com amor tudo aquilo que me aconteceu", disse ele também ao rabino.[11]

Sousa Mendes aceitou o que aconteceu, mas não abandonou a esperança na justiça para si próprio e para a sua família. Salazar continuava a recusar-lhe uma audiência, pelo que a única coisa que lhe restava era o recurso legal para o Supremo Tribunal Administrativo. Mas que advogado aceitaria semelhante caso, carregado de implicações políticas? Todos sabiam que eram nulas as possibilidades de êxito ao recorrer de uma decisão do ditador Salazar.

Não obstante, Sousa Mendes conseguiu convencer um advogado de 35 anos de idade a aceitar o caso. Chamava-se Adelino da Palma Carlos e era indiscutivelmente o maior espírito jurídico

---

10 Marguerite Rollin (nascida Galimir), carta de testemunho.

11 Rabino Kruger, carta de testemunho, enviada ao Yad Vashem.

português do seu tempo. Republicano desde a juventude e opositor ao regime salazarista, o dr. Palma Carlos tinha sido exonerado por motivos políticos do seu lugar no Instituto de Criminologia e haviam interditado todos os seus cargos públicos e pedagógicos. Em vez disso, tornara-se um advogado criminal que ganhara reputação – e ficha na polícia – como advogado de defesa de muitos dos opositores ao regime salazarista.

Em 28 de novembro de 1940, quatro semanas depois de lhe ser comunicada a decisão do processo disciplinar, Sousa Mendes constituiu formalmente o dr. Palma Carlos como seu advogado, e no mesmo dia foi apresentado o recurso. O advogado ainda não tinha visto os documentos do processo disciplinar, pelo que podemos seguramente supor que os seus argumentos iniciais eram essencialmente os do seu cliente. O recorrente alegava que as instruções que recebera eram para "*circunstâncias normais*" e que fora num "momento trágico e excepcional" que ele emitira os vistos. Não cometera nenhuma infração disciplinar, mas mesmo que a tivesse cometido o castigo imposto era muito severo. A lei e os direitos do recorrente tinham sido violados. O dr. Palma Carlos concluía a sua primeira declaração com um requerimento para consultar o processo disciplinar.

O processo de recurso avançou lentamente. Em 20 de março de 1941, Palma Carlos escreveu a Sousa Mendes, que tinha voltado para Cabanas de Viriato, dizendo que estava preparando a apresentação do recurso. Pedia ao cliente que passasse pelo escritório para poderem trocar impressões. Constituinte e advogado encontraram-se no dia 1º de abril. Numa carta ao dr. Palma Carlos, escrita em Lisboa no dia seguinte, Sousa Mendes pedia ao advogado que salientasse no recurso que só haviam sido emitidos vistos de trânsito, "conforme as instruções do Ministério". Além disso, tinha dado esse passo quando "não havia respostas às centenas de telegramas em que se pediam vistos". As respostas eram, "dadas as circunstâncias", "urgentíssimas". Ele próprio advogado, Sousa Mendes referia também a falácia legal que tanto Tovar como Salazar haviam cometido. Na sua sentença, falavam de reincidência, quando o recorrente nunca havia sido formalmente condenado pela mesma infração.

As "Alegações do recorrente" foram recebidas pelo Supremo Tribunal Administrativo em 14 de abril de 1941. Como na maioria dos casos que o dr. Palma Carlos preparava, eram brilhantes. Mas eram também inúteis. O advogado de Sousa Mendes salientava a discrepância entre as duas penas propostas, mais leves, e a severa pena final. Citando o principal jurista do regime salazarista, Marcello Caetano, os depoimentos das testemunhas Calheiros e Meneses, Teotônio Pereira e Simeão, bem como os argumentos usados por Sousa Mendes na sua própria defesa, o dr. Palma Carlos sustentava que "as circunstâncias e o ambiente em que os vistos foram concedidos" não tinham sido tomados em consideração na sentença. Pedia aos juízes que julgavam o caso que tentassem compreender "os poderosos imperativos de solidariedade humana que sobre o espírito do Recorrente agiram no momento em que os vistos foram concedidos". O dr. Palma Carlos salientava também a longa e competente carreira de Sousa Mendes e o uso inadequado do conceito de reincidência na sentença.

O recurso foi estudado por nada menos de quatro juízes. Sousa Mendes conhecia pessoalmente pelo menos um deles, com quem estudara na Faculdade de Direito da Universidade de Coimbra.[12] Como era de se esperar, o tribunal decidiu contra Sousa Mendes. Considerou "irrelevante" a alegação feita pelo recorrente de que as instruções que tinha recebido eram aplicáveis só em "circunstâncias normais". O tribunal afirmava friamente que não era da

---

[12] Segundo a *Grande Enciclopédia Portuguesa e Brasileira*, o juiz Adolfo de Azevedo Souto licenciou-se em Direito em 1909, um ano depois de Sousa Mendes.

competência de um funcionário público decidir quais as ordens a que devia obedecer. A decisão de Salazar prevaleceu e Sousa Mendes teve de pagar 300 escudos de custas.

O dr. Palma Carlos deu a "Má notícia!" ao seu constituinte numa carta datada de 19 de junho de 1941. Duas semanas depois, enviou-lhe uma cópia da decisão final, que acabara de receber. Indicava também que a data limite para apresentação de um recurso final ao Plenário era 28 de julho, mas que, "sinceramente", lhe parecia que esse recurso seria "inútil".

Sousa Mendes, que estava em Cabanas de Viriato, só respondeu às cartas do seu advogado um mês depois. Na carta de 17 de julho concordava, depois de ler a decisão final, que um novo recurso não serviria de nada. A sua fé no processo judicial estava abalada e ele voltava-se das considerações do sistema de justiça do homem para a de Deus. Embora escrita durante um período de depressão e doença física, num estilo messiânico um tanto exagerado, a carta de 17 de julho é extremamente importante pela luz que lança sobre o caráter de Sousa Mendes e os motivos para os seus atos na França. Escreve ele que o tribunal, ao considerar a sua "atitude" como de "desobediência", lhe dava "satisfação". "Realmente, eu desobedeci, mas a minha desobediência não me desonra." E explica o que quer dizer:

> Não cumpri instruções que significavam, a meu ver, perseguição a verdadeiros náufragos que procuravam a todo o custo salvar-se da sanha hitleriana.
>
> Acima dessas instruções, estava para mim a lei de Deus e foi esta que eu procurei cumprir, sem hesitações nem covardias de poltrão.
>
> O verdadeiro valor da religião cristã está no amor ao próximo e eu, sendo cristão, não podia fugir do seu império.
>
> É claro que o sinédrio tinha de me condenar, aliás reconhecer que eu tinha razão teria, por efeito, comprometer o prestígio do

Sumo Sacerdote e destituí-lo, a ele sinédrio, por incapacidade, aquela mesma incapacidade que, a meu respeito, foi decretada em sentença.

Deus aceitará o meu sacrifício em desconto dos meus pecados e imperfeições, que muitos são.

Sousa Mendes conclui a sua carta pedindo desculpa por ter sido tão expansivo e agradecendo ao advogado a sua "dedicação".[13]

Não só as suas opções legais se tinham esgotado como, em novembro de 1941, terminou o ano com metade do vencimento, e o ordenado de Sousa Mendes foi reduzido a um quarto daquilo que fora. Era evidente que precisava arranjar outro trabalho. Em 7 de novembro, foi readmitido na Ordem dos Advogados. Tinha requerido a readmissão alguns meses antes, mas a Ordem teve de consultar o Ministério dos Negócios Estrangeiros e o pedido foi protelado. A ideia de iniciar a prática da advocacia aos 56 anos de idade, quando apenas tinha praticado depois da licenciatura, 33 anos antes, era um ato desesperado, é o mínimo que se pode dizer. Ninguém queria um advogado assim, e muito menos um advogado que estava politicamente marcado. Sousa Mendes acabou por compreender isso e voltou para Cabanas de Viriato. Durante os nove meses em que foi formalmente membro da Ordem, nunca exerceu a sua nova profissão.

A esperança de que Salazar pudesse de algum modo ser induzido a revogar a sua decisão manteve Sousa Mendes e a família em Lisboa até 1942. Sousa Mendes queria estar o mais perto possível do Ministério para poder defender a sua causa junto de várias pessoas e tentar fazê-las compreender.

O ano de 1942 começou infaustamente tanto para Sousa Mendes como para os judeus da Europa. Em 20 de janeiro, representantes

---

[13] No processo do dr. Palma Carlos sobre o recurso de Sousa Mendes.

das SS, do partido nazista e de vários ministérios do Reich, reunidos em Wannsee, Berlim, iniciaram os preparativos para aquilo que viria a chamar-se "A Solução Final" – o extermínio sistemático dos judeus da Europa. Nos três anos seguintes, milhões de judeus de todos os países que a Alemanha ocupou foram deportados para campos de concentração e liquidados. Entre eles, contavam-se inúmeros judeus que tinham fugido para países posteriormente tomados pelos nazistas; por exemplo, 20 mil judeus austríacos, que (como Arnold Wiznitzer e Norbert Gingold) tinham fugido da Áustria, foram deportados dos países de exílio e mortos.[14] O primeiro trem de deportados partiu de Paris para o campo de concentração de Auschwitz em março de 1942.[15] Os primeiros deportados da Holanda chegaram a Auschwitz em julho; da Bélgica e de Luxemburgo, em agosto.[16] Em novembro, Georges Mandel e Paul Reynaud foram deportados para a Alemanha.[17] Reynaud sobreviveria à guerra, mas Mandel foi reenviado para a França e assassinado pela milícia colaboracionista francesa em julho de 1944.[18]

A tragédia doméstica de Sousa Mendes empalidece em comparação com acontecimentos tão cataclísmicos. O custo de manter duas casas revelou-se desastroso para o ex-cônsul. As coisas chegaram a tal ponto que ele literalmente já não conseguia alimentar a família. Teve de recorrer à caridade. Foi assim que Isaac Bitton e Sousa Mendes se encontraram pela primeira vez.

---

[14] Segundo a *Encyclopedia Judaica* (Jerusalem: Keitel Publishing House Ltd., 1971), p. 902.

[15] Gilbert, *The Holocaust*, p. 309.

[16] *Ib.*, p. 405.

[17] Evelyne Demery, *Paul Reynaud, mon père* (Paris: Plon, 1980), p. 115-116.

[18] Georges Wormser, *Georges Mandel, l'homme politique* (Paris: Plon, 1967), p. 288.

Isaac tinha 16 anos. Era de uma pobre e numerosa família judaica portuguesa. O pai era policial. A comunidade judaica portuguesa, que tinha menos de mil membros durante a guerra, era composta principalmente de famílias, como os Bitton, cujos antepassados tinham vindo de Marrocos no princípio do século XIX. Era uma comunidade dinâmica em Lisboa, localizada principalmente nas proximidades do Largo do Rato. A comunidade tinha uma grande sinagoga sefardita; uma pequena sinagoga "marroquina", ultraortodoxa; e uma sinagoga "polaca", *ashkenazi*, que tinha sido criada pelos refugiados. Os judeus de Lisboa tinham um forte sentido de solidariedade social e tinham o seu próprio hospital e sopa dos pobres, ambos situados na Travessa de Noronha. A sopa dos pobres ocorria em duas salas de jantar: uma pequena para os pobres portugueses (judeus e não judeus) e outra maior para os muitos refugiados necessitados. Todos os dias a sopa alimentava entre 100 e 200 refugiados, que estavam em Lisboa em busca de vistos com os quais pudessem emigrar para outros países, especialmente para os EUA. As refeições eram servidas em cinco turnos, começando às 11h30 e terminando às 15h30. A tia de Isaac Bitton, Esther, excelente cozinheira, dirigia a cozinha. Isaac por vezes ajudava-a na sala de jantar grande.

O jovem Isaac Bitton ficava fascinado com os refugiados e tocado pela sua sorte. Era para ele uma maravilha ouvir tantas línguas estranhas: iídiche, alemão, polonês, russo, húngaro e checo. A carga emocional que essas pessoas transportavam consigo era por demais evidente. Os suicídios entre os refugiados eram tão frequentes que o rabino de Lisboa decidira permitir que os suicidas fossem sepultados com os outros defuntos, em contravenção da prática judaica normal. José, irmão de Isaac, que também ajudava na sala de jantar e por vezes era ainda encarregado de procurar quartos para os recém-chegados nas pensões das redondezas, testemunhara pessoalmente um desses suicídios. Uma refugiada, a quem tinha acabado de arranjar um quarto numa pensão da rua da Rosa, suicidou-se diante dos seus olhos atirando-se da janela. Foi neste mundo trágico que certa tarde entrou a família de Sousa Mendes.

Isaac Bitton era observador por natureza. A mãe, o pai e os vários filhos chamaram imediatamente a sua atenção. O pai, embora atarracado, tinha um ar nobre. Não estava vestido como os outros refugiados. Quando a família se aproximou o bastante de modo que se podia ouvir a conversa deles, Isaac ficou surpreso por ouvi-los falar português. Delicadamente, aproximou-se do cavalheiro e disse-lhe: "Desculpe, mas esta é a sala de jantar dos refugiados. A dos portugueses é do outro lado".

O estranho respondeu-lhe simplesmente: "Mas nós também somos refugiados". Isaac ficou perplexo até Sousa Mendes fazê-lo sentar e lhe contar toda a história. A família voltou várias vezes, e depois desapareceu. Isaac só voltou a ouvir falar de Sousa Mendes quando, em 1943, emigrou para a Palestina no navio *Niassa*, que viajava cheio de crianças judias. Na Palestina soube que muitas dessas crianças deviam a sua sobrevivência a Sousa Mendes.

Agora era o próprio Sousa Mendes que tinha de se preocupar com a sobrevivência, e isso significava regressar a Cabanas de Viriato, onde pelo menos podia viver da terra e não tinha de se preocupar com o pagamento de aluguel. Em outubro de 1942, novas dificuldades financeiras forçaram-no a contrair uma segunda hipoteca do Passal (de 80 mil escudos). Em junho do ano seguinte, os seus filhos Carlos, de 20 anos, e Sebastião, de 19, decidiram ir para Londres juntar-se às forças aliadas. Seguiam os passos dos jovens a quem em junho de 1940 seu pai dera vistos para o mesmo fim. Sousa Mendes orgulhou-se da decisão dos filhos, embora naturalmente tivesse ficado preocupado. O ato tinha implicações políticas, visto que Portugal era oficialmente um país neutro. À excitação dos dois corajosos filhos de Sousa Mendes misturava-se certa ansiedade. No voo imediatamente anterior da KLM, o avião, que transportava o ator britânico Leslie Howard, tinha sido derrubado.

As preocupações de Angelina tinham menos a ver com as implicações políticas do ato dos filhos do que com a sua segurança. Disse à sua antiga criada Francelinha que detestava estar separada deles. Os seus momentos de maior ansiedade foram no ano seguinte, quando os dois filhos participaram na invasão da França no Dia D. Quando um deles lhe escreveu contando que tinham estado debaixo de fogo durante dois dias, ficou aterrorizada.[19]

Após dois anos de inatividade em Cabanas de Viriato, Sousa Mendes estava ansioso por voltar a Lisboa para melhorar a sua situação e a da família. Em 3 de setembro de 1944 pediu a readmissão no foro. O seu pedido foi deferido em 12 de outubro. Uma coisa era ter o direito legal de praticar a advocacia, outra muito diferente era encontrar trabalho como advogado. Sousa Mendes parece ter defendido apenas um caso: o dos seus filhos Carlos e Sebastião, que o Ministério da Defesa queria privar da cidadania portuguesa por se terem alistado nas forças aliadas em Londres. Sousa Mendes ganhou o seu único caso. Foi para ele uma grande vitória moral.

No entanto, naqueles últimos meses da guerra foram escassas as vitórias morais. Sousa Mendes não só não conseguia arranjar trabalho como tinha uma nova preocupação: Angelina tinha sofrido várias vezes perdas momentâneas de consciência. A tensão psicológica a que estava submetida fazia sentir os seus efeitos.

Sem perspectivas de trabalho para si próprio, Sousa Mendes tentava ao menos arranjar emprego para os filhos e filhas. No caso de Joana teve êxito: arranjou-lhe um emprego de escriturária no grêmio dos exportadores de conservas, na Rua de S. Julião, em Lisboa. O pai tinha conseguido mantê-la na Universidade de Lisboa

[19] Entrevista com Francelinha Rodrigues Lobo.

durante um ano, mas financeiramente isso já não era possível. Sousa Mendes teve de engolir sapos para conseguir o emprego para a filha, porque o patrão, que soubera do seu revés, foi muito grosseiro com ele. Uma boa parte das conservas de peixe portuguesas estava para ser exportada para a Alemanha nazista, como Joana veio a saber. Durante um breve período Joana trabalhou também para a organização judaica americana Joint.

Por intermédio de belgas conhecidos seus, Sousa Mendes também acabou por conseguir obter um emprego de escritório para o seu filho Geraldo na empresa belga Sofina, que havia se mudado para Lisboa. O emprego ajudava a pagar os seus estudos universitários.

Sousa Mendes tentou também arranjar uma colocação para o filho Pedro Nuno. Com esse objetivo, dirigiu-se ao bastonário da Ordem dos Advogados, à qual agora pertencia.

Em 19 de fevereiro de 1945, poucos dias depois da entrevista, Sousa Mendes reafirmou por escrito o seu pedido. Achou que era necessária uma explicação da sua situação e da sua família. Numa linguagem que lembrava a da sua defesa no processo disciplinar, descreveu o dilema que enfrentara em Bordeaux. Justificava as suas ações em termos de "sentimentos humanitários" e "fraternidade e solidariedade humana". Embora tivesse consciência de que as ações que ia praticar podiam ter consequências desastrosas para si próprio, não hesitara "um momento" em sacrificar a si e aos seus entes queridos "pela salvação de tantos milhares de pessoas". Fora por causa dele, e só dele, que tantos milhares de estrangeiros tinham entrado em Portugal. Não se arrependia do que tinha feito e, no que lhe dizia respeito, tinha cumprido o seu dever. Um dia, quando a paz mundial fosse restabelecida – e esperava que esse dia não estivesse longe –, havia de "narrar pormenorizadamente os fatos" e então toda a gente compreenderia as "circunstâncias de força maior" que tinham motivado as suas ações.

Entretanto, ele e a família enfrentavam grandes dificuldades financeiras. Na sua carta Sousa Mendes explica que nunca foi rico, tendo herdado, para além do Passal, apenas alguns bocados de terra que foi vendendo. Refere que a sua casa está hipotecada e que, a despeito de "um pequeno socorro" recebido de pessoas que procuram "aliviar" o seu "sofrimento",[20] se encontra num estado de "verdadeira penúria". É por essa razão que pede ao bastonário da Ordem dos Advogados ajuda para encontrar uma colocação adequada para o filho.

Há duas linhas na carta datilografada que são um tanto ambíguas. Sousa Mendes escreve: "[Não] me atrevo a pedir para mim pessoalmente seja o que for, ainda que muito precise [...]". Talvez esteja insinuando a possibilidade de ajuda financeira por parte da Ordem dos Advogados ou talvez de um emprego. O bastonário respondeu em 20 de março que a carta de Sousa Mendes tinha sido apresentada na reunião do conselho e que este, lamentavelmente, não podia "atender de forma alguma" ao pedido pessoal de Sousa Mendes, mas que os seus membros, a título individual, veriam se podiam arranjar um emprego para o seu filho. Que queria o bastonário dizer com a primeira parte da sua resposta? Estava simplesmente recusando uma ajuda financeira ou confirmando aquilo em que Sousa Mendes parecia acreditar: que estava na lista negra de todas as firmas estabelecidas? Seja como for, também para o filho não se encontrou nenhum emprego.

Joana trabalhava, mas o seu pequeno ordenado pouco contribuía para melhorar a cada vez pior situação da família. Sousa Mendes já não sabia o que fazer para ajudar. Em certa altura, chegou mesmo a dar lições de português na embaixada americana.[21] Talvez na

---

[20] Provavelmente uma referência à ajuda que estava recebendo da comunidade judaica de Lisboa.

[21] Wheeler, "And Who Is My Neighbour?", p. 128.

esperança de abrir um escritório de advocacia em casa, alugara um andar na rua Fialho de Almeida, situada no Bairro Azul, uma zona moderna de Lisboa. No entanto, como a sua situação financeira piorava, foi obrigado a mudar-se. Encontrou apartamentos mais modestos na avenida Antônio Augusto de Aguiar, depois na rua Filipe da Mata e por fim na rua Barbosa du Bocage. A comunidade judaica ajudava-o a pagar o aluguel. Em matéria de alimentação, a família Sousa Mendes dependia fortemente da sopa dos pobres judaica. Em vez de ir a família toda, faziam o mesmo que muitas famílias pobres de Lisboa: um deles ia buscar a comida para todos nas marmitas metálicas que a cozinha fornecia.[22]

A humilhação sentida por Sousa Mendes devia ser muito grande. Mas nunca perdeu a esperança. Parecia certo que a guerra acabaria em breve e que os Aliados sairiam vitoriosos. O regime podia mudar ou, pelo menos, ser forçado a rever as suas posições. O seu caso seria revisto e finalmente justiça seria feita.

Em 30 de abril de 1945, Hitler suicidou-se no seu *bunker*. Uma semana depois, a Alemanha se rendeu.

[22] Entrevista com Teresinha Swec (nascida Mendes), em Dublin, Califórnia, 11 de julho de 1987.

17. Perseguição e protesto

O modo como Sampaio acolheu a notícia da morte de Hitler levantou sérias questões sobre as simpatias políticas do secretário-geral. Para consternação dos anglófilos portugueses e dos ingleses, a morte do Führer foi marcada por três dias de luto nacional. As bandeiras nos edifícios públicos e nos navios fundeados no Tejo foram postas a meia haste.[1] Mais tarde o regime atribuiu a gafe de protocolo ao secretário-geral Sampaio.

Mas as manifestações públicas de pesar não se limitaram às ordenadas pelo secretário-geral. Celebraram-se missas pela alma de Hitler, às quais assistiram alemães que viviam em Lisboa. Os sinos da Universidade de Coimbra dobraram pela morte do ditador nazista.[2]

No entanto, a morte de Hitler e a rendição da Alemanha foram acolhidas pela maioria dos portugueses mais com júbilo do que com tristeza. O português médio estava farto do racionamento e das carências. As suas simpatias iam para a Inglaterra e seus aliados

[1] Mário Neves, "A Diplomacia Portuguesa", p. 209. "Lisbon Flags Half-Mast for Hitler", *The Times* (London), May 4, 1945, p. 3. "Portuguese Mourning for Hitler", *The Times* (London), May 7, 1945, p. 3.

[2] *Ib.*

e não para a Alemanha. Muitos portugueses, incluindo os que inicialmente apoiavam Salazar, estavam inteiramente descontentes com o regime autocrático. A vitória dos Aliados significava esperança para os democratas e para a democracia em Portugal.

Começava a ser revelada ao mundo do pós-guerra toda a história das atrocidades cometidas pelos nazistas. No fim de janeiro, as tropas soviéticas tinham entrado em Auschwitz. Nas últimas semanas da guerra, os Aliados tinham libertado os campos de concentração de Bergen-Belsen, Dachau e Mauthausen. As cenas que aí esperavam os Aliados eram difíceis de acreditar. Nesses campos os nazistas tinham exterminado milhões de pessoas. A maioria das vítimas, mas não todas, eram judeus. Só em Mauthausen, dezenas de milhares de republicanos espanhóis, menos afortunados que Eduardo Neira Laporte, tinham sido assassinados.[3] O número de judeus enviados para os campos ou exterminados de outro modo era assombroso: cerca de 700 só do minúsculo Luxemburgo;[4] 24 mil da Bélgica (metade da população judaica da Bélgica);[5] mais de 50 mil da Áustria; 75 mil da França; mais de 100 mil da Holanda; mais de 120 mil da Alemanha; 260 mil da Checoslováquia; e possivelmente o elevadíssimo número de 3 milhões da Polônia.[6] Foram também assassinados inúmeros outros judeus da URSS, Romênia, Hungria, Lituânia, Letônia, Estônia, Iugoslávia, Grécia, Itália, Noruega e Danzig.[7] Era esse o legado de Hitler. Felizmente para a humanidade, o seu domínio férreo sobre a Europa tinha sido quebrado.

---

[3] Gilbert, *The Holocaust*, p. 807.

[4] *Encyclopedia Judaica*, "Luxembourg", p. 591.

[5] Ver Maxime Sternberg, *Dossier Bruxelles-Auschwitz* (Mechelen: Comité belge de soutien à la partie civile dans le procès des officiers SS, 1980), p. 13.

[6] Raul Hilberg, *The Destruction of European Jewry*, v. 3 (New York: Holmes & Meier, 1985), p. 1.220.

[7] *Ib.*

Em todo o país houve manifestações e comícios de massas para celebrar a vitória dos Aliados. As autoridades viam com nervosismo essas expressões públicas de solidariedade transformarem-se rapidamente num instrumento de promoção da democracia e do socialismo, bem como de denúncia do regime salazarista. As exclamações de "Vitória!" e "Liberdade!" misturavam-se com os gritos pela "Democracia!". Ouviram-se mesmo vozes esporádicas e temerárias gritar "Morte ao fascismo!".[8]

Também Sousa Mendes se sentiu encorajado por esse novo espírito de esperança. O regime seria substituído ou forçado a mudar. Agora que o conflito acabara, Sousa Mendes podia falar livremente daquilo que fizera no meio da guerra. Estava seguro de que desta vez as autoridades o ouviriam.

A esperança e o otimismo eram tudo o que lhe restava. A sua situação financeira continuava precária. Às outras preocupações somava-se o fato de durante o último ano terem continuado as amnésias de Angelina. Ela recusava-se a ser internada num hospital para tratamento, preferindo ficar em casa. As causas das amnésias não eram difíceis de compreender. Eram perdas de consciência breves mas que não deixavam de causar preocupações e só vinham aumentar a ansiedade de Sousa Mendes. O resultado foi o que seria de esperar: no princípio de maio, alguns dias antes do fim da guerra, Sousa Mendes teve uma grave hemorragia cerebral. Ficou com o lado direito parcialmente paralisado.[9]

Não sendo homem para se deixar desanimar por qualquer revés ou dificuldade, Sousa Mendes lutou para se recompor e acabou

---

[8] Sobre as manifestações democráticas em Portugal imediatamente a seguir à guerra, ver A. H. de Oliveira Marques, *História de Portugal*, III (Lisboa: Pallas Editores, 1986), p. 384; Mário Soares, *Portugal Amordaçado* (Lisboa: Arcádia, 1974), p. 89.

[9] Ele teve outro ataque, desta vez moderado, em Cabanas de Viriato em 1946 ou 1947 (é difícil estabelecer exatamente quando).

por recuperar um considerável controle de todo o lado direito, incluindo a mão. Conseguiu voltar a andar com a ajuda de muletas. Consultou um especialista, fez massagens e fisioterapia, que consistia em vários exercícios com o braço e com a mão. Houve uma cena humilhante quando um conhecido especialista e professor universitário, depois de uma visita ao domicílio, lhe disse, diante de toda a família, que não se preocupasse com os seus honorários porque de qualquer modo não poderia pagar. Sousa Mendes manteve também o seu velho hábito de dar longos passeios a pé. As melhoras eram pequenas mas perceptíveis, sinal da sua força de vontade, debilitada mas ainda considerável. A despeito das dificuldades físicas que agora enfrentava, estava determinado a fazer um esforço supremo para obter a justiça que lhe fora furtada durante os cinco anos de guerra.

Durante esse período não tinha ficado ocioso. Uma vez esgotados os recursos legais, Sousa Mendes escreveu ou abordou pessoalmente todos aqueles que achava dispostos a usar a sua influência para ajudá-lo. Embora os seus esforços não dessem nenhum resultado, não desistia. Quando, devido à paralisia parcial, se tornou extremamente difícil escrever, ditava as cartas ao filho Luís Filipe,[10] então adolescente, ou à filha Joana.

O irmão, César, também o ajudou na campanha das cartas. Também ele sofrera as consequências dos atos do irmão. Afastado do serviço ativo semanas após o início do processo disciplinar do irmão, só ao fim de quase cinco anos receberia uma colocação no estrangeiro. Não era a primeira vez que César tomava a pena por tentar ajudar o irmão. Depois do fracasso do recurso do irmão no verão de 1941, César escrevera a uma das principais autoridades jurídicas do regime salazarista pedindo ajuda. O professor

[10] Ele encontrou também tempo e força, nesses anos, para completar a educação do filho em História e Matemática.

de Direito José Alberto dos Reis era o presidente da Assembleia Nacional e membro do Conselho de Estado.

Na sua resposta escrita, José Alberto dos Reis lamentava a "situação" de Sousa Mendes mas expressava as "maiores dúvidas" sobre as suas possibilidades de ajudar. Seria inútil ele escrever a Salazar, dizia. Só uma conversa particular "[seria] susceptível de provocar algum resultado". Infelizmente, não se encontraria com Salazar durante os dois meses seguintes. Talvez César pudesse voltar a lembrar-lhe daí a sete semanas. Evidentemente, essa tentativa de César para ajudar o irmão nunca teve nenhum resultado.

César continuou a apoiar e a tentar ajudar Aristides, ainda que também ele sofresse as consequências dos heroicos atos deste. Recusaram-lhe uma colocação no estrangeiro e mandaram-no trabalhar na Secretaria, sob as ordens de Sampaio, desde julho de 1940 até fevereiro de 1945. Devido a essa injustiça suplementar, para César era ainda mais difícil escrever ao secretário-geral em defesa do irmão. No entanto, engoliu o orgulho e o fez – sem qualquer resultado.

Talvez o espírito de Sampaio estivesse ocupado por preocupações pessoais mais prementes. Faltavam-lhe poucos meses para completar 70 anos, o que significava a aposentadoria forçada. Toda a gente no Ministério sabia que Sampaio não estava desejoso de largar as rédeas do poder.

Por um lado, estava prestes a cumprir-se o pior pesadelo de Sampaio; por outro, estava também prestes a cumprir-se um dos sonhos da sua vida. A rainha d. Amélia fazia a sua primeira visita, ao fim de 35 anos, ao país que com tão pouca cerimônia a mandara para o exílio. Monárquico ardoroso, Sampaio estava extasiado. De tal modo que pediu uma audiência privada à rainha. O tão desejado encontro realizou-se na suíte do hotel de d. Amélia. Mal tinha trocado algumas palavras com a sua soberana, Sampaio queixou-se de que não se sentia bem. Caiu no tapete e entrou em coma. Poucos dias depois, morreu.[11]

A velha guarda estava sendo substituída em toda a Europa. Em 15 de agosto de 1945, um tribunal francês condenou o marechal Pétain à morte. No dia seguinte, o general Charles de Gaulle, presidente do Governo Provisório, comutou a sentença para prisão perpétua. As mudanças de direção na Europa significavam um novo sopro de esperança.

O apelo de César à clemência de Sampaio tinha sido infrutífero. A morte de Sampaio significava o desaparecimento de um obstáculo na via para obter justiça para o irmão. A situação do próprio César melhorara com a sua colocação, em fevereiro de 1945, na legação portuguesa na Cidade do México. Foi daí que, em setembro de 1945, escreveu a Salazar.[12]

César dá como pretexto para a sua carta uma afirmação de Salazar no discurso proferido na Assembleia Nacional em maio anterior, menos de duas semanas depois da rendição alemã.[13] Num esforço para defender, contra aqueles que clamavam por democracia, a atuação do seu regime durante o tempo da guerra, Salazar citou o tratamento humano dado aos refugiados pelo governo português. Perguntava que outra nação, em situação idêntica, teria feito tanto. A sua única pena, dizia Salazar, era não ter podido fazer mais.

Depois da guerra, o governo britânico chegou mesmo a pôr a hipótese de atribuir uma medalha a Salazar por aquilo que supostamente teria feito pelos refugiados. O embaixador britânico em Lisboa, Ronald Campbell, opôs-se à ideia.[14]

---

[11] Franco Nogueira, *Salazar*, III, p. 575.

[12] Carta de 24 de setembro de 1945. Cópia entre os papéis de César.

[13] Antônio de Oliveira Salazar, *Discursos e Notas Políticas* (Coimbra: Coimbra Editora, 1951), "Portugal, a Guerra e a Paz", p. 105.

[14] Pimentel, *Judeus em Portugal durante a II Guerra Mundial*, p. 359.

Não sem alguma ironia, César responde, na sua carta, às observações de Salazar. "Há no discurso de V. Exa. uma passagem que deveras me impressionou", escreve ele. A passagem em questão é "aquela que se refere ao acolhimento prestado aos refugiados" bem como a "tantas outras manifestações de solidariedade humana e de caridade do povo português". O modo sutil como César transfere o mérito do ditador português e do seu regime para o povo português não podia passar despercebido a Salazar. Ao fazê-lo, César reflete perfeitamente os sentimentos muitas vezes expressos pelo irmão.

É uma questão de atribuir os méritos a quem os merece, e para César isso inclui o reconhecimento do papel desempenhado pelo irmão na salvação de tantos refugiados. "Recorda-se, sem dúvida, V. Exa.", escreve César a Salazar, "de que meu irmão facilitou a entrada dos fugitivos em Portugal." Ele fizera-o, recorda César a Salazar, "inspirado exclusivamente pelos sentimentos que tanto e tão nobremente caracterizam a alma portuguesa". "Como irmão gêmeo, rogo que V. Exa.", pedia César, "permita a sua reabilitação."

A preocupação de César com o estado de saúde do irmão é obviamente uma importante motivação do seu apelo à "clemência" de Salazar. César refere ao ditador português que, por causa da "trágica situação em que se encontra", o seu irmão Aristides "tem caído na mais profunda depressão". Logo após recuperar-se, com dificuldade, de uma congestão pulmonar, Aristides tinha sofrido um ataque "cujas consequências ainda agora o afetam gravemente". César implora a Salazar que não deixe Aristides "morrer sob uma acusação". Nas palavras de César, Salazar, o "chefe dum Governo cristão", tem o poder para salvar a "honra" e "muito provavelmente a vida" de Aristides. Salazar não respondeu.

No entanto, a face da Europa do pós-guerra estava mudando lentamente, e os irmãos Sousa Mendes continuavam a ter esperanças de que viesse a haver uma mudança em Portugal. Em 15 de outubro de 1945, Pierre Laval foi executado por um pelotão de fuzilamento na prisão de Fresnes. Seis semanas depois, em 27 de novembro, César Mendes decidiu escrever pela segunda vez a Salazar.[15] Nessa carta volta ao tema da saúde de seu irmão. Preocupa-se por Aristides, alguns meses depois do ataque cardíaco, estar ainda fraco de saúde. César diz que receia "um triste desenlace" e as trágicas consequências que isso certamente teria para a família do irmão. Escreve César em defesa de Aristides:

> Meu irmão foi sempre honesto, generoso e bom [...]. [Contribuiu] para salvar imensas vidas. O acolhimento dos emigrados foi reconhecido como grande serviço prestado por Portugal à causa da Humanidade. Ao senhor Presidente da República e a V. Exa. foram por isso manifestados os mais expressivos agradecimentos.

César lembra também a Salazar a sua mais recente promessa de anistia parcial dos presos políticos. O ministro na Cidade do México pede a Salazar que "estenda a sua clemência" também a Aristides. Salazar manteve-se insensível ao pedido de César.

A promessa de uma anistia parcial não era de modo nenhum o único sinal de mudança na cena política portuguesa. Em 6 de outubro, duas semanas depois de César ter escrito a sua primeira carta, Salazar anunciou a dissolução da Assembleia Nacional e a marcação de eleições supostamente livres.[16]

Os opositores a Salazar estavam francamente incrédulos. Que truque maquiavélico era aquele? Poderia-se esperar que o clamor pela democracia tivesse simplesmente se tornado tão mais forte para que o ditador português resistisse por mais tempo?

---

[15] Cópia entre os papéis particulares de César.

[16] Franco Nogueira, *Salazar*, IV, p. 12.

Salazar não escondia que ao fim de treze anos a tomar todas as principais decisões governamentais, e em especial depois de seis anos de guerra, estava exausto. O cansaço ocular e as enxaquecas tinham voltado. Num discurso aos deputados, falou da sua falta de ambição e de interesse em governar.

Mas os opositores de Salazar já antes tinham ouvido tudo isso. Fazia parte do mito de Salazar: o professor universitário que preferiria prosseguir a sua carreira acadêmica e viver calmamente no campo, mas que se sacrificava por Portugal. Os democratas portugueses duvidavam seriamente de que Salazar entregasse facilmente o poder, mas decerto valia a pena tentar arrebatar-lhe.

De qualquer maneira, por que não contestar na palavra de Salazar? Onze democratas ousados decidiram fazer precisamente isso. Requereram ao Governo Civil, como a lei exigia, autorização para realizar uma reunião política com o objetivo de concorrer às eleições. Para sua surpresa, a autorização foi concedida.

Antes que as autoridades mudassem de ideia, encontrou-se rapidamente um local para a reunião: uma pequena sala no Centro Republicano Almirante Reis, situado na Rua do Benformoso, perto da praça de Martim Moniz, em Lisboa. O que se decidiu nessa reunião foi o Movimento de Unidade Democrática (MUD)[17] e uma lista de exigências mínimas para uma campanha eleitoral e eleições justas. Entre elas, contavam-se a liberdade de imprensa e a fiscalização do processo eleitoral.

Sousa Mendes não participou dessa reunião histórica, mas ele e três dos seus filhos mais velhos contaram-se entre as cerca de 50 mil pessoas que, só em Lisboa, assinaram um abaixo-assinado de apoio às exigências do MUD. As listas do MUD ganharam bastante notoriedade. Os jornais diários de Lisboa publicavam

---

[17] Sobre as origens do MUD, ver Oliveira Marques, *História de Portugal*, III, p. 384-385; Mário Soares, *Portugal Amordaçado*, p. 98-99.

regularmente os nomes dos signatários mais conhecidos. Entre os leitores mais atentos desses jornais estava a polícia política. As listas, no entanto, não tiveram nenhum efeito no regime salazarista, que se recusou a satisfazer qualquer das exigências básicas do MUD. Perante a certeza de uma derrota em eleições fraudulentas, o MUD retirou todos os seus candidatos. Sem oposição, os candidatos do governo foram todos eleitos.

Seguiu-se o castigo da oposição. Ironicamente, os dirigentes do MUD tinham simplificado o trabalho da polícia política entregando as suas listas de apoiantes no distrito de Lisboa a um juiz nomeado pelo ministro do Interior. Um a um, os signatários com algum destaque foram levados pela polícia política para interrogatório.[18]

Do número dos interrogados fizeram também parte Sousa Mendes e dois dos três filhos cujos nomes apareciam nas listas: Geraldo, de 28 anos, e Pedro Nuno, de 25. O interrogatório aconteceu em 29 de novembro de 1945, onze dias depois das "eleições" sem concorrência. Segundo o registro oficial da polícia,[19] o interrogatório foi conduzido por uma comissão especial de inquérito criada pelo Ministério do Interior. Quem o efetuou foi o capitão Fernando Eduardo da Silva Pais, de 40 anos, futuro diretor-geral da PIDE. Sousa Mendes disse desafiadoramente a Silva Pais que fora o seu filho Luís Filipe, de 16 anos, quem, na presença do pai, incluíra os nomes na lista. Todos tinham consentido. Luís Filipe omitira o seu próprio nome, disse Sousa Mendes, apenas por ser menor.

O interrogatório não teve continuidade. Tinha obviamente falhado o seu primeiro objetivo: intimidar. Em todo o caso, Sousa Mendes e os filhos passaram a ter ficha na polícia política. Tal como

---

[18] Sobre a polícia política portuguesa (PIDE), ver Irene Pimentel, *A História da PIDE* (Lisboa: Círculo de Leitores, 2007).

[19] No processo de Aristides Sousa Mendes e dos filhos Aristides, Pedro Nuno, Geraldo e Carlos, Arquivos da PIDE/DGS, Torre do Tombo, Lisboa.

tantos outros que tinham assinado as listas do MUD, estavam politicamente marcados. Estava desde então vedado a eles o emprego em qualquer setor da administração pública e para qualquer patrão que se desse ao trabalho – e muitos o faziam – de consultar a polícia sobre os seus possíveis empregados.

Um dos três filhos que tinham assinado as listas do MUD, Aristides César, de 36 anos, escapou ao interrogatório inicial. O pessoal da polícia política não se distinguia pela inteligência, e alguém havia claramente confundido Aristides de Sousa Mendes com o seu homônimo. O erro foi finalmente corrigido dois meses e meio depois. Desta vez, o interrogador foi o capitão Olegário Antunes, que regressara recentemente de uma comissão de quatro anos e meio como diretor da famigerada colônia penal do Tarrafal, em Cabo Verde. Aristides declarou que tinha autorizado Luís Filipe a assinar por si "como protesto contra a situação política [...]". A declaração foi acrescentada ao processo de Sousa Mendes.

A assinatura das listas do MUD não foi mais que o primeiro passo de Sousa Mendes em protesto contra a injustiça da sua situação. Outros atos se seguiram rapidamente. A maioria deles foi de caráter legal, o que não é de surpreender, visto que tecnicamente ele era de novo membro da Ordem dos Advogados. Pouco importava que, longe de exercer, nem sequer conseguisse pagar as cotas. O direito estava na massa do seu sangue. Se a política não dera resultado, talvez o direito desse.

O seu passo seguinte foi audacioso, embora inútil. Sousa Mendes preparou um apelo e enviou-o à Assembleia Nacional. A Constituição portuguesa previa semelhante apelo. A ata[20] confirma que no início da sessão de 12 de dezembro de 1945, depois da chamada dos deputados, precisamente às 15h25, se acusou formalmente a recepção de "uma representação de Aristides de

[20] *Diário das Sessões*, 13 de dezembro de 1945, p. 82.

Sousa Mendes, ex-cônsul de Portugal em Bordeaux, lugar de que foi destituído pelo Ministério dos Negócios Estrangeiros, contra o despacho ministerial que o demitiu [...]". O apelo era "contra o decreto ministerial que o demitira [...]". A ata afirma também que o reclamante considerava o despacho "inconstitucional por envolver violação da liberdade e inviolabilidade de crenças, garantidas no artigo 8º, nº 3 da Constituição".

Não há nada que sugira que o apelo foi realmente lido em voz alta, e muito menos debatido. Não deixa no entanto de ser um documento eloquente e tocante.[21] No apelo, Sousa Mendes afirma claramente – e pela primeira vez publicamente – a sua justificação legal para dar vistos a "milhares de estrangeiros". Achara que a ordem para tratar os judeus de modo diferente dos outros na passagem de vistos era gritantemente inconstitucional. Não se sentia legalmente no direito de perguntar a alguém se era judeu. O artigo 8º da Constituição portuguesa tinha sido abertamente violado. Sousa Mendes pedia à Assembleia Nacional que tomasse as medidas necessárias para repor a justiça declarando a sua sentença nula; chamando à responsabilidade o "funcionário" ou "funcionários" que "[tinham atentado] contra a Constituição e o regime estabelecido", como o estipulava o artigo 115, nº 2 da Constituição portuguesa; e reconhecendo o direito do recorrente a "reparações materiais e morais [...]".

Se havia uma justificação legal tão clara para a sua desobediência, por que não o dissera Sousa Mendes no seu processo disciplinar? Tinha chegado o tempo de responder:

> Não alegou na resposta que deu no mesmo processo disciplinar estas circunstâncias, pelo motivo de, lavrando a guerra na Europa, não querer dar publicidade e relevo a uma atitude, por parte de

[21] Ver anexo, p. 375-377.

> funcionários do Estado, que sobre ser inconstitucional poderia ser interpretada como colaboração na obra de perseguição do governo hitleriano contra os judeus, o que representaria uma quebra da neutralidade adotada pelo governo.

Isso era uma bofetada direta a Salazar, que se orgulhava muito de ter mantido a neutralidade de Portugal durante os seis anos da Segunda Guerra Mundial. Igualmente insultuoso – e verdadeiro – era o que se seguia. Sousa Mendes protestava contra o absurdo de

> o reclamante ter sido severamente punido por fatos pelos quais a Administração tem sido elogiada, em Portugal e no estrangeiro, manifestamente por engano, pois os encômios cabem ao país e sua população, cujos sentimentos altruístas e humanitários tiveram larga aplicação e retumbância universal, justamente devido à desobediência do reclamante.

Sousa Mendes concluía o apelo afirmando inequivocamente que considerava "a atitude do governo português inconstitucional, antineutra e contrária aos sentimentos de humanidade [...]". Como tal – e aqui uma vez mais Sousa Mendes se referia a Salazar –, a atitude do governo era "insofismavelmente 'contra a Nação'".

A audácia do protesto era notável. Que podia ele esperar ganhar enfrentando o ditador português? Não tinham as eleições mostrado, seis semanas antes, que o regime não tinha intenção de mudar? Como muitos opositores a Salazar, Sousa Mendes não tinha ainda renunciado à esperança. De qualquer modo, que mais tinha ele a perder? Numa época em que tantos outros portugueses declaravam a sua oposição a um regime odioso, parecia um momento propício para também ele se pronunciar.

O Natal de 1945 foi agridoce para a família Sousa Mendes. Todos, especialmente Angelina, estavam encantados por Carlos e

Sebastião terem regressado sãos e salvos da guerra. Tinham participado na invasão do Dia D, tinham sido desmobilizados e agora iam emigrar para os EUA. Angelina tinha boas recordações da Califórnia, mas não queria que eles partissem. Era tão longe. E provavelmente nunca mais se veriam. Embora não desejasse mais que a mulher os visse partir, Sousa Mendes não via outro futuro possível para os filhos.

Enquanto esperava em vão uma resposta ao seu apelo, a sua situação financeira continuava a deteriorar-se. A doença trouxera despesas acrescidas e eliminara qualquer esperança de emprego. Em fevereiro de 1946 devia já quatro meses de cotas à Ordem dos Advogados. Sousa Mendes escreveu ao bastonário explicando que a sua doença o tinha impedido de trabalhar durante os últimos nove meses. Pedia para ser temporariamente isento do pagamento das cotas. O conselho geral considerou o pedido e decidiu suspender-lhe a licença "por isso ser a única maneira de suspender o processamento das cotas". Sousa Mendes devolveu a licença com uma carta prometendo "liquidar as cotas" "logo que [...] seja possível".

Tendo-se frustrado todas as suas outras esperanças, Sousa Mendes esperava impacientemente qualquer espécie de resposta da Assembleia Nacional ao seu apelo. Não houve resposta. Visto que, como entidade coletiva a Assembleia decidira manter-se silenciosa, Sousa Mendes resolveu recorrer às consciências individuais dos seus membros. Usando o filho Luís Filipe como secretário, redigiu uma carta individual aos deputados. Nela lembrava a cada um deles o dever constitucional de considerar o seu apelo. Fazia-o numa linguagem política vigorosa que seria impensável um ano antes. Afirmava corajosamente que, se a Assembleia Nacional não era uma assembleia "fascista", não podia recusar justiça a quem nunca tinha violado a Constituição.

Dois dias depois Sousa Mendes redigiu uma carta similar, desta vez dirigida ao general Carmona, presidente da República. Nela salientava que o seu apelo, do qual juntava cópia, continuava sem resposta. Lembrava a Carmona o seu dever de defender a Constituição. "A Constituição da República não é fascista", escrevia. "A Assembleia Nacional também não é fascista." Daí decorria que a Assembleia Nacional não podia "denegar justiça" a ninguém. No entanto, foi precisamente isso que o presidente e a Assembleia Nacional continuaram a fazer. Em vez de justiça, Sousa Mendes obteve o silêncio.

O silêncio era a resposta de qualquer instituição oficial para a qual se voltasse. Isso incluía o Ministério dos Negócios Estrangeiros. O secretário-geral Sampaio ignorara todos os pedidos de justiça. Talvez, pensou Sousa Mendes, o substituto de Sampaio tivesse um sentido mais forte de justiça. Com isso em mente, mandou a filha Joana ao Ministério com uma carta para o novo secretário-geral em exercício.

Joana atravessou o pátio do edifício setecentista em que está instalado o Ministério dos Negócios Estrangeiros. Subiu um lance de escadas e entrou num vestíbulo iluminado por lustres. Pelas janelas via as altas palmeiras do pátio. Depois de esperar, foi finalmente recebida no gabinete do novo secretário-geral.

O sucessor temporário de Sampaio, Marcello Mathias, de 42 anos, era uma das estrelas em ascensão da nova geração de diplomatas de carreira portugueses. Num ministério extremamente conservador, ele representava a continuidade no modo como o ministério tratava dos assuntos. Joana entregou-lhe a carta do pai. Ao recebê-la, o secretário-geral interino informou friamente a filha de Sousa Mendes de que o caso do pai estava encerrado.

O passo seguinte de Sousa Mendes mostra como ele estava verdadeiramente desesperado. Decidiu procurar a ajuda do corpo diplomático estrangeiro. Como diplomata, decerto sabia que a primeira regra da diplomacia é nunca aparentar estar interferindo nos assuntos internos de outro país. Fosse como fosse, tinha esperança de que houvesse alguma pressão silenciosa: ele tinha ajudado tantas pessoas de tantos países... Entre elas havia diplomatas, chefes de Estado e importantes membros de governo. As nações que eles representavam deviam-lhe alguma coisa, pensava Sousa Mendes. Primeiro escreveu. Depois fez a ronda dos consulados e embaixadas britânica, americana, holandesa, belga e brasileira. Luís Filipe acompanhou-o, dando-lhe apoio moral e físico. Foram concedidas audiências a ele, mas pai e filho partilharam a desilusão de não encontrar ninguém que quisesse ajudar.

Durante esses meses amargos, Sousa Mendes não perdeu nenhuma oportunidade de recorrer ou de escrever a quem quer que pudesse ou quisesse ajudá-lo. Até pediu e obteve uma audiência com o cardeal-patriarca de Lisboa, d. Manuel Cerejeira, amigo de longa data de Salazar. Sendo católicos, tanto Sousa Mendes como seu irmão César tinham o maior respeito pelo cardeal. César até tinha o retrato do cardeal em sua casa. De novo acompanhado pelo filho Luís Filipe, Sousa Mendes pediu a Cerejeira que intercedesse por ele junto de Salazar. Sua Eminência respondeu aconselhando Sousa Mendes e a família a rezar a Nossa Senhora de Fátima.

Também Angelina – inabalavelmente convicta de que as ações do marido na França tinham sido as corretas – fazia o que podia para tentar obter justiça. Escreveu às esposas de homens influentes, pedindo a sua intercessão. Entre elas estava a esposa do general Carmona, cuja antipatia por Salazar era conhecida. Também as iniciativas de Angelina não tiveram nenhum resultado.

Tanto para Angelina como para o marido, a esperança estava esgotando-se rapidamente.

18. Dispersão da família

"Foi um homem que se sacrificou pelo bem de muita gente e cuja grandiosa obra feita por intenção de todos nós, os filhos, se desmoronou completamente."

Aristides César, filho de Sousa Mendes,
numa carta de 8 de abril de 1954 a seu tio César Mendes

A situação de Sousa Mendes era desesperadora, como bem demonstra o fato de, em 25 de abril de 1946, ele ter dirigido à Ordem dos Advogados um pedido formal de ajuda financeira.[1] Dava como razão as "mais sérias dificuldades" que tinha em atender às suas necessidades básicas e pagar os tratamentos médicos. Atribuía as suas dificuldades financeiras ao fato de a sua pensão de aposentadoria pura e simplesmente ser demasiado pequena para lhe permitir sustentar onze dependentes. O seu estado de saúde, indicava Sousa Mendes, não lhe permitia exercer a advocacia.

O conselho geral da Ordem dos Advogados estudou imediatamente o pedido de ajuda de Sousa Mendes. A resposta, no entanto, foi negativa. Os estatutos estipulavam que os membros (e, presumivelmente, os ex-membros) só tinham direito a assistência financeira se tivessem exercido a profissão durante um mínimo de cinco anos. Sousa Mendes não o tinha feito.

A quem mais podia ele ou a família recorrer em busca de ajuda financeira? Sousa Mendes recusava-se terminantemente a pedir àqueles que tinha ajudado. As suas ações não tinham sido empreendidas com vista a qualquer espécie de lucro ou

---

[1] Ver o processo de Sousa Mendes, Ordem dos Advogados, Lisboa.

compensação. Fosse como fosse, que diferença poderia fazer uma pequena soma a uma família rica como os Rothschild, a quem Sousa Mendes ajudara? O filho Geraldo decidiu escrever a Maurice de Rothschild. O barão respondeu com um cheque de 30 mil escudos, soma considerável em Portugal naquele tempo, que ajudou Sousa Mendes a satisfazer alguns dos seus compromissos. Mas depois de fazê-lo encontrou-se numa situação mais ou menos tão difícil como a de antes.

Em outubro de 1946, Sousa Mendes tentou uma vez mais conseguir uma audiência com Salazar. O telegrama por ele enviado dizia o seguinte:

> cônscio ter cumprido meu dever para com a pátria e em nada ter desmerecido da consideração de Vossa Excelência, rogo-lhe se digne receber-me o que agradecerei penhoradamente [...][2]

Como era de esperar, o pedido não foi atendido.

Dos círculos oficiais não veio nenhuma resposta ao seu apelo nem às suas incontáveis cartas. A imprensa portuguesa, amordaçada, mantinha um silêncio total sobre o tema. A imprensa brasileira reagiu de modo completamente diferente, embora não haja maneira de saber se Sousa Mendes teve conhecimento disso. Em setembro e outubro de 1946, nada menos de nove jornais democráticos brasileiros publicaram o apelo de Sousa Mendes à Assembleia Nacional. Em 3 de setembro de 1946, o prestigiado jornal brasileiro pró-democracia *O Estado de S. Paulo* publicou o apelo de Sousa Mendes à Assembleia Nacional (na p. 15). Era parte de um artigo, "A Verdade sobre o Fascismo em Portugal", da Sociedade Brasileira dos Amigos da Democracia Portuguesa, liderada pelos intelectuais brasileiros

[2] Telegrama de 11 de outubro de 1946, no processo pessoal de Sousa Mendes. O telegrama original é todo em letras maiúsculas.

Hermes Lima, Gilberto Freyre, José Lins do Rego, Oscar Niemeyer e Moacir Werneck de Castro. Uma cópia da ofensiva edição de *O Estado de S. Paulo* foi enviada ao diretor da polícia política pelo diretor assistente em 21 de novembro de 1946, juntamente com recortes de artigos anti-Salazar publicados em outros jornais brasileiros.

Quem lhes enviou o texto? Muitos dos refugiados ajudados por Sousa Mendes emigraram para o Brasil. Algum deles pode ter-lhe prestado esse serviço. É igualmente possível que a oposição democrática portuguesa no exílio, de que muitos membros destacados tinham fixado residência no Brasil, visse na publicação do apelo de Sousa Mendes um excelente modo de desacreditar o regime salazarista. Havia muita simpatia nos círculos intelectuais brasileiros pelos opositores democráticos a Salazar. No ano anterior tinha sido fundada no Brasil a sociedade Amigos da Democracia Portuguesa. Entre os seus membros, contavam-se alguns dos mais eminentes escritores brasileiros. O grupo apoiava inteiramente os objetivos do Movimento de Unidade Democrática, que Sousa Mendes também apoiava. O próprio Brasil estava gozando de um breve período de democracia, o que facilitou a publicação do apelo de Sousa Mendes.

Este parece não ter sabido do seu sucesso na imprensa brasileira, mas a polícia política portuguesa soube com certeza. Em 21 de novembro de 1946 o diretor adjunto da polícia política enviou ao diretor exemplares dos números dos nove jornais brasileiros em que se publicava o apelo de Sousa Mendes. A carta que os acompanhava foi anexa ao seu processo.

Estranhamente, as dificuldades de Sousa Mendes com o regime de Salazar tinham deixado de afetar a carreira de seu irmão César, ou assim parecia. Em outubro de 1946 César foi transferido da legação portuguesa na Cidade do México para a legação em Berna, Suíça, um lugar cobiçado. Para César aquilo parecia bom demais para ser verdade. Depois de uma tão boa colocação, deve ter sentido alguma boa vontade para com o ministro dos Negócios Estrangeiros que assinou a ordem de transferência: José Caeiro da Mata. Este era o mesmo indivíduo notoriamente corrupto que tinha sucedido a César Mendes como ministro em 1934. Estava exercendo um segundo mandato. Nem Sousa Mendes nem seu irmão César tinham muito respeito por ele, mas Caeiro da Mata não só tinha aprovado a transferência de César como supostamente tinha manifestado interesse pela situação do irmão. Talvez o Ministério estivesse abrandando a sua atitude para com os dois irmãos. César decidiu agir.

Em 8 de março de 1947 escreveu ao ministro dos Negócios Estrangeiros apresentando o caso do irmão. Os argumentos e boa parte da linguagem que César usava eram essencialmente os mesmos que empregara na sua tentativa de convencer Salazar. César começava a carta manifestando o amor que sempre sentira pelo irmão:

> É sob intensa emoção que dirijo estas linhas a Vossa Excelência. Acabo de ter conhecimento do interesse que se dignou manifestar por meu irmão Aristides, o irmão que veio ao mundo comigo, com quem tenho partilhado sempre alegrias e tristezas.

César insistia em que o irmão "foi sempre honesto, generoso e bom". Referindo-se novamente ao discurso de Salazar de 18 de maio de 1945, César dizia que, ao salvar "inúmeras vidas", o irmão "procedeu de acordo com o sentimento nacional". A prova era "o acolhimento que os refugiados receberam em Portugal" – acolhimento "que foi universalmente reconhecido como grande serviço prestado pela Nação Portuguesa à causa da Humanidade [...]".

Aristides tinha salvado tantos refugiados "à custa de imensos sacrifícios morais e materiais". Isso não impedira algumas pessoas, escrevia César, de maldosamente imputarem a seu irmão motivos egoístas para aquilo que tinha feito. A verdade era que Aristides agira inspirado "exclusivamente nesses sentimentos que tanto e tão nobremente caracterizam a alma portuguesa".

César considerava a débil saúde do irmão consequência direta da sentença do processo disciplinar:

> Apesar do seu ânimo corajoso e forte, caiu na mais profunda depressão, tendo sido acometido de uma congestão pulmonar [...] e, mais tarde, de um ataque cerebral, de cujos efeitos ainda está sofrendo.

César fizera o que pudera pelo irmão, mas também ele era "chefe de numerosa família", e por isso ele e Aristides tinham sido obrigados a vender todas as pequenas propriedades que possuíam, exceto as residências. César indicava que a residência de seu irmão estava "pesadamente hipotecada". "Praticamente", informava César, o irmão não tinha nada a não ser "avultadas dívidas".

César não se esqueceu de mencionar que a família do irmão também tinha sofrido injustamente. Pedia ao ministro que ajudasse Aristides, de modo que este não morresse "sob uma acusação tão afrontosa como injusta [...]". César chegava mesmo a sugerir uma promoção para o irmão. Tal promoção significaria um aumento do ordenado e não implicaria necessariamente o serviço ativo.

Quer Caeiro da Mata se condoesse da trágica situação de Sousa Mendes quer não, o certo é que o apelo de César ao ministro nunca teve nenhum resultado.

Em 1947, os últimos vestígios de fidalguia estavam desaparecendo da vida de Sousa Mendes. Fora obrigado a dispensar a maioria dos seus empregados pouco depois de regressar a Portugal, em 1940. O jardineiro, José Augusto Ferreira, ficara até o ano anterior. José Augusto tinha começado a trabalhar para Sousa Mendes uns vinte anos antes, e estava extremamente ligado ao patrão. Mas tinha de cuidar da sua própria família, e durante algum tempo Sousa Mendes não conseguira pagar-lhe. José Augusto decidiu ir procurar trabalho em Lisboa. A mulher, cozinheira de Sousa Mendes, ficou ainda alguns meses em Cabanas de Viriato. Depois foi para Lisboa juntar-se ao marido.

Sousa Mendes por vezes lá conseguia ir visitar as filhas Clotilde e Teresinha, que viviam em Figueira da Foz. O marido de Clotilde teve pena do sogro e deu-lhe uns pijamas e um sobretudo, porque era evidente que ele não tinha dinheiro para comprar nem uma coisa nem outra. Certo dia, depois de apanhar um temporal, Sousa Mendes pendurou o sobretudo à janela para secar e alguém o roubou. "Bom, suponho que ele precisava mais dele do que eu", foi a sua reação filosófica.

O casal Ferreira visitou Sousa Mendes na capital, e aquilo que viu entristeceu-os. Sousa Mendes deixara o modesto segundo andar do número 83 da avenida Barbosa du Bocage, mudando-se para uma adega no número 119 da Avenida de Berna. Quando chovia muito, a casa ficava inundada. A mobília era pouco mais que funcional. Mas até mesmo uma ou outra acabou por ter de ser vendida. José Augusto Ferreira e a mulher ficaram chocados pelo contraste com a vida anterior de Sousa Mendes.

José e Manuel, os filhos adolescentes de César, o irmão de Aristides, tiveram exatamente a mesma impressão quando visitaram a tia e o tio na sua casa da avenida de Berna. Eles, que se lembravam de Aristides e Angelina dos bons tempos, ficaram chocados por encontrá-los ambos doentes, aos cuidados do filho Luís Filipe, naquelas condições de pobreza.[3]

Para este e para Angelina, os problemas pareciam suceder-se sem interrupção. Em janeiro de 1948 Angelina sofreu uma hemorragia cerebral que a mergulhou em coma. A filha Teresinha contou mais tarde que, estando todos sentados à volta da mesa depois do jantar, algumas horas antes do ataque, Angelina lembrara aos filhos e filhas que sempre os amara por igual, sem favoritos. Nesse mesmo dia, um pouco mais tarde, caiu ao chão e,

[3] José-Alain Fralon, *Aristides de Sousa Mendes: um herói português*, p. 96; entrevista do autor com José da Mata de Sousa Mendes.

à parte um momento fugaz em que pareceu reconhecer e sorrir ao filho Pedro Nuno, não voltou a recuperar a consciência. Uma vez por mês, um médico e uma enfermeira iam visitá-la. A notícia da doença chegou aos ouvidos de José Augusto Ferreira e da mulher, e esta passou a ir até a casa da antiga patroa cozinhar ou fazer os trabalhos domésticos, recusando qualquer recompensa. Seis meses mais tarde Angelina morreu.

Pareceria que o caso de Sousa Mendes com Andrée regressou para envenenar o último ano que ele e a mulher passaram juntos. Sobre este assunto a família mantém um completo silêncio, mas o processo mantido pela PIDE sobre Andrée revela a sua presença em Lisboa em maio de 1947. Segundo parece, entrou em Portugal ilegalmente ou como turista. Depois pediu à polícia política autorização para permanecer em Portugal "por um período não inferior a seis meses", como representante da empresa de vinhos Barton e Guestier, de Bordeaux, e também como preceptora dos filhos de Antônio Braancamp Sobral, residente em Vendas Novas.

A reação do diretor da PIDE foi compreensível. "Diz que veio a Portugal para comprar vinhos [...]", escreveu o diretor, incrédulo, "mas é professora dos filhos do Sr. Antônio Sobral!!! [sic]" Deram a Andrée quinze dias para abandonar Portugal. Quanto tempo estivera ela no país e que contatos tinha estabelecido com Sousa Mendes e Angelina, não há maneira de sabê-lo, mas foi o bastante para amargurar ainda mais os últimos dias de Angelina.

Uma qualidade que Andrée sem dúvida possuía era a determinação. De regresso a Bordeaux, voltou a pedir um visto em novembro de 1947. Desta vez estava trabalhando como enfermeira e professora de deficientes auditivos e visuais. Andrée pedia para ser autorizada a trabalhar como professora de francês em Lisboa ou, pelo menos, para permanecer um mês na cidade.

O pedido foi transmitido pelo cônsul português em Bordeaux ao diretor da polícia política, em Lisboa. A autorização foi, é claro, recusada. O cônsul português em Bordeaux escreveu ao diretor da polícia política em abril de 1948, descrevendo como Andrée fora ao consulado protestar contra a recusa de concessão de visto pelas autoridades portuguesas. Insultara os empregados do consulado e batera a porta ao sair. O cônsul não apresentara queixa às autoridades locais porque, como ele escrevia ao diretor da PIDE, "Andrée Cibial havia mantido relações de intimidade com o cônsul que geria este Consulado por ocasião da invasão alemã [...]". O cônsul em Bordeaux receava um escândalo. O diretor da polícia política reagiu pedindo ao Ministério dos Negócios Estrangeiros que proibisse todos os consulados portugueses na França de concederem um visto a Andrée.

Frustrado o seu desejo de encontrar-se com Sousa Mendes, Andrée decidiu esperar a sua oportunidade em Salamanca, a última grande cidade espanhola na principal estrada para Portugal. Este centro católico, com os outros grandes centros religiosos da Espanha, agradava à sua sensibilidade. Arranjou emprego como governanta na casa de uma família abastada. Lá esperou a sua próxima oportunidade de se reunir com o homem que amava.

Antes da morte de Angelina, a família Sousa Mendes tinha decidido que a emigração era o único caminho que lhe restava, visto estarem todos na lista negra por motivos políticos. A principal razão por que a família permanecia em Lisboa era para tratar do processo de emigração.

O primeiro membro da família a obter o necessário visto foi Luís Filipe. Um amigo dos anos de Lovaina, monsenhor Alphonse-Marie Parent, da Universidade Laval do Quebec, soubera – por refugiados que tinham recebido vistos de Sousa Mendes e emigrado para o Canadá – das dificuldades sofridas pela família Sousa Mendes. Decidiu ajudar. O filho de Sousa Mendes partiu para Quebec com um visto de estudante em outubro de 1948. Tinha 19 anos de idade e era o segundo filho mais novo de Sousa Mendes. Nos oito anos anteriores, tinha servido de secretário ao pai, ajudando-o nos seus apelos e na campanha das cartas. Para Sousa Mendes a sua partida não era apenas dolorosa, era também uma confissão de fracasso e resignação. "Talvez um dia as coisas mudem em Portugal", foram as únicas palavras de esperança que Sousa Mendes teve para o filho que partia.

Para ele a resignação não significava indiferença política. Nas eleições presidenciais de fevereiro de 1949, Sousa Mendes apoiou o candidato da oposição democrática, Norton de Matos, que conhecia pessoalmente havia muitos anos, desde que ele fora ministro dos Negócios Estrangeiros. As eleições foram novamente uma farsa e, no último minuto, sem oposição.

Em Cabanas de Viriato, a votação no único candidato em presença, o do governo, teve lugar no edifício da escola em frente da residência de Sousa Mendes. Este não votou, mas não pôde resistir a visitar o local de votação para assistir à fraude.

Ao entrar na sala de aula, viu na parede à sua frente os três elementos constantes de todas as salas de aulas do país: um crucifixo; à direita, uma fotografia do presidente, Carmona; e, à esquerda, uma fotografia de Salazar. Com os olhos fixos no crucifixo, apontando primeiro para Carmona e depois para Salazar, e falando baixo mas numa voz que toda a gente pôde ouvir, Sousa Mendes disse simplesmente: "O bom ladrão. O mau ladrão".[4]

Segundo a filha Joana, nesses dias Sousa Mendes falava muito de Norton de Matos. Também aceitou mais de um convite para ir até a casa de Humberto Delgado, que se tornaria um dos principais opositores a Salazar e acabaria por ser assassinado pela PIDE. Sousa Mendes gostava do caráter cosmopolita dessas reuniões, visto que Delgado convidava sempre muitos militares estrangeiros. Sousa

---

[4] Entrevista com Olímpio Dias Tavares. Sousa Mendes referia-se, é claro, aos ladrões crucificados ao lado de Cristo.

Mendes evidentemente também partilhava o crescente desencanto de Delgado com o regime de Salazar.

O ex-cônsul não via futuro para a sua família num país governado por dirigentes como Salazar e Carmona. Estava determinado a que os seus filhos e filhas emigrassem. As filhas Joana e Teresinha levaram um pouco mais de tempo do que Luís Filipe para obterem os seus vistos. Como tinham ambas nascido no Brasil, Joana e Teresinha conseguiram finalmente requerer emigração para os EUA ao abrigo da cota reservada a brasileiros, o que tornou a obtenção do visto mais fácil do que se o pedissem como cidadãs portuguesas. Os vistos chegaram por fim no ano seguinte. A HIAS, organização judaica de ajuda aos refugiados, tomou a seu cargo o pagamento das passagens de barco e outras despesas de viagem de Joana e Teresinha. É claro que o pai foi se despedir delas no cais. Para as duas filhas aquele foi um momento de partir o coração. Tinham o terrível sentimento de deixar o pai sozinho.

Um representante da HIAS estava à espera delas quando desembarcaram em Nova York. A comunidade judaica internacional não tinha se esquecido da sua dívida para com Sousa Mendes.

Cinco dos filhos e filhas já tinham emigrado. Outros estavam pensando fazer o mesmo. Passara-se quase um ano desde a morte de Angelina. Sousa Mendes tinha vivido para a família, e a família estava dispersando-se. Sentia-se sozinho e vulnerável.

Foi nesse momento difícil que Andrée voltou a entrar na sua vida.[5] Em 3 de junho de 1949 apareceu no consulado português em Madri, pedindo um visto para substituir o que lhe fora dado em Bayonne, mas que não tinha sido aceito na fronteira de Vilar Formoso. Andrée tinha passado uma semana em Fuentes de Oñoro, no lado espanhol da fronteira, esperando ser autorizada a entrar em

[5] A fonte do que se segue é o processo da polícia política sobre Andrée Cibial de Sousa Mendes, na Torre do Tombo, Lisboa.

Portugal. Continua sendo um mistério como tinha ela conseguido, a despeito das diretivas claras da polícia política, arranjar um visto em Bayonne. A PIDE estava determinada, a todo o custo, a não lhe permitir a entrada em Portugal. Quando o cônsul português em Madri remeteu o requerimento de novo visto de Andrée ao diretor da polícia política, este o informou de que Andrée não era bem-vinda a Portugal.

Durante duas semanas Andrée tinha também importunado o vice-cônsul francês em Lisboa, por intermédio dos seus colegas na Espanha, com pedidos idênticos de um visto. Entretanto, como muitas vezes lhe acontecia, ela ficou sem dinheiro. Andrée informou as autoridades consulares francesas de que tinha duas boas razões para querer entrar em Portugal: representava "uma casa comercial francesa" e queria casar com "m. Aristides de Sousa Mendes".

Monsieur Aristides de Sousa Mendes, no entanto, não parecia igualmente ansioso por se casar quando se apresentou no consulado francês em Lisboa. Deixou bem claro ao vice-cônsul que não tinha desejo nem intenção de se casar com Andrée. E apresentou as suas razões: "o seu mau estado de saúde", "a sua situação pecuniária muito comprometida" e, não menos importante, o "caráter bastante difícil de mlle. Cibial".

O vice-cônsul francês sugeriu ao seu colega em Madri que repatriasse Andrée, dado o seu estado de penúria. Informou também prontamente o diretor da PIDE de toda a situação. A carta do diplomata francês termina num tom de completa exasperação: "Creio dever acrescentar que, se mlle. Cibial vier para Portugal, regular ou clandestinamente, este consulado não assumirá nenhuma responsabilidade em relação à interessada e não tratará do seu repatriamento".[6]

---

[6] Carta de 3 de junho de 1949, no processo da polícia política sobre Andrée Cibial Rey de Sousa Mendes Abranches.

Facilmente se pode imaginar a fúria do diretor da polícia política. Pediu ao Ministério dos Negócios Estrangeiros que atuasse, e o consulado português em Madri distribuiu uma circular proibindo qualquer cônsul português na Espanha de passar um visto a Andrée Cibial.

Quem pensasse que Andrée se considerava derrotada não conhecia a sua tenacidade. Em 9 de agosto de 1949 o cônsul português em Salamanca, onde Andrée tinha fixado residência, queixava-se ao diretor da polícia política que Andrée Cibial estava indo constantemente ao consulado perguntando se podia obter um passaporte português e entrar em Portugal se se casasse com um cidadão português. A PIDE estava estupefata com a impudente persistência de Andrée, e comunicou ao cônsul português em Salamanca que informasse "a súdita francesa Andrée Cibial"

> que logo que seja encontrada em Portugal, mesmo com nacionalidade portuguesa forçadamente adquirida, apenas como pretexto para se introduzir no país, será detida e lhe será em seguida fixada residência numa colônia do ultramar.[7]

Exatamente quando parecia que ninguém queria ajudar Andrée, aconteceu uma coisa absolutamente inesperada. Em 26 de agosto de 1949, o vice-presidente da Câmara Municipal de Carregal do Sal (conselho a que pertence Cabanas de Viriato) dirigiu ao diretor da PIDE, em Lisboa, um requerimento de Sousa Mendes, pedindo que a sua noiva Andrée Cibial fosse autorizada a entrar em Portugal para se poder casar com ela "em segundas núpcias".[8] Sousa Mendes explicava que a sua falta de saúde o impedia de encontrar-se com

---

[7] Carta de 18 de agosto de 1949, processo da polícia política sobre Andrée Cibial Rey de Sousa Mendes Abranches.

[8] Ver o processo da polícia política sobre Andrée Cibial Rey de Sousa Mendes Abranches.

Andrée em Salamanca, onde, dizia ele ao presidente da Câmara, ela se encontrava com a filha de ambos, de 9 anos de idade. Sousa Mendes salientava que o proposto casamento teria o efeito louvável de legitimar a filha.

A despeito dos sentimentos ambivalentes de Sousa Mendes em relação a Andrée, a sua proposta de casamento parece ter sido absolutamente sincera. Teria Andrée jogado com os seus sentimentos paternais e com a sua culpa dizendo-lhe que a filha, Maria Rosa, estava consigo em Salamanca? Na realidade, Maria Rosa estava na França. Teriam as dificuldades com as autoridades portuguesas provocado a recordação daquelas inúmeras pessoas que tinham apelado a Sousa Mendes para obter vistos de entrada em Portugal? A possibilidade de frustrar os desígnios da polícia política decerto agradaria a Sousa Mendes, que sentia por esta uma antipatia visceral.

Contudo, a PIDE não atribuiu muito crédito nem importância à mudança de sentimentos de Sousa Mendes, e Andrée continuou retida na Espanha.

Então Sousa Mendes fez uma coisa bastante estranha para um noivo expectante: pediu ao Ministério dos Negócios Estrangeiros autorização para se juntar aos filhos e filhas na Califórnia.[9] Estava dividido. Sentia instintivamente que a opção era entre a família e Andrée. Acabou por escolher Andrée. Embora o Ministério tenha satisfeito o seu pedido,[10] decidiu permanecer em Portugal.

A questão mantinha-se: como ia ele obter a necessária autorização para Andrée entrar em Portugal? Foi então que a sua

[9] O pedido oficial data de 9 de setembro de 1949, no processo pessoal de Sousa Mendes.

[10] Resposta positiva do Ministério de 17 de setembro, no processo pessoal de Sousa Mendes.

experiência legal e consular veio em seu auxílio. A solução era simples: casavam-se por procuração. Colocadas perante um fato consumado, as autoridades portuguesas nada podiam fazer.

Pelo menos era o que Sousa Mendes pensava. O casamento teve lugar em Salamanca em 16 de outubro de 1949, na Iglesia de San Juan. Andrée não perdeu tempo em registrar o casamento no consulado português em Salamanca. A PIDE, no entanto, continuava a recusar-se a deixar Andrée entrar em Portugal. Eram necessárias medidas mais drásticas. Em 27 de outubro, Sousa Mendes escreveu a Salazar expondo o seu dilema.[11] Dizia que não conseguia compreender como, "tendo-se cumprido as formalidades de Igreja e as Civis", a polícia política podia continuar a recusar à sua noiva a entrada no país. Embora a carta fosse escrita por outra pessoa, Sousa Mendes assinou com mão trêmula. Dois dias depois, pediu também formalmente ao cônsul em Salamanca que concedesse um visto à sua mulher.

Desta vez Salazar cedeu. A ordem de 1948 que proibia a entrada de Andrée em Portugal foi anulada. Em 7 de novembro de 1949, a PIDE, agindo por intermédio da Interpol, informou o cônsul português em Salamanca de que estava autorizado a conceder um visto a Andrée Cibial. Esta estava livre para vir juntar-se ao marido em Lisboa.

Para Andrée deve ter sido um grande choque ver o estado físico e financeiro em que tinha caído o homem robusto e majestoso que ela amara todos aqueles anos. A recepção mais do que glacial por parte da família dele piorou ainda mais a situação. Andrée não facilitou as coisas ao declarar que não aceitaria aquela pobreza e ao tratar de vender prontamente parte do mobiliário e objetos domésticos do apartamento da avenida de Berna. Seguiram-se

[11] No processo da polícia política sobre Andrée Cibial Rey de Sousa Mendes Abranches.

disputas violentas, e Andrée foi rapidamente forçada a retirar-se com Sousa Mendes para a casa de Cabanas de Viriato. Antes de fazê-lo, todavia, arranjou tempo para escandalizar as autoridades e alguns importantes advogados e membros do regime com os seus clamores por justiça para o marido e, é claro, para si própria.

Os filhos e filhas de Sousa Mendes estavam furiosos com Andrée. Ela era um "erro" na vida familiar do pai; um erro que tinha amargurado os últimos dias da mãe. O pai tinha consciência dos defeitos de Andrée mas, estando ele diminuído, aquela mulher, que lutara durante anos para tomar o lugar da esposa, adquirira completo controle sobre ele. A família considerava Andrée pouco mais do que uma aventureira que, vendo frustrados os seus desígnios, tratava de vender tudo aquilo que podia. As suas devastações em Lisboa foram ultrapassadas logo que ela chegou à propriedade da família em Cabanas. Lá destruiu correspondência da família e começou a leiloar móveis, tapetes e objetos preciosos. Quando os filhos foram visitar o pai em Cabanas, descobriram que tinham sido arrombadas as fechaduras da maior parte das gavetas e armários, retirados os objetos valiosos e amontoadas e agrupadas as coisas para vender. A família de Sousa Mendes estava convencida de que tudo aquilo não passava de preparativos para Andrée fugir depois de extorquir tudo o que pudesse.

Talvez exagerada, a antipatia da família Sousa Mendes por Andrée foi rapidamente partilhada pelos habitantes de Cabanas de Viriato. Toda a gente sempre considerara Aristides e Angelina o casal ideal e o seu casamento igualmente ideal. Quem era aquela intrusa que tinha tomado o lugar de Angelina? Certamente uma aventureira.

Andrée, então com 41 anos, causou a alguns habitantes de Cabanas de Viriato a impressão de uma mulher ainda atraente, a outros a de alguém que tentava, de maneira pretensiosa, parecer mais nova do que era. Obedecendo à última moda de Paris, certamente deslocada naquela localidade do interior de Portugal, Andrée usava chapéu emplumado. Um espirituoso decidiu apelidá-la *A Penucha*, e o apelido pegou. Andrée não fez esforço absolutamente nenhum para agradar aos adultos de Cabanas de Viriato, e depois de ela reagir colericamente às caçoadas das crianças instalou-se um estado de guerra mais ou menos aberta. Toda a gente em Cabanas de Viriato usava para descrevê-la a palavra "má", e muitos punham em dúvida a sua sanidade mental.

Ninguém pensou em acusar Sousa Mendes. Pelo contrário, tinham pena dele. Ninguém teve uma boa palavra para Andrée, ainda que ela, tal como Angelina fizera antes, estivesse sempre ao lado de Sousa Mendes. Ele só conseguia caminhar com a ajuda de uma bengala e ocasionalmente precisava se apoiar no ombro dela. O treino de Andrée como enfermeira mostrou-se útil, mas as pessoas da aldeia não se davam conta disso. Só viam a mulher que o embaraçava constantemente devido às cenas que provocava. Em vez de se zangar com ela, ele pedia desculpa a ela. Em troca ela ralhava com ele. As más línguas diziam que ela às vezes até batia nele. Não existem provas de que isso tenha acontecido.

Os leilões de mobília continuavam. Os habitantes de Cabanas de Viriato criticavam Andrée por isso, mas alguns também não conseguiram resistir à tentação de aproveitar um bom negócio.

As pessoas de Cabanas também criticavam a maneira como Andrée se interpunha entre Sousa Mendes e a família. Em certa ocasião ela chegou mesmo a pegar num revólver guardado numa gaveta e a ameaçar o filho de Sousa Mendes, Pedro Nuno.[12] Ela deixou bem claro que os membros da família não eram bem-vindos ao Passal, e ao fim de pouco tempo eles deixaram de aparecer. Andrée nem sequer permitia que as cartas deles lhe chegassem às mãos.

---

[12] Entrevista do autor com Antônio Moncada de Sousa Mendes.

A dispersão da família, que tinha começado com a emigração de cinco filhos e filhas, acelerou-se. Com o pai separado deles, já pouca coisa retinha aqueles que ainda não haviam emigrado. O filho mais novo, João Paulo, de 19 anos, reuniu-se aos irmãos e irmãs na Califórnia em junho de 1950. Pedro Nuno partiu para o Congo Belga em setembro e Geraldo para Angola em novembro do mesmo ano. Clotilde emigrou para Moçambique, com a sua família, dois anos mais tarde. Com exceção do asmático Aristides César e o perturbado José, toda a família tinha emigrado. Sousa Mendes encontrou-se mais ou menos sozinho com Andrée.

19. A tragédia final

Os últimos cinco anos da vida de Sousa Mendes foram os mais difíceis. Ele e a sua nova mulher passaram a maior parte do tempo em Cabanas de Viriato. A vida na pequena localidade era bastante triste para o casal. No Passal eram extremamente raros os visitantes. A própria residência tinha adquirido já um ar melancólico. A maior parte da casa estava desabitada e despojada das mobílias. Na sua procura por dinheiro, Andrée, que era uma pianista talentosa, tinha vendido até os instrumentos com que podia ter passado algumas horas agradáveis distraindo-se como marido.

Andrée impacientava-se em Cabanas e sempre que podia escapava para a vila de Mangualde ou para a cidade de Viseu. Certa vez em que estava numa pensão de Mangualde, enfureceu-se com um agente da polícia política enviado para identificá-la. Dado o seu comportamento antissocial, era frequente Andrée arranjar dificuldades desse gênero. Segundo o relatório do agente, Andrée invectivou a maneira como a polícia política "a incomodava bastantes vezes [...]". Disse que os odiava e a Portugal também e queria voltar para a França, ameaçando apresentar queixa contra o agente. Quando Sousa Mendes chegou, dez minutos depois, resolveu rapidamente a situação tensa. Por contraste com aquilo que enfrentara da parte de Andrée, o agente ficou impressionado com a "urbanidade"[1] do marido.

Uma das razões por que Sousa Mendes acompanhava Andrée a Mangualde era para visitar o seu irmão César. Depois de três anos e meio em Berna, a carreira ativa de César no estrangeiro terminara súbita e inesperadamente em março de 1949. Tinha sido afastado do seu posto e chamado a prestar serviço na Secretaria do Ministério dos Negócios Estrangeiros. Aos 64 anos a sua carreira diplomática ativa estava acabada.

A causa disso fora o fato de o regime salazarista ter decidido recompensar Antônio Ferro, ex-diretor do Secretariado da Propaganda Nacional, com o lugar de César. Este ficou furioso quando soube das maquinações para o seu afastamento. Não tinha ele defendido quinze anos antes, na qualidade de ministro dos Negócios Estrangeiros, um serviço diplomático profissional com o mínimo possível de nomeados políticos? Diplomata de carreira com quarenta anos de experiência, César estava sendo vitimado, um ano antes da idade da aposentadoria, por razões de clientelismo político.

A maneira como isso foi feito dificilmente podia ser mais rasteira. Um código de cifra da legação em Berna foi roubado por um ladrão, mais tarde detido pela polícia suíça. César foi considerado responsável e, com esse pretexto inconsistente, foi mandado de volta. Ele pediu um inquérito. O ministro, Caeiro da Mata, ignorou o pedido. O seu sucessor rejeitou formalmente o apelo de César, no ano seguinte. Agia a conselho do novo secretário-geral, conde de Tovar. A carreira de César estava efetivamente terminada e frustradas as suas esperanças de ajudar o irmão. Sendo Tovar secretário-geral, não havia a mais remota possibilidade de mudança na política do Ministério em relação a César e a Aristides.

---

[1] O relatório do agente está no processo da polícia política sobre Andrée Cibial Rey de Sousa Mendes Abranches.

Os irmãos mantiveram-se unidos, ainda que as ações de Andrée o tornassem cada vez mais difícil. César e a família visitavam Aristides e a esposa.[2] A maior parte dos outros parentes evitava a ele e à mulher. Aristides sabia que eles não gostavam de Andrée, mas esta era sua mulher e ele não toleraria nenhuma falta de respeito em relação a ela. No entanto, para os membros da família era mais fácil censurar Andrée por vender ou empenhar os bens de família do que aceitar o fato de que ela o fazia por necessidade. Nos dois últimos anos de vida de Aristides, essa atitude levou mesmo a sérias disputas deste com os seus irmãos César e João Paulo (dez anos mais novo) e o seu primo Silvério. Os familiares recusavam-se a admitir a possibilidade de ser a necessidade e não a desfaçatez que levava Andrée a vender as coisas. Além disso, o casal precisava de dinheiro por uma outra razão: ir à França visitar a filha, Maria Rosa.

Maria Rosa tinha já 10 anos quando viu o pai pela primeira vez, em maio de 1950. Ia fazer a primeira comunhão – mais uma razão para a visita do pai. A menina sabia, pelo que a mãe lhe dissera, que o pai fora um diplomata português, que tivera problemas com o regime de Salazar e que perdera o direito de viajar para a França e de sair de Portugal. O regime salazarista só recentemente lhe restituíra esse direito.

Essa parte do que a mãe lhe tinha dito era verdade, mas Andrée também tentou proteger a criança com algumas falsidades sobre as circunstâncias do seu nascimento. Andrée tinha dito à filha que ele já fora casado mas que a primeira mulher morrera antes de ela o conhecer. A menininha pensava que os pais tinham casado muito antes de ela nascer. Aristides nunca viu necessidade de a esclarecer sobre esse ponto. Passou a amá-la tanto como aos outros filhos e nunca a considerou diferente.

---

[2] Entrevista do autor com José da Mata de Sousa Mendes.

Essa primeira visita ficou para sempre gravada na memória da filha. A mãe e o pai chegaram de táxi à casa do tio e da tia, em Ribérac, vindos da estação de Périgueux. O pai tinha já 65 anos. Tinha o lado direito parcialmente paralisado e caminhava com uma bengala, com a mãe a apoiá-lo de vez em quando. A despeito de tudo isso, Maria Rosa ficou cheia de orgulho: achou-o bonito e nobre.

Sousa Mendes e a mulher ficaram três meses na casa dos Parcellin. Como era de se esperar, dada a natureza generosa destes, Sousa Mendes estabeleceu com eles uma amizade imediata e duradoura. Separado dos filhos e das filhas do primeiro casamento, verteu na sua relação com Maria Rosa todo o amor que sentia pelos filhos. Ela retribuía-lhe esse amor.

Durante os quatro anos seguintes, Aristides e Andrée voltaram a Ribérac uma vez por ano, na primavera ou no verão. De cada uma das vezes Sousa Mendes levou um pequeno presente à filha: um relógio, uma pasta escolar de cabedal e até uma das suas duas espadas de cerimônia – símbolo da sua carreira diplomática.

Maria Rosa orgulhava-se de o pai ser diplomata e ficava deliciada quando ele ia buscá-la depois das aulas. O pai estava sempre sorridente e bem-disposto, sempre cordial. Lutava corajosamente contra a sua deficiência. Além de receber tratamento fisioterapêutico, exercitava também constantemente os músculos da mão direita com uma bola e dava longos passeios, como aqueles até a escola de Maria Rosa.

Nessas caminhadas de volta da escola, pai e filha acabaram por se conhecer muito bem. É claro que Sousa Mendes nunca se referia às dificuldades financeiras que ele e Andrée atravessavam. Com a filha falava – num francês fluente – de coisas agradáveis. Descrevia a beleza da Beira Alta, região que nunca tinha deixado de amar mais do que qualquer outra, a despeito de todas as suas viagens pelo estrangeiro. Falava-lhe da sua própria família, em especial do filho Luís Filipe.

O pai tinha um grande amor pela música. Numa das visitas levou um fonógrafo e discos. Gostava de cantar e tinha boa voz.

Maria Rosa deu-se conta de que, em muitos aspectos, o pai era mais parecido com os tios piedosos e bons que a tinham criado do que com a mãe. Andrée também era católica, mas de um modo inteiramente superficial. Para ela o catolicismo era, no melhor dos casos, um ritual social ou um pretexto para conviver, na igreja, com a alta sociedade. Sousa Mendes levava a sua fé muito mais a sério. Maria Rosa ficou impressionada pelo fato de o pai nunca se esquecer de rezar o terço à tarde. Contudo, nunca tentou impor a sua fé a ninguém. Era simplesmente uma parte inseparável de si próprio.

Maria Rosa viu um aspecto da relação entre os pais que nunca se revelou à família do pai nem aos habitantes de Cabanas de Viriato. Viu marido e mulher unidos no seu amor um pelo outro. Viu também como o amor da mãe pelo pai a tinha transformado. Aquela mulher normalmente impaciente e egoísta, que só escrevia à filha com intervalos de dois ou três meses e sempre estivera afastada por longos períodos, com o marido era uma criatura completamente diferente, paciente e carinhosa. Cuidar de Sousa Mendes estava tornando-se cada vez mais trabalhoso: apesar da fisioterapia e dos tratamentos, tinha cada vez mais dificuldade em andar ou em controlar os movimentos do corpo. Era um homem de altura mediana e tinha-se tornado bastante gordo. Quando caía da cama durante a noite, não era tarefa fácil para Andrée, que era franzina, ajudá-lo a voltar a deitar-se. Maria Rosa nunca compreendeu aonde ia a mãe buscar a força necessária para isso. Também demonstrava o seu afeto por ele de outros modos, como preparar-lhe as refeições com muito cuidado por causa da dieta especial que ele tinha de seguir. Andrée, frequentemente abrupta e por vezes até grosseira com os outros familiares, com o marido era outra pessoa.

A explicação era que Sousa Mendes a tinha suavizado com a sua bondade, o seu bom humor e tato diplomático. Ele parecia achar graça até em algumas situações que Andrée criava para si própria. Para um homem que, como ele, tinha passado a maior parte da vida no mundo do protocolo, o comportamento excêntrico de Andrée tinha, além de um aspecto escandaloso, um aspecto cômico. Quando ela começava com a sua habitual litania sobre a horrível gente de Cabanas de Viriato, Aristides replicava maliciosamente: "*Andrée, tu n'es pas assez diplomatique.*" ("Andrée, você não é suficientemente diplomática.")

Quando ouvia isso, Maria Rosa sorria. O pai também lhe contou uma história engraçada sobre uns cortinados de veludo vermelho. A história que corria em Cabanas de Viriato era que Andrée os tinha tirado, presumivelmente para vender. O que realmente acontecera fora o seguinte. Raramente apareciam visitantes no Passal, mas certa vez esperavam um convidado importante. Andrée estava embaraçada: não tinha nada para vestir. De súbito, teve uma ideia. Desapareceu da sala de estar e voltou vestida de veludo. Num abrir e fechar de olhos, Andrée tirara o cortinado da sala de estar, enrolara-o à volta do corpo e com alguns alfinetes preparara um vestido de noite. "*Et elle était ravissante!*" ("E estava encantadora!"), acrescentou Sousa Mendes, irrompendo num riso partilhado pela filha.

Na presença da filha, Sousa Mendes nunca mostrou o menor sinal de tristeza, mas de fato a sua saúde continuava a piorar. Os invernos frios e úmidos da Beira Alta, assim como as estadas em pensões lisboetas baratas e sem aquecimento, não o ajudavam em nada. Em 1952 foi obrigado a submeter-se a uma intervenção cirúrgica extremamente dispendiosa. Tinha 67 anos de idade, e a operação minou-lhe ainda mais as forças.

Os problemas financeiros continuavam a atormentá-lo. Desta vez, no entanto, tiveram consequências verdadeiramente trágicas.

No inverno de 1953 tentou-se uma ação legal contra Sousa Mendes por falta de pagamento de dívidas. Os seus dois principais credores eram os bancos que detinham a primeira e a segunda hipotecas sobre o Passal e aos quais ele devia setenta contos. Em setembro desse ano, o tribunal decidiu que Sousa Mendes tinha de pagar prestações mensais de 3900$00, equivalentes a um terço da sua pensão.[3]

Sousa Mendes conseguiu, não se sabe como, arranjar dinheiro para fazer uma última viagem a Ribérac no princípio de fevereiro de 1954. Os invernos passados em Cabanas eram penosos, especialmente para quem não tinha lenha. Pelo menos uma vez Sousa Mendes teve de tirar uma porta de um anexo para queimá-la na lareira. Tinha cada vez mais dificuldade em andar, pelo que decidiram procurar um clima mais quente e menos úmido.

Como sempre, Maria Rosa ficou radiante por voltar a ver o pai. Mas ele não conseguia ocultar nem a Maria Rosa nem a ninguém o seu precário estado de saúde. Chamaram um médico. Depois de examinar Sousa Mendes, ele aconselhou-o a permanecer na França; o clima da Beira Alta, na opinião do médico, iria matá-lo.

Sousa Mendes ficou ali durante dois meses. No fim de março, voltou a Lisboa de trem com Andrée. Explicou a Maria Rosa que só conseguia viver na sua terra natal.

A viagem deixou-o exausto e, em Lisboa, numa pensão sem aquecimento, apanhou uma pneumonia. Andrée levou-o para o hospital da Ordem Terceira, uma clínica gratuita para os pobres dirigida pelos Franciscanos na zona do Chiado. Aristides de Sousa Mendes morreu ali em 3 de abril de 1954, de uma trombose cerebral agravada pela pneumonia. Andrée telegrafou imediatamente a notícia à tia e ao tio. Silvério, primo de Aristides, tratou do funeral.

---

[3] Ver processo pessoal de Sousa Mendes. A ação iniciou-se em Santa Comba Dão.

O corpo foi trasladado para Cabanas de Viriato. Hoje repousa no jazigo da família, atrás do Passal.

César, o irmão de Aristides, recebeu as habituais condolências, muitas delas de colegas que tinham evitado Sousa Mendes desde que ele caíra em desgraça. O novo secretário-geral do Ministério dos Negócios Estrangeiros, embaixador Vasco da Cunha, enviou o seu cartão. Também Salazar enviou o seu, no qual escreveu duas palavras: "Sentidos pêsames".[4] César escreveu-lhe para agradecer.

[4] Entre os papéis pessoais de César.

20. A luta pela reabilitação

Segundo os arquivos da polícia, Andrée ficou em Portugal pelo menos até abril de 1955. Caíra na indigência e dependia da caridade. A sua saúde mental estava já seriamente abalada e nos anos seguintes ainda pioraria. A herança tornara-se a única obsessão da sua vida, e nas duas décadas seguintes havia de fazer repetidas viagens a Portugal para tentar reclamá-la. Nas suas andanças parece ter-se saído bem ao escapar à polícia política, que, em geral, não conseguia localizar o seu paradeiro exato. No entanto, mais de uma vez ficou reduzida à caridade e até chegou a ser internada à força num manicômio durante algum tempo. Nem sequer essa horrível experiência impediu Andrée de voltar a Portugal e de ser esse o seu principal país de residência até 1986. Depois regressou à França. Andrée Cibial de Sousa Mendes faleceu em Pau em 17 de janeiro de 1991.[1]

Embora as aventuras de Andrée tenham terminado tristemente, não deixam de ter certo sabor. Mais tarde contou à filha a história da sua única audiência com Salazar. Não é claro quando ocorreu o incidente, mas a sua autenticidade é inegável. Certa ocasião, Andrée conseguiu passar por entre os guardas postados diante da

[1] *E-mail* de Marie-Rose Faure ao autor, 29 de janeiro de 2008.

residência do ditador. Precipitou-se para dentro da casa e trancou a porta atrás de si. Andrée encontrou-se frente a frente com Salazar. Apresentou rapidamente o seu caso. Salazar não a escutou. Em vez disso, foi abrir a porta aos guardas. Olhando rapidamente à sua volta, Andrée viu uma janela aberta e saiu num relâmpago. Os guardas não conseguiram apanhá-la.

Andrée nunca receberia a sua "herança". O tribunal acabou por ordenar que a residência de Sousa Mendes fosse vendida em um leilão público para cobrir dívidas não pagas. A venda ocorreu em agosto de 1958.[2] Andrée tinha abandonado o Passal depois da morte do marido e a casa deserta tinha sido saqueada. Os ladrões levaram tudo, incluindo a correspondência da família. Outros papéis pessoais foram deixados espalhados pelo chão. Ninguém pensou nunca em dar uma arrumação, embora a casa tenha acabado por ser fechada com tábuas.

Ao longo dos anos, o tempo fez o seu lento trabalho de destruição. O vento arrancou as persianas das janelas, a pintura desapareceu, a cerca e o portão enferrujaram e as ervas daninhas invadiram o chão. Os compradores da propriedade em 1958, que conseguiram uma pechincha, estavam pouco interessados em devolver à residência da família o seu esplendor original. Em vez disso, usaram o edifício como galinheiro. Os bombeiros voluntários usaram a casa para uma exibição da sua perícia deitando fogo ao andar superior. Felizmente, conseguiram extingui-lo antes que fossem feitos grandes danos. Para as crianças, o Passal ganhou a aura de uma casa assombrada, e quando passavam por ali atravessavam sempre a rua para o outro lado. Para todos os habitantes da região, o Passal era uma triste lembrança da tragédia que acontecera a um homem bom.

---

[2] Os documentos referentes à hipoteca e venda do Passal encontram-se na Conservatória do Registo Predial de Santa Comba Dão.

César sobreviveu ao irmão apenas um ano. Morreu em agosto de 1955.

A morte de Sousa Mendes tinha sido ignorada pela imprensa e passou despercebida aos portugueses. Em Léopoldville, capital do Congo Belga, um refugiado belga agradecido, Abraham Samuel, recordou o heroico cônsul num necrológio brilhante intitulado "*Un grand ami de la Belgique est mort*" ("Morreu um grande amigo da Bélgica").[3] Em Portugal não houve mais que silêncio. Os milhares de refugiados ajudados por Sousa Mendes tinham-se dispersado havia muito pelos quatro cantos do mundo. Em Portugal, ninguém entre os que conheciam a história desejava discutir, fosse em público ou em privado, um caso com tão maus reflexos sobre o regime salazarista.

A ditadura estava a caminho de se tornar uma das mais longas da história moderna da Europa, e essa própria longevidade não augurava nada de bom para a reabilitação de Sousa Mendes. Salazar deteria as rédeas do poder até 1969. A posição e o prestígio do conde de Tovar no Ministério dos Negócios Estrangeiros mantiveram-se indisputados até a sua morte, em 1961. Ocupava o lugar de secretário-geral e de representante permanente na Otan. Foi também designado presidente da comissão encarregada de publicar documentos relevantes sobre a política externa de Portugal durante a Segunda Guerra Mundial. Tudo conspirava, por conseguinte, para manter em segredo a verdade sobre a política portuguesa em relação aos refugiados.

O conhecimento da injustiça feita ao pai permaneceu fechado no coração dos filhos e filhas de Sousa Mendes. Nas terras para onde tinham emigrado – Canadá, Estados Unidos, Angola, Moçambique e Congo Belga – não parecia ter muito sentido falar daquilo que o

[3] "Un grand ami de la Belgique est mort", *Pourquoi Pas?* (Léopoldville, Congo Belga), 26 de abril de 1954.

pai tinha feito. Na democrática América, por exemplo, a simples menção da sua linhagem aristocrática ou da profissão do pai equivalia a exporem-se ao desprezo e à discriminação no emprego, como Carlos e Sebastião descobriram pessoalmente. Pouco a pouco aprenderam a não falar dessas coisas e conseguiram encontrar modestos empregos, respectivamente como professor de línguas particular e empregado bancário.

Também ninguém quis saber das glórias passadas da família quando Joana e Teresinha procuraram emprego. As filhas de Sousa Mendes puseram de lado o passado e foram trabalhar primeiro numa fábrica de conservas da Califórnia e depois numa lavanderia. João Paulo (irmão), que tinha 9 anos na época dos acontecimentos de Bordeaux, não apreciava bem aquilo que o pai tinha feito. Prosseguiu os seus estudos, tornou-se arquiteto, casou e criou quatro filhos. Tinha pouco tempo para pensar noutras coisas. Na América a vida seguia o seu curso para ele e para os irmãos, como o pai teria desejado.

Comparados com os irmãos e irmãs que estavam nos Estados Unidos, Pedro Nuno e Isabel tiveram uma vida relativamente fácil no Congo Belga. Pedro Nuno e Jules, o marido de Isabel, tiveram carreiras longas e bem-sucedidas na administração colonial belga.

No entanto, o filho e a filha de Sousa Mendes guardaram silêncio durante muitos anos sobre aquilo que o pai tinha feito. As razões para a sua atitude incluíam um desejo natural de não abrir velhas feridas e o sentimento da futilidade de clamar contra uma velha injustiça.

Isabel e Jules continuavam a acreditar que Sousa Mendes agira erradamente. Jules expressava essa opinião abertamente, e a sua franqueza provocou discussões com o seu cunhado Geraldo. Este detestava intensamente o regime salazarista e sentia um profundo ressentimento pelo tratamento dado ao pai. Com alguma justificação, tinha também o sentimento de ter sido pessoalmente colocado na lista negra. Por duas vezes se apresentara aos exames para entrar no serviço diplomático e por duas vezes se vira preterido por candidatos inferiores.

Todos os filhos e filhas de Sousa Mendes tinham sofrido as consequências da perseguição a que o pai fora sujeito. Todos tinham ficado traumatizados com a tragédia, mas nenhum tanto quanto Luís Filipe, que vivia no Canadá. Tinha visto o pai aceitar o seu destino. Também Luís Filipe queria perdoar e esquecer. A vida tinha de continuar.

Mas a injustiça continuava a fazer sofrer dois dos filhos de Sousa Mendes: Sebastião e Joana. Ambos haviam de tentar, cada um a seu modo, fazer acionar as rodas da justiça.

Sebastião nunca abandonou a ideia de fazer escutar a história do pai. A sua campanha para tentar interessar a imprensa começou em 1943, em Bristol, Inglaterra, onde ele e o irmão Carlos faziam parte das forças americanas. Redobrou os seus esforços depois de ser desmobilizado e chegar à Califórnia, no fim da guerra. Sebastião escreveu artigos para importantes periódicos como a *Time* e o *The Saturday Evening Post* e viu acumularem-se os textos rejeitados. A história já estava "datada", disseram-lhe educadamente. Sebastião tentou também que jornalistas profissionais se interessassem pela história. Entre aqueles que não lhe prestaram atenção conta-se a célebre jornalista Dorothy Thompson, que escrevera extensamente acerca dos refugiados da Europa, recebera um visto de Sousa Mendes e até fora convidada para jantar pelo cônsul!

A morte da mãe, em 1948, e a doença do pai fizeram aumentar em Sebastião o sentimento da urgência de contar a sua história enquanto ele ainda era vivo, para isso lhe poder ser de algum benefício. Como ninguém parecia interessado em contá-la, Sebastião decidiu que tinha de ser ele próprio a fazê-lo. Embora, com o seu modesto ordenado de empregado bancário, enfrentasse dificuldades, lá conseguiu guardar 5 dólares para comprar uma velha máquina de escrever. Todos os dias depois do trabalho, no minúsculo apartamento onde vivia com a mulher e dois filhos, Sebastião bateu à máquina o livro a que chamaria *Flight through Hell* (*Fuga através do Inferno*). O cerne do enredo era a história do pai, contada exatamente do modo como o autor se recordava de ouvi-lo contar. À volta desse núcleo factual Sebastião teceu uma história de amor hollywoodiana. De que outro modo poderia ele esperar interessar os americanos?

A fórmula, no entanto, não conseguiu impressionar nenhum dos editores a quem ele apresentou o manuscrito. Como muitos escritores frustrados antes e depois dele, finalmente decidiu publicar o livro à sua custa. Foi publicado em 1951, sob o pseudônimo de Michael d'Avranches. *Fuga através do Inferno* não se vendeu e Sebastião queimou os exemplares na lareira no ano seguinte. O único resultado tangível dos seus esforços foi uma dívida que teve dificuldades em pagar. A despeito desse revés, nunca desistiu de tentar interessar os meios de informação.

Sebastião teve de esperar até 1961 pelo seu primeiro êxito. Incitou o seu tímido irmão João Paulo, que estudava e, por conseguinte, tinha algum tempo livre durante o dia de trabalho, a ir visitar o jornalista Guy Wright, do *San Francisco Examiner*. Sebastião entregou ao irmão um artigo que tinha escrito sobre o pai, intitulado "Um ato generoso". A primeira reação de Wright foi: "É pena que tenha sido há tanto tempo". De qualquer modo, disse que se sentiria honrado por escrever um texto sobre o pai dele. O artigo que foi publicado tinha por título: "Corrigir os fatos sobre um ditador e um herói".[4]

Um artigo de jornal não era muito após 18 anos de esforços, mas era um começo. Outro êxito na tentativa da família de obter o reconhecimento dos atos do pai ocorreu mais ou menos na mesma altura. Foi o resultado da iniciativa de outra descendente de Sousa

---

[4] Cópia em apêndice a *Flight through Hell*. Não é indicada a data do artigo.

Mendes, Joana, que vivia então na cidade de Nova York. Uma peça de êxito (em 1956) e um filme (em 1959) tinham despertado o interesse nos Estados Unidos, pela primeira vez, não apenas pela história de Anne Frank mas também pelo Holocausto. Inspirada por esse fato, Joana decidiu escrever ao primeiro-ministro de Israel, Ben Gurion, acerca do pai. Juntou um artigo sobre ela e sua irmã Teresinha que tinha sido publicado num jornal judaico depois da sua chegada aos EUA. Joana esperou dois anos pela resposta. Durante esse tempo, por encargo do gabinete do primeiro-ministro, o Yad Vashem verificava a sua história. Finalmente, em fevereiro de 1961, o gabinete do primeiro-ministro informou Joana de que tinham sido plantadas vinte árvores em memória do seu pai nos terrenos do Museu Yad Vashem. Este seria apenas o primeiro sinal de reconhecimento pelo Estado de Israel.

Nos três anos seguintes, foram publicados na imprensa americana três importantes artigos sobre Sousa Mendes.[5] O mais influente foi um artigo de Harry Ezratty, advogado e escritor independente de Nova York cujos antepassados eram judeus portugueses. "O cônsul português e os 10 mil judeus" foi publicado primeiro no *Jewish Life*, depois em *The Catholic Digest.* Ezratty interessou-se muito pela história e partilhou o seu entusiasmo não apenas com os leitores mas também com membros importantes da comunidade judaica de Nova York e com o Yad Vashem de Israel.

Nos seus esforços para contribuir para homenagear Sousa Mendes, Ezratty foi secundado por Maurice Dijour, diretor da organização judaica de refugiados HIAS. Como vimos, ele e a mulher, Esther, tinham recebido vistos de Sousa Mendes. Os esforços de

[5] Anônimo, "He Saved 10,000 Jews!", *The National Jewish Monthly*, July-August, 1961, p. 5-7; Harry Ezratty, "The Portuguese Consul and the 10,000 Jews", *Jewish Life*, September-October, 1964, p. 17-20; George Kent, "200,000 Persecution Prevented", *Reader's Digest*, March, 1963, p. 169-175. Cópias dos três artigos em apêndice à edição de 1968 de *Flight through Hell.*

Dijour para interessar Hollywood na história não tiveram êxito (embora Fred Zinnemann e Robert Anderson inicialmente tenham mostrado algum interesse[6]), mas o Yad Vashem escutou-o. A pedido de Joana, dois refugiados a quem o pai tinha ajudado escreveram cartas à organização israelita. O Yad Vashem investigou e decidiu conferir a Sousa Mendes a sua mais alta distinção: uma medalha com a seguinte inscrição: "A Aristides de Sousa Mendes, o povo judeu agradecido". A medalha tinha também uma citação do Talmude: "Quem salva uma vida salva todo o Universo".

A medalha foi entregue à família de Sousa Mendes numa cerimônia realizada no consulado israelita em Nova York, em outubro de 1967. Joana, Sebastião, João Paulo, Teresinha e Luís Filipe, todos assistiram. Assistiram também várias das pessoas que Sousa Mendes tinha salvado: os Kruger, Moise Elias e Marguerite Rollin, nascida Galimir.[7]

O reconhecimento por Israel foi motivo de grande orgulho e alegria para Joana, mas também a impressionou a ironia da situação: um Estado estrangeiro acabava de homenagear o seu pai, enquanto na sua pátria ele continuava desonrado e esquecido. Ela ia tentar mudar isso.

Primeiro Joana pôs-se a recolher testemunhos de pessoas que seu pai ajudara. A empreitada não era tão fácil como parecia. Tantos anos depois dos acontecimentos, só os nomes famosos lhe ocorriam. Pois bem, escreveria a essas pessoas. Três delas responderam: o professor Charles Oulmont, da Sorbonne; o conde Degenfeld, secretário particular de Otto de Habsburgo; e a grã-duquesa Charlotte de Luxemburgo.

---

6 Carta de Ilja Dijour a Robert Magidoff, 19 de maio de 1960. Cópia em apêndice à reedição de Sebastião Mendes, *Flight through Hell*.

7 O *New York Times* publicou um artigo de homenagem: "Israelis Honor Friend of 40's Era, Portuguese Consul in France Decorated Posthumously", October 15, 1967, p. 13.

Ao mesmo tempo que expressava a sua gratidão pessoal, Oulmont rendia homenagem a "um verdadeiro cristão" que "se preocupou com o sofrimento dos judeus" e, "cheio de piedade e compaixão, fez tudo quanto pôde [...] para salvar os refugiados da perseguição do invasor".[8]

Na sua carta a Joana,[9] o conde Degenfeld repetia a história dos vistos concedidos aos Habsburgo e ao seu séquito. Expressava a gratidão do "arquiduque, bem como da família, e especialmente também da imperatriz Zita da Áustria". O conde escrevia também que o arquiduque "lamentava [...] profundamente" não ter sabido mais cedo de "todos os sofrimentos" do pai de Joana, embora, confessava Degenfeld, Otto de Habsburgo tivesse ouvido alguma coisa enquanto vivia nos EUA.

Ao contrário de Otto de Habsburgo, a grã-duquesa Charlotte de Luxemburgo respondeu pessoalmente à carta de Joana.[10] Em nome do Grão-Ducado, expressava gratidão pelos "serviços eminentes" que Sousa Mendes tinha prestado ao pequeno país durante os dez anos em que, como cônsul em Bruxelas, estivera também acreditado em Luxemburgo. Mas, mais importante que isso, a grã-duquesa expressava o seu apreço por tudo o que ele tinha feito pelos "refugiados luxemburgueses, muitos dos quais de credo judaico", pelo "governo de Luxemburgo" e pela sua família. Todos eles, escrevia a grã-duquesa, "foram salvos pela sua iniciativa da perseguição certa e puderam assim alcançar países livres". Vinte e oito anos depois do acontecimento, a grã-duquesa apreendia todo o significado dos atos de Sousa Mendes:

> A sua ação humanitária servirá para sempre como exemplo de

---

[8] Carta a Joana Mendes, 7 de fevereiro de 1968. Cópia em apêndice a *Flight through Hell*.

[9] 18 de maio de 1968. Cópia em apêndice a *Flight through Hell*.

[10] 30 de julho de 1968. Cópia em apêndice a *Flight through Hell*.

devoção abnegada à causa da liberdade e da compreensão entre todas as nações e raças.

Joana reuniu todos esses testemunhos, cópias de artigos sobre o pai e informação sobre as honras concedidas pelo Estado de Israel. Usou esses materiais como apêndices a dois apelos que fez. O primeiro foi enviado, em agosto de 1968, por meio da embaixada portuguesa em Paris, ao ministro português dos Negócios Estrangeiros, Franco Nogueira. Não obteve resposta. No mês seguinte, o ditador português, de 79 anos de idade, entrou em coma em consequência de ter caído de uma cadeira e foi substituído por Marcello Caetano. Falou-se muito de liberalização do regime. Em janeiro do ano seguinte, Joana decidiu apelar uma vez mais ao Estado português, desta vez escrevendo ao presidente Américo Tomás.[11] Uma vez mais não houve resposta. Seria preciso que o regime ditatorial fosse derrubado para que alguém lhe desse ouvidos.

E foi derrubado em abril de 1974. Seguiu-se um período de considerável instabilidade política, em que os governos e os ministros se sucediam rapidamente. Nesse aspecto o Ministério dos Negócios Estrangeiros não constituiu exceção. A constante sucessão de governos e de ministros dos Negócios Estrangeiros permitiu a certas pessoas que trabalhavam no Ministério resistirem à mudança e continuarem a controlar os seus assuntos internos. Isso significava essencialmente manter o status quo, especialmente em questões como a disciplina e o caso Sousa Mendes.

A primeira pessoa a ocupar o cargo de ministro dos Negócios Estrangeiros depois da Revolução de 25 de abril foi o dirigente do Partido Socialista, Mário Soares. Opositor de longa data aos regimes de Salazar e Caetano, tinha sido repetidamente preso e por fim exilado. A sua reputação como combatente pela democracia

[11] Afonso, *Injustiça*, p. 152.

era aceita por todos. A despeito da constante mudança das forças políticas, Mário Soares conseguiu manter a pasta dos Negócios Estrangeiros até março do ano seguinte – durante dez meses. Joana tinha ouvido falar da reputação de Soares como democrata e vítima do regime de Salazar, e em agosto de 1974 decidiu apelar para ele, tal como fizera com Franco Nogueira e Américo Tomás. A exposição de Joana era completa e continha nada menos de 23 apêndices. Não obteve resposta.

O sucessor de Soares como ministro dos Negócios Estrangeiros, o major Melo Antunes, mostrou muito mais interesse pelo apelo de Joana do que o seu antecessor. Ordenou uma investigação do caso. Esse passo pode ter sido inspirado por um artigo do jornalista Antônio Colaço no *Diário Popular*, publicado duas semanas antes da decisão de Melo Antunes,[12] propondo a reabilitação póstuma de Sousa Mendes.

A tarefa de estudar o caso de Sousa Mendes foi confiada ao chefe interino dos serviços jurídicos do Ministério, o ministro de segunda classe Nuno Álvares Adrião de Bessa Lopes, jurista e diplomata brilhante cuja carreira tinha sofrido devido à sua oposição ao regime anterior.[13]

Bessa Lopes começou por ir ao arquivo do Ministério e pediu para ver o processo pessoal de Sousa Mendes, bem como os documentos do processo disciplinar de 1940. O envelope que continha os documentos deste último tinha sido selado com o selo vermelho do Ministério dos Negócios Estrangeiros à conclusão do processo disciplinar. Bessa Lopes quebrou o selo, abriu o envelope e estudou as mais de 200 páginas.

---

[12] "A espera da reabilitação póstuma de um português que Salazar castigou por ter salvo milhares de judeus das garras nazis", 4 de maio de 1976.

[13] Sobre Bessa Lopes, ver Afonso, *op. cit.*, p. 153-160. As principais fontes de informação sobre Bessa Lopes são duas entrevistas com a esposa, Maria Adelaide Bessa Lopes.

Imediatamente lhe saltou aos olhos a injustiça daquilo que tinha sido feito e a necessidade de reparar essa injustiça. As obrigações de Bessa Lopes como diretor interino dos serviços jurídicos ocupavam--lhe toda a atenção durante o dia, de forma que trabalhava na sua investigação à noite e aos fins de semana, só parando para as refeições. Completou a tarefa no tempo recorde de duas semanas.

Nesse curto período, comparou o testemunho do embaixador Teotônio Pereira no processo de 1940 com aquilo que ele posteriormente escreveu nas suas *Memórias* (1973), e anotou as discrepâncias. Examinou também os telegramas do Ministério referentes ao período em questão. Bessa Lopes ficou chocado com o racismo do telegrama de 26 de junho de 1940 do embaixador Monteiro ao ministro dos Negócios Estrangeiros, Salazar. Depois de examinar e refletir sobre todos esses documentos, elaborou o seu relatório. Nesse mesmo dia, Bessa Lopes, que sofria de asma, teve um colapso devido ao cansaço e teve de ser levado de ambulância para o hospital.

No seu relatório Bessa Lopes não poupava as palavras. Em sua opinião, "Sousa Mendes foi condenado por *recusar* associar-se à cumplicidade com os crimes de guerra nazis (esse foi o sentido humano da sua desobediência)".[14] Bessa Lopes salientava a ilegalidade da sentença proferida. O regime salazarista tinha-se simplesmente mostrado excessivamente acomodatício para com os nazistas.

Bessa Lopes conjecturava – corretamente – que aquilo que acontecera a Sousa Mendes era até certo ponto um "ajuste de contas" não apenas com ele mas também com o seu irmão gêmeo César.[15] Bessa Lopes tinha sem dúvida ouvido rumores sobre isso na Secretaria, tal como ouvira rumores do "*show*" que Sousa

[14] Página 37 do relatório de Bessa Lopes, ainda reservado (do qual foram passadas cópias à imprensa).

[15] *Ib.*, p. 4.

Mendes supostamente teria dado na praça pública, e do "*business*" que ele tinha feito com os passaportes.[16] Como tinham esses rumores maldosos podido circular e como tinha a verdade sido ocultada durante tanto tempo? A resposta estava sem dúvida na cumplicidade de figuras tão importantes do regime salazarista: "Tovar e os seus pares",[17] Teotônio Pereira (visto por muitos como possível sucessor de Salazar) e, é claro, Salazar.

Bessa Lopes recomendou medidas imediatas para corrigir o mal. Aconselhou o Ministério a informar Joana de que agora considerava o processo disciplinar de 1940 e a sentença final "ilegais e nulos",[18] que estava examinando "as responsabilidades da Administração"[19] e que procuraria a melhor maneira de reabilitar postumamente o seu pai e de compensar a família pelos danos morais e materiais.[20] A fim de garantir que os seus direitos legais fossem protegidos, Bessa Lopes recomendava que o Ministério aconselhasse Joana a enviar o seu apelo também ao Ministério da Justiça.[21] Tendo em consideração a importância do caso em termos humanitários, históricos, políticos e diplomáticos, Bessa Lopes recomendava também um livro branco sobre todo o caso, a ser apresentado à Assembleia da República.[22]

O Ministério dos Negócios Estrangeiros ignorou a maior parte das recomendações de Bessa Lopes. A família de Sousa Mendes só soube do relatório de Bessa Lopes dez anos mais tarde, quando ele transpirou para a imprensa. Quanto a Bessa Lopes, o relatório não ajudou em nada a sua carreira. Caiu cada vez mais em desgraça

---

[16] Segunda página (sem número) da introdução a esse relatório.

[17] Página 14 do relatório de Bessa Lopes.

[18] *Ib.*, p. 23.

[19] *Ib.*, p. 23.

[20] *Ib.*, p. 22-23.

[21] *Ib.*, p. 24.

[22] *Ib.*, primeira página (sem número) da introdução.

e foi duas vezes preterido para o cargo de chefe permanente dos serviços jurídicos, embora tivesse ocupado a posição a título temporário. Morreu prematuramente, muito atormentado e falido, em 1980.[23]

O caso Sousa Mendes lá acabou por chegar a uma comissão presidencial especial, supostamente criada para reabilitar os funcionários públicos que tinham sido vítimas do regime de Salazar e Caetano. Foi estudado todo o *dossiê* do Ministério dos Negócios Estrangeiros, incluindo os documentos do processo disciplinar e o relatório de Bessa Lopes. Foram recolhidos depoimentos, incluindo um da comunidade judaica de Lisboa. Segundo o advogado encarregado da investigação, foi unanimemente reconhecido que Sousa Mendes tinha de fato sido vítima de perseguição política e devia ser postumamente reintegrado no Ministério dos Negócios Estrangeiros com o posto mais elevado: embaixador.[24] A recomendação foi submetida ao Ministério dos Negócios Estrangeiros. Foi ignorada.

Seria todavia errado pensar que a oposição do Ministério dos Negócios Estrangeiros era o único obstáculo no caminho da reabilitação de Sousa Mendes. Reabilitar significava remexer no passado, e havia pouca vontade política de fazê-lo. O fenômeno não deixava de ter semelhanças com o que aconteceu na Alemanha e na Áustria depois de cerca de um ano de julgamentos dos crimes de guerra ou do que ocorreu nos países do bloco soviético depois da desintegração do bloco comunista. Os esteios do regime anterior

---

[23] Ver Afonso, *Injustiça*, p. 162.

[24] Entrevista com Sebastião Duarte Pestana de Vasconcelos da Costa Pereira, 16 de outubro de 1987. Joshua Levy, secretário da comunidade judaica de Lisboa, testemunhou perante a comissão. Informou acerca disso Joana Mendes numa carta datada de 9 de dezembro de 1976. Escrevia também: "Foi-nos dito que o seu pai será [postumamente] reintegrado [no serviço diplomático] com o grau de embaixador. Isto foi o que nos disseram e o que esperamos seja feito".

pouco sofreram e as suas vítimas receberam poucas ou nenhumas compensações. Ao fim de pouco tempo, já ninguém queria nem ouvir falar das suas histórias.

Em Portugal, a família Sousa Mendes conseguiu interessar apenas dois jornalistas no caso: Antônio Colaço, do *Diário Popular*, e Antônio Carvalho, de *A Capital*.[25] O primeiro concluía um artigo de 1986 com o seguinte desafio:

> Haja portanto quem assuma a responsabilidade de reabilitar e reintegrar, a título póstumo, este homem que dignificou a diplomacia portuguesa...[26]

Uma pessoa da família em Portugal recortou o artigo e enviou cópias aos familiares que estavam nos EUA, incluindo o filho mais novo de Sousa Mendes, João Paulo, de 55 anos, que vivia perto de Oakland, Califórnia. João Paulo decidiu aceitar o desafio de Colaço. Com sua mulher Joan, uma americana, preparou e pôs a circular um abaixo-assinado apelando ao governo português para que "pedisse desculpa, reintegrasse e prestasse homenagem ao seu herói" Aristides de Sousa Mendes.

Um jornal local, o *Oakland Tribune*, interessou-se pela história e publicou uma entrevista de primeira página com John Paul [João Paulo] Abranches.[27] A história de Wallenberg tinha atraído recentemente a atenção americana e mundial, e ali estava um herói de estatura comparável.

Um dos leitores do artigo do *Oakland Tribune* foi Robert Jacobvitz, diretor das relações comunitárias da Federação Judaica da

---

[25] Ver Afonso, *op. cit.*, p. 168-169.

[26] "Tão heroico como Wallenberg [,] Aristides de Sousa Mendes ainda não foi reabilitado", *Diário Popular*, 2 de fevereiro de 1986.

[27] 17 de março de 1986.

Greater East Bay.[28] Jacobvitz ficou surpreso por não haver nenhum grupo cívico trabalhando pelo reconhecimento de Sousa Mendes. Foi visitar John Paul e a partir desse encontro inicial surgiu o International Committee for the Commemoration of dr. Aristides de Sousa Mendes [Comitê Internacional para a Comemoração do Dr. Aristides de Sousa Mendes], com uma comissão diretiva em Oakland, Califórnia, e representantes em Lisboa, Jerusalém e (mais tarde) em Montreal. Além de usar as suas consideráveis capacidades organizativas para estabelecer ligações com grupos judaicos e portugueses de várias regiões dos Estados Unidos, Jacobvitz teve também a inteligência de pedir ajuda ao americano de ascendência portuguesa mais altamente colocado nos EUA – o democrata Tony Coelho.[29] O International Committee encontrou em Tony Coelho e no democrata Henry Waxman dois apoiantes muito hábeis e dedicados.

A partir do momento em que Robert Jacobvitz se juntou a John Paul Abranches, as coisas começaram a formar uma bola de neve. A agência noticiosa americana UPI agarrou a história do abaixo-assinado. A Federação da Comunidade Judaica de East Bay decidiu homenagear Sousa Mendes no Yom Hashoah, o dia de recordação do Holocausto. O influente *New York Times* publicou um artigo: "Cônsul que ajudou os judeus obtém reconhecimento".[30]

As homenagens e os artigos de imprensa começaram a multiplicar-se. Entre 1986 e 1988, Sousa Mendes foi homenageado por numerosas sinagogas e organizações judaicas dos EUA. Em New Bedford, Newark, Toronto e Montreal as comunidades judaicas e portuguesas juntaram-se para prestar homenagem ao herói português.

---

[28] Entrevista com Robert Jacobvitz.

[29] Sobre as possíveis razões do interesse de Coelho, ver Afonso, *op. cit.*, p. 170.

[30] 4 de maio de 1986, p. 16.

Vários conselhos municipais da Califórnia, Massachusetts e New Jersey aprovaram resoluções e proclamações em honra de Sousa Mendes. Resoluções idênticas foram aprovadas pelas legislaturas desses estados, bem como pelos governos do estado de Nova York, de Ontário e do governo federal do Canadá.

A despeito de todo esse reconhecimento norte-americano, o governo português continuava sem reabilitar Sousa Mendes. A petição de John Paul ficou sem resposta. Era evidente para o International Committee e para os seus apoiantes políticos, Coelho e Waxman, que o governo português teria de ser pressionado para cumprir o seu dever. O primeiro-ministro português Cavaco Silva continuava a opor-se vigorosamente a qualquer reabilitação de Sousa Mendes.[31]

Em junho de 1986, Tony Coelho patrocinou uma resolução na Câmara dos Representantes americana em honra de Sousa Mendes. Para ter a certeza de que era enviado a Portugal um sinal claro, Coelho e 69 outros membros da Câmara assinaram uma petição apelando ao presidente Mário Soares para que usasse dos seus bons ofícios para que Sousa Mendes fosse homenageado. Essa pressão era mais do que o primeiro-ministro português podia suportar. Num encontro privado com Coelho em setembro de 1986, o primeiro-ministro Cavaco Silva prometeu uma condecoração póstuma para Sousa Mendes.

A distinção escolhida foi a Ordem da Liberdade. Foi entregue em maio de 1987 pelo presidente Soares à família Sousa Mendes, na embaixada portuguesa em Washington. Para a família de Sousa Mendes, isso representava uma vitória numa luta de 47 anos.

---

[31] Sobre a oposição do governo português à reabilitação de Sousa Mendes e a relutância da oposição em fazer alguma coisa em relação a isso, ver Afonso, *op. cit.*, p. 172-182.

Mas nenhuma das sutilezas da cerimônia escapou aos membros dessa família diplomática. A condecoração tinha sido escolhida com vista a apaziguar ao mesmo tempo os americanos e o Ministério dos Negócios Estrangeiros português. A Ordem da Liberdade só foi acrescentada à longa lista de condecorações depois da Revolução de 1974. Não era de modo nenhum a condecoração mais elevada, e o grau escolhido, o de oficial, era o mais baixo. O agraciamento de Sousa Mendes era ambíguo. Mas era melhor do que nada, e Joana aceitou-o agradecida quando o presidente Soares lhe entregou. No seu discurso, Soares teve o cuidado de distanciar o atual regime democrático do regime ditatorial anterior.[32]

O que fez com que a família continuasse a questionar a boa vontade do regime era a ausência de uma cerimônia comparável em Lisboa. Tony Coelho, porém, estava determinado a que isso acontecesse. A sua tarefa foi facilitada quando, em agosto de 1987, foi aprovada a resolução da Câmara dos Representantes em honra de Sousa Mendes. No dia anterior, uma resolução idêntica tinha sido apresentada no Senado americano. Parecia apenas uma questão de tempo até a resolução também ser aprovada por esse órgão. Aumentava a pressão sobre o governo português não apenas para homenagear Sousa Mendes mas também para reabilitá-lo completamente. O governo continuava a opor-se ao movimento, vindo a mais forte oposição naturalmente do Ministério dos Negócios Estrangeiros.

Enquanto, com a ajuda de Coelho e Waxman, John Paul Abranches e Robert Jacobvitz conduziam a sua luta pelo reconhecimento nos EUA, o representante do Comitê Internacional em Jerusalém, Dr. David Shapiro, da Universidade Hebraica, fazia o que podia em Israel. Shapiro tinha um aliado influente nos seus esforços: o Dr. Mordechai Paldiel, diretor do Yad Vashem. Os seus esforços resultariam em várias honras importantes.

---

32 *Ib.*, p. 173.

Em Portugal, no entanto, para onde tinham regressado três dos filhos de Sousa Mendes, a família esperava impacientemente algum sinal de que o governo português cumpriria por fim o seu dever moral. O primeiro vislumbre de esperança veio em fevereiro de 1988 com a apresentação na Assembleia da República de uma moção propondo a reabilitação de Sousa Mendes. O autor da moção foi Jaime Gama, do Partido Socialista, antigo ministro dos Negócios Estrangeiros, que tinha apresentado uma proposta idêntica em 1986. Emanada da oposição, a moção parecia condenada ao fracasso.

E então aconteceu o milagre: uma visita de Tony Coelho à frente de uma delegação bipartidária do Congresso americano. Um jantar especial foi oferecido a Coelho no palácio presidencial e, milagre dos milagres, foi decidido por representantes de todos os cinco partidos políticos presentes que a lei para a reabilitação de Sousa Mendes passaria.[33]

Se a família Sousa Mendes precisava de mais alguma prova da falta de boa vontade do governo português, ela consistiu no fato de que tudo o que havia sido combinado no jantar do Palácio de Belém foi mantido em segredo. De fato, até 48 horas antes de a moção ser apresentada na Assembleia, a família não fazia ideia de que ela passaria. Na realidade, muitos até estavam pessimistas quanto ao possível resultado.

Foi com alegria que Joana e outros familiares viram, da galeria da Assembleia, representantes de todos os cinco partidos políticos levantarem-se sucessivamente para aprovar a moção e homenagear Sousa Mendes. No fim de todos os discursos, toda a Assembleia se levantou e a moção foi aprovada por aclamação. Portugal tinha finalmente honrado o seu herói.

Não era mais possível deter a maré das honrarias. Em 15 de abril, um mês mais tarde, Israel concedeu a cidadania honorária a

---

[33] *Ib.*, p. 180-181.

Sousa Mendes, honra partilhada com Raoul Wallenberg. Em 23 de junho o Senado americano aprovou a moção prestando homenagem ao diplomata português. Outras honras se seguiram.

Algumas dessas honras tinham mais importância simbólica do que política. Assim foi a cerimônia de plantação de árvores em Jerusalém a que assistiu John Paul Abranches no verão de 1988. Os aspectos políticos estavam também presentes (um encontro com o presidente do município de Jerusalém e com o primeiro-ministro de Israel), mas o que mais impressionou John Paul foi aquilo que o Dr. Mordechai Paldiel lhe disse. Paldiel, cuja família fora ela própria salva do Holocausto por um gentio justo, tinha esperado desde 1985 que alguém da família Sousa Mendes fosse a Israel para plantar uma árvore em honra do pai. Até então isso não tinha sido possível. Paldiel impacientara-se, e enquanto conduzia John Paul ao cimo da colina junto do jardim do Yad Vashem explicou que ele próprio plantara a árvore. Indicando a arvorezinha, que tinha em frente uma placa com o nome de Sousa Mendes, Paldiel voltou-se para John Paul e disse:

> Como vê, a árvore ainda é pequena. Mas ela há de crescer. Com o tempo, será perfeitamente visível para todos os visitantes do nosso jardim. E nenhum desses visitantes, ao olhar para a placa, perguntará: quem era Aristides de Sousa Mendes? Ninguém perguntará porque todos saberão.[34]

As palavras de Paldiel revelaram-se proféticas. Os artigos sobre Sousa Mendes multiplicaram-se e foram publicados três livros: o meu próprio *Injustiça: O Caso Sousa Mendes*, em 1990, e a primeira edição desta biografia em 1995. A essas obras seguiu-se o livro de José-Alain Fralon, *Le Juste de Bordeaux*, três anos depois.

---

[34] Maria Elizete Ferreira, "Embaixador Sousa Mendes Reabilitado", *Renascimento* (Mangualde), 1º de abril de 1988.

Em 1991, o romance de Júlia Nery sobre Sousa Mendes, *O Cônsul*, foi acolhido com o merecido sucesso. Um documentário da jornalista Diana Andringa, *O Cônsul Injustiçado*, foi igualmente bem recebido.

Em 1998, Sousa Mendes foi reintegrado a título póstumo no serviço diplomático português na categoria de embaixador. No mesmo ano foi nomeado cidadão honorário de Israel, uma honra que partilha com o herói do Holocausto sueco Raoul Wallenberg. Seguiram-se selos, moedas comemorativas, monumentos, uma fundação para honrá-lo, ruas (incluindo uma em Viena), e inúmeras homenagens. A mais impressionante delas foi talvez a cerimônia no Parlamento Europeu, realizada em 1999, mais uma prova, se ela fosse necessária, de que Aristides de Sousa Mendes tinha agora o seu lugar na história e serviria de exemplo para o novo milênio.

Epílogo: Um herói para a humanidade

Quando a imprensa internacional finalmente descobriu Aristides de Sousa Mendes, em 1986, rotulou-o imediatamente como "o Wallenberg português". Em certos aspectos, o epíteto era feliz. Existem de fato semelhanças entre a natureza e a importância das ações de Sousa Mendes e as do corajoso sueco. Há também pelo menos uma diferença essencial: Wallenberg atuou em conjunto com outros e com a aprovação e o apoio do seu governo; Sousa Mendes fez o que fez mais ou menos sozinho. Como disse um historiador do Holocausto, as ações de Sousa Mendes representaram provavelmente "a maior ação de salvamento por um único indivíduo durante o Holocausto".[1]

No entanto, a primazia, se é que se pode falar de graus quando se trata de atos humanitários, é geralmente atribuída a Raoul Wallenberg. As estimativas do número de vidas que ele salvou atingem os 100 mil. Quantas vidas salvou Sousa Mendes? Provavelmente nunca o saberemos com algum grau de certeza. A minha estimativa pessoal, depois de ter estudado durante muitos anos toda a informação disponível, é que Sousa Mendes provavelmente passou vistos

[1] Yehuda Bauer, *A History of the Holocaust* (New York: Franklin Watts, 1982), p. 288.

autorizando dezenas de milhares de pessoas a entrar em Portugal. Trinta mil parece-me um número aceitável. Não devemos esquecer que muitos dos vistos foram passados a uma família e não a uma pessoa. O número daqueles que realmente conseguiram chegar a Portugal com vistos de Sousa Mendes foi infelizmente menor, mas não pode ter sido muito inferior a 10 mil. Pode ter sido muito mais alto.

O feito de Aristides de Sousa Mendes foi, por conseguinte, comparável em importância ao de Raoul Wallenberg. As repercussões dos seus atos, no entanto, não pararam aí. Aqueles que ele salvou conseguiram mais tarde, em muitos casos, pôr também em segurança os seus entes queridos.

Mais significativo ainda é o fato de Sousa Mendes ter estabelecido um precedente para a entrada de grande número de refugiados em Portugal e mostrado ao regime de Salazar que os resultados não eram necessariamente nefastos. Forçou o regime a repensar a sua política. O resultado, como vimos, foi que durante a guerra passaram por Portugal entre 50 mil e 100 mil refugiados.[2] Todos eles, em maior ou menor grau, têm uma dívida de gratidão para com Aristides de Sousa Mendes.

As semelhanças entre a história de Sousa Mendes e a de Wallenberg não acabam, lamentavelmente, com a importância do feito humanitário. Existem também alguns paralelismos perturbadores. Por direito, Sousa Mendes e Wallenberg deviam ter sido recompensados pelas suas ações. Nenhum deles pediu qualquer recompensa, mas ambos a mereciam. Em vez disso, Wallenberg desapareceu nas sombras do arquipélago do Gulag soviético e Sousa Mendes foi sujeito a um processo disciplinar manipulado, foi reformado compulsivamente e arruinado financeiramente.

O que aconteceu a Aristides de Sousa Mendes e a Raoul Wallenberg terão sido meramente tragédias pessoais isoladas ou foram

[2] Pimentel, *Judeus em Portugal durante a II Guerra Mundial*, p. 355.

emblemáticas de qualquer coisa de significado mais fundo? O destino que coube a esses dois homens foi partilhado por outras pessoas heroicas? A resposta parece ser um rotundo sim, demasiadas vezes. O historiador judeu Mordechai Paldiel estudou dois casos muito parecidos com o de Sousa Mendes, e as conclusões que se extraem do seu estudo são perturbadoras, é o mínimo que se pode dizer.[3] Paldiel compara aquilo que aconteceu a Sousa Mendes ao tratamento dado a Sempo Sugihara, cônsul japonês em Kothno (Lituânia), e a Paul Grüninger, chefe da polícia fronteiriça federal de St. Gall (Suíça). Tanto Sugihara como Grüninger desobedeceram às ordens dos governos que representavam para ajudar milhares de judeus a fugir dos nazistas e ambos foram castigados com a exoneração do funcionalismo público. Ambos tiveram de esperar várias décadas para conseguir alguma medida de reconhecimento: o heroísmo de Sugihara foi reconhecido, pela primeira vez, por Israel em 1968 (e de novo em 1985); Grüninger foi honrado por Israel em 1972, cinco meses antes de morrer.[4]

Alguns podem argumentar que aquilo que levou a um tratamento tão mesquinho por três regimes inteiramente diferentes não foi o fato de as pessoas auxiliadas serem judeus; afinal de contas, muitas das pessoas que Sousa Mendes ajudou *não* eram judeus. O que Sousa Mendes e esses outros fizeram de tão repreensível foi desobedecer às ordens e, ao fazê-lo, criar um precedente perigoso. Se isso é verdade, como vamos nós explicar os casos de tantos outros cidadãos comuns que, em vez de depois da guerra terem sido reconhecidos pelas suas ações corajosas, foram tratados como párias? Quando a polícia holandesa iniciou finalmente as suas investigações sobre quem tinha denunciado Anne Frank e a sua

---

[3] Mordechai Paldiel, "Radical Altruism: Three Case Studies", *Midstream* (Nova York), abril, 1987, p. 35-37.

[4] Sugihara foi novamente agraciado em 1985, com 85 anos de idade. Morreu no ano seguinte. Grüninger morreu em 1973.

família aos nazistas, um dos primeiros suspeitos a ser arrastado para interrogatório foi Miep Gies, a mulher que tinha arriscado a vida para esconder a família Frank.[5] Claramente, no espírito de algumas pessoas, existem poucas ações mais suspeitas do que ajudar judeus.

Que há em heróis como Raoul Wallenberg e Aristides de Sousa Mendes de tão perturbador para as sensibilidades ocidentais? Será que essas pessoas recordam alguma coisa que nós gostaríamos convenientemente de esquecer: o Holocausto e a cumplicidade ocidental no Holocausto? Nós preferiríamos esquecer, e esses grandes homens não nos deixam esquecer que, no século XX da chamada era cristã, homens e mulheres de uma religião diferente foram impiedosamente exterminados aos milhões enquanto a maior parte do mundo assistia sem nada fazer.

Igualmente perturbadora é a vergonhosa revelação de que Portugal, tal como a Suíça, se aproveitou do ouro nazista durante a guerra.[6]

As ações de um homem como Aristides de Sousa Mendes têm também outro lado positivo. Em Nuremberg, depois da guerra, quantos criminosos protestaram que se tinham limitado a cumprir ordens? Hanna Arendt bem salientou como o mal pode parecer absolutamente banal.[7] E, no entanto, homens relativamente comuns como Aristides de Sousa Mendes foram também capazes de tomar a decisão moral de desobedecer; as suas ações podiam fazer a diferença. Um homem bom pode fazer a diferença num mundo de maldade.

---

[5] Miep Gies with Alison Gold, *Anne Frank Remembered: The Story of the Woman Who Helped to Hide the Frank Family* (Nova York: Simon & Schuster, 1987), p. 250-252.

[6] Antônio José Telo procura ilibar o regime de Salazar em *A Neutralidade Portuguesa e o Ouro Nazi* (Lisboa: Quetzal Editores, 2000). Os seus argumentos não são inteiramente convincentes. Antônio Louça tem uma visão mais severa do assunto em *Hitler e Salazar* (Lisboa: Terramar, 2000).

[7] Hannah Arendt, *Eichmann in Jerusalem: A Report on the Banality of Evil* (Nova York: Penguin, 1980), p. 276-279.

Num tempo em que a Europa estava em meio a uma corrida suicida e autodestrutiva e poucos, como Jean Monnet em Londres, conseguiam ver um tempo em que esse continente renasceria das suas chamas como uma fênix, um representante diplomático de uma pequena nação, aparentemente insignificante, no extremo do continente pediu aos seus vizinhos estrangeiros que voltassem os olhos, tal como os seus antepassados tinham feito mais de quatro séculos antes, para Portugal; dessa vez, em busca de um exemplo de liderança moral. Pelas suas ações abnegadas, Aristides de Sousa Mendes não só salvou a vida de inúmeros cidadãos da Áustria, Bélgica, Checoslovaquia, França, Alemanha, Holanda, Luxemburgo, Polônia e Espanha como deu aos outros europeus um perfeito exemplo dos valores que os uniam. Com o seu respeito pela vida humana e pelos direitos e a dignidade do homem, Aristides de Sousa Mendes mostrou ser ao mesmo tempo um herói para a Europa e para a humanidade.

Anexo

Reclamação apresentada à Assembleia Nacional em 1945

Sr. Presidente da Assembleia Nacional:

Aristides de Sousa Mendes, ex-cônsul de Portugal em Bordeaux, lugar de que foi destituído pelo ministro dos Negócios Estrangeiros, por motivo de ter, com desobediência às instruções vigentes, dado vistos em passaportes a milhares de estrangeiros que procuravam no nosso país abrigo contra a ameaça dos exércitos alemães, então em via de ocupação do sudoeste da França, vem, no exercício do seu direito de reclamação, garantido no nº 18 de art. 8º da Constituição, apelar para a Assembleia Nacional, como encarregada pela mesma Constituição de "vigiar o cumprimento das suas disposições e das leis da Nação" (art. 91, nº 2) com os seguintes fundamentos:

Tendo-lhe sido enviadas instruções pelo ministro dos Negócios Estrangeiros sobre vistos em passaportes, essas instruções continham na 1ª alínea a proibição absoluta de os dar aos israelitas, sem discriminação de nacionalidade.

Tratando-se de milhares de pessoas de religião judaica, de todos os países invadidos, já perseguidas na Alemanha e noutros países seus forçados aderentes, entendeu o reclamante que não devia obedecer àquela proibição por a considerar anticonstitucional em virtude do art. 8º nº 3 da Constituição, que garante liberdade e inviolabilidade de crenças, não permitindo que ninguém seja perseguido por causa delas nem obrigado a responder acerca da religião que professa, medida que, aliás, se tornava necessária para se saber a religião dos impetrantes, e assim negar ou conceder o visto.

Nestes termos, se o reclamante não obedeceu à ordem recebida do Ministério, não fez mais do que resistir, nos termos do nº 18 do art. 8º da Constituição a uma ordem que infringia manifestamente as garantias individuais, não legalmente suspensas nessa ocasião (art. 8º, nº 19).

E não se pretenda que a inviolabilidade de crenças não é, segundo a Constituição, um direito para os estrangeiros visados, por não se acharem residindo em Portugal, único caso em que poderiam ter os mesmos direitos que os nacionais (do art. 7º), pois não se trata no caso presente de um direito dos estrangeiros mas de um dever dos funcionários portugueses, que nem em Portugal nem nos seus Consulados, também território português, poderão sem quebra da Constituição interrogar seja quem for sobre a religião professada, para negar qualquer ato da sua competência, o que a admitir-se significaria odiosa perseguição religiosa, mormente quando se impunha o direito de asilo que todo o país civilizado sempre tem reconhecido e praticado em ocasiões de guerra ou calamidade pública.

Espera o reclamante que a Assembleia, na alta função de vigiar pelo cumprimento da lei, haja por bem declarar nula a pena que lhe foi imposta, por motivo da desobediência às instruções citadas, exigindo a respectiva responsabilidade àqueles funcionários que, dando-lhe a referida ordem, "atentaram contra a Constituição e o regime estabelecido" (art. 115, nº 2) reconhecendo-lhe o direito a reparações materiais e morais pelo prejuízo que lhe foi causado pelo processo disciplinar que lhe foi instaurado no Ministério (art. 8º, nº 18).

Não alegou na resposta que deu no mesmo processo disciplinar estas circunstâncias, pelo motivo de, lavrando a guerra na Europa, não querer dar publicidade e relevo a uma atitude, por parte de funcionários de Estado, que sobre ser inconstitucional poderia ser interpretada como colaboração na obra de perseguição do governo hitleriano contra os judeus, o que representaria uma quebra da neutralidade adotada pelo governo.

Não pode porém suportar a evidente injustiça com que foi tratado e que conduziu ao absurdo, a que pede seja posto rápido termo, de o reclamante ter sido severamente punido por fatos pelos quais a administração tem sido elogiada, em Portugal e no estrangeiro, manifestamente por engano, pois encômios cabem ao país e à sua população cujos sentimentos altruístas e humanitários tiveram larga aplicação e retumbância universal, justamente devido à desobediência do reclamante.

Em resumo, a atitude do Governo Português foi inconstitucional, antineutra e contrária aos sentimentos de humanidade e, portanto, insofismavelmente "contra a Nação".

Pede deferimento (a) — Aristides de Sousa Mendes.

Bibliografia selecionada

Fontes de arquivos

Portugal

Arquivo contemporâneo do Ministério das Finanças, Lisboa. O processo de Aristides de Sousa Mendes do Amaral e Abranches, arquivo/DGCP/07/005/002A contém a correspondência entre o diplomata e a DGCP. Contém 358 fotogramas da correspondência.

Arquivo e biblioteca do Ministério dos Negócios Estrangeiros, Palácio das Necessidades, Lisboa. Entre outra, a seguinte documentação essencial:
Processo individual de Aristides de Sousa Mendes do Amaral e Abranches.
Processo disciplinar de Aristides de Sousa Mendes do Amaral e Abranches.
Processo individual de César de Sousa Mendes do Amaral e Abranches.
Processos disciplinares de Alberto da Veiga Simões.
Anuário Diplomático e Consular Português. Lisboa: Imprensa Nacional, anualmente com algumas falhas; anuário do Ministério dos Negócios Estrangeiros, contendo úteis biografias de carreira de Sousa Mendes, do irmão César e de outros diplomatas.

Arquivos da PIDE/DGS, na Torre do Tombo, Lisboa. Entre outra, a seguinte documentação:
Processo de Aristides de Sousa Mendes do Amaral e Abranches e dos filhos Aristides, Geraldo, Pedro Nuno e Carlos.
Processo de Andrée Cibial Rey de Sousa Mendes Abranches.

Arquivos da Ordem dos Advogados, Lisboa. O processo de Sousa Mendes contém importante documentação biográfica.

Fundação Aristides de Sousa Mendes, Lisboa. Organização que preserva a memória e promove os valores do diplomata.

Papéis pessoais de César de Sousa Mendes do Amaral e Abranches, na posse da família Mendes. Essenciais.

Processo do recurso de Sousa Mendes nos papéis do Dr. Palma Carlos (cópias na posse do autor). Contém o recurso e correspondência entre Sousa Mendes e Palma Carlos.

EUA

YIVO Archives, geridos pelo YIVO Institute for Jewish Research, N. Y., N. Y. Relatórios sobre as suas ações em Portugal e a situação dos refugiados.

JDC (American Jewish Distribution Committee, Inc.) Archives, N. Y., N. Y. Informação sobre as suas ações em Portugal e a situação dos refugiados.

Israel

Yad Vashem, Jerusalém. O único item importante no processo de Sousa Mendes que não se encontra em nenhum outro lugar parece ser o testemunho do rabino Kruger.

Entrevistas

As fitas de áudio e as transcrições das entrevistas estão na posse do autor. Com exceção de uma entrevista de Pedro Nuno Mendes por Antônio Pedro de Moncada de Sousa Mendes, todas as entrevistas foram conduzidas em pessoa (pelo telefone apenas quando indicado) pelo autor. As entrevistas foram feitas em inglês, francês ou português (à escolha do entrevistado) sem uso de intérpretes.

Entrevistas com os filhos e filhas de Sousa Mendes

João Paulo (John Paul) Abranches (nº 1931), Dublin, Califórnia, 11 de julho de 1987.

Maria Rosa Faure (filha de Sousa Mendes, nº 1940), Pau, França, 25 de setembro de 1988.

Carlos Mendes (nº 1922), Saugus, Califórnia, 16-17 de julho de 1977.

Joana Mendes (nº 1918), Mangualde, 23-24 de agosto de 1987; Sintra, 25 de abril de 1988.

Pedro Nuno Mendes (nº 1920), Sintra, Portugal, entrevistado pelo sobrinho Antônio Pedro de Moncada de Sousa Mendes, cópia de gravação em fitas de áudio em posse do autor, sem data (c. 1987).

Pedro Nuno Mendes, Sintra, Portugal, entrevistado pelo autor, 12 e 16 de setembro de 1987; Sintra, 25 de abril de 1988; pelo telefone, em 23 de setembro de 1990 (não há gravação desta última entrevista); entrevistado pelo autor em 1º de setembro de 1991, em Mem Martins.

Luís Filipe (Louis Philippe) Mendes (nº 1929, m. 1988), Roxboro, Quebec, 10 de março de 1987.

Sebastião Mendes (nº 1923) e esposa Ruth, Saugus, Califórnia, 16-17 de julho de 1987.

Teresinha Mendes Swec (nº 1925), Dublin, Califórnia, 11 de julho de 1987.

Entrevistas com outros membros da família Sousa Mendes e familiares próximos

Antônio Moncada de Sousa Mendes (filho de Geraldo de Sousa Mendes), Lisboa, 1º de novembro de 2007.

César de Sousa Mendes (filho de César, irmão de Aristides de Sousa Mendes), Lisboa, 1º de novembro de 2007.

César Mendes (sobrinho de Aristides de Sousa Mendes), Mangualde, 24 de agosto de 1987; Sintra, 25 de abril de 1988.

Henrique Ramos da Costa, Lisboa, 2 de novembro de 2007.

José da Mata de Sousa Mendes (filho de César, irmão de Aristides de Sousa Mendes), Lisboa, 2 de novembro de 2007.

Júlia Néry, 2 de novembro de 2007, Murches (Portugal)

Maria Joana Abranches Pinto Ramos da Costa, Lisboa, 2 de novembro de 2007.

Entrevistas com refugiados ou membros de famílias de refugiados ajudados por Sousa Mendes

Chana Ehrenfeld, nascida Kruger (filha do rabino Kruger), Nova York, 18 de fevereiro de 1990.

David e Norma Bromberger, Pittsburg, 21 de julho de 1987.

Lucien Bromberger, Pittsburg, 22 de julho de 1987.
Dr. Steven Carol (filho de Henri Chaim Wilensky), Washington, D.C., e Nova York, 19 de maio e 24 de julho de 1987.
Família D. (anônima a seu pedido; entrevistei três pessoas da família), Nova York, 26 de julho de 1987.
Jules D'Août, Montreal, 4 de setembro de 1990.
Felix Galimir, Nova York, 14 de fevereiro de 1990.
Dr. Norbert Gingold, São Francisco, 13 de julho de 1987.
Otto de Habsburgo, Estrasburgo, 25 de outubro de 1988.
Cilla Kruger, Nova York, 18 de fevereiro de 1990.
Alfred Montezinos, Nova York, 17 de fevereiro de 1990.
Lizzi Spett, Nova York, 24 de julho de 1987.
Michael Spett, Washington, D.C., e Nova York, 19 de maio e 23 de julho de 1987.
Dr. Ludo M. A. De Vleeschauwer, Bruxelas, 31 de outubro de 1988.
Nat Wyszkowski, Nova York (pelo telefone; sem gravação), 9 de agosto de 1987.

Entrevistas com residentes e antigos residentes em Cabanas de Viriato, Beijós e Carregal do Sal

Cabanas de Viriato

(entrevistas em Cabanas de Viriato, salvo indicação em contrário)

Mercês da Conceição de Simões Abreu (professora primária), 27 de agosto de 1987.
Maria do Patrocínio Teles Ribeiro de Abranches de Aguiar, 27 de agosto de 1987 (prima de Aristides e Angelina Sousa Mendes).
Maria Clotilde Ribeiro Ferreira (filha do jardineiro e da cozinheira de Sousa Mendes), Lisboa, 10 de abril de 1989.
José Augusto Ferreira (jardineiro e mordomo de Sousa Mendes), Lisboa, 10 de abril de 1989.
Luís Fidalgo (presidente da comissão de Cabanas de Viriato), Lisboa, 27 de abril de 1988.
José Martins (acólito na igreja que Sousa Mendes frequentava), 25 de março de 1989 (sem gravação).
Ana Ramos, 24 de março de 1989.
Maria Teresa Requicha, 27 de agosto de 1987.
Francelinha Rodrigues Lobo (uma das criadas de Sousa Mendes), 25 de agosto de 1987.

José Tavares, 24 de março de 1989.
Olímpio Dias Tavares, 25 de março de 1989.
Beijós

Mariana e Tony Abrantes (filha e filho do padeiro de Sousa Mendes), 25 de julho de 1987.
Maria da Piedade da Costa (filha do sapateiro, vivia em frente da propriedade de Sousa Mendes em Beijós), 27 de agosto de 1987.
Maria Amélia da Costa (mulher do padeiro de Sousa Mendes), 27 de agosto de 1987.

Carregal do Sal

Maria dos Prazeres Abranches Sousa Vittorino, prima e amiga íntima da mulher de Sousa Mendes, Angelina, 29 de agosto de 1987.

Outras entrevistas sobre Sousa Mendes

Isaac Bitton, Chicago, 19 de julho de 1987.
José Bitton, 20 de setembro de 1987.
Manoel Vieira Braga (vice-cônsul honorário em Bayonne, 1988), Bayonne, 13 de setembro de 1988.
Dr. Adelino da Palma Carlos, Lisboa, 12 de outubro de 1987.
Yvette Davidoff (secretária da comunidade judaica de Lisboa), Lisboa, 22 de outubro de 1987.
Jaime Gama (antigo ministro socialista dos Negócios Estrangeiros), Lisboa, 29 de janeiro de 1988 (sem gravação).
Robert Jacobvitz, Oakland, Califórnia, 13 de julho de 1987.
Sra. de Bessa Lopes, 18 de abril, 16 de agosto de 1988.
Embaixador José Tomás Cabral Calvet de Magalhães, Lisboa, 16 de março de 1988.
Sebastião Duarte Pestana de Vasconcelos da Costa Pereira, Lisboa, 16 de outubro de 1987.
Sam Levy, Lisboa, 10 de outubro de 1987.

Entrevistas em Bayonne

Eugénie Chantillon (proprietária do prédio em que estava instalado o consulado português), 13 de setembro de 1988 (sem gravação).
René Vogel, 13 de setembro de 1988 (sem gravação).

Entrevistas sobre o período

Caldas da Rainha

Eduardo Antão (nº 1899; alfaiate, os seus clientes incluíam muitos refugiados), 22 de janeiro de 1989.
Dr. Costa e Silva (tratou muitos refugiados; casou com uma refugiada), 21 de janeiro de 1989.
Sra. de Costa e Silva (refugiada luxemburguesa que casou e ficou; só entrou em Portugal em 1941), 22 de janeiro de 1988.
Fernando de Campos, 20 de janeiro de 1988 (sem gravação).
Francisco da Cruz Miranda, 20 de janeiro de 1988 (sem gravação).
Mário Tavares, 20 de janeiro de 1988 (sem gravação).

Ericeira

Dr. Manuel Estrella Peralta (tratou muitos refugiados; casou com uma refugiada), 20 de janeiro de 1988.

Testemunhos escritos de refugiados ou membros de famílias de refugiados ajudados por Sousa Mendes

David Bromberger, "Rêve" (conto baseado nas suas experiências na França como refugiado), "Pour la victoire" (jornal de franceses expatriados publicado por Geneviève Tabouis em Nova York), nº 35, 5 de setembro de 1942.
Dr. Sylvain Bromberger, carta a John Paul Abranches, 8 de maio de 1986; carta ao congressista Frank Barney, 22 de julho de 1986; cartas ao autor, 13 de junho de 1989 e 16 de outubro de 1990 (A).
Grã-duquesa Charlotte de Luxemburgo, carta em inglês a Joana Mendes, 30 de julho de 1968, cópia em apêndice a *Flight through Hell.*
Jules D'Aoû̂t (genro de Sousa Mendes), carta ao autor, 21 de agosto de 1990.
Henry, conde Degenfeld, carta a Joana Mendes, 18 de maio de 1968, cópia em apêndice à edição de 1968 de *Flight through Hell.*
Moise Elias, carta a Mr. Alcalay, Yad Vashem, 15 de agosto de 1966, original em alemão no processo de Sousa Mendes no Yad Vashem, cópia da tradução inglesa em apêndice a *Flight through Hell.*
Otto de Habsburgo, carta em francês acompanhada de tradução inglesa a

Antônio Pedro de Moncada de Sousa Mendes, neto de Sousa Mendes, 16 de setembro de 1986; carta ao autor, 29 de abril de 2004.

Dra. Lissy F. Jarvik (nascida Feingold), carta a Robert Jacobwitz, 15 de fevereiro de 1987; carta ao autor, 19 de setembro de 1990.

Eric E. e León Korngold, carta a John Paul Abranches, 13 de novembro de 1987; carta ao jornalista Reese Erlich, 18 de novembro de 1987.

Rabino Chaim Kruger, carta ao Yad Vashem, em hebraico, 23 Iyar 5727 [2 de junho de 1967].

Charles Oulmont, carta a Joana Mendes, 7 de fevereiro de 1968, cópia da tradução inglesa em apêndice a *Flight through Hell*.

Carol Rittner and Sondra Myers, *The Courage to Care* (New York; New York University Press, 1968). Cópia do visto de Spett na página 131.

Marguerite Rollin, nascida Galimir, carta a Mr. Alcalay, Yad Vashem, 4 de março de 1966. Cópia em apêndice a *Flight through Hell*.

Abraham Samuel, necrológio de Sousa Mendes, "Un grand ami de la Belgique est mort", *Pourquoi Pas?*, Léopoldville, Congo Belga (hoje Zaire), 26 de abril de 1954.

Gisèle Quittner-Allotini, carta a Sousa Mendes, 12 de agosto de 1940. No processo disciplinar de Sousa Mendes.

Dr. Ludo M. A. de Vleeschauwer, carta ao autor, 18 de novembro de 1987 (A).

Outros testemunhos escritos

Isaac Bitton, alocução ao centro Wiesenthal, Beverly Hills, sem título, sem data, c. 1987.

Vice-cônsul honorário Manoel Vieira Braga, testemunho confidencial ao Ministério dos Negócios Estrangeiros, "Documents fournis par le consulat-général à Bordeaux au Ministère des Affaires Etrangères portugais", documento classificado, sem data, c. 1986 (A).

César Mendes (sobrinho de Sousa Mendes), carta ao ministro português dos Negócios Estrangeiros, 1º de abril de 1978; carta oficial (com carimbo) ao ministro português dos Negócios Estrangeiros, 23 de julho de 1985; carta a Jacinto Ferreira, editor do semanário *O Debate*, 6 de fevereiro de 1970; "Justa Reabilitação", artigo, *O Debate*, 9 de abril de 1970.

José Seabra, testemunho confidencial prestado ao Ministério dos Negócios Estrangeiros, "Documents fournis par le consulat-général à Bordeaux au Ministère des Affaires Etrangères portugais", documento classificado (A).

Filhos e filhas

João Paulo (John Paul) Abranches, "Biography of John Paul Abranches", sem data, c. 1986; carta do dr. David Shapiro [*sic*], 4 de maio de 1986; carta ao presidente Mário Soares, 14 de abril de 1986; petição dirigida ao presidente Soares, sem data, 1986.

Joana Mendes, carta a David Alcalay, Yad Vashem, no processo de Sousa Mendes no Yad Vashem, 4 de março de 1966; carta ao presidente Américo Tomás, 18 de janeiro de 1969; carta a Moshe Landau (juiz nomeado para estudar o caso Sousa Mendes em Jerusalém), 3 de julho de 1970, no processo de Sousa Mendes no Yad Vashem; carta à comunidade judaica, Lisboa, 20 de novembro de 1976.

Luís Filipe (Louis Philippe), "Words of remembrance by one of his sons, Luís Filipe", sem data, c. 1986.

Marie-Rose Faure: *e-mails* ao autor, 26 e 29 de janeiro de 2008.

Pedro Nuno Mendes, declaração legal, Kinshasa, Zaire, 2 de fevereiro de 1974; carta ao dr. David Shapiro, 12 de agosto de 1986; cartas ao autor, 30 de julho, 20 de agosto, 31 de agosto de 1990 (A).

Sebastião Mendes, *Flight through Hell* (New York: Exposition Press, 1951, 1986). Embora seja um romance, tudo o que se refere a Sousa Mendes é factual. "A Selfless Act", artigo escrito nos anos cinquenta; "Shattered Rights (A True Story)", by Joseph A. Mayer and Sebastian Mendes, 7 de março de 1986; "With God", conferência, 20 de outubro de 1986; pequena biografia, sem título, do pai, da família e de si próprio por Sebastião Mendes, sem data, c. de 1986; cartas ao autor, 17 de março, 9 de maio, 21 de maio, 11 de agosto de 1990 (A).

Fontes secundárias

Livros

Afonso, Rui. *Injustiça: O Caso Sousa Mendes*. Traduzido por Antônio Pescada. Lisboa: Caminho, 1990.

__________. *Um Homem bom.* Aristides de Sousa Mendes, o "Wallenberg Português". Lisboa: Caminho, 1995.

Avni, H. *Spain, the Jews and Franco*. Trad. de Emanuel Shimoni. Philadelphia: The Jewish Publication Society of America, 1982.

Bagger, Eugene. *For the Heathen Are Wrong: An Impersonal Autobiography*. Boston: Little, Brown and Co., 1941.

Bauer, Yehuda. *A History of the Holocaust*. New York: Franklin Watts, 1982.

Cruz, Júlio et al. *Aristides de Sousa Mendes: um herói português*. Viseu: Eden, 1999.

Dalio, Marcel. *Mes années folles*. Paris: Éditions J.-C. Lattès, 1976.

D'Avranches, Michael [pseudônimo; realmente escrito por Sebastião Mendes]. *Flight through Hell*. Nova York: Exposition Press, 1951, 1968.

Faludy, George. *My Happy Days in Hell*. Trad. de Kathleen Szasz. New York: William Morrow, 1962.

Fevereiro, Isabel; Manuela Franco. *Vidas Poupadas. A ação de três diplomatas portugueses na II Guerra Mundial*. Catálogo da Exposição Documental. Ministério dos Negócios Estrangeiros, 2000.

Fogelman, Eva. *Conscience and Courage: Rescuers of Jews during the Holocaust*. New York: Doubleday, 1994.

Fralon, José-Alain. Aristides de Sousa Mendes: um herói português. Trad. de Saul Barata. Posfác. José da Mata de Sousa Mendes. Lisboa: Editorial Presença, 1999.

Gingold, Heddy. *The Lucky Village (Five Years of War in Occupied France)*. Trad. de N. Gingold. San Francisco: San Francisco Children's Opera, 1985.

Lipschitz, Chaim U. *Franco, Spain, the Jews, and the Holocaust*. Edited by Ira Axelrod. Nova York: KTAV Publishing House, 1984.

Lustig, Jan. *Ein Rosenkranz von Glücksfällen. Protokoll einer Flucht*. Bonn: Weidle Verlag, 2001.

Madeira, Lina Alves. *Alberto da Veiga Simões*. Esboço Biográfico. Coimbra: Quarteto, 2002.

________________. (redatora). *Correspondência de um diplomata no III Reich*. Préfacio de Luís Reis Torgal. Coimbra: Mar da Palavra, 2005.

Mahler-Werfel, Alma. *Mein Leben*. Frankfurt am Main: S. Fischer Verlag, 1990.

Marrus, Michael R. *The Unwanted*. New York: Oxford, 1985.

Matuzewitz, Lucie. *Le cactus et l'ombrelle*. Paris: Guy Authier, 1977.

Milgram, Avraham. *Portugal, Salazar e os Judeus*. Trad. de Lúcia Liba Mucznik. Lisboa: Gradiva, 2010.

Morriën, Adriaan. *Cryptogram*. Amsterdam: G. A. van Oorschot, 1968.

Mühlen, Patrik von zur. *Fluchtweg Spanien-Portugal*. Bonn: Dietz, 1992.

Nery, Júlia, *O Cônsul*. Lisboa: Dom Quixote, 1991 (romance baseado na vida de Aristides de Sousa Mendes).

Paldiel, Mordechai. *The Path of the Righteous: Gentile Rescuers of Jews during the Holocaust*. Nova York: KTAV Publishing House, 1993.

Pimentel, Irene. *Judeus em Portugal durante a II Guerra Mundial*. Lisboa: A Esfera dos Livros, 2006.

Pütz, Jürgen. *Doppelgänger seiner selbst.* Wiesbaden: Deutscher Universitätsverlag, 1990.

Rittner, Carol and Myers, Sondra. *The Courage to Care: Rescuers of Jews during the Holocaust.* Nova York: New York University Press, 1986.

Rother, Bernd. *Spanien und der Holocaust.* Tübingen: Max Niemeyer Verlag, 2001.

Sachar, Abraham L. *The Redemption of the Unwanted: from the Liberation of the Death Camps to the Founding of Israel.* New York: St. Martin's/Marek, 1993.

Serrão, Joel. *História de Portugal.* XII. Verbo, 1990.

Sousa Mendes, César de. *Peregrinação.* Introdução de José da Mata de Sousa Mendes. [Lugar de publicação não indicado:] Stória, 2006.

Torberg, Friedrich. *Eine tolle, tolle Zeit.* Munich: Langen Müller, 1989; *Die Tante Jolesch.* Munich: Langen Müller, 1975; *Die Erben der Tante Jolesch.* Munich: Langen Müller, 1978.

Vaz, Manuel Dias (redator). *Aristides de Sousa Mendes, héros "rebelle", juin 1940.* Bordeaux: Édition Confluences, 2010.

Wisperlaerle, Paul de. *Hendrik Marsman.* Brugge: Uitgeverij Orion, 1975.

Zuidgeest, Jan. *Over de poëzie van H. Marsman.* Amsterdam: Uitgeverij De Arbeiderspers, 1984.

Artigos selecionados sobre Sousa Mendes

Afonso, Rui, "'Portuguese Wallenberg' Honored at Last". *Toronto Star.* 19 de abril de 1987.

"Life Saving Sacrifice is Honored". *Washington Times.* 25 de maio de 1987.

"Israel and Portugal Pay Homage to Portuguese Gentile". *Washington Jewish Week,* 4 de junho de 1987.

"Le père d'un québécois honoré à Jerusalem". *La Presse.* Montreal, 13 de junho de 1987.

"O crime de salvar judeus". *O Jornal* (suplemento). Lisboa, 25 de março de 1988.

"A Minha Amizade com Aristides de Sousa Mendes". *A Coragem da Tolerância.* Catálogo. Coordenação de Maria João Martins e João Mário Mascarenhas. Lisboa: Biblioteca-Museu República e Resistência, 1996.

"Count Giuseppe Agénore Magno". *Portuguese Studies Review.* v. 5. nº 1. Primavera-Verão, 1996, p. 12-21.

"Le 'Wallenberg portugais': Aristides de Sousa Mendes". *Revue d'histoire de la Shoah, le monde juif.* Numéro 165, janeiro-abril, 1999, p. 7-28.

Bejski, Moshe, "The "Righteous among the Nations"", in *Rescue Attempts during the Holocaust: Proceedings of the Second International Historical Conference*, 8-11 de abril de 1974. Jerusalém: Yad Vashem, 1977.

Carvalho, Antônio, "Testemunhas do Holocausto". *A Capital*. Lisboa, 22 de fevereiro de 1979.

"Outro Wallenberg esquecido por nós, História de um herói, Cônsul português em Bordeaux salva milhares de judeus". *A Capital*. Lisboa: 28 de janeiro de 1986.

"'Wallenberg Português' merece ser reabilitado, Família de Aristides de Sousa Mendes pede que seja feita justiça". *A Capital*. Lisboa: 24 de março de 1986.

Colaço, Antônio, "À espera da reabilitação póstuma de um português que Salazar castigou por ter salvo milhares de judeus das garras nazis". *Diário Popular*. Lisboa: 4 de maio de 1976.

"Tão heroico como Wallenberg, Aristides de Sousa Mendes ainda não foi reabilitado". *Diário Popular*. Lisboa: 2 de fevereiro de 1986.

Erlich, Reese, "Mending the Past", *Moment*, junho de 1987, p. 50-54.

"A Hero Remembered", *Hadassah Magazine* (New York), novembro de 1987, p. 26-28.

Erichsen, Regine. "Fluchthilfe". Handbuch der deutschsprachigen Emigration 1933-1945. Edited by Claus-Dieter Krohn et al. Darmstadt: Primus Verlag, 1998, p. 62-76.

Ezratty, Harry, "The Portuguese Consul and the 10,000 Jews". *Jewish Life*. Setembro-outubro de 1964.

Milgram, Avraham. "Portugal, the Consuls, and the Jewish Refugees, 1938-1941". Yad Vashem Studies, XXVII. Edited by Avraham Milgram. Jerusalem, 1999, pp. 123-155.

Mühlen, Patrik von zur. "Portugal". Handbuch der deutschsprachigen Emigration 1933-1945. Edited by Claus-Dieter Krohn et al. Darmstadt: Primus Verlag, 1998, p. 362-367.

Oliveira, Pedro Aires. "O corpo diplomático e o regime autoritário (1926-1974)", *Análise Social*, v. XLI (178), 2006, p. 145-166.

Paldiel, Mordechai, "The Righteous Diplomat Who Defied Orders". *The Jerusalem Post*. 5 de dezembro de 1986.

Piechorowski, Arno. "Albert Vigoleis Thelens 'Übersetzungen des Portugiesen Teixeira de Pascoaes'". Albert Vigoleis Thelen. Edited by Jattie Enklaar and Hans Ester. Amsterdam: Rodopi, 1988, p. 84-92.

Wheeler, Douglas Lanthrop, "And Who Is My Neighbour? A World War II Hero or Conscience for Portugal". *Luso-Brazilian Review*. V. 26, nº 1, Summer, 1989, p. 119-139.

Correspondência da família Sousa Mendes

A correspondência de Aristides de Sousa Mendes encontra-se na posse da Fundação Aristides de Sousa Mendes. Aguarda organização e classificação.

Recursos on-line

Museu Virtual Aristides de Sousa Mendes (www.mvasm.sapo.pt). Este site reproduz o Livro de Registros do Consulado-Geral de Bordeaux, de maio e junho de 1940. Uma advertência: muitos dos vistos entregues em Bordeaux não foram registrados. Uma vez que se dava um visto por passaporte, e os cônjuges e filhos viajavam com o passaporte de outra pessoa, um visto salvava, muitas vezes, mais do que uma vida.

Índice onomástico

1ª edição Julho de 2011
impressão Sermograf
papel de miolo Lux cream 70 g/m²
papel de capa Cartão Supremo 250 g/m²
tipografia Adobe Garamond